JN111622

THE
ICE
FOREST

Ha Jieun

ハ・ジウン

カン・バンファ＝訳

氷の木の森

ハーパーコリンズ・ジャパン

얼음나무 숲
(EOREUMNAMU SUP)

by 하지은
(Ha Jieun)

Originally published in Korea by Minumin Publishing Co., Ltd., Seoul.

Japanese translation edition is published by arrangement with
Ha Jieun c/o Minumin Publishing Co., Ltd.
through Japan UNI Agency, Inc., Tokyo

Published by K.K. HarperCollins Japan, 2022

氷の木の森

THE
ICE
FOREST

もくじ

ブックデザイン　鈴木成一デザイン室

序曲
Overture

氷の木の森を背負うようにそびえ立つカノンホール。

中央前方には貴賓用のゆったりとした席が五百席、その左右には普通の椅子が八百席ずつずらりと並んでいる。さらに、五階まである特別席は合わせて五百席。

空席とはいえ、しめて二千六百もの客席を前にすれば、どんな音楽家も息を呑むにちがいない。全席が埋まる大事な審査の日とくれば、新人音楽家たちは舞台に立つなり凍りつくだろう。

カノンホールで演奏してきたどんな高明な巨匠でも、この舞台に立てばやはり緊張するという。ここは音楽の都。みずからをまったき聴衆と考える貴族たちが集まり、厳しい目で音楽家を〝選別〟する場所。

そこには新人音楽家たちへの励ましの拍手も、ミスへの大らかな包容も、その場の雰囲気に合わせた呼応もない。みずからをまったき聴衆と自負する貴族たちは、そんな真似をすることをみっともないと思っているからだ。

しかし、そんな貴族たちを一度も〝聴衆〟と呼んだことはなく、むしろその息も詰まるほどの舞台から彼らを見下していた、ただひとりの音楽家がいた。

アナトーゼ・バイエル。永遠なるド・モトベルト。

一六二八年、キセの大預言がはっきりと終末を告げた年、音域の神モトベンの聖地にしてすべての音楽家たちの故郷であるエダンで、惨たらしい殺人事件が起きた。その始まりと終わりには、いつでも彼がいた。

#00
冬が終わらない場所、エダンにて

数多(あまた)の枝が弦のごとく立ち並び、

目には見えない指揮者の

沈黙を指揮棒代わりに

冷たく白い風が歌う場所

そこは氷の森

一六二八年最後の日、パスグラノたちはおとなしかった。

大預言者キセが告げた終末の日であることを思えば、それは意外なことだった。キセの熱烈な信仰者である彼らなら、今日が人生最後の日であると真摯に受けとめ、命尽きるまで音楽とともに過ごすものと思われたからだ。だが彼らは、夜まで小さな会合ひとつ開かなかった。

家族と静かに別れを惜しんでいるのだろうか。終末を心から信じている彼らならありうる話だ。

一方で、マルティノたちはそんなパスグラノたちを鼻で笑い、あちこちで寄り集まっていた。酒を傾けながら、キセを史上最大の詐欺師だと嘲り、騒ぎ、飲んだ。ときおり音楽が添えられたが、興奮しきりの彼らは、くそつまらないマルティンなどやめろと叫んだ。

ろれつの回らない口調で呼ばれるのに気づかないふりをしながら、ぼくはガフィル夫人のサロンへ向かった。いつも音楽の絶えないこの場所も、今日ばかりは静まり返っていた。

ガフィル夫人はぼくを迎え入れて椅子に座らせてからも、押し黙ったままだった。それはぼくも同じだった。結局ぼくたちは、沈黙という荘厳な演奏をあとに席を立った。

玄関の前であいさつを交わしていたとき、夫人が泣き出した。両手で顔を覆ったまま無言でいる彼女を見つめてから、ぼくはその家をあとにした。

酔っぱらった音楽家たち、憂鬱な影を引きずるようにしてしめやかに歩く音楽家たち。通りには多くの音楽家たちがいたが、そこに音楽はなかった。一六二八年最後の日、それはじつに奇妙な日だった。

そんな日に演奏会を開く音楽家が、ひとりだけいた。

アナトーゼ・バイエル、永遠なるド・モトベルト
最後の演奏会
カノンホール、午後七時

張り紙にはそれだけ書かれていた。つい三日前に張り出されたにもかかわらず、チケットはすでに完売していた。

しばらくそれを見ていたぼくは、張り紙の端をつまんでゆっくりと剝がしはじめた。名前が裂け、カノンホールという単語も消えたが、こともあろうか〝最後〟という文字だけが壁に残った。あたかも、おまえにその事実を変えることはできない、とでも言うように。

目の前がぼんやりと霞(かす)み、まぶたをこすると、乾きの遅い質の低いインクが顔についた。ぼくはそのままカノンホールへ向かった。

ホールの現オーナー、レナール・カノンは、いつものようにぼくを控え室に案内しようとした。でもぼくは、首を振って断った。多少驚いた様子だったが、彼はありがたいことに理由を尋ねようとはしなかった。ぼくは静かに客席に座り、舞台を見つめた。

間もなく、期待に満ちた聴衆の前に現れたその男は、驚いたことに旅の装いをしていた。聴衆がさざめいた。だが、彼が〈黎明(れいめい)〉を持ち上げると、客席もさっと静かになった。

やはり。ぼくは苦々しい思いでつぶやいた。

それは一見、なんの変哲もない木片のように見える。どこにでもありそうな燃えさしの木片。いまにも砕けてしまいそうなそれは、だが意外なほど頑丈だった。だからこそ、稀代の楽器製作者にしてカノンホールの初代オーナー、J・カノンも、この木で楽器をつくろうと思ったのだろう。

楽器製作者たちの常識をくつがえしたその木の正体は知られていない。雷の落ちたオーレ山の木だという者もいれば、J・カノンがみずから育てた不思議な木だという者もいた。

それは白かった。真っ白というよりは、燃えつきてそうなったような色だが、美しい。なにも塗られていない、天然の色。J・カノンは、この楽器に〈黎明〉という名をつけた。

今日、ここで、それを手になにをするつもりだ。バイエル。

バイエルは黎明を肩にのせた。いとしいわが子を抱き上げて自分の肩に座らせるかのように、やさしく。そして、そっと顎をのせ、最後に目を閉じた。

その光景を目の当たりにするたびに、むしょうに顔がほてった。まるで、お互いを愛撫する恋人たちの密やかな睦み合いを見ているかのように。

演奏はただちに始まった。本来なら、バイエルは演奏に先立って、弓で弦をやさしく撫でる。ぼくはバイエルに、舞台の上でそんないやらしい真似をするなと冗談半分に言ったものだ。こんなに急ぐのはなぜだろう。もしや、終末の時はすでに……。

ほどなく、ぼくは跳び上がるほど驚いて舞台を見つめた。

バイエルの演奏、それは演奏と言えるものではなかった。彼は無造作に弓を動かしていた。けれど、いかなる音にもなっていない。バイオリンを侮辱しようとする、ならず者のやりそうなことだ。不快で耳障りな音が会場に広がった。

観客席の人々は訝しげに目を見合わせたが、まだ騒ぐようなことはしない。優れた聴衆だと自負する彼らは、なんとかその音楽を理解しようとしていた。あの有名なマエストロのすばらしい演奏なのだから、どんなに風変わりであってもきっとなにかあるはず。そう自分を諭すような彼らを見るうちに、胸がむかむかしてきた。

だがバイエルのでたらめな演奏が続くにつれ、人々もなにかがおかしいと気づきはじめたようだった。ぼくはいっそのこと彼らを代表して、バイエルにやめろとどなりたかった。ところが、客席からひとり、ふたりと立ち上がり、演奏と騒音と野次が入り混じって不協和音を成した頃、バイオリンの音色が一変した。

まるでこれまでの無礼を詫びるかのごとく、やわらかい音がゆっくりと人々をなだめた。彼らの心が徐々にやわらいでいくのがわかった。やっぱり、なにかあると思ってたんだ。みな納得の面持ちだった。バイエルはかすかに微笑まで浮かべて、美しい調べを奏でた。

じつに甘ったるい嘲弄だった。

客席が落ち着いてくると、曲調はしだいに激しくなった。人々は息を呑んだ。弓を持つバイエルの手さばきは、そこらの音楽家に真似できるようなものではない。スピーディな音律が上下し、観客の息を弾ませた。なかにはあえいでいる者もいる。絶頂へのぼりつめていく身悶えと息遣いが感じられた。それでも、バイエルの烈しさはとどまることを知らない。ぼくまでもが息苦しくなり、何度も胸を叩いた。なかには、いてもたってもいられず恋人の襟をつかむ女性もいた。

狂ったように弦の上をすべる弓が、とうとう激しく身をよじった。

あぁっ！

誰かがこらえきれず声をあげた。

弦が切れたのだった。カノンホールでこんな失態を？　しかも、バイエルはド・モトベルトの称号を与えられたマエストロだ。だがバイエルは止まらなかった。表情ひとつ、動作ひとつ乱れない。弦が一本切れたまま、危うい演奏は続く。もっと、もっと、もっと！

ああっ！

絶頂の瞬間、またも切れる弦。

人々はようやく、それがマエストロのミスではないのだと気づく。彼らは当惑しながらも、あえぎつづける。弦が二本切れたまま奏でられる、奇妙で反復的な音色。やむなく絶頂に達した音でまたもや弦が切れ、不協和音が生まれる。

それは、奇怪で、衝撃的で、破壊的な音楽だった。

繰り返し、繰り返し、繰り返し……。

観客はいまや、その音楽を判断できなかった。ただ、どうにか残っている本能で感じた彼らは、しきりに腰を浮かせ、身をよじらせた。熱い吐息があちこちで漏れる。


――バイエルが本気になったときの演奏ほど人を愚弄するものはない。自分が軽蔑してやまない観客たちを、あの神聖なカノンホールで下衆(げす)にしちまう。バイエルの演奏が絶頂に達するとき、やつらはベッドのなかで恍惚(エクスタシー)を感じるときみたいな顔になるんだ。


ふとトリスタンの言葉が思い出され、涙がにじんだ。

彼を尊敬してやまない聴衆を下衆に貶(おとし)めてしまう旋律、その果てでついに最後の弦が切れ、バイエルは目を開いた。壊れた黎明と弓を持つ手を下ろし、客席をぐるりと見回す。そして、ぐったりと果てているまったき聴衆に向かって言った。

「わたくしのショーにお付き合いいただき感謝いたします」

バイエルは深く一礼すると、ご丁寧にこう付け加えた。

「貴様らの耳はただの飾りか」

そして肩をすくめると、まるで何事もなかったかのように、切れた弦をぶらぶらさせながら舞台を去っていった。彼を引き留める者も、拍手をする者も、口を開く者もなかった。

それが、アナトーゼ・バイエル・ド・モトベルトの最後の演奏。ぼくが見た最後の姿だ。

バイエルはその日のうちに姿をくらませ、翌日、太陽はキセの預言を嘲笑(あざわら)うかのごとく、いつもどおり昇った。一六二八年は終わり、一六二九年を迎えた。世界はなにひとつ変わることなく、それまで同様にせわしなく、目まぐるしく過ぎていった。

終末は来なかった。それについてパスグラノたちがどう弁解したのか、マルティノたちが彼らをどんなふうにからかったのか、ぼくにはいっさいわからない。

ぼくの魂は、一六二八年最後のその日に終末を迎えた。

＃01
三人の天才

生きているのかさえ疑わしい木々の森は

変わることなき冬の童話の世界

そこに音楽がある

すべての音楽家の故郷、そして、音域の神モトベンの聖地である、エダン。

そこは音楽の海にほかならない。どこから生まれた調べであっても、最後にはエダンに行き着く。演奏の旅に出た音楽家たちも、時が来ればサケのようにエダンへ戻ってくる。当然だろう。いま飲みこんだ空気にも音符が記されているようなこの場所を、決して忘れることはできないのだから。

大預言者キセが終末を告げた一六二八年からさかのぼること十五年、当時十歳だったぼくはエダン音楽院に入学した。三男として生まれ、家を継ぐ必要もないぼくに、父は音楽の道を勧めた。エダンでも有数の貴族であるこの家に、ひとりぐらい音楽家がいなければ顔が立たないと考えたようだ。

そうしてぼくは、当時エダンで最も尊敬されていたピアニストであるイアンセン・ピュリッツの前で入学テストを受けることになった。緊張で手が震えていたのを覚えている。そのとき父は、裏でとてつもない額のレッスン代を渡していたらしい。ぼくのお粗末な実力で、あのすばらしいピアニストに師事することになったのだから。

そんなふうに平凡なスタートを切ったぼくとは違い、アナトーゼ・バイエルは入学当初から音楽院じゅうの話題になっていた。

偉大な芸術家たちの多くがそうであるように、バイエルもまた、幼くして天才や神童と呼ばれてきた。彼には親も金もなかったが、イアンセン・ピュリッツ同様、当代きっての音楽家と呼ばれていたピュセ・ゴンノールが快く後見人となり、バイエルの教育を引き受けていた。

ゴンノールは、バイオリンの演奏のみならず作曲においても大家と呼ばれていた。だが、晩年はバイエルへの嫉妬から悲惨な転落人生を送ることになる。


「今年の進級試験は二重奏とする。課題曲はどちらかが作曲してもよし、ふたりで作曲してもよし。楽器の構成も自由だ。各自気の合うパートナーを見つけるように」

十歳で入学して以来、初めての進級試験だった。ぼくは普段からまあまあの成績だったし、友人も多いほうだったから、パートナー選びには困らないだろうと思っていた。

ところが、ピアノ二重奏を念頭に置いていたぼくのところに、意外な人物がやってきた。

「ゴヨ・ド・モルフェだよね?」

いま思い返しても、その目と表情は十歳の少年のものとは思えなかった。どことなく神経質で陰を感じさせるアナトーゼ・バイエル。ぼくたちが初めて話した瞬間だった。

もちろん、かの有名な天才、神童のことはぼくも知っていた。でも口を利いたことは一度もなく、ぼくはなにも答えられずにいた。すると彼が、片方の口端を上げて嘲るように言った。

「へえ、大貴族モルフェ家のおぼっちゃんは、ぼくみたいな平民とは口もきけないってわけ?」

「そんなんじゃ……」

ぼくは慌ててもごもごと答えた。バイエルはぼくの返事に興味はないとばかりに、いきなり楽譜を突きつけてきた。

「ぼくが作曲したソナタだ。バイオリンとピアノのための曲。きみにピアノのパートを弾いてもらいたいんだ」

思わず楽譜を受け取ると、バイエルはそれを了承の意味ととったのか、ぼくの返事も待たずにくるりと身を翻して行ってしまった。

ぼくはいま、本当にアナトーゼ・バイエルと話したのだろうか？　しかも二重奏のパートナーに誘われた？

「へえ、あの生きた銅像みたいなやつが人としゃべるなんて」

「どうしてきみをパートナーに選んだんだろう、ゴヨ？」

友人たちが寄ってきてあれこれ尋ねられたが、これといって返す言葉もなかった。ぼくにもわからなかったからだ。

その晩、部屋に戻ってバイエルの楽譜をじっくり見てみた。そうするうち、うずうずして我慢できなくなったぼくは、ピアノの前に座って鍵盤を弾きはじめた。

曲の最後の和音を弾いた瞬間、全身に衝撃が走り、涙がこぼれた。美しい曲だった。自分と同年代の少年が作ったとは到底信じられないほど。

翌日、ぼくは食堂でバイエルを捜した。隅のほうでひとり食事をとっていたバイエルを見つけるなり、ぼくは楽譜を手に興奮した声で言った。

「やるよ。すぐに練習しよう。きみのバイオリンのパートも聴かせてよ！」

だがバイエルは、まるでにらみつけるかのような視線を向けながら、冷たく言い放った。

「ぼくは音合わせなんかしない。試験の日までひとりで練習してくれ。一緒に演奏するのは、試験の日が最初で最後だ」

「え……？」

二重奏なのに、音合わせもなしに試験に臨むなんて。バイエルは正気なんだろうか。ぼくは思ったが、バイエルのとてつもない自信を前にそれ以上踏みこめなかった。ぼくにもプライドというものがあったのだ。

結局、ぼくたちはそれぞれ練習し、進級試験の当日に初めて一緒に演奏することになった。

それは不思議な体験だった。

バイエルと呼吸を合わせるのは思ったより難しくなかった。ルバート〔奏者が自分なりの解釈で、テンポに縛られることなく自由に演奏すること〕の部分で、バイエルがピアノとちぐはぐなテンポをはさんだりはしたものの、適度なアドリブといった程度だった。初めて合わせたにしては、ほとんど完璧といえる演奏だった。

けれどそれは、二重奏というより、ピアノを伴奏としたバイオリンの独奏というにふさわしかった。本人は百も承知だろう。ぼくの予想どおりなら、バイエルがそう仕組んだのだから。

「パーフェクト！　すばらしい。ふたりとも合格だ」

ぼくとのレッスンで一度も満足そうな顔をしたことのないイアンセン・ピュリッツ先生は、その日初めてぼくにほほえみかけた。

ぼくは胸くそ悪い気分をどうにもできず、試験が終わるなり楽譜を持ってさっさとホールをあとにした。すると、バイエルが追いかけてきた。

「気に入ったよ。今後もぼくと組まないか」

「いやだね。ぼくはきみのお飾りじゃない」

「へえ、さっきまでおとなしく演奏してたやつの言葉とは思えないな」

ぼくは我慢できず、くるりと振り返った。

「きみはぼくと二重奏をしたんじゃない！　ぼくを伴奏に使っただけだ。きみの腕は認めるけど、そんな態度は許せない」

「こっちだってきみの腕に満足してるわけじゃないさ、貴族のおぼっちゃん。そんな実力でイアンセン先生に教えてもらえてるなんて、やっぱり金の力は偉大だな」

「うるさい！」

バイエルはことさらに寛大な笑みを浮かべて言った。

「演奏のときの姿勢が気に入ったんだ、ゴヨ。ぼくがテンポをずらしても、きみは楽譜どおりに弾いてた。ほかのやつなら、中途半端にぼくのペースに合わせようとして、演奏を台無しにしてたはずだからね」

「ひとつも嬉しくないよ。きみのその偉そうな態度におとなしく付き合ってくれる伴奏者がいいなら、ほかを探してくれ、アナトーゼ・バイエル」

ぼくは背を向け、バイエルもそれ以上は引き留めなかった。ぼくたちの出会いは、そんなふうに後味悪いものだった。

傲慢（ごうまん）な態度は癪（しゃく）に障ったけれど、バイエルのあの美しい音色は到底忘れられるようなものではなかった。ぼくはときどき、バイエルの楽譜を見返しては、あの日の二重奏を思い出していた。

そうやってバイエルとの演奏に思いを馳（は）せながら過ごしていたある日、またも意外な人物が声をかけてきた。

「ゴヨ・ド・モルフェ！」

その声に喜びが満ちていたため、ぼくは一瞬、友だちなのかと思った。

トリスタン・ベルゼ。男女を問わず、エダン音楽院で最も人気のある生徒だ。平民の出だが、貴族家の子どもたちとも仲が良いという噂を聞いていた。

「ぼくになにか……？」

「おっと、すぐに本題に入るのもいいけど、まずはちゃんとあいさつしよう」

にこにこと笑いながら手を差し出す彼の第一印象は抜群だった。初対面の人に感じる気まずさをまったく感じない。よく知りもしないのに、またたく間に彼のことが好きになったぼくは、その手を握った。

「ああ……そうだね。よろしく。ぼくはゴヨ・ド・モルフェ」

「おれはトリスタン・ベルゼ。先に言っておくけど、おれはきみみたいな大貴族の生まれじゃない。ただの平民だ。平民は嫌い？」

「そんなことあるわけないよ」

ぼくはすかさず答えた。トリスタンはにっと笑って、肩を組んできた。内心驚いたものの、いやな気はしない。そのままトリスタンに導かれるままに歩きはじめた。

「よし、じゃあきみが知りたがってる話をしよう。じつはね、今度の新年演奏会で一緒に演奏してくれる人を探してるんだ。バイオリンはもういて、ぼくはチェロ。きみにはピアノを弾いてもらいたいんだけど」

「トリオ？　新年演奏会ってもしかして……カノンホールで毎年開かれるあれのこと？」

「そうそう。そのとおり。これがどういうことかわかる？　この年齢でカノンホールに立つってことが！」

カノンホール。すべての音楽家が望んでやまない夢の殿堂。選ばれしマエストロだけが独奏できるという舞台。三年に一度の〈コンクール・ド・モトベルト〉もそこで行なわれる。

そこで演奏できるチャンスが訪れるなんて、にわかには信じがたかった。

「本当にそんなことが？」

「ああ、そうだよ！　本当のことを言えば、ぼくは脇役だけどね。カノンホールから招待されたのはぼくじゃなくて……」

トリスタンは、到着した先のドアを開けた。

そこに誰かが座っていた。まるで肖像画を描かせている人のように、バイオリンを膝にのせてじっとこちらを見つめている。

「アナトーゼ……バイエル？」

「また会ったね、ゴヨ」

カノンホールが特別に、音楽院の学生を新年演奏会に立たせることにしたのには理由があった。彼らの目的は、最も注目を集めている奇跡の神童、アナトーゼ・バイエルだった。

しかし、まだ年端も行かない少年にカノンホールで独奏させるのはやりすぎだと考えたのか、主催者側は学生数名からなる室内楽団を結成するよう命じた。光栄にもそのメンバーに、ぼくとトリスタンが選ばれたのだ。選んだのはバイエルだったが。

「楽譜はもう準備してある」

バイエルが楽譜を差し出した。ところが妙なことに、以前のような傲慢でいやみったらしい態度はなかった。さらには、音合わせなどやらないと言っていたバイエルが意外なことを口にした。

「じゃあ、一度やってみようか。楽譜を見たばかりだけど、いけるかな、ゴヨ？」

「え、音合わせをするの？」

訝しげに問い返すと、トリスタンがくすくす笑いながらぼくの背中を叩いた。

「当然だろ。別々に練習するっていうのか？　おもしろいやつだな」

ぼくが理解できないという顔で見つめると、バイエルは視線をそらし、淡々と言った。

「トリスタンとぼくは、すでに一度合わせてみたんだ。無理なら次回に——」

「できるよ」

ぼくはやっきになってピアノの前に座った。深呼吸をし、ひととおり楽譜に目を通してから、すぐに鍵盤を弾きはじめた。途中で一度つっかえそうになったものの、最後までミスなく弾き終えた。

どうだ、という目でふたりを見ると、トリスタンは口笛を吹き、バイエルはこくりとうなずいた。

「よし。じゃあすぐに始めよう」

その日の練習は思ったより楽しかった。毎回、即興でさまざまなテクニックを入れてくるバイエルは、まさに天才と言うしかなかった。

それに比べ、トリスタンのチェロは意外にも平凡だった。アナトーゼ・バイエルが真っ先に選んだメンバーなだけに、エダン音楽院のもうひとりの天才なのではと期待していたぼくは、多少がっかりせずにはいられなかった。トリスタンは自分の音を際立たせることより、全力でバイエルの引き立て役に回っていた。

そんなトリスタンを見て試験のときの自分を思い出したぼくは、なんだかいやな気分になった。けれど、それ以外はとても充実した練習だった。

「次の練習はいつにする、アナトーゼ？」

チェロをケースにしまいながら、トリスタンがバイエルにやさしい声で訊いた。トリスタンがアナトーゼと名前で呼ぶことに、ぼくはまたも驚かざるをえなかった。

「まだ練習が必要？」

バイエルは気乗りのしない態度で訊き返しながらぼくを見た。ノーと答えてほしそうな様子だった。だがぼくが答える前に、トリスタンがバイエルの肩を叩きながらほがらかに言った。

「合ってないとか、練習が足りないってわけじゃない。練習が楽しいから言ってるんだよ。そう思わないか？」

「……そうかな」

バイエルはさほど同感していない様子だったが、結局、二日後にまた集まることになった。

ぼくはようやく、アナトーゼ・バイエルを動かせる唯一の人間がトリスタン・ベルゼなのだとわかった。理由は定かでないが、バイエルはトリスタンにどこまでも寛大だった。しかも、トリスタンと一緒のときはぼくへの態度もやさしくなるのだ。でも、トリスタンがいないときのバイエルは、すれ違うときですらぼくには見向きもしなかった。

そうして練習を重ねるなかで、初めはバイエルの天才性に驚いた。しばらくするとそれは嫉妬に変わり、最後には尊敬となった。

ぼくの直感が言っていた。バイエルは、バイエルの音楽は永遠のものだと。

「緊張で震えてる」

トリスタンが真顔で言った。ぼくも同じだというようにうなずいて見せた。

とうとう新年演奏会の日がやって来た。ぼくたちはカノンホールの控え室で、緊張に身を震わせていた。いや、正しくはぼくとトリスタンが。バイエルはまるでいつものことだというように、いや、今後これが日常になることが決まっているかのように、落ち着き払ってバイオリンを調律していた。

「うんざりするほど練習したんだから、ミスするなんてことはないだろうね」

バイエルがぼくに向かって静かに言った。ミスでもしたら、おまえを殺してやると言わんばかりに。

バイエルの言いたいこともわかったけれど、ぼくだって、カノンホールでの初舞台を台無しにするつもりはなかった。ぼくたちの出番が近づくにつれ、緊張は気合に変わっていった。

「次ですよ」

カノンホールのオーナー、レナール・カノンが控え室に入ってきて言った。稀代の楽器製作者J・カノンの末息子は、すがすがしい顔立ちと温かみのある人柄で慕われていた。レナール・カノンが、人好きのする微笑を浮かべてぼくたちを励ましてくれた。

「そんなに緊張しなくていい。きみたちならうまくやれるよ」

そこから舞台までどうやって歩いていったのかは思い出せない。気がついたときには、すでにエダンで最上のピアノの前に座っていた。バイエルはカノンホールから提供されたバイオリンを断り、自分のものを手に席についた。トリスタンのほうは見る余裕もなかった。

カノンホールの手厳しい観客が、しばしざわめく声が聞こえた。切羽詰まっていたぼくにも、〝バイエル〟とつぶやく声がいくつも聞き取れた。

「やってやろうぜ。ゴヨ、バイエル」

演奏の前に、トリスタンが力強い声で言った。こんな状況でそんなことを言えるトリスタンの性格がうらやましかった。ぼくは胸がどきどきして、鍵盤を見下ろしただけでめまいがしそうだというのに。

そのとき、ふとバイエルのつぶやく声が聞こえた。

「……いない」

ぼくはハッとしてバイエルのほうを振り向いた。だがバイエルは口をきゅっと引き結んだまま、弓を弦のほうへ運んでいた。

さっきのは幻聴？

ぼくは狐につままれたような気分でバイエルを見つめていたが、やがて視線を鍵盤に落とした。嘘みたいに震えが止まっていた。ため息ともつかないバイエルの声が、ぼくを正気に戻らせたのだろうか？

バイエルが足で舞台の床を蹴った。一度。二度。三度目でスタートだった。ぼくはバイエルの足が振り下ろされるのを見ながら、鍵盤に指を滑らせた。

無我の境地とはこのことだと、その日初めて知った。

ぼくの耳には、バイエルとトリスタンの演奏以外になにも聞こえなかった。その和音に自分の奏でる音を出来る限り調和させたいという思いしかなかった。しだいに気持ちが楽になり、胸のなかに音楽が満ちてきた。緊張やミス、大勢の人に見られているといった雑念は頭のなかから消えた。ぼくはひたすら美しい和音に酔い、無意識に指を動かした。この大切な舞台においてさえ新しいテクニックを入れてくるバイエルに多少驚きつつも。

そうして演奏が終わったとき、ぼくは胸がいっぱいで、もう少しでみんなの前で泣き出してしまうところだった。音楽がこれほど完璧にひとつになる感覚は初めてだった。座ったまま必死で涙をこらえていたぼくを、トリスタンが舞台の前方に導いた。

　ようやく客席に目を向けることができた。たくさんの人たちがぼくたちに拍手を送っていた。ぎゅっと肩を押さえてくれているトリスタンの手がなかったら、ぼくは間違いなく大声で泣いていただろう。トリスタンもまた、感きわまった面持ちで聴衆にあいさつした。

　そんな幸せの瞬間にただひとつ理解できなかったのは、バイエルの表情だ。バイエルは無表情だった。平然と、なんの価値もないものを見るかのような目で客席を一瞥（いちべつ）しただけだった。

「ずっと緊張しっぱなしで死ぬかと思ったよ。もしミスでもしたらって」

　控え室に戻るなり、トリスタンが興奮気味にまくしたてた。はた目には落ち着いて見えたのに、内心はそうでもなかったらしい。

　バイエルはふっと笑って、バイオリンをケースにしまった。とくに浮かれていたり興奮している様子もなかった。ただ自分のやるべきことをやっただけ、そんなふうに見えた。

「ゴヨ、すごかったよ。あんまり自分の世界に入りきってるから、おれたちの音を聴いてないんじゃないかって不安になるくらいだった」

　トリスタンの言葉にどきりとしたが、ぼくはとっさに手を振って言った。

「そんな、ちゃんと聴いてたよ」

　それは嘘ではなかったが、自分の世界に浸っていたのも事実だ。ぼくの演奏についてなにか言ってくれないものかと視線を向けたが、バイエルは興味のなさそうな顔をしていた。

　そうして控え室を出ようとしていたとき、レナール・カノンがやってきた。

「みごとだったよ。観客の反応もとてもよかった。小さな紳士方、このあとのパーティーにぜひ参加してくれないか？」

「パーティー？　ぼくたちはそういうのは――」

バイエルが言いかけたが、すかさずトリスタンがバイエルの足を踏んで割りこんだ。

「もちろんです！　お呼ばれします！」

レナール・カノンがいなくなると、トリスタンがバイエルをたしなめるように言った。

「ばかだな。重要なのはパーティーじゃなくて、そこに来る人たちだよ。なにせ、今日の新年演奏会に出演した人たちが全員参加するんだから！」

なんてこった。ぼくは開いた口がふさがらなかった。今日の演奏者のほとんどが、エダンでマエストロと呼ばれる人たちだった。そのなかにはぼくが最も尊敬するピアニスト、オーレン・バオもいた。

その日のパーティーで、ぼくたち三人にはそれぞれ特別な出会いがあった。バイエルは当代随一のバイオリニスト、クリムト・レジストから大きな関心を寄せられ、およそ一年後、彼の養子となる。

ぼくは生涯心の師と仰ぐことになるオーレン・バオとあいさつを交わし、トリスタンは……彼の人生を奈落の底へ突き落とす、ある女性と出会うことになる。


その日の帰り道、偶然バイエルとふたりきりになった。トリスタンがいないと、バイエルはやはり口を利かなかった。

新年を迎えて間もなかったその日の晩、エダンには白い雪が音もなく舞い落ちていた。雪のなかを歩いていたぼくは、さっきまでの興奮が信じられないほど冷めきっていた。

バイエルのバイオリンケースがコトコト立てる音を聞いたとき、ぼくはふと気になって尋ねた。

「さっき……演奏が終わったあと、どうしてあんな顔をしてたの？」

普段のぼくなら絶対に口にしない、そして普段のバイエルなら絶対に答えなかっただろう問い。バイエルはしばらく黙って歩いていたが、なにを思ったのかふっと顔を上げて素直に答えた。

「いないから」

やはり、演奏の直前に聞こえたバイエルのつぶやきは幻聴ではなかったようだ。

「いないって、誰が？」

「誰も」

ぼくはバイエルの言いたいことがわからなかった。あんなにたくさんの観客がバイエルの目には見えなかったというのだろうか？

「ひとりも」

バイエルはぼくが問い返す前に自分から言葉を継いだ。ぼくは疑問に思いながらも、黙ってバイエルの話に耳を傾けた。

「あれだけの席が観客で埋まってた。でも、聴衆じゃない、ただの観客だ。どんなに探してもひとりもいなかった。ぼくの曲を理解してくれる人、ぼくの言っていることをありのままに感じてくれる人、本当の意味でぼくの音楽を聴いてくれる人……。あそこにもいなかった。ぼくはその〝ひとり〟に会うためだけに演奏しているのに」

一瞬、胸の内に大きな動揺が走ったが、ぼくはそんなそぶりを見せないように努めた。バイエルはまた普段どおりに戻り、口を固く閉ざしてぼくには目もくれずに歩きはじめた。

けれど、たしかにバイエルは、その日初めてぼくに心の内を打ち明けた。そのときのぼくには、バイエルの苦悩がどれほど深いものなのかまではわからなかったけれど。


ともかく、その日からぼくにもひとつの目標ができた。彼の〝唯一の聴衆〟になること。

ぼくは彼の曲をじゅうぶんに理解し、愛し、聴いていると思っていた。でも、どんなに努力しても、彼の求める唯一の聴衆になることはできなかった。

どんなに望んでも。


その後バイエルとは、それ以上つかず離れずの微妙な関係が続いた。

バイエルへの尊敬と、彼の唯一の聴衆になりたいという熱望がぼくのなかでどんどん膨らんでいく一方で、バイエルはぼくのことをたんに自分の伴奏者として――それ以上でもそれ以下でもなく――接した。それに比べ、トリスタンはバイエルとすべてを共有するほど近しい関係にあった。

ときどき、トリスタンがうらやましく思えた。彼だけが、人嫌いのバイエルの唯一の友人だった。

無邪気な子ども時代と思春期を過ぎ、エダン音楽院を卒業したぼくたちは、晴れて青年になった。言葉遣いもぐっと大人びた。

バイエルは歴代最年少の十六歳でド・モトベルトの称号を授かり、すでにエダンにおいて伝説のバイオリニストになっていた。それまでド・モトベルトだった彼の師であり養父でもあるクリムト・レジストに、「ついに真のド・モトベルトがあるべき地位に納まった」と言わしめたほどだ。

トリスタンにも、優れたチェリストになる資質はじゅうぶんあった。だが彼はひとつのことだけに入れこむのではなく、楽しみながらいろんな楽器に触れていた。チェロやピアノやギターを弾くだけでなく、絵を描いたり詩を書いたりもした。

だがトリスタンがなにより好んだのは、社交界を渡り歩きながら人々と交流することだった。彼の話術と、誰もが心を開かずにはいられない持ち前の雰囲気、日増しに秀麗さを増していく容姿のおかげで、社交界での彼の人気は右肩上がりだった。平民であるにもかかわらず、貴族たちはトリスタンをこぞってパーティーに招待した。

そして年月が過ぎ、二十二歳にして三連続でド・モトベルトの栄誉を獲得したバイエルは、天才音楽家たちがそうしてきたように、他国の都市へ演奏旅行に出ることになった。最年少でド・モトベルトになってからというもの、他の追従を許さない当代きってのバイオリニスト。そのほか、バイエルの名を彩るあらゆる肩書きからしても、その演奏旅行はすでに成功したも同然だった。


出立の日、ぼくはトリスタンと一緒にバイエルを見送った。ぎこちないしぐさで手を差し出したバイエルは、トリスタンにがばっと抱き締められてしばし面食らっていた。

続いてバイエルが目の前に立った。なにを言うべきかわからずたじろいでいるぼくに、彼は言った。

「帰ってきたとき、もし上達してなかったら、トリオから外すからな」

それからくるりと背を向け、少しの未練もなさそうに馬車に乗った。そして一度も窓の外を見ることなく去っていった。

「行っちまったな」

「行っちゃったね」

バイエルの姿が見えなくなってからも、トリスタンとぼくはしばらくその場を動かなかった。トリスタンが首をかしげながら言った。

「わからないよなあ。ここは音楽の都エダンだ。観客なんざほっといてもいくらでも来るだろうに。あえて演奏旅行に出る理由ってなんなんだ?」

「それは、バイエルの言う唯一の人を見つけるためじゃないか。エダンにはいないみたいだし」

なんの気なしに答えると、トリスタンは目を見開いて言った。

「唯一の人? なんのことだ?」

「……知らないのか?」

「アナトーゼに秘密の恋人でもいるってことか?」

ぼくは慌てた。バイエルが垣間(かいま)見せた心の内を、トリスタンも当然聞いているものと思っていたのだ。だが、彼はなにも知らない様子だった。

気が咎(とが)めたが、その事実が嬉しかったぼくは、自分だけの秘密にしておきたくて話をはぐらかした。

バイエルは三年後に戻ってくるものと信じていた。三年後に次の〈コンクール・ド・モトベルト〉が開催されるからだ。それとなくではあるが、バイエルの口から、自分が生きている限り誰にもその座を譲らないという言葉を聞いたことがあった。

バイエルが帰るのを待つあいだ、ぼくは彼が残していったひとことを胸にピアノを弾きつづけた。実力は日一日と伸びていく一方で、作曲はそれを後押ししてくれなかった。どんなに一生懸命曲を書いても、バイエルにもらった楽譜に比べれば、それらは取るに足らない音符の組み合わせに過ぎなかった。

結局、バイエルが戻ったら驚かせてやろうという決意は重圧となり、ぼくは疲弊し、ついにはひどいスランプに陥った。

しばらくピアノに近づかず、いくつかあった演奏会も辞退して家に閉じこもっていた。母はそんなぼくを不甲斐なく思ったのか、毎日のように小言を浴びせてきた。

「アナトーゼ・バイエルとかいう平民出のバイオリニストは演奏旅行で大活躍しているというのに、あなたはいったいなにをしているの？　メルデンの闇市じゃ、彼のチケットが元値の十倍で売られているというじゃない。それだけじゃなく、あらゆる都市の貴族と有力者たちが、彼を引き留めておくために大金を積んでいるとか。彼はいまや、唯一のド・モトベルトと呼ばれているのよ。なのに、あなたは？　あなたのおかげでそこまでのぼりつめた恩知らずのバイオリニストがこれほどもてはやされているというのに、あなたはいったいなにをしているの？」

母の小言とバイエルの活躍は、ますますぼくを憂鬱にさせた。友人の成功を喜ぶべきだとわかっていたが、どうしても自分と比べてしまうのだった。いまのぼくは、彼の伴奏さえできない気がした。彼の唯一の聴衆になりたいと思う自分にも虫唾（むしず）が走った。

ぼくは初めて、バイエルから自由になりたいと思った。

「なんだ、作曲で忙しいなんて大嘘じゃないか」

ある日のこと、庭にぼんやり座っていたぼくは、久しぶりに嬉しい声を聞いた。

「トリスタン……きみか！」

「こうして会うのがいつ以来か知ってるか？　三カ月ぶりだぞ、つれないやつだな」

なんということだ。それほどの時が経っていたことにも驚いたが、三カ月もピアノを弾いていないなんて信じられなかった。

憎らしげに言いはしたものの、トリスタンはすぐに笑顔になってぼくを抱き締めた。

「てっきり作曲に専念してるのかと思ってたよ。邪魔したくなかったから来るのを控えてたんだ。そこへ昨夜、おまえのお母上から手紙を頂戴してね。それを読んで初めて、おまえが深刻な状態にあると知ったんだ。だから、朝一番にこうして駆けつけたってわけ」

母がトリスタンにそんな手紙を……。ぼくは恥ずかしくて頭をかくばかりだった。

トリスタンと向き合って腰かけ、使用人にお茶を運ばせた。トリスタンは薄く笑みを浮かべ、心配そうな視線を向けながら口を開いた。

「で、どうしたんだ？　アナトーゼに会いたくて熱でも出たか？」

ぼくはため息をついてから、堰を切ったように話しはじめた。自分の才能への不信、バイエルへの劣等感、母からのストレスなどをとりとめもなくまくしたてた。トリスタンにならなにを言っても許されそうな気がした。

トリスタンはときどき相槌を打ったり、小さくうなったりしながら、ぼくの話を最後まで聞いてくれた。そして、かぶりを振った。

「才能あるふたりが出会ったんだ、そういう危うさはつきものだよ。良きライバルとして才能を磨き合う関係になれれば一番だが……それが難しいことはわかってる。よし、そういうことなら、とっておきのものをやろうじゃないか」

「とっておきのもの？」

「なにも訊かずに、今日の午後五時半、モンド広場に来てくれ」

「急になんだい？」

「なにも訊くなって言ったろ」

それじゃああとで、と言ってトリスタンは去っていった。ぼくは不意打ちを食らったように茫然として時計を見た。まだ午前十一時を少し回ったところだった。

それまでどう時間をつぶそうかと悩み、ふとピアノを振り返った。少しためらいながらも、ピアノの椅子に座ってみた。長いあいだ閉じられていたふたに手をのせると、切なさが胸に広がった。勇気を出してふたを開ける。

ああ……。

ピアノの鍵盤を指でゆっくりと撫でながら、ぼくは涙をこぼした。どうしてこの感触を忘れていられたのだろう。E、F、G……一音ずつ鍵盤を鳴らす。それから和音をつくり、それに伴奏を合わせ、ピアノを弾きはじめた。

積もり積もった悲しみと苦悩と痛みが、いっきに鍵盤へと注ぎこまれた。あるときは鍵盤が壊れそうなほど力強く、あるときは赤子をあやすようにやさしく指を動かした。Eフラットマイナーから再びCマイナーへ、その旋律は自分でも予測のつかないほどめまぐるしい変化を繰り返した。

「ゴヨ……ゴヨ……ゴヨ・ド・モルフェ！」

完全に没頭していたぼくは、はっと驚いて指を止めた。いつからそこにいたのか、母が心配と苛立ちの入り混じった顔でぼくを見つめていた。

「六時間も弾きっぱなしよ。腕が折れるまで弾くつもりなの？」

驚いて時計を見た。もう五時だった。慌てて使用人に馬車を表へ回すように命じた。

御者を何度も急かしたおかげで、遅れることなくモンド広場に着いた。広場の北にある時計塔を確かめたぼくは、もどかしい気持ちでトリスタンを待った。

モンド広場は、いつものようにアマチュア奏者たちで賑（にぎ）わっている。トリスタンが来るまで、近くにいたバイオリニストの演奏を聴いた。折しも、バイエルの最も有名なレパートリーである『ムー・デム・イノックス』だった。

バイエルの足元にも及ばないことは言うまでもなく、懸命にバイエルのテクニックを真似する様子に、ぼくは笑いをこらえられなかった。

ほどなく、時間ぴったりにトリスタンが現れた。

「よし、それじゃあ、のんびり行ってみるか」

「ああ、ちょっと待ってて」

ぼくはコインが数枚入っているだけのバイオリンケースに、百フェール紙幣を入れた。バイオリニストはちらりとぼくの顔を見ると、感謝を示すようにぺこりと頭を下げた。ぼくも会釈を返してから、トリスタンのあとを追った。

「やっぱり金持ちのおぼっちゃんは違うねえ。モンド広場でその紙幣を出すやつはいないよ」

「ふうん……そんなものかな。そうだ、もしもバイエルが変装してここで演奏したら、ケースにいくら集まると思う？」

「うん？　ははっ、そりゃおもしろそうだ。アナトーゼが戻ったら一度やらせてみようじゃないか」

「やめたほうがいい。いくらきみでも絶交されるぞ」

ぼくたちはそんな冗談を交わしながらモンド広場を出た。そして、さわやかな緑の香りが漂う砂利道に入った。

左右に街路樹が立ち並ぶその道を歩いていると、気持ちがほぐれていくのを感じた。行き先は知らなくても、トリスタンは間違いなくぼくをすてきな場所へ導いてくれていると確信できた。

「さあ、ここだ」

驚いたことに、その先には大邸宅があった。エダンでこれほどの邸を所有している人は数少ない。

ぼくの知る貴族や資産家たちを順々に思い浮かべ、それまで一度も訪ねたことのなかったある人の名を思い出した。

「イエナス・ド・ガフィル侯爵か」

「なんだつまらない、もう当てちまったのか」

トリスタンはそう言いつつも、まんざらでもないという顔で門を叩いた。使用人に案内され、ぼくたちはきれいに手入れされたアプローチを通ってなかへ入った。なかから音楽が聞こえてきていた。

「まさか、サロン演奏会でもあるのか？」

「ただのサロン演奏会じゃない。ここは最近、エダンで一番人気の社交場なんだよ。エダンの有名な音楽家だけでなく、詩人、美術家、役者、それ以外にもたくさんの大物が集まってくる場所だ」

ぼくは呆気にとられた。エダンの社交界でトリスタンがもてはやされているとは知っていたが、こんな所にまで顔を出すようになっていたとは。ふと、尊敬の念さえ浮かんだ。

ぼくたちは間もなく二階のサロンへ案内された。サロンのドアが開くと、まるで舞踏会を楽しむかのように、シャンパングラスを手に歓談している人々が見えた。片隅ではぼくもよく知る音楽家たちがピアノやチェロ、フルートを奏でている。

「まさか、あれは……九つ指の奇跡、ポール・クルーガー？　チェロを演奏してるのは……シュテンベルグ先生？」

ぽかんと口を開けたまま奏者たちを見つめていたぼくの前を、肖像画一枚にじつに二千フェールの値がつくという役者が通り過ぎていった。

「ここはいったい……」

呆気に取られているぼくの背中を、トリスタンがポンと叩いて言った。

「さて、今後はおまえもここの客だ。ほかでもない、イエナス侯爵の令夫人、ガフィル夫人のサロン。エダンで最も魅力的な場所のね」

サロン内に流れるやさしい音楽、なんともいえない上品な香り、エダンが誇る天才たちの笑い声。

その天国ともいえるような場所で、ぼくは初めてガフィル夫人に会った。

夫人はぼくより三つか四つほど上かと思われるあでやかな女性だった。気品あふれるオーラと、奥ゆかしい微笑がこのうえなく美しい。そのうえ、彼女の知識は芸術のみならず政治、社会など多岐にわたっていた。

「ようこそ、ゴヨ・ド・モルフェ。お話はトリスタンからたっぷり伺っています。でも、残念ながらまだあなたの演奏を聴いたことはないのです。いかがでしょう、失礼にならないようでしたら、今日ここでわたくしたちのために演奏していただくというのは？」

ガフィル夫人が提案すると、近くにいた人たちがぼくに注目した。ああ、悪い冗談であってほしい。こんな大物たちの前でぼくの未熟な腕を披露するなんて。

トリスタンに助けを求めようとしたが、彼はすでにほかの友人たちに囲まれていた。ぼくは覚悟した。

「夫人がそうおっしゃるのなら……まだまだ未熟者ですが、精いっぱい演奏させていただきます」

みなが見つめるなか、ピアノの前に腰かけた。これほどの緊張は、カノンホールで演奏して以来だ。深呼吸しながら、なにを演奏しようかしばし悩んだ。

頭に浮かぶのはただひとつ。さっきまで六時間ものあいだ休むことなく弾きつづけた曲。

ピアノの音が流れると、入り乱れていたサロンの雰囲気が徐々に静まっていった。ぼくが演奏しているメロディは、言うならばバイエルへのもどかしさを込めたものだった。胸の奥に押しこめてきた、彼の唯一の聴衆になりたいという思い。だがそうなれないことへの果てしないもどかしさ。

この音楽が、どこにいるかもしれないバイエルに少しでも届くなら。

完全に自分の世界へと入りこんだぼくの耳には、ピアノの音以外になにも聞こえなかった。

そうして数分余りの演奏が終わると、突然大きな拍手が響いてきた。

照れ笑いしながら立ち上がると、なんとポール・クルーガーが歩み寄ってきて手を差し出した。彼の四本指の右手を驚異をもって見つめていたぼくは、その手をしかと握った。

そうしてぼくはサロンの一員となった。

そこは、身分を問わず、才能ある人たちに開かれた場所だった。ある日、ぼろをまとって食べ物にがっついていた男が、突然ケーキをぐちゃぐちゃに崩しはじめるという光景を目撃した。どこからか忍びこんできた浮浪者がこの貴重な時間を台無しにしなければいいが……。だがそんなぼくの心配をよそに、人々は興味深げにその様子を見守っていた。

驚いたことに、男はぐちゃぐちゃにしたケーキで、祈りを捧げる婦人像をつくり上げた。あっという間の出来事だった。ケーキの割れ目は、服や指などの細かい線を形づくっているではないか。ぼくは開いた口がふさがらなかった。この世はなんと多様な才能にあふれているのだろう。

ぼくはこのサロンで、多くのひらめきや刺激を受けた。大家たちの朗読する詩から楽想を練ることもあれば、モンド広場で見かけそうなパスグラノたちと一緒に演奏することもあった。それは思ったより愉快な経験だった。スランプは、そんなふうに少しずつ薄らいでいった。

そしてこの頃から、エダンのいたる所で、さらにはガフィル夫人のサロンでも、預言者キセの終末論がささやかれはじめたのだ。

＃02
楽器オークション

天才と超現実は奇妙な磁力で引かれ合う
彼が氷の木の森の話を持ち出したとき
ぼくはそんなことを思った

あれから三年が過ぎた一六二八年。その頃エダンを支配していたのは、音楽と終末論だった。

通りにはいつものように騒がしいパスグランが流れ、屋内では高級感のあるマルティンが奏でられていた。互いに排他的な二つの音楽が調和を織り成す唯一の場所、それはエダンの中心にあるモンド広場だ。

モンド広場では、さまざまな種類の音楽とともに、こんなささやきが聞こえてくる。

キセは詐欺師だよ。そう言うのはマルティノだ。

いや、キセは本物の預言者だ。バスグラノが言い返す。

キセは預言にかこつけて平民たちを煽り立て、貴族政治に首を突っこもうとしてる機会主義者に過ぎない。これは貴族たちの言いぶんだ。

キセが言うには、一六二八年の終わりには、貴族という貴族は終末を迎えるらしいぞ。おずおずとそうつぶやくのは平民たちだ。

だが、世間でどんな話が行き交っていようと、ぼくの関心はバイエルがいつ戻るのかということだけだった。〈コンクール・ド・モトベルト〉が開かれるのは秋のことで、いまはまだ一月だというのに。

雪の降るある日、窓の外を眺めながら、ぼくはトリスタンとお茶を飲んでいた。

「今度はずいぶん南のほうへ下ったそうだ。こりゃあいよいよ戻ってくる気がしないな。なんにせよ、戻ってきたらただじゃおかないぞ。演奏する手はあっても、手紙を書く手はないっていうんだから」

トリスタンが拗ねたように言った。バイエルは三年間、手紙ひとつ寄こさなかった。ぼくたちは、バイエルが滞在しているという街へときどき手紙を送っていた。だが返事はなく、手紙を読んでいるのかさえ怪しかった。

「それはそうと、バイエルがもしコンクールに出ないとなると……今回ド・モトベルトになるのは誰だろう？　またクリムト・レジストかな？」

ぼくが言うと、トリスタンは首を振った。

「あのお方は参加しないそうだよ。もう年をとりすぎたからって。バイエルの前例があるから、今回も若手が選ばれるんじゃないかというのが社交会の見立てだ」

「若手か……」

注目を集めている新人をひとりひとり思い浮かべていると、トリスタンがいたずらっぽい顔でじっと見つめてきた。

「なんだい、その目は？」

「にぶいやつだなあ、その若手のひとりがおまえだよ」

その言葉に、思わず腰が浮いた。

「なにを言っているんだ。ぼくみたいなのがド・モトベルトになったら、コンクールの名に傷がつくよ」

「でも、このところエダンでもずいぶん名を上げてきてるだろう。演奏の依頼もあとを絶たないじゃないか」

「ハッ！」

ぼくは一度頭を抱えるようにしてから、言った。

「バイエルがいなくなって、エダンは人材が尽きたようだね。ぼくみたいなやつまで候補に挙がるなんて」

「そんなに自分を卑下するなよ、ゴヨ。どちらにせよ、おまえもコンクールに出るんだろう？違うか？」

トリスタンにそう言われ、返す言葉に困った。

「それは、経験になるからだよ……。自分の演奏をたくさんの人たちに聴いてもらえるし……。でも、ぼくはド・モトベルトになりたいわけじゃない」

「やれやれ、お母上の話をもっと心して聞くべきだな。欲を出さないと。それがおまえとバイエルの一番大きな差だってことがわからないのか？」

その言葉は、思った以上にぼくの心に突き刺さった。トリスタンはそんな波紋を投げておいて、突然話題を切り替えた。

「それよりゴヨ、今度カノンホールで大きな楽器オークションが開かれるらしいんだが、興味あるか？」

「オークション？　カノンホールで？」

「J・カノンの名器をはじめ、数百万フェールはする楽器の数々が出品されるそうだ。そのオークションに参加するために、早くも各都市から金持ちが集まってきてる」

「オークションか……」

参加してみたかった。ちょうど、いいピアノがほしいと思っていたところだったのだ。いまのピアノは子どもの頃から使っているもので、もうずいぶん古い。

「行きたいけど、母上がなんて言うか。最近は、そんな体たらくならピアノなんてやめてしまいなさいと言っているぐらいだから」

「すっかり忘れてるようだが、おまえの親はひとりだけではないだろう」

トリスタンの言葉に、ぼくはようやく思い出した。最後に会ってから一年も経っていた……父を。


モルフェ家は代々、エダンと隣り合うアナックス王国の財政を任されていた。

数千万フェールという巨額の金が日に何度も往来する場所。父はそこの責任者で、ふたりの兄も父の仕事を手伝っていた。桁違いの数字を扱う仕事をしているせいか、父は家計のことには無関心だった。

ともかく、王室からもらう俸給も恐れ多いほどなのに、聞く話によると、裏で動いている金額はその何倍にもなるらしかった。おかげでわが家はエダン一の金持ちと言われていた。

父上

冒頭にそう書いてから、長いあいだ悩んだ。どんなふうに切り出せばいいか想像もつかなかったのだ。父と交わした言葉は、ひとつひとつ思い出せるほど数少ない。

それでもどうにか、長い時間をかけてやっと手紙を書き上げた。ひとことに要約すれば、「お金をください」という手紙を。

父のいるアナックスの首都カトラまでは馬車で数時間の距離だったが、忙しい父のことを思えば、オークションまでに返事が届かない可能性もあった。

だが驚いたことに、返事は翌朝に届いた。

愛する三男坊、ゴヨへ

封筒に美しい筆記体でそう書かれているのを見た瞬間、恥ずかしくも涙がこぼれてしまった。父から愛しているなどと言われたのは初めてだった。

ぼくは震える手で封筒を開いた。


ゴヨ、おまえから手紙をもらうのは初めてだな。

家のことに構えないわたしを許しておくれ。それも家族を思ってのことだと言っても、つまらない言い訳にしかならないだろうが。

最近はカトラまでおまえの噂が聞こえてきているよ。立派なピアニストになったようだな。おまえを音楽家に育てることにしたのは、わたしの生涯で最も誇れる決心のひとつだ。

聞くところによると、次のド・モトベルトの有力候補だそうだが、それはきっと、わたしにごまをすろうとする者たちのおべっかだろう。わたしはおまえに、そんな期待をかけて負担を与えたくはない。大切なのは、自分の幸福を守ることだ。

それから、ゴヨ。

わたしは一度もおまえにとって温かい父親でいてやれなかったが、その代わり、自慢の息子が望むものくらいは買ってやれる。

同封した小切手を使いなさい。次に帰ったときには、新しいピアノでわたしにも演奏を聴かせておくれ。

いつでもおまえを愛している父より

ぼくはしばらく、手紙を抱き締めたまま静かに泣いた。添えられていた小切手の金額欄は空白になっていた。

だが、ぼくはそれ以上に価値あるものをもらった気分だった。

父から手紙をもらった一週間後、ぼくとトリスタンはカノンホールで開かれる大規模なオークションに参加した。トリスタンはカノンホールのオーナーであるレナール・カノンとも昵懇の仲だったため、最上席をふたつとることができた。

オークションの開始前、ぼくたちはその日の品目をざっと見て回った。ぼくは三台あるうちの、真ん中にあった黒いピアノにすぐさま心をつかまれた。

レナール・カノンに許しを得て、鍵盤にさわらせてもらえることになった。音はどれもすばらしかった。隣にあった茶色いピアノのほうが音に深みが感じられる気がしたが、ぼくはやはり、すっきりした音を出す黒いピアノにしようと心を決めた。

「おれが思うに、茶色のほうがいいんじゃないか、ゴヨ。これは……やはりJ・カノンの作品か」

「でも、黒いほうが好きなんだ」

「うーん。クリスティアン・ミヌエルの作品か……。なに、そっちも悪くはないが」

クリスティアン・ミヌエルはJ・カノンの弟子だった。J・カノンは彼を弟子に迎えるとピアノ作りから手を引き、すべてを託した。だが、クリスティアンはJ・カノンから受け継いだ技術が熟す前に、二十三歳という若さで不慮の事故により亡くなってしまう。

そのため、クリスティアンの名前がついたピアノは、この黒いピアノを含めて二台しかない。もう一台は、カノンホールに提供されていた。

「でも、ゴヨ。J・カノンの名器が自宅にあることを想像してみろよ。これはすごいことだぞ」

トリスタンは諦めきれない様子だったが、ぼくは首を振った。

「いくら父上の小切手があるからといって、そんな大金は使えない。J・カノンのピアノなら、間違いなくとてつもない競りになるはずだよ」

「そもそも、音楽家は楽器に金を惜しまないものだ。それに、こんな機会はおそらく二度とない。オークション史上、J・カノンの名器がこれほど多く出品されるのは、きっとこれが最初で最後だぞ」

カノンホールの創立者であり、稀代の楽器製作者として名を馳せたJ・カノン。彼は自身の作った楽器を未来のド・モトベルトたちに献呈してくれと息子たちに言い遺したが、彼らは約束を守らなかった。

末息子のレナール・カノンだけが楽器の相続を放棄し、代わりにカノンホールを受け継いだ。おかげで、このすばらしい建築物がほかの人の手に渡ることだけは防げた。残りの兄弟は

Ｊ・カノンが亡くなって三十年となるこの日、父親の遺した楽器のほとんどをオークションに出品した。

「わたしも父の作品を勧めたいね、モルフェ君。金持ちは展示品のように家に置いて自慢するだけだ。そんな人たちの手に渡るなんて我慢ならない」

レナール・カノンが悲しげな面持ちで言った。父親の遺品がこんなふうに売りさばかれるなんて、どんなにつらいだろう。ぼくは、急に老けこんだように見える彼を黙って見つめた。

そのとき、がやがやと人の声が聞こえた。また別の楽器を運んでいるようで、その様子からしてずいぶん貴重なものらしい。となると、きっとＪ・カノンのバイオリンだろう。

Ｊ・カノンの作品のなかでも、バイオリンはどれもこのうえない出来で、それだけ値も張った。

「おい！　気をつけてくれ！」

レナール・カノンがそちらのほうへ走り寄りながら叫んだ。普段は誰よりもおとなしい彼があれほどやきもきするものとはなんだろう？

ぼくとトリスタンは顔を見合わせて言った。

「どうやらあれのお出ましのようだな？」

「まさか……Ｊ・カノンのイントゥルメンタ？」

Ｊ・カノンのイントゥルメンタとは、彼が作った楽器のなかでも最高峰とされる四つを指す。

彼は生前、自分の魂を砕き、それでバイオリン、チェロ、ビオラ、ピアノを作ったという。そしてその四つの楽器にだけ特別な名前をつけた。黎明、黄昏、薄明、早暁。

「どれどれ……見えそうで見えないな」

トリスタンが黒い布で覆われたガラスケースをなんとかのぞき見ようとしながら言った。

胸が高鳴った。もしもピアノの〈早暁〉が出品されたなら、ぼくは父に借金をさせてでも自分のものにしたかった。だが、（父にとってはさいわいなことに）ピアノやチェロにしては小さすぎる。バイオリンである黎明は消失したというから、どうやらビオラだろう。

「今日破産する人はひとりじゃ済みそうにないね」

「おれはガフィル夫人に賭けるよ」

「夫人もいらっしゃるのかい？」

「知らなかったのか。夫人は楽器に目がないんだ。そばでイエナス侯爵に止められなかったら全財産をつぎこんでしまうだろうな」

ぼくは首をかしげた。

「でも、夫人は演奏しないじゃないか」

「ああ、そうとも。ご自分のためじゃなく、サロンにやってくる音楽家たちのためにだ。まったくすばらしいお方だよ」

ぼくはやっと合点がいった。そうでなくても、ガフィル夫人のサロンにある楽器に感嘆していたところだったのだ。


ついにオークションが始まった。

初めはベマのハープやギニフのトロンボーンなどで人々の関心を引きつけ、続いてヘモンガルトの傑作チェロで会場をしばらく狂乱の渦に巻きこんだ。

名も知らないある紳士が五百万フェールでそれを落札すると、ざわめきが起こりはじめた。早くもこの調子では、J・カノンの作品が登場したときなにが起こるか想像もつかない。

続いて、初めてJ・カノンの名器が運ばれてきた。さっき見た茶色のピアノだった。買いたい気持ちがないわけではなかったが、七百万フェールまで競り上がったところであきらめた。ピアノは最終的に、九百五十万フェールで恰幅のいいどこかの金持ちに落札された。

そっとレナール・カノンの顔をうかがうと、彼はこちらが申し訳なくなるほど沈鬱な顔をしていた。

そしてとうとう、ぼくが待ちに待った黒色のピアノが出てきた。J・カノンのものとは比べものにならないが、彼の一番弟子だったクリスティアン・ミヌエルが手がけたピアノは、思いの外値段が吊り上がっていった。それは、彼が手がけたピアノがこの世に二台しかないという希少性もあるのだろう。

百五十万フェールで落ち着いたところで、ぼくは静かに手を挙げて二百万フェールと告げた。もう手を挙げる者はいなかった。

「おめでとう、ゴヨ。最初の演奏はもちろんおれに聴かせてくれるよな?」

「残念だけど、父上が先だよ。いつ戻られるかはわからないが」

トリスタンのいたずら半分の言葉に、ぼくはにこりと笑いながらそう返した。

小切手に二百万フェールと書きこんで係の者に渡すと、彼はモルフェ家のサインに一瞬驚いた顔をした。ぼくは楽器を邸に運ぶよう頼み、自分の席に戻った。

その間に、J・カノンの名器がまたも登場していた。

「四百万! ガフィル夫人、四百万をご提示になられました。おお、後ろの殿方は四百五十万！」

初めてガフィル夫人の名が飛び出すと、ぼくとトリスタンは後ろを振り向いた。使用人をひとりだけ連れた彼女が凛として座っていた。ぼくたちに気づいた夫人はほほ笑み、ぼくたちも会釈を返した。

「五百万！　マエストロ・レジスト！」

バイエルの養父の名が挙がると、ぼくは驚いて振り向いた。内心、マエストロがそれを競り落としてバイエルに贈ってくれたらと思いながら。バイエルならJ・カノンの名器を奏でるにじゅうぶん値する。

「ああ……殿方が手を挙げられました。六百万です。マエストロ？」

ガフィル夫人の後ろに座っていた見知らぬ紳士が手を挙げると、司会者は脂汗を浮かべた。彼は相当な大金持ちのようだった。すでにヘモンガルトの傑作チェロとベマのハープも買っている。

「楽器ミュージアムでも建てるつもりらしい」

トリスタンが低くぼやいた。結局マエストロは残念そうな微笑を浮かべて首を振り、J・カノンのバイオリンまでもがその紳士の手に渡った。

あっという間に数時間が経っていた。オークションに出された品々のほとんどが落札されていったが、トリスタンとぼくが待っている品はまだ登場していなかった。

いまかいまかと待っていたぼくたちの耳に、ついに司会者がこう言うのが聞こえた。

「さて、本日最後の品です。おお……これをなんとご紹介すればいいでしょうか。いや、このひとことに尽きるでしょう。イントゥルメンタ。J・カノンのイントゥルメンタのひとつ、

〈黎明〉です！」

黎明！

まさか、消失したはずでは？

信じられないというように、黎明とつぶやく声がそこかしこから聞こえてきた。多くの人々が席を立ち、入り口のほうを見つめた。

黒いベールに包まれ、ゆっくりと運ばれてきた小さなガラスケースを見つめる人々の目には、驚愕と驚異の色がにじんでいた。

「まさか……黎明が。黎明……？　黎明とは！」

トリスタンはガラスケースに釘づけになったまま、われを失ったようにつぶやいた。それはぼくも同じで、トリスタンをからかう余裕もなかった。

そろそろと運ばれてくるケースを、みなが視線で追った。とうとうそれが舞台にのぼると、四方からため息が漏れた。

「でも……でもあれは……どういうことだ？　あれは演奏できないじゃないか」

誰かのつぶやきが聞こえてきた。ぼくも同感だった。

あれがどんな名器だとしても、J・カノンの魂そのものだとしても、演奏することはできない。

司会者はハンカチで汗をふいてから、震える声で言った。

「みなさま、このとんでもない楽器についてはよくご存じのことかと思います。J・カノンは存命の頃、世界で最も美しく最も優れた音色のバイオリンを製作しました。彼の言葉どおり、魂を込めて。ひとえに音域の神モトベンにのみ仕える、傲慢かつ魅惑的なこの名器を、みなさまの目でとくとご覧ください！」

司会者が芝居がかった言い回しとともに手を振り上げると、脇にいた係がベールを剝いだ。

「あっ……！」

ぼくは思わず声を漏らしたが、心のなかでは大きな悲鳴をあげていた。それはぼくだけではなかっただろう。

真っ白だった。

そんなバイオリンは見たことがなかった。よくよく見ると、やや色褪せたような灰色を帯びている。いったい何を塗っているのだろう？　それとも、木そのものの色？　あんな木が存在するのだろうか？

「……ほしい」

隣でトリスタンがつぶやいた言葉に、ぼくも深くうなずいた。すでに小切手を使ってしまったことを後悔した。

ぼくがバイオリンを演奏しようとしまいと、そんなことはどうでもよかった。どうせ誰も奏でられない楽器なのだから。でも、ほしい。頭では理由を見つけられないのに、心では途方もないほどそれを求めていた。

「この楽器の犠牲となったバイオリニストはおびただしい数にのぼります。J・カノンはあるとき、この楽器を封印し、秘密の場所に隠しました。そして三十年の時を経て、黎明は再びここに登場したのです！」

そう。三十年ものあいだ黎明の行方は知れないままで、誰もが消失したものと思っていた。J・カノンみずから、亡くなる前に燃やしてしまったという噂もあった。

黎明は、数多の音楽家の命を奪った罪深き名器だった。誰ひとりその原因を知らないが、黎明を奏でたバイオリニストはみな、数日のうちに肉が腐り果て、死んでいった。それにもかかわらず、ひと目見れば誰もが弾きたくなる魔力を秘めていた。

あるとき詩人リーツが、黎明が仕えるのは音楽の神モトベンだけだと述べて以来、それが伝説となったのだ。

「では、百万フェールから」

初値が百万フェールとは。司会者の言葉に、ぼくは苦笑いするしかなかった。

最初はみな、圧倒されたかのようになかなか手を挙げなかった。果たしていくらと言えばいいのか。

ふと後ろを振り向くと、ガフィル夫人は目に涙をため、うつろな顔で黎明を見つめていた。だが、夫人は手を挙げはしないだろう。楽器を展示して眺めるようなことは我慢ならないだろうから。

「誰もいらっしゃいませんか？　ああ……五百フェール」

ガフィル夫人の後ろにいた紳士がまた手を挙げた。何者かわからないが、どうか彼の手に渡らないようにとぼくは願った。

「マエストロ・レジスト、七百フェール」

マエストロの顔も手に入れたいという欲望に満ちていた。おそらく全財産をつぎこもうとしているのだろう。

「一千万……フェール。一千万フェールが出ました」

司会者の声も震えていた。初めて提示価格が一千万フェールを超えたのだ。隅にいた老貴族だった。

「一千二百万……一千五百万、あ、あちらから一千八百万……その後ろの方、二千万！」

あちらこちらで、なにかに取り憑かれたかのように手が挙がった。この世にはこんなにたくさんの金持ちがいたのか？　場内の雰囲気はどんどん白熱していく。

「おれは夢でも見ているんだろうか、ゴヨ。席を立ちたいよ」

トリスタンがぎゅっと眉をしかめた。同感だった。楽器ひとつをめぐって、みなが醜いほど欲望をむき出しにしていた。

「三千万！　ああ……みなさん。どうか落ち着いてください。三千百万！　後ろの方、三千二百万！」

そのとき、ガフィル夫人の後ろに座っていた紳士が腰を上げて叫んだ。

「五千万！　くそ食らえ、これ以上は誰も出せないだろう！」

場内は水を打ったように静まり返った。光を受け、表面をゆらめかせているバイオリンを見つめるうち、ふとそれが笑っているような気がした。

唖然として紳士を見つめていた司会者は、はっとわれに返った。

「五千万……。ほかにいらっしゃいますか？」

場内の沈黙を破る者はいなかった。残念だが仕方ない。楽器ひとつにそんな大金はそうそう払えないだろう。それだけの財力をもつ人も多くはない。

だが、そのときだった。

「五千五百」

静かな声が会場の片隅から聞こえてきた。みなそちらを振り向いた。ぼくも振り向いて、様子をうかがった。

　五千万と言った紳士は新たなライバルを訝しげに見据えた。そんな大金を払えるようには到底見えなかったからだ。

　紳士が腹立ちを抑えるような声で言った。

「きみ、これがおふざけじゃないことぐらいわかっているんだろうな？　五千五百というのは本気か？」

「もちろん」

　相手は冷静に答えた。紳士は顔を赤くして息巻き、司会者のほうを振り返って絞り出すように言った。

「六千万。これで終わりにしようじゃないか」

　低い声が反撃するように応じた。

「七千万」

「おい、本当にそれだけの金があるのか見せてみろ！」

「あなたにお見せする義務はありません。ぼくはオークションの関係者とだけやりとりすればいいはずです」

　紳士は息巻きながらうなるように言った。

「わたしはジモン財閥の会長だ。きみが本当にそれだけの金を持っていると言うなら、わがジモン銀行のＶＩＰに違いない。名を名乗りたまえ！」

　ついに紳士の正体が明らかになった。彼は全都市に支店のある巨大銀行を有するジモン財閥の会長だった。一千万単位の大金を管理できる場所といえば、ジモン銀行しかない。七千万と言った人物は本当にそこの顧客なのだろうか？

「それはちょうどいい。この場であなたに小切手を書いてもらえば済みますから」

その人物は冷たく鋭利な微笑を浮かべて言った。

「アナトーゼ・バイエル・ド・モトベルト。お確かめください」


「おまえみたいなやつは知らないね」

「ということは、目の前にいるのはトリスタン・ベルゼじゃないのか。ぼくの人違いだったようだ」

「おれはトリスタン・ベルゼで間違いないが、そちらさんがアナトーゼ・バイエルだとは信じられないな。トリスタン・ベルゼの友、アナトーゼ・バイエルなら三年間一度も手紙の返事を寄こさないなんてありえない。トリスタン・ベルゼの友、アナトーゼ・バイエルなら戻るなりあいさつに来ただろうし、トリスタン・ベルゼの友、アナトーゼ・バイエルなら——」

バイエルはくすっと笑いながらバイオリンを手に取った。

「謝罪の意味できみに一曲捧げるよ」

言い終わるなり、バイエルは演奏を始めた。

ここを発つ前も完璧だった彼の演奏が、さらに上達するなど想像したこともなかった。だが、彼の演奏は確実によくなっていた。完璧を超える完璧とは。音はこのうえなく研ぎ澄まされていた。

ぼくとトリスタンは、やさしく上下する弓にじっと見入っていた。この世にこんな音を奏でられるバイオリニストがまたといるだろうか？

「さ、これで友人に戻れただろう？」

演奏を終えたバイエルがバイオリンと弓を持ったまま、さっと両腕を開いて言った。言葉を継げずにしばし彼を見つめていたトリスタンは、負けたというようにしかと抱擁を交わした。

「次はないからな」

「心配いらないよ。エダンを出ることは二度とないだろうから」

「本当か？」

「演奏旅行はもうこりごりだ。金は儲かったけどね」

トリスタンはクッと笑ってから、かぶりを振った。

「そうだな。三年で何千万フェールも稼ぐなんて、悪い冗談でも聞いてるみたいだ」

「じつは、もしもあれ以上の額を提示されてたら、ぼくはあとがなかった。あれが全財産だったんだ。会長は今頃ぼくの口座を確かめて悔しがってるだろうな」

トリスタンとバイエルは顔を向き合わせて楽しそうに笑った。その一方で、それまでじっと黙っていたぼくはおそるおそる口を開いた。

「約束してくれ、バイエル。演奏しないって」

ぼくの言葉に、ふたりが同時に振り向いた。バイエルは眉をひそめ、トリスタンは呆れたように言った。

「バイエルに演奏しないでくれだなんて、そりゃどういう意味だ？」

ぼくはトリスタンの問いには答えず、バイエルに向かって重ねて言った。

「約束してくれ。黎明を弾かないって」

トリスタンは、今度はバイエルを見つめた。それからわざとらしく笑って言った。

「ゴヨ、つまらない冗談はやめろよ。そうだろ？　いくら怖いものなしのアナトーゼ・バイエルだからって……黎明を弾くなんて」

バイエルは答えず、トリスタンの顔から徐々に笑みが消えていった。ぼくは、やっぱり、とため息をついた。トリスタンがいまにもバイエルの胸ぐらをつかみそうな勢いで言った。

「アナトーゼ、本気なのか？　あれを弾くだって？　あれに触れるだって？　黎明の伝説を知らないのか！」

「知ってるよ。でも、弾かないバイオリンをなぜ買う必要がある？」

「おまえ……死にたいのか？　死ぬために戻ってきたのかよ！」

トリスタンが声を荒らげると、周囲の視線が集まった。ぼくはトリスタンを落ち着かせようと腕をつかんだが、その手は払いのけられた。

「冗談じゃないんだぞ、アナトーゼ・バイエル！　あれを箱から出したら、二度とおまえとは会わない。死んじまえばどうせ会えないだろうがな！」

そう言い捨てると、トリスタンはくるりと背を向けて行ってしまった。

しばらく彼の背中を見つめてから、ぼくはバイエルのほうへ向き直った。そして、ずっと訊きたかった質問を口にした。

「会えたのかい？」

バイエルは答えなかった。ある程度予想はついていたため、ぼくはうなずいた。会えていたなら、こんな冷たい微笑を浮かべはしないだろう。

「会えるよ。会えるとも。いつかは本当に」

バイエルは少し顔をしかめた。ぼくのことを差し出がましいやつだと思っているんだろうか？　でも、ぼくに口出しされるのがいやなら、初めから心の内を話すことなどなかったはずだ。

　黙って立ちつくしていたバイエルは、ほどなく生気のない目をぼくに向けた。

「きみの家へ行こう、ゴヨ」

「うちに？」

「ちゃんと上達しているか確かめてから、トリオに残すかどうか決めるよ」


　邸にはすでにクリスティアン・ミヌエルのピアノが運びこまれていた。家に入るなり、母は待っていたと言わんばかりに畳みかけてきた。

「正気なの？　わたしになんの相談もなく、ピアノ一台に二百万フェールも出すだなんて！あなたは本気でピアニストになるつもりなんてないでしょう。ド・モトベルトになるならまだしも……」

　わめいていた母は、ぼくの後ろからバイエルが入ってくると、はたと動きを止め、言葉尻を濁した。それは嵐の前の静けさかと思われた。母が再び口を開けば、ありとあらゆるとげとげしい言葉が飛び出すものと。ところが……。

「あら、これはこれは。アナトーゼ・バイエル・ド・モトベルト！　ゴヨは本当に幸せ者ね。こんなすばらしいマエストロが大親友なんですもの。さあ、ご自分のおうちだと思ってどうぞゆっくりなさってね」

「ありがとうございます、夫人」

　バイエルは首をかしげながらも、礼儀正しく答えた。ぼくは呆れたように、しばらく母を見つめていた。一日とてバイエルの悪口を言わない日はなかったのに。母はきまりが悪いのか、そそくさとその場を離れていった。

「まったく……」

「どうした？」

「なんでもないよ。こっちだ」

バイエルは邸を見学しながらぼくのあとをついてきた。彼がわが家に来たのは初めてで、ぼくは少し緊張していた。

「いい邸だね。さすがエダン一の金持ちだ」

皮肉めいて聞こえたが、ぼくは聞き流した。

部屋に入ると、使用人たちがちょうどピアノを据えつけたところだった。ぼくは彼らにお茶と菓子を持ってくるよう頼んでから、ピアノのほうへ歩み寄った。クリスティアン・ミヌエルと刻まれた部分を撫でると、ようやく自分のものになったのだという実感が湧いてきた。

「いいね。ぼくもきみにはJ・カノンよりクリスティアンのほうが似合うと思う。さて、では。最初に弾いてくれるのか？　ぼくのために」

バイエルがそばに来て、ピアノを見やりながら言った。ぼくは少しためらったが、そのままピアノの前に座った。父に最初に聴かせたいのはやまやまだったが、バイエルの頼みを断ることはできない。トリスタンから愚痴を聞くはめになるだろうと思いながらも、震える手でピアノのふたを開けた。

いつものように鍵盤を撫でていき、Cに触れたところで演奏を開始した。鍵盤を叩く感触に、その音と同じくらい酔いしれた。

シンプルで軽快なワルツを一曲弾き終えると、バイエルがかすかに笑って言った。

「悪くない」

「嬉しいよ。それはきみの口から聞ける最高の褒め言葉だからね」

バイエルがくすりと笑って肩をすくめ、ぼくは浮かれてもう数曲弾いた。旅から戻った彼は、以前よりよく笑うようになった気がする。

間もなくお茶と菓子が運ばれてくると、ぼくたちは向き合って座った。

「三年ぶりで、なにがなんだかわからないよ。エダンの雰囲気はどうだ？」

「そうだな、パスグラノたちの暮らし向きがよくなったよ。社交会でいちばんの話題と言えば、やはりキセの終末論だろうね……。それと、最近はサロンでの演奏会が人気なんだ。コンクールよりサロン演奏会で人気を集める新人たちも増えてきているよ」

「サロン演奏会」

バイエルは気に食わなそうな顔で繰り返した。そうだ、バイエルにもガフィル夫人のサロンを紹介しなければ。

「エダンで最も影響力があるのは、イエナス侯爵の令夫人、ガフィル夫人のサロンだ。今度一緒に行こう」

「どうかな……凱旋(がいせん)記念演奏会の準備があるから。さっき、オークションのあとにレナール・カノンから提案されたんだ。一週間の独奏会をね」

バイエルはなんの気なしにそう言ったが、ぼくはがばっと席を立つほど驚いた。

「カノンホールで一週間も？」

「そんなに驚くことか？」

驚くもなにも。カノンホールでの独奏会は、高名なマエストロにしか許されていない。しかも、一週間。いくらド・モトベルトとはいえ、バイエルは弱冠二十五歳の青年だ。

「本当にすごいよ。きみはいつだってぼくを驚かせるね」

「このくらいで驚くなんて、ゴヨ。まだまだ器が小さいな。ぼくにとってこれは始まりに過ぎない」

ああ、バイエルの目標はどこまで果てしないのだろう。彼が待ち望む唯一の人に会ったら、その次は？

改めて思った。ぼくがいま何気なく会話しているこの人物は、歴史に残るだろう偉大な音楽家なのだと。

「それより、ゴヨ」

「うん？　ああ、なんだい」

「旅の途中で妙な話を聞いたんだ」

「妙な話？」

「エダンで生まれ育ったぼくが知らない場所が、この街のどこかにあるという話」

ぼくは首をかしげた。バイエルはいつもの彼らしくない、好奇心あふれる子どものような顔で訊いた。

「聞いたことあるか？　〝氷の木の森〟について」

#03
預言者キセ

すべての音楽が始まる場所

そして、すべての音楽が

眠りにつく場所

「氷の木の森？」

「ああ。きみも初耳か？」

ぼくは眉根を寄せて頭をかきながら答えた。

「まさか、あの古い伝説のこと？」

「伝説？」

「イクセ・デュドロ……エダンを築いた人物の伝記に出てくる場所だよ」

「もっと詳しく聞かせてくれ」

ぼくは『エダンの歴史』という本とイクセ・デュドロの伝記で読んだ内容をかいつまんで話しはじめた。


いまのエダンは自治都市だ。まだ共通の暦がなかった当時、つまりアナックス以前に三百年ほどさかのぼった頃、エダンはまだ雪に覆われた荒れ地だった。だが、最初のド・モトベルトと呼ばれるイクセ・デュドロがこの地を自身の終の棲家と決めると、多くの変化が生まれた。

イクセがここに落ち着くと、その取り巻きたち（彼らはみずからをデュドロンと呼んだ）があとに続き、やがてその家族や友人たちも集まってきた。そのほか、イクセの教えを乞う人々が絶えず押し寄せ、エダンはしだいに村の様相を呈していった。

その後、イクセとデュドロンたちのたゆまぬ努力と献身によって、この地はついに、美しくきらびやかな芸術と文化の都市となる。

それから三百年後、この地に征服王アナックスが現れた。いま使われている共通の暦を作った人物だ。アナックスは、美しい建築物と芸術にあふれるこの都市がどの国にも属していないと知って喜び、わがものにようとした。

すると激しい反発が起こった。反発したのはエダンの市民ではなく、近隣の大部族の首長たち（アナックス以前は王の概念がなかった）だった。彼らはイクセが芸術とともに広めた信仰的な禁忌に基づき、この地は誰のものにもなるべきではないと考えた。アナックスがエダンを手に入れようとすれば、エダンを滅ぼすとまで宣言した。

アナックスは目を丸くして尋ねた。

「エダンに攻めこむというのか？」

「そうだ」

「エダンを誰のものにもしないために？」

「いかにも」

主（あるじ）なきこの美しい土地と、ゆうに数十万はいそうな大部族連合をつき合わせて悩んでいた征服王は、最終的に地図にこう書き入れて引き下がった。〝聖域〟。そうすることで、自分がこの地を諦めた理由が怖気づいてではなく、尊重するがゆえになるからだ。

聖域。

そう。エダンがモトベンの聖地にして聖域となったのはそのときからだ。エダンは国ではなく自治都市であり、どこにも属さない。部族が国となり、首長が王となっていく歴史のなかでも、エダンだけは自治都市として残った。そしてエダンに暮らすイクセの弟子たちは、みずからを市民ではなくこう呼んだ。巡礼者と。

イクセの遺産のうち最も貴いものこそ、この巡礼者たちだった。生涯を通して一本の木だけを愛し抜いたイクセは、子孫を残さない代わりにたくさんの弟子を育てた。イクセと同時代に生きた者のうち、彼から教えを受けなかった人はいないほどだった。

その弟子たちがさらなる弟子を育て、エダンは芸術家たち、なかでも音楽家たちであふれるようになった。いまのエダンが音楽家の故郷と呼ばれるようになったのも、それゆえだ。


「だがイクセは死ぬ前に、自分が愛した木を燃やしてしまったそうだ」

「生涯愛したという木を？　悲惨だな」

「そうだね。でも、なにより奇妙なのは、その木が燃えなかったということなんだ。むしろ、炎のなかで冷たくなっていって、ついには氷になった。イクセが謝罪しながらその木を抱き締めた瞬間、彼はひと握りの灰となって消えてしまったと言われている」

バイエルは鼻で笑った。

「つまらないな」

「でも、一理あるんだよ。大学者のキリオニによれば、超高温の物体に触れると、かえって冷たく感じられるらしい。氷のように見えたその木は、実際、地獄の炎よりも熱く燃えていたんだ」

バイエルはしばしなにか考えていたが、ふとこう訊いた。

「それで？　それがその森とどういう関係が？」

「その木はどうなったと思う？」

「さあ……」

「伝記によれば、その木はイクセの死後もずっとそこに残っていたそうだ。そればかりか、枝がひとつ落ちるたびにそこから新しい木が生まれたらしい。凍っているように見えるけれど、本当は燃えさかっている木がね。そうしてとうとう、木のあった場所は森となった。伝記にはその目で見たと書いてあったけれど、どうだろうね……当時の本には、大げさな表現や嘘も交じっているから。ともかく、伝記にはこう書かれている。それはまるで氷の木の森だったとね」

バイエルは、ふむ、と小さく息を漏らした。つまらないと言いつつも、この話が気に入ったようだ。ぼくは肩をすくめて続けた。

「まあ、ただの伝説だよ。だって、エダンのどこにそんな森があるっていうんだ」

「あるかもしれない。一度行ってみたいものだな。イクセ・デュドロの家はどこにあるんだろう？」

ぼくはバイエルがどこまで本気なのかわからず、しばらくじっと彼の顔に目を凝らしていた。

「バイエル、本気でアナックス以前の家がまだ残ってると思っているのかい？　二千年も経っているんだよ」

「家はなくても、家のあった土地は残ってるはずだ」

「でも、イクセの家の場所なんて誰も知らないよ」

「エダンにあるのは間違いないだろう？」

ぼくは呆れたように笑った。バイエルは本気で信じているようだった。彼にこんな純真な一面があることがおかしかった。

「興味があるなら、伝記を貸してあげるよ」

「ありがたいけど、ぼくは本が苦手でね。きみの話だけでじゅうぶんだ。じゃあ、そろそろ行くよ」

「もう？」

「家を買ったんだ。父の家はエダンの中心から遠すぎるからね。寄ってみようと思って」

エダンの中心街に新たに家を構えるとは。演奏旅行でずいぶん儲けたというのは本当らしい。

ぼくはそのうち訪ねていくと約束して、バイエルを見送った。


数日後、ガフィル夫人のサロンで演奏会が開かれる日、ぼくはいつものようにトリスタンと連れ立って向かった。トリスタンもバイエルに声をかけたらしいが、断られたという。

「黎明は？　開けてないだろうね？」

ぼくの問いに、トリスタンが肩をすくめて答えた。

「さあな。まだ生きてるってことは、そういうことだろ」

「うーん……もしかして、三十年という月日のあいだに呪いが解けたってことはないかな」

「おまえだって見ただろう。あれが、その得体の知れない力を失っているように見えたか？」

「……いや」

むしろ貪欲に次の犠牲者を探しているようにも見えた。唯一の主、モトベンでなければ容赦なく命を奪ってやるといわんばかりに。

イエナス侯爵の邸宅を目の前にして、ぼくたちはなにかおかしいと感じた。いつもと比べてあまりに静かで暗かったのだ。

「今日は演奏会がないのかな?」

「それならそうと言って寄こしたはずだが」

ぼくたちは不思議に思いながら玄関扉の鋲を叩いた。

ほどなく玄関を開けたのは、驚いたことにガフィル夫人だった。使用人ではなく、夫人が出てきたのだ。だが、いつもの美しい姿は見る影もなく、顔には深い悲しみが浮かんでいた。

「ごめんなさい……。今日の演奏会は中止なのです」

「さようですか。わたしどもはかまいません。ところで、なにか心配事でも? 顔色がよくないようですが」

トリスタンが気遣うように言った。なにかをこらえるように口を引き結んでいたガフィル夫人は、トリスタンに寄りかかって泣きはじめた。ぼくたちはどうしていいかわからず、ひとまず夫人をなかへ導いた。

「いったいどうされたのです? おっしゃってください。できる限りお手伝いいたします」

ぼくは心からそう言った。しばらくハンカチで涙をぬぐっていた夫人は、涙交じりにやっと口を開いた。

「夫が病気で……それも、とても重い病気なのです。明日までもたないと……。それで……。今日の演奏会が中止になったことをお知らせできなかったのもそのためです。どうかお許しになってね」

「許すだなんてめっそうもない。わたしどもにできることならなんなりとお申しつけください、夫人」

　ガフィル夫人がなんの見返りも求めずほどこしてくれた好意と真心を、どうして忘れることができるだろう。彼女の望みなら、なんでも叶えてあげたかった。

　夫人は長い沈黙のあと、申し訳なさそうに言った。

「夫が……聴きたがっているのです」

「聴きたいとは、音楽のことですか？」

「はい、夫は最後に……あの方の演奏を聴きたいと申しております。アナトーゼ・バイエルの演奏を」

　ああ、バイエル。

　トリスタンとぼくは顔を見合わせた。バイエル凱旋の知らせは、キセの終末論さえ下火になるほどエダンの人々を熱狂させた。イエナス侯爵もそのひとりだったらしい。

　トリスタンが意を決したように立ち上がった。

「連れてまいりましょう。いますぐ連れてまいります。ですから、どうかもう泣かずにお待ちください、夫人」

「ああ、トリスタン……ありがとう」

　そのとき、ぼくはなにを思ったのか、トリスタンを引き留めた。

「待って、トリスタン。ぼくが行くよ」

　トリスタンは不思議そうにぼくを見つめていたが、やがてあいまいにうなずいた。

　ふたりを残して邸宅を出ると、ぼくはポプラ並木の小道をひた走った。

　数日前のバイエルの態度から、ぼくもいまでは彼の友人なのかもしれないという希望を抱いていたのだろうか。それとも、泣いているガフィル夫人をなぐさめる自信がなかったか。ともかくぼくは、バイエルを連れ出せるものと思っていた。

モンド広場に出て、最初に見つけた馬車に飛び乗った。バイエルの家に行ったことはなかったが、場所は知っていた。

ほどなく彼の家に着いたぼくは、急いで玄関を叩いた。

「バイエル！　バイエル！　ぼくだ、ゴヨだ！」

バイエルがややしかめ面をして出てきた。

「なんの用だ」

ぼくはとりとめもなくいきさつを話しはじめた。

「ガフィル夫人が……いや、イエナス侯爵がご危篤らしいんだ。それできみの音楽を、きみの演奏を最後に聴きたいと……一緒に来てくれないか」

彼が断るなどとはつゆほども思っていなかった。死の際にある人の最後の望みなのだから、聞き入れるのが当然ではないか。ぼくならむしろ感動して駆けつけていただろう。

だが、バイエルの顔は冷ややかにこわばった。それを見た瞬間、ぼくははっとした。なにかを間違えたのだと。

「なるほど、エダンの権威ある貴族様はこんなふうに音楽家を呼びつけるってわけか」

バイエルの口から軽蔑混じりの非難が飛び出したとき、ぼくは自分が彼をまったく理解できていなかったことに気づいた。ガフィル夫人やイエナス侯爵のことを少しも知らない彼が、こういった頼みをどう受けとめるかを。

「バ、バイエル、違うよ。侯爵はもう長くないんだ。だから最後にきみの演奏を――」

「だからなんだ、ぼくにとってはどうでもいいことだ。その人がどんな状態にあろうと関係ない。誰であれ、ぼくをこんなふうに呼びつけることはできない。ぼくに演奏しろと命じることも。それがきみであってもだ！」

ぼくは唖然(あぜん)としてバイエルを見つめることしかできなかった。三年ぶりに会った彼を、三年間でどう変わったのかもわからない彼を、数日前に見せてくれた微笑だけでなぜわかった気になっていたのか。なぜ自分を受け入れてくれたと過信していたのか。

「違うんだ、バイエル……すまない」

泣いてはいけない、泣くな、ゴヨ。

いくら自分に言い聞かせても無駄だった。ぼくの意志とは裏腹に、涙がこみ上げてきた。

「そんなつもりじゃなかったんだ。でも、頼むよ。とてもいい方なんだ。きみも会えばきっとわかる」

「きみはばかか。誰であろうと、どんな状態だろうと関係ないと言っただろう。ぼくは凱旋演奏会を控えてるんだ。そんなときに、死にかけてる貴族に呼ばれたからってへこへこ演奏しに行ったなんて噂が流れてみろ。誰が金を払って聴きに来る？ 病気のやつらはこぞってぼくを呼び出すだろうよ、違うか？ ぼくはモトベンの前だろうと無料(ただ)では演奏しない。ぼくにとって意味のある人でない以上、ぼくの音楽をなんの対価もなく聴けるなんてことはない。ぼくは金を儲けるつもりだ。音楽はぼくにとって生きる術(すべ)でもある。残念なことに、ぼくにはきみのように裕福な親もお気楽な家庭もないんだよ！ これだからきみが嫌いなんだ！」

バイエルはバタンと扉を閉めた。呆然と立ちつくすぼくの目から、とめどなく涙があふれた。

そう、やっと思い出した。バイエルに初めて会った日、ぼくが貴族というだけでむき出しにしていたあの敵意。

「すまない。すまない、バイエル。ぼくがばかだった。どうか許してくれ……」

ぼくはきみの……唯一の聴衆になりたいのに。


「こんなことだろうと思った」

なんとか気を取り戻したとき、目の前にトリスタンの姿があった。彼は心配そうな顔でぼくを支えながら馬車に乗せた。

「家へ帰るか?」

「いや……ガフィル夫人のそばについていて差し上げないと」

「それならしっかりしろ。涙も拭け。そんな顔で行くつもりか?」

ぼくはトリスタンがくれたハンカチで涙を拭いた。どれくらい泣いていたのだろう、頭が痛かった。だがトリスタンの言うとおり、いまはしっかりしなければならない。

ひと足早くガフィル夫人の邸宅に戻ったぼくは、気まずい思いで彼女と顔を合わせた。夫人は黙ってぼくの手を握り、必死で悲しみに耐えていた。

どれほど経っただろう、玄関の扉が開いた。トリスタンと、その後ろからバイエルが入ってきた。バイエルの顔を見る勇気がなく、ぼくは視線をそらした。胸の片隅に刺すような痛みが走った。

ガフィル夫人が立ち上がり、駆け寄ってバイエルの手を握った。

「ああ、アナトーゼ・バイエル。本当にありがとう。おいでいただき感謝いたします」

バイエルはこわばった表情で簡単にあいさつを交わすと、夫人のあとについてイエナス侯爵の部屋に向かった。トリスタンはぼんやりと座っているぼくを起こし、同じ部屋へ導いた。

寝室はとても暗かった。気のせいか、すでに周りに死の影が落ちているように感じられた。

「イエナス、来てくれましたよ。あなたが演奏を聴きたがっていたあの方が……」

ガフィル夫人の言葉が途切れた。ぼくは侯爵が彼女にしか聞こえない声でなにか言っているものと思っていた。だがほどなく、ガフィル夫人のむなしい声が聞こえた。

「イエナス？」

それに続く沈黙だけでじゅうぶんだった。

トリスタンはため息を漏らし、ぼくはよろめいて壁にもたれた。またしても涙が頬をつたった。

侯爵は、このうえなく素晴らしい方だった。音楽を愛し、美術を尊び、詩を讃える人だった。まごうことなき真の巡礼者だった。

ガフィル夫人の嗚咽が沈黙を破った。トリスタンが近寄り、夫人の肩にそっと手を置いた。夫人のためにしてあげられることはなく、ぼくは身を翻して部屋を出ようとした。

ところがそのとき、深いバイオリンの音色が響いた。ぼくははっと足を止め、振り返った。

バイエルだった。静かな、だが美しいレクイエムが室内に響き渡る。不謹慎かもしれないが、その旋律の前では夫人の嗚咽も歌のように聞こえた。しばらくすると、音楽とともに夫人の泣き声が治まった。彼女は顔を上げてバイエルを見つめていた。

ぼくは思わず、弔辞を捧げるかのようにこうつぶやいていた。

「人は命が尽きてからも……耳だけはしばらく聞こえているそうです。侯爵もきっとお聴きになられていることでしょう」

夫人は胸の痛くなるような、かすかな微笑を浮かべ、うなずいた。


数日後、葬儀は侯爵の遺志によってしめやかに執り行われた。エダンの有名な文人であるエリアン・ホルツが弔辞を読み、普段から侯爵と親しい間柄にあった画家、イライスが侯爵の肖像画を描いて碑石のそばに置いた。葬儀のあいだ、侯爵が後援していた名高いオーケストラ、メデンクルツが静かな葬送曲（レクイエム）を奏でていた。

トリスタンとぼくは葬儀が終わるまでガフィル夫人のそばについていた。バイエルは来なかった。


その頃から、ぼくは家に閉じこもって音楽だけに没頭した。秋に開かれる〈コンクール・ド・モトベルト〉のために。

しばらくは、バイエルのことをいっさい忘れることにした。ぼくにも、ある思いがあった。ド・モトベルトになって父を喜ばせたいという思いが。

結論から言うと、それがずいぶんぼくを成長させた。時折マエストロたちと会うことがあれば、彼らからひとつでも多く学ぼうと努め、それ以外の時間はひとりでピアノを弾いた。弾いて、弾いて、弾き続けた。指が動かなくなるまで。

そんなある日、新しいレパートリーを作曲している最中のぼくのところへ、母が小言を言いながら入ってきた。

「まったく、キセとかいう人はとんでもないことを言っているわ。平民共和党だなんてばからしい！　平民の言うことになんて誰が耳を傾けるものですか。会議でもなんでも、自分たちだけで勝手にやっていればいいものを」

「なんのことですか？」

「キセのことですよ、キセ！　終末が来るとかなんとか騒いでいるあの詐欺師が平民を煽って、平民共和党とかいうのを立ち上げるそうよ。エダンの政策に自分たちも参加するとか言っているらしいわ」

政治に興味はなかったが、やはりぼくにも貴族の血は流れているのか、聞き流すことはできなかった。

「今日はモンド広場で発足式があるみたいで、お隣のパモン夫人なんか、見に行こうってはしゃぎ出す始末なのよ。まったく、なにを考えているのかしら！　まるでお祭り見物にでも行くような気分でいるんだから」

集中力が途切れてしまったぼくは、息抜きも兼ねて広場に行ってみることにした。

馬車のなかで、キセという人物について考えた。預言者とは、不思議な力を持っているというより、時代を超越した直観力を備えた人なのではないか。彼らは普通の人たちよりも、ずっと広い視野と優れた判断力で未来を見通せるのではないか、と。

キセとはどんな人なのだろう？

「みなさん、ご存じでしょうか？　エダンは貴族たちだけの都市ではありません！　エダンを築いたイクセは貴族でしたか？　エダンが出来た頃、そこに階級制度などというものは存在しませんでした。わたしたちはみな同じ、エダンが誇る巡礼者なのです！　それにもかかわらず、貴族のマルティノたちはパスグランを軽薄な音楽と見下し、貴族のサロンでは平民の立ち入りを禁じています。真の芸術を見分けられもしない者たちが、優れた平民の芸術家たちを排斥している。まったく嘆かわしいことだ」

モンド広場で演説している男性は、その顔つきからして、世間に対して不満だらけの厭世主義者だとわかった。彼がキセなのだろうか？

彼のそばには仲間とおぼしき人が数人いて、そのなかにはパスグラノのヒュベリッツ・アレンもいた。サロンで頻繁にマルティノたちの口にのぼるほど有名なピアニストだった。

「あれ、ゴヨじゃないか？」

演説に聞き入っていたそのとき、背後から声をかけられた。トリスタンだった。

「久しぶりだね、トリスタン。きみも来ていたのか」

「モンド広場はおれの庭みたいなものだからな。それにしても、どういう風の吹き回しだ？おまえがあんな演説を聞くなんて」

「別にどうというわけじゃ……でも、聞いてると、そのとおりだとも思うよ」

ぼくは真面目に言ったのに、トリスタンは噴き出した。

「おまえってやつは……。いっそ共和党議員にしてもらったらどうだ？」

「からかわないでくれよ。真剣に聞いているんだ」

トリスタンはやっと笑い止み、ぼくの肩に腕を回して演説している人たちについて説明した。

「いま話してるのがナイゲル・ハンス。平民のなかには彼の支持者も多い。でも、やり方が極端だから長くはもたないだろう。キセとも反目し合ってるって話だが、おかしな話だ。団結しなきゃならないと言ってる当人たちが仲違いしてるんだからな。それはそれとして、今日だけは一時休戦してるようだ。平民共和党の出帆は両者にとって長らくの夢だったから」

社交界を飛び回っているトリスタンは、ぼくよりずっと物知りだった。演説しているのがキセではないと知り、ぼくはなぜだかほっとした。

「その隣は知ってるだろう？　パスグラノのピアニスト、ヒュベリッツ・アレン。マルティノだったらおまえのいいライバルになってただろうな。ナイゲル・ハンスとは昵懇の仲だ。その後ろにいるにぶそうなやつは、ヒュベリッツ・アレンの演奏仲間で彼の舎弟でもあるコロップス・ミュナー。ヒュベリッツのためならなんでもやる怖い奴だよ。あけっぴろげにアナトーゼの悪口も言うんだ。平民のくせにマルティノぶりやがってとかなんとか」

「きみには知らないことがないんだね」

「もうひとつ。アナトーゼはヒュベリッツのことを毛嫌いしてる。ふたりは険悪の仲だ。じつのところ、コロップス・ミュナーがアナトーゼを悪く言うのはそのためだ」

「そんな、どうして？」

「さあな……パスグラノのくせに否定しがたい実力を持っているから？」

ぼくは首をかしげた。そういえば、バイエルはどう過ごしているのだろう。イエナス侯爵が亡くなったあの日以来、一度も会っていなかった。

ぼくたちが話しているうちに演説が終わり、ナイゲル・ハンスが壇上から下りた。ぼくはトリスタンに訊ねた。

「ところで、その有名な預言者キセはどこに？」

「ああ……」

トリスタンが見たことのない表情を浮かべた。彼は唇を噛みながら辺りをきょろきょろ見回した。

「あそこだ、あそこにいる」

トリスタンの指は、演台の下でナイゲル・ハンスと話している人物のほうを差していた。けれどぼくは、確かめるようにもう一度訊いた。

「どの人？」

「ナイゲル・ハンスの真ん前にいる――」

「まさか！　あの女性かい？」

トリスタンがうなずいた。ぼくは驚きのあまり、しばらく茫然とした。かの有名な預言者キセが女性だったとは。彼女は、まるで男のようにズボンと黒いコート、帽子まで身につけている。女性とわかったのは、腰まであるゆたかな赤毛のためだ。

そのとき、ぼくの視線に気づいたのか、キセがこちらを振り向いた。ぼくは驚いてさっと視線をそらしたが、彼女はどういうわけかずかずかとこちらへ歩いてきた。一瞬で彼女とぼくらのあいだに道が開け、人々の視線がこちらに集まった。どういうことだ？

ぼくのほうへ歩いてきたキセが嬉しそうに口を開いた瞬間、やっとその疑問が解けた。

「トリスタン・ベルゼ！　久しぶりじゃない」

「ああ、うん。久しぶりだな、キセ」

「来てたなら顔くらい見せてくれなきゃ。またのぞき見だけして帰ろうとしてたんでしょう？つれないんだから、この御仁は」

「ごめんごめん。友だちと一緒だったから」

トリスタンはぼくを盾にするように前方に押し出した。ぼくは緊張してキセを見た。平民共和党を立ち上げた人物なのだから、少なくとも貴族に好意的ではないだろう。

澄んだ目で見つめられ、ぼくは警戒するように口を開いた。

「ゴヨ・ド・モルフェです。もしや……貴族はお嫌いですか？」

ぼくが言い終わるが早いか、キセはまさに抱腹絶倒した。ぼくは耳まで熱くなり、どうしていいかわからずトリスタンのほうを振り向いたが、彼はそっぽを向き、知らないふりをしていた。

キセ。彼女はぼくの想像する預言者のイメージとはかけ離れていた。謎めいた雰囲気を漂わせながらわけのわからない言葉をつぶやく老人などではなかった。

大きな赤茶色の瞳は幼い子どものように澄んでいて、茶目っ気たっぷりの口元はつつけばいつでも笑い出しそうだった。

「ごめんなさい。でも、本当におかしくて。ああ、あの警戒心に満ちた目！　あはは、かわいい。まるで子ジカみたいだった」

ぼくは出だしから言葉に詰まってしまった。こんなに率直に物を言う女性は初めてだった。同年代の女性と話すこと自体がめずらしくはあったが。

「キセ、そのくらいにしとけよ。ゴヨが困ってるだろ。こいつは純粋なんだ。からかわないでくれ」

トリスタンがかばってくれたが、ぼくはさっき無視されたことを忘れていなかった。恨みがましい目で訴えると、苦笑いしながら視線をそらされた。

「とにかく、会えて嬉しいわ。ちゃんと自己紹介するわね。わたしはキセ。名字はないから、キセと呼んでくれればいいわ。ところでわたし、こんな高級なカフェで飲食できるようなお金は持ち合わせてないの。あなたが持ってくれるの？」

「あ、ええ。もちろんです」

ここはぼくとトリスタンの行きつけの〈マレランス〉というカフェだった。彼女は嬉しそうにケーキやコーヒーなどを注文した。ぼくは彼女の行動に戸惑いながらも、どうしたら早くこの場を離れられるだろうと頭を巡らした。

「心配しないで。わたしも忙しい身なの。食べるだけ食べたらさっさと消えてあげるわ」

「え？」

うろたえているぼくに、キセはスプーンを口にくわえたまま不明瞭な発音で言った。

「それから、貴族が嫌いなんじゃないわ。わたしが平民共和党を立ち上げたからって、誤解しないでほしいの。わたしは貴族打倒を叫ぶナイゲルみたいなまぬけじゃない」

「では、なんのために？」

「なんのために、か。うーん。未来がわたしをそうさせるのよ。もしもあなたに未来が見えたら、その未来を一度自分で試してみたいと思わない？　そう遠くはないわ。もうすぐ、平民や貴族なんてものは意味がなくなる」

キセは初めて預言者らしいことを言った。だが貴族のぼくにとってはやはり耳障りのいい言葉ではなく、問い詰めるように訊ねてしまった。

「じゃあ、そのすべてが今年起きると言うんですか？　あなたが言っているんでしょう？　一六二八年に終末が訪れると」

「ははは」

キセはスプーンを落としながら、人の目も気にせず大笑いした。その拍子に食べ物が少なからず口からこぼれ、トリスタンはため息をつきながらハンカチで彼女の顔を拭いてやった。

「ああ、トリスタン。どうしてもっと早くこの友だちを紹介してくれなかったの？　おもしろい、気に入ったわ。とってもね」

どんな顔をしていいかわからず、ぼくは咳払いをしながら顔を背けた。本当に、これまで見てきた貴族家の令嬢たちとはまるきり違っていた。平民の女の人はみなこうなのだろうか？

彼女はやっと笑いやむと、ことさら真顔になってぼくに言った。

「いいかしら、ゴヨ・ド・モルフェさん。それは誰から聞いた話？　わたしの口から？」

「いいえ。しかし広場やサロンでは――」

「おお、一六二八年、われわれは終末を迎えるだろう！　汗水垂らして働く必要も、熱心にピアノやバイオリンを弾く必要もないのだ。どうせひとり残らず死んでしまうのだから！　わたしがこう言ったとでも？」

ぼくが黙っていると、キセの顔からふっと笑みが消えた。彼女はまるで舞台に立つ役者のようだった。いつの間にか、その吸い寄せられるような赤茶色の瞳に悲しみをたたえていた。

「愚か者はそんなふうに物事のうわべしか見ようとしない。それは静かにやってくるわ。誰も気づかないうちに。深い心眼をもつ少数の人々をのぞけば、それが起こったことにも気づかないでしょうね。でもあなたは……あなたはその目で見ることになる」

「え？　見ることになる？　それって――」

「終末」

ぼくはどう反応していいかわからず、困惑してトリスタンを見た。だが彼はきゅっと口を結んだまま、キセから視線を外さなかった。

キセはぼくから目をそらして窓の向こうを眺めながら、新しいスプーンを口に入れた。

「悲しみが雪となってエダンに積もるその日、多くの人々がわたしたちのもとを離れていく。でもあなたは大丈夫。持ちこたえられるわ。あなたは泣き虫だから」


キセが去ってからも、ぼくは長いあいだ席を立てずにいた。彼女は本当に預言者なのだろうか？　母の言うように、ただの詐欺師ではないのか？　雲をつかむような話をしているかと思いきや、ぼくがこの目で終末を目撃することになるだって？

「なにを考えてるかは予想がつくが、ゴヨ。彼女はあれでも正気だよ」

「そんなふうに思っていないよ。でも、詐欺師というのは一理ありそうだ」

トリスタンは静かにため息をついた。ぼくはふと、キセみたいな人まで知っている友人をすごいと思った。

「ところで、キセとはいったいどこで知り合ったんだい？」

「そうだな……最初に会ったのはおれたちがずっと幼い頃だ。おまえとおれとバイエルが初めてカノンホールで演奏した日。あの日のパーティーが最初だよ、おそらく」

「あそこに来ていたのか？　どういうわけで？」

「おれにもわからない。キセはしばしば、思ってもみなかった場所に現れるんだ。場末の汚い飲み屋で開かれる浮浪者たちの集まりに姿を現したかと思えば、市が開催する貴族の仮装舞踏会にも顔を出す。でも、たいていはモンド広場をうろついてるよ。まったく、つかみどころがないんだ」

そう話すトリスタンの顔には微笑が浮かんでいた。彼女を思い浮かべることが喜びであるかのような。

「いずれにせよ、キセのことが好きなのかと訊きたかったが、やめておいた。きみがキセと長らくの友人だったことも、彼女がああいう人物だったことも。それに――」

「終末も？」

「きみは信じているのか、トリスタン？」

「おれは……」

トリスタンはしばし言葉を切って、背もたれに体を預けた。それだけなのに、なぜか急に彼が遠ざかったように見えた。

「信じてるよ。キセの言葉なら、全部」

トリスタンの言葉はなんら特別なものではないとも言えた。エダンにキセの預言を信じる人は少なくない。とりわけ、パスグラノや平民は彼女の言葉をほとんど鵜呑みにしている。それでも、やっぱりぼくは訊かずにはいられなかった。

「彼女のことが好きなんだね、トリスタン？」

ティーカップを口元に運んでいたトリスタンの手が止まった。だがそれだけだった。彼はさほど動揺した様子もなく、なにげない口ぶりで答えた。

「彼女はおれのすべてだよ、ゴヨ」

＃04
氷の木の森からの招待

『エダンの歴史』の冒頭にはこう書かれている
“われわれは巡礼者だ
エダンに暮らしながらも
いまだエダンへと向かっている”

トリスタンはエダンじゅうの社交界に顔を出していた。そして、パーティーや集いのない時間はいつでもモンド広場にいた。

——キセはしばしば、思ってもみなかった場所に現れるんだ。場末の汚い飲み屋で開かれる浮浪者たちの集まりに姿を現したかと思えば、市が開催する貴族の仮装舞踏会にも顔を出す。でも、たいていはモンド広場をうろついてるよ。まったく、つかみどころがないんだ。

そのすべてが、彼女に会うためだった。

胸が苦しかった。ぼくは急いで自分の部屋に駆けこみ、まっすぐにピアノに向かった。ピアノのふたを開けるなり、ぼくの指は待ちきれないように鍵盤の上で踊り出した。音楽、音楽、音楽。このあらゆる感情を、ぼくは音楽でしか表すことができない。

「驚いたな。でも、どうして彼女に言わないんだい？　プロポーズは？　エダンにきみを拒む女性なんていないだろう」

「したよ」

「プロポーズしたのか？　それでまさか、断られた？」

「自分はもうすぐ死ぬからプロポーズは受けられないと言われた。自分の死まで見えてしまうなんて、悲しすぎるよな。だから冗談交じりに言ったよ、もしも死ななかったらおれと結婚すると誓ってくれって」

「そしたら？」

「返事の代わりにキスをくれた。だからおれは……彼女が明日死んでしまうかもしれないと思いながら愛している。今日しか愛せない、今日が最後かもしれないって。安堵と悲しみにはさまれながら、一日一日、そんなふうに全力で彼女を愛しているんだ」


十五年。十五年ものあいだぼくたちは友人同士で、だからそれだけ親しいと思っていた。たとえバイエルとの距離が縮まることはなくても、ぼくはトリスタンとの関係になぐさめを得ていた。

ところが、ぼくはいまのいままで、彼に自分のすべてだと言わしめるほどの人がいたことさえ知らなかった。

ピアノが奏でる美しいメロディはやがて、耳障りな不協和音にとってかわった。しばらく指の動くままに鍵盤を叩いていると、誰かが部屋のドアを開けてなかに入ってきた。母だろう。そんな弾き方しかできないならピアノなどやめてしまえとまた叱られるに違いない。

「ぼっちゃま、ぼっちゃま！　お客様です」

使用人の声が聞こえたが、ぼくは振り向きもせずに叫んだ。

「帰ってもらってくれ！」

「ですが……」

そのとき誰かに肩をつかまれた。ヒステリックにその手を振り払おうとしたぼくは、相手の顔を確かめて動きを止めた。

「新しい曲か？　正直な感想を言わせてもらうと、聞いてられないよ」

三カ月ぶりの、バイエルだった。


バイエルを座らせ、お茶を運ばせたはいいが、言葉が出てこなかった。自分でも気づいていなかったが、前回のショックがまだあとを引いているらしい。

バイエルは黙りこくっているぼくをじろじろ見やってから、やがて深いため息をついた。

「そんなに怯えないでくれ。ぼくは謝りに来たんだ」

「きみが、ぼくに？　信じられないな。トリスタンに言われたのかい？」

しまった。思わずはねつけるような言い方をしてしまった。とうとう頭がいかれてしまったようだ。だがバイエルは、ふっと笑って言った。

「きみにはかわいいところがあると、よくトリスタンから聞かされてた。全然理解できなかったけど、こうして見るとわかる気がするよ。つまり、拗ねてるんだろ、違うか？」

「な……？」

バイエルは肩をすくめて続けた。

「じつは、ぼくも最近、ガフィル夫人のサロン演奏会に出てるんだ。ある意味、きみへの謝罪として」

「……」

「まあ、それだけじゃないけど。夫人の人柄が気に入ったんだ」

妙な気分だった。決して嬉しくはなく、むしろ惨めな気分に近い。ぼくはそんなことを望んでいたわけじゃない。

「それと、これ」

バイエルは内ポケットからなにかを出した。演奏会のチケットだった。

「恩着せがましいことは言いたくないが、いちばんいい席だ。凱旋演奏会のまえにカノンホールで予定されてた公演が思ったより遅れていてね。ようやく日程が決まったんだ」

「……」

「受け取らないのか?」

ぼくはうつむいた。バイエルはチケットをテーブルに置いて立ち上がった。

「本当にきみには下手なことを言えないな。男のくせに泣き虫なんだから。また泣いてるのか?」

「泣いてなんかいない!」

「じゃあなんだ? 謝罪も受け入れないなら、ぼくにこれ以上どうしろと?」

ぼくは顔を上げて、恨めしそうにバイエルを見つめた。

「どうしてぼくには演奏してくれないんだ?」

「え?」

「トリスタンを傷つけたときはバイオリンを演奏してただろ。でも、ぼくには言葉だけだ。ああ、そうだった! アナトーゼ・バイエルは意味のある人にだけ無料で演奏するんだったね。それならきみの演奏を聴くために、ぼくは金を払わなきゃならない。いくらほしいんだ、当代きってのマエストロ? ぼくはきみの大嫌いな金持ち貴族だから、あるのは金だけだ。好きな額を言ってくれよ。小切手に書いてやるから」

立て続けにまくしたてたぼくは、息を切らしてバイエルをにらんだ。

かんかんに怒って出ていくと思っていたが、バイエルはじっとぼくを見つめていた。ほどなく、笑っているようなそうでないような顔で彼が言った。

「なるほど、そういうことか……。思う存分ぼくを罵倒したんだ、これできみの気も晴れただろう？　これで痛み分けだ。だから、ぼくを避けないでほしい」

ぼくはなにも答えず顔をそらした。早くも心の内にじわじわと罪悪感が広がっていた。

バイエルが部屋を出ていくと、ぼくはようやく残されたチケットに目をやった。二階最前列のボックス席。彼の言うとおり、いちばんいい席だった。

しばらくぼんやりとチケットを見ていたそのとき、バイエルが外でわめく声を聞いた。

「いますぐ出てこい、ゴヨ・ド・モルフェ！　恐れ多くもぼくを侮辱するとは！　決闘だ！」

ぼくは急いで窓の外を見た。決闘を申しこむ人らしからぬ表情で、バイエルがこちらを見上げていた。

あきれてバイエルを見下ろしていたぼくは、ふと彼の手にバイオリンケースがあることに気づいた。ぼくは即座に身を翻して外套を引っつかみ、飛ぶように階段を駆け下りた。なぜか笑みがこぼれていた。


「……それで、いったいどこまで行くんだ？」

「きみが死んでも誰にもわからない場所」

バイエルは到底冗談とは思えない顔で答えた。

馬車で二時間も走ったあと、さらに一時間歩きつづけていた。ぼくは内心はらはらしながらも、バイエルについていくしかなかった。

狭い小道をしばらく進むと、いつの間にか山の景色に変わっていた。それでも止まらず奥へ奥へと分け入るにつれ、さっきのバイエルの言葉は本気だったのではないかという気がしてきた。だが本当に決闘のためなら、バイオリンケースを持っていく理由はなんなのだろう？

「ふうむ」

疲れてへとへとになった頃、バイエルが足を止めた。ぼくたちはいまや、そこがどこなのか見当もつかない場所にいた。彼は、どこを見ても山しかないその場所にたたずんで言った。

「見つからないな」

「……バイエル？」

「道に迷ったみたいだ、ゴヨ」

いっきに体の力が抜け、ぼくはその場にへたりこんだ。できるものならこちらから決闘を申し込みたい気持ちだった。

バイエルは息を切らしているぼくを見下ろして言った。

「これだから貴族ってやつは」

「ああ、好きに言えばいいよ。その代わり、行き先ぐらい教えてくれないか」

バイエルは答える代わりに、バイオリンケースを下ろした。そして、そこに水でも入っているかのようなのんきなしぐさでケースを開いた。

その様子をぼんやり見ていたぼくは次の瞬間、心臓が飛び出そうになった。

「バ、バイエル。それ……！」

バイエルはいかにも情けないと言いたげな目でぼくを見た。

「どうしてきみが死にそうな顔をしてるんだ」

「やめろ！　さわるな！」

「騒ぐなよ。これに触れてもう三カ月だ。死ぬならとっくの昔に死んでる」

ぼくは絶句した。

ぼくがそんな反応をしたのはほかでもない、ケースに入っていたのが黎明だったからだ。バイエルも弾く気はないのか、黎明を取り出しても触れているだけだった。ぼくは息を呑んでその様子を見守っていた。

バイエルはどこか残念そうな面持ちで、黎明をケースに戻しながら言った。

「聞いたことあるか？」

「聞くってなにを？」

「音の言葉」

バイエルはケースを置いたままぼくの隣に来ると、脚を伸ばして座った。そして空を仰ぐような姿勢で言った。

「ぼくだって、命が大事なものだってことくらいわかってる。望みを果たすまでは決して死ねない。ともかく……三カ月前、ぼくはトリスタンから許しをもらって黎明を手にしたんだ」

「許しだって？」

「黎明を出したら二度と会わない、あいつがそう言ったのを覚えてるか？　それと、イエナス侯爵が亡くなった日のことを。あの日きみが先に出ていったあと、ぼくとトリスタンは取り引きをした。侯爵に演奏してやる代わりに、黎明を手にしてもいいと」

トリスタン……そうだ。バイエルにそんなことができるのはトリスタンだけだ。

「あの日ぼくは、黎明を取り出しはしたものの、弾きはしなかった。ぼくにも確信がなかったんだ。黎明がぼくを主と認めてくれるかどうかね。その後は自分の部屋に置いたきりだったけれど、ある日、あれがぼくに語りかけてきたんだ」

ぼくは当惑気味にバイエルを見た。彼は決して冗談を言っているのではなかった。そもそも、そんな冗談を言うような人間ではない。

「それは人の言葉じゃなかった。さっき言った、音の言葉だった。初めて聞くにもかかわらず、ぼくには聞き取れた。黎明はこう言ったんだ。自分をある場所へ連れていってくれと」

「どこへ?」

「氷の木の森」

ぼくはますますどんな顔をしていいかわからなくなった。ぼくがバイエルにそれを話して聞かせたのはわずか数カ月前のことなのに、はるか昔のことのように遠く感じられた。

バイエルは周囲をぐるりと見回してから、言葉を継いだ。

「この辺りからも同じような音の言葉が聞こえる。でも、探し当てるのは無理そうだ。黎明は口を閉ざしてしまった。なぜだろう。ひょっとしてぼくたちは、もう足を踏み入れてるのか?」

バイエルの言葉に、ぼくはなぜか背筋がぞっとして、急いで辺りに目を配った。でも、あるのは平凡きわまりない木ばかりだった。どこを見ても、氷のように見える木などない。

「バイエル。どうか冗談だと言ってくれ。もうすぐ日が暮れる。戻ったほうがいい」

不服そうに顔をしかめていたバイエルが、くるりと振り向いてぼくをにらんだ。

「ぼくがこの貴重な瞬間にきみを立ち合わせようとしたのは——」

バイエルは再びなにか考えこんでいたかと思うと、突然がばっと立ち上がった。

「聞いたか？」

「聞いたって、なにを？」

つられてぼくも立ち上がった。バイエルは両目を見開いて一点をじっと見つめている。その瞳があまりに強くきらめいていて、ぼくは少し怖くなった。

天才は時に、自分の才能を持て余しておかしくなってしまうというが、もしかしてバイエルも……？

「音楽だ！」

「音楽？」

バイエルは静かにしろというように手を振った。ぼくは口を閉じて全神経を耳に集中させた。だがいくら待っても、風の音と葉擦れの音しか聞こえてこない。

「くそっ、止んでしまった。ずいぶん人を警戒してるみたいだ」

バイエルは意味をとらえがたい言葉をつぶやいてから、急いでバイオリンケースのほうへ向かい、黎明と弓を取り出した。ぼくは慌てて叫んだ。

「だめだ、バイエル！」

触れても平気かもしれないが、弾くとなると話は別だ。だが、バイエルはぼくの心配をよそに、弓で黎明の弦をこすった。

「……！」

ぼくはその場で凍りついた。バイエルが出したのはC、最も基本の音だ。だがそれは、普通の音には聞こえなかった。まるで泣き声のようだった。三十年ぶりに声をあげる喜びと切なさが合わさったような、歓喜と憤怒に満ちた音。

ああ、疑いの余地はない。このバイオリンは、たしかに生きている。

「そうか……。そうか、反応しているのか。ここだ、見つけたぞ！」

バイエルは目を見開いて一点を凝視しながら、声高らかに笑った。

ぼくはガタガタ震えながらその場にしゃがみこんだ。到底立っていられなかった。いまここで、ぼくたちの現実を壊すなにかが繰り広げられようとしていた。

バイエルはCからBまで順に音を奏でた。そのたびに、黎明はとてつもなく奥深い音色を吐き出した。まるで、音を眠りから目覚めさせるかのような一連の行為を終えると、バイエルは演奏を始めた。

このうえなく甘い旋律がぼくの耳と心臓を震わせた。いつからか涙が頬を濡らし、ぼくは悪魔的に美しいメロディに耳をふさぎたい気持ちと、死ぬまで聴いていたいという気持ちを同時に味わった。それはありえない感情だったが、いまこの瞬間、この場所では、ありとあらゆる嘘と真実が入り混じり、現実と死の境界さえ曖昧(あいまい)だった。したがって、矛盾さえもいたって正常なのだった。

バイエルの演奏はいつまでも続いた。

ぼくは両目をぎゅっとつぶり、張り裂けそうな胸の鼓動に耐えながら聴いていなければならなかった。このまま聴いていれば間違いなく正気をなくしてしまう気がしたが、さえぎる術もなかった。その巨(おお)きな音がぼくの頭のいちばん深い部分を、ぼくの胸のいちばん密やかな部分を貫いてきた。

やめてくれ、バイエル。聴かせてくれ、バイエル。やめてくれ、お願いだ、聴かせてくれ……！

「ゴヨ」

誰かに揺さぶられ、ぼくはハッと意識を取り戻した。

どれくらい経ったのだろう？　一日じゅう走りつづけたかのようにぐったりと疲れ、ひとつも力が残っていなかった。もがいているぼくを、力強い手が引っ張り起こしてくれた。

顔を上げると、さっきのことが嘘のように、いつもどおり冷静沈着な表情のバイエルが見えた。

「見てみろ」

バイエルに言われ、ぼくはぼんやりと辺りに目をやった。

ああ……。

はるか遠くの地平線に向かってどんなに手を伸ばしても、届きそうで届かないという切なさ。そんなふうにしか言い表せない、胸の詰まるような哀愁を覚えた。

純白の木々。その表面にゆらめく光は、あたかも木があいさつをしているかのようだ。真っ白い、まばゆい世界。いかなる汚れや賤しさにも侵されたことのない、限りなく澄みわたった世界。まるで……バイエルの演奏のように。

ぼくは取り憑かれたようにバイエルを見つめた。バイエルの目は笑っていた。彼はこう言っているようだった。

ほら、言っただろ？

本当だった。イクセの伝記にあったとおりだ。氷のように見えるけれど、触れた瞬間灰になってしまうほどの超高温で燃えさかる木々の世界。

そこは、氷の木の森。


ぼくはしばらくその光景にみとれていた。

伝説とばかり思っていた非現実的な世界を目の当たりにしながらも、不思議なことにそれほどの驚きはなかった。ただ、あまりに美しすぎて、ぼくが動けばこのすべてが粉々になって現実の世界に引き戻されてしまうのではないかと、石のようにその場に固まっていた。

どれほど経ったのだろう。突然音が聞こえはじめた。

ぼくは驚いたが、声を出さないよう口をつぐんだ。誰かのささやきだろうか？　それとも、木の葉をくすぐる風の音を聞き間違えたのだろうか？　ぼくはさらに耳を澄ませた。すると今度ははっきり聞こえた。

ああ……バイエルはこのことを言っていたのだ。音の言葉、間違いない。それは風の音のような、ささやき声のような音楽だった。バイエルのように理解することはできなかったが、森がぼくたちに語りかけていることだけはわかった。

バイエルを見ると、彼は人差し指を口元に当てた。静かに。ぼくはゆっくりうなずき、じっと待った。

すると間もなく、聞こえてきた。今度はたしかに音楽だった。突然、森全体がぐらついたように見え、ぼくは慌てた。もう少しで逃げ出すところだったが、それを予想していたかのようにバイエルに腕をつかまれた。なんとか気を奮い立たせ、もう一度音楽に耳を澄ませた。

あれを、あれをなんと表現すればいいだろう？　人間の作ったもののなかに、あんな音を出せるものがあるだろうか?

ない。ない。絶対にない。それは言うなれば、世界が呼吸する音、この世の息吹だった。山が伴奏し、海がメロディを作り、空が指揮する演奏。それはひとえに、音域の神であるモトベンだけに聞こえ、理解できる音楽だった。

誰が奏でているのか?

疑いの余地もなく、氷の木の森そのものだった。氷でできた数多の枝は、それ自体が長い弦だ。その合間を行き交う風は、熟練のマエストロの弓のごとく弦をはじく。森のひとつひとつ、ありとあらゆるものが高潔かつ完成に達したマエストロだった。

ぼくは永遠を聞いた。果てしない輝きを聞いた。音の絶対美と、無限に伸びてゆく和音を聞いた。

この世界でぼくが作曲するなど、技巧をこらしてピアノを弾くなど、恐れ多いことだ。ぼくのみならず、世界じゅうのどんなマエストロたちでさえ、人間である以上、ここで音楽家と自称することはできないだろう。

そうして、音楽のなかでしだいに意識を失いつつあったぼくを目覚めさせたのは、清らかなバイオリンの音だった。鋭くもしなやかな、音域の神の前にあってさえ堂々たるその音色。

ぼくはぱっと目を開けて、信じられない思いで前方を見た。

バイエルが演奏していた。

白い梢(こずえ)の合間を雪のような葉が舞い落ちる氷の木の森。そこで黎明が清らかな声をあげる。

次の瞬間、森のそこかしこに潜んでいた音楽家たちが演奏をやめ、バイエルの演奏に耳を傾けた。バイエルは恐れ多くも神に向かって、自分の音楽を聴けといわんばかりに弓を動かした。

その自信に満ちた演奏はあまりにバイエルらしく、あまりに感動的だった。

ああ……誰か教えてくれ。これは夢か現(うつつ)か。

ぼくはそこに居合わせながらも、何度も自分の目を疑った。終わりの見えない音楽、終わらないことを心から願っていた音楽。

いつの間にか、バイエルの独奏するバイオリンと、森のオーケストラが一体化していた。信じられないことに、この壮大な協奏曲を聴いているのはぼくひとりだった。声を張り上げて、みなに聴くように伝えたかった。けれど同時に、誰にも教えずひとり占めしたかった。

ぼくは全身をヤマナラシのように震わせながら、そのすべてを聴いていた。耳で聴き、目で聴き、魂で聴いた。感動に震えて死んでしまいそうだった。自由自在にオクターブを行き来するその音楽は、自由で限界がなかった。ずっと聴いていたいなら、命を捧げ、魂を売れ。そう言われたなら、喜んで従っただろう。

だが……どんなに永遠で美しかろうと、始まりがあれば必ず終わりがある。ここはすべての音楽が始まる場所であるとともに、すべての音楽が眠りにつく場所。音楽が止みつつあった。

未練がましさで体じゅうの血管が焦げつきそうだった。邪魔してはいけないという自制心がなければ、やめないでくれと声を振り絞って叫んでいただろう。だがぼくは、あくまで感涙しているひとりの聴衆にすぎなかった。ぼくには、バイエルのようにこの音楽をリードする力がなかった。

とうとう森がしんと静まり返った。最後の和音で演奏を終えたバイエルは、滝のような汗を滴らせていた。ぼくは固唾をのんで、息を弾ませているバイエルを見つめていた。

黎明はいまや、貪欲な色を浮かべてはいなかった。このうえなく崇高な、あいかわらず美しい姿で、バイエルの手のなかに慎ましやかに収まっていた。

音楽は終わった。だがぼくは、終わりがあっても永遠であるとはどういうことかを知った。

氷の木の森を出ると、すでに夜だった。大きな道に出て馬車をつかまえるまで、ぼくたちはひとことも言葉を交わさなかった。

バイエルはなにを考えているのだろう。ぼくは窓の外の暗い夜をぼんやりと見つめながら、このすべては夢のなかの出来事だったのかもしれないと考えた。

あまりに美しく、そして、あまりに遠かった。

でも、ぼくの頬にはたしかに、凍ったままの涙の跡がこびりついていた。

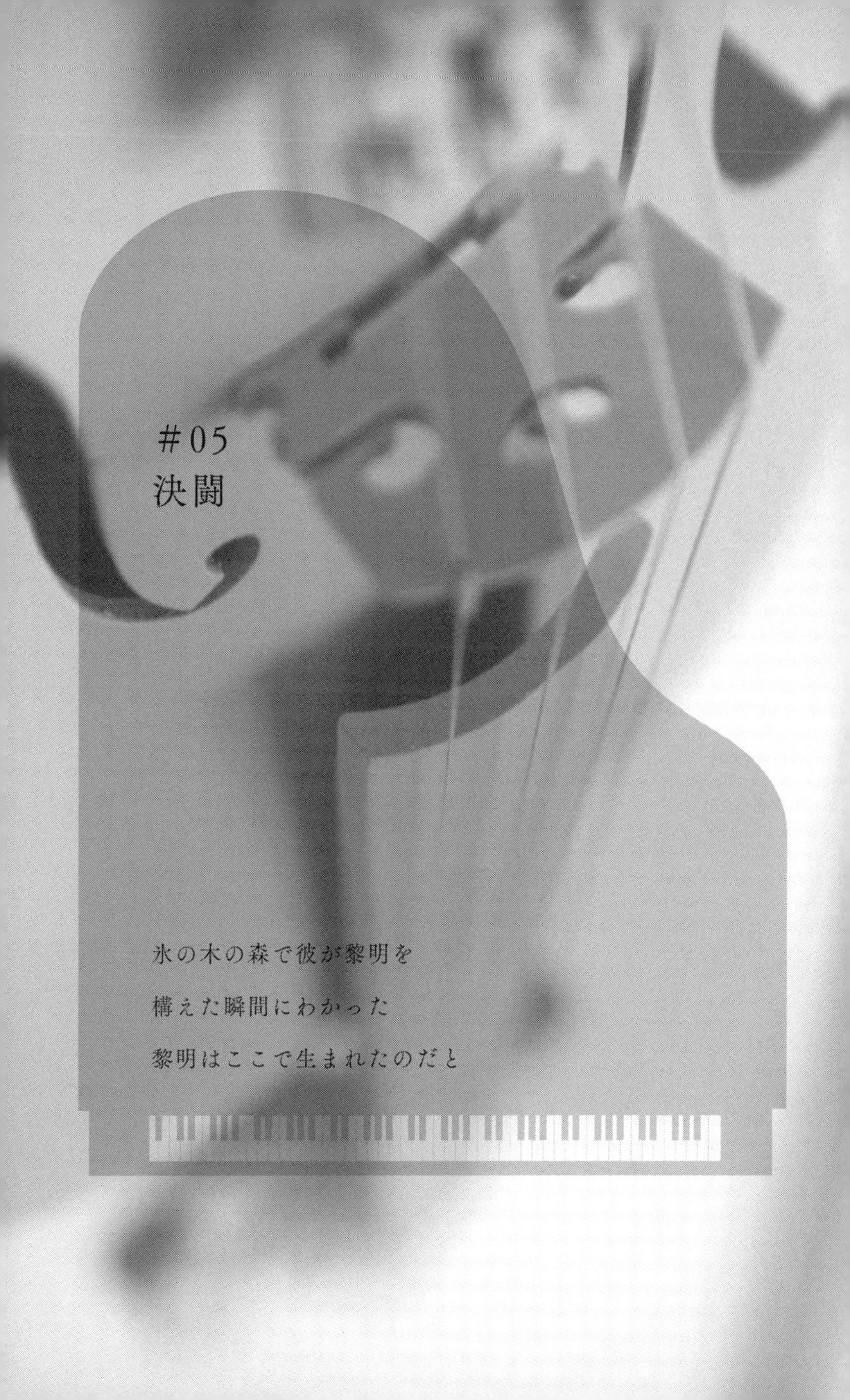

＃05 決闘

氷の木の森で彼が黎明を
構えた瞬間にわかった
黎明はここで生まれたのだと

「ゴヨ、おい、ゴヨ？」

「ん？」

「なんか最近、ぼうっとしてるな」

「あ、うん……」

ぼくは窓の外から視線を戻し、向かいに座っているトリスタンに向かって気まずそうに笑った。

トリスタンはいたずらっぽい目を輝かせて言った。

「いいから話してみろ。おまえをそんなふうにしたのはどこの貴婦人だ？」

「そんなんじゃないよ」

トリスタンが意地悪そうな顔でしめしめと迫ってきたとき、外から御者の声が聞こえてきた。

「カノンホールにご到着です！」

ぼくたちは馬車から降りた。カノンホールの前にはすでに大勢の人が集まっていた。少し離れた人気（ひとけ）のない場所で、こそこそとチケットを売買している人の姿も見えた。

「気をつけろよ、ゴヨ。おれたちのチケットを狙う誰かに殺されるかもしれない」

トリスタンが周囲を見回しながら冗談交じりに言った。

バイエルの凱旋記念演奏会の初日。一週間ぶんの公演チケットはすでに完売していた。エダンの闇市では定価の数倍、数十倍の値でやりとりされているという。

エダンではひじょうにめずらしいことだ。みずからをまったき聴衆とみなしているエダン市民は、誰かの音楽を聴くためにあくせくするなど軽薄なことだと思っている。したがって、これは異例の事態であり、それだけバイエルの人気が高いことを示していた。

バイエルが知ればどれほど白い目で見るか知れない。そんなことを思いながら、トリスタンとともにカノンホールへ入った。

チケットを持っている者にだけ入場が許されるため、なかは空いていた。ただし、そこにはそうそうたる顔ぶれが集っていた。

バイエルの養父であり引退後も尊敬を集めつづけているマエストロ、クリムト・レジストをはじめ、エダン一のオーケストラとして知られるメデンクルツの主席指揮者アレクシス・ロメロと、彼の一番弟子のパルマール・サテン、ナイフより鋭い三寸の舌をもつ伝説の批評家レオナール・ラベルまでいた。

けれど、たとえ豪華な肩書きはなくても、エダンで最も有名なのはほかでもない……。

「おお、トリスタン・ベルゼ！　よく来たね」

「トリスタンじゃないか」

トリスタンに気づいたエダンの大物たちが、すぐさまこちらへ集まってきた。

トリスタンはどんな人とも気兼ねなくあいさつを交わし、そのうち幾人かはぼくにも紹介してくれた。だが、とめどなく押し寄せてくる人々に圧倒され、ぼくはそっとその輪から抜け出した。

だだっ広いカノンホールのなかでひとりぼっちでいる自分に気づいたとき、ふと、一緒に育ってきたトリスタンやバイエルに比べて自分がどれほどちっぽけなのかを思った。だが、初めて感じるそんな孤独に引きずりこまれかけたところへ、声をかけてくれた人がいた。

「モルフェ君、久しぶりだね」

振り向くと、カノンホールのオーナー、レナール・カノンがものやわらかな微笑をたたえて立っていた。会うのは楽器のオークション以来で、ぼくもとても嬉しかった。

「本当にお久しぶりです、レナールさん。公演の準備でお忙しかったのでは?」

「わたしにできるのは見守ることぐらいでね。自分で提案しておきながら、さすがアナトーゼ・バイエルだと思い知らされたよ。彼は一度もここでリハーサルをしていないんだ。常連の演奏家でも、緊張をほぐすために一度くらいは舞台に立つのに」

「バイエルらしいですね」

「はは。彼は必ず大物になるよ。いや、すでになっているかな? いま控え室にいるんだが、のぞいてみるかい?」

さして喜ばれるとは思えなかったが、開場までひとりで突っ立っているより、バイエルになじられているほうがまだましに思えた。ぼくはレナール・カノンに導かれて、バイエルの控え室へ向かった。

「あの奥だよ。開演間近なのに、練習もしていないようだな」

レナール・カノンはまんざらでもなさそうに言うと、もと来た方向へ引き返していった。

ぼくは少しためらってから、控え室の前に立った。バイエルはもしや黎明を持ってきたのだろうか。黎明を弾いたことを知っているのは、いまのところぼくひとりだった。万が一、バイエルが黎明を持って舞台に現れたら、演奏以前にそれだけで大きな話題となるだろう。

深呼吸をしてドアを叩こうとした瞬間、なかから声が聞こえてきた。

「そうよね。お兄様は緊張なんてしないもの」

「みなにそう思われてるなら大成功だ。でも、ぼくだってたまには緊張するんだよ」

「本当に？　信じられないわ」

ぼくはしばらく、そこに棒立ちになっていた。

バイエルに女性の知り合いが？　それも、こんなにやさしく温かい声で語り合う仲の女性がいたとは。

「それはそうと、このバイオリン、本当にきれいね。お兄様がこれを買われたと聞いたときは心配したけれど……本当に弾けるの？」

「もう少ししたら分かるよ。ああ……いけない。さわらないほうがいいよ」

ここは引き返したほうがよさそうだと思い踵を返そうとした瞬間、ひじをぶつけたのか、ドアがキイッと音を立ててわずかに開いた。慌てて閉めようとしたものの、ドアの隙間からバイエルと目が合ってしまった。仕方なく、気まずい笑顔を浮かべた。

「すまない。あいさつに寄っただけなんだけど、先客がいらっしゃるようだ。じゃあまた、バイエル」

すぐさま背を向けたぼくを、誰かが呼び止めた。

「お待ちになって！　ひょっとして、ゴヨ・ド・モルフェさんでは？」

さっきまでバイエルと話していた女性の声だ。ぼくは振り返った。

「ああ、はい。そうですが。失礼いたしました」

「いえ、かまいません。お入りください」

レディの誘いを断るにふさわしい言葉が見つからなかった。ぼくは結局、バイエルの視線を必死でかわしつつ控え室に足を踏み入れた。そこで初めて、正面から女性を見た。

 やや使い古された表現を借りるなら、彼女は温室で大切に育てられた一輪の花のようだった。肩まである感じのよい金色の巻き毛。青と緑の中間のような色の澄んだ瞳は、どこまでも純粋で深い。思ったほど年端のいかないように見える彼女は、天真爛漫な笑みを浮かべてあいさつを述べた。

「はじめまして。レアンヌ・レジストと申します。ぜひ一度お目にかかりたいと思っておりました」

「はじめまして。ところで失礼ですが、レジストというのはひょっとして……?」

「はい。クリムト・レジストの娘です。アナトーゼお兄様はわたしにとって家族も同然です」

「そうでしたか。お会いできて光栄です」

彼女と話しながら、そっとバイエルの表情をうかがった。ぼくは驚きのあまり、もう少しで気絶しそうになった。

バイエルがこれほど幸せそうな、これ以上ないほどの宝物を見つめるような表情を持ち合わせていたとは。こんな顔をされたら、気づかないほうがおかしい。

「もしよろしければ、いつかモルフェさんの演奏を聴かせていただけませんか」

「ええ、もちろん。光栄なことです」

「本当のことを申し上げると、わたしよりフィアンセのほうがモルフェさんのことを尊敬しているんです。あなたのことをよく話してくれるんですよ」

「え? フィアンセ……ですか?」

これはまたどういうことだろう。ぼくはバイエルを見た。さっきまでの幸せそうな様子はどこへやら、恐ろしいほど顔をこわばらせている。なんと、これほどまでにわかりやすい人間だったとは。

ぼくはレアンヌに視線を戻して控えめに尋ねた。

「その、フィアンセがどなたか伺っても?」

「もちろんです。そうでなくてもご紹介したいと思っていたところ……ああ、来ました。こっちよ、ヒュベル」

ドアのほうを振り向いたぼくは、驚きのあまり言葉を失った。まだ驚くことがあったとは。彼がゆっくりと入ってきてぼくに手を差し出すその瞬間が、どれほど衝撃的だったか知れない。

「とうとうお会いできましたね。尊敬するマルティノ、ゴヨ・ド・モルフェさん」

パスグラノで最も秀でているというピアニスト、平民共和党のナイゲル・ハンスと昵懇の仲、そしてバイエルがひどく毛嫌いしている……。

「ヒュベリッツ・アレンと申します」

「おい、どこへ行ってたんだ? ロビーでずいぶん捜し回ったぞ」

トリスタンがぼくの隣にどさりと腰かけた。ぼくは早々にボックス席に入り、舞台をぼうっと見下ろしていたところだった。頭のなかがこんがらがり、心臓は不規則に跳ねていた。

トリスタンはそんなぼくをじっと見つめて、突然ぷっと吹き出した。

「さあ、今度こそ吐け。いまおまえをそんなふうにさせてる貴婦人がここにいるようだ、そうだろ？」

「……間違ってはいないかもしれない」

「ええ？　本当か？　誰なんだ？」

　ぼくはため息を吐きながらかぶりを振った。するとそのとき、反対側のボックス席で人影が動いた。いままさにぼくを混乱させているヒュベリッツ・アレンとレアンヌ・レジスト、そして彼女の父親であるクリムト・レジストだった。バイエルは彼らにも最上の席を用意していたのだ。

　ぼくの視線に気づいたのか、腰を下ろそうとしていたレアンヌがこちらを振り向き、目が合った。彼女はにこりと微笑んで目礼し、ぼくもつられるように会釈を返した。

　隣にいたトリスタンも彼女と面識があるのか、にこにことあいさつしながらぼくに言った。

「まさかレアンヌのことじゃないだろうな、ゴヨ？」

「違うよ。ところで、きみは彼女と知り合いなのか？　ぼくはいままで、バイエルに妹がいたなんて知らなかったよ」

「まあな。バイエルの家に何度か行ったことがあるから」

　トリスタンはそう言いながら、申し訳なさそうに苦笑した。ぼくが普段からふたりの関係をうらやましく思っているのを知っているからだろう。それから、こう付け加えた。

「レアンヌなら、諦めたほうがいい」

「違うって言っているだろう。ぼくはただ……トリスタン、きみはもしや知っていたのか？」

　トリスタンは瞬時にぼくの質問を理解した。彼の顔が切なげに歪(ゆが)んだ。

「知っていたとして、おれもおまえと同じだ。こればかりはどうにもならない」

「じゃあ、バイエルがヒュベリッツ・アレンを毛嫌いしてるというのも……」

「彼女のフィアンセだからだ」

トリスタンはかぶりを振りながら続けた。

「知らないふりをしておくのがいい」

なんとももやもやした気分だったが、黙ってうなずいた。トリスタンの言うとおり、知ったところでどうにかなるものではない。たとえどうにかなるとしても、バイエルはぼくが首をつっこむことを望まないだろう。

と、ホールがにわかに静かになり、間もなく拍手が聞こえてきた。ぼくは顔を上げて舞台を見つめた。

バイエルが布にくるまれたなにかを手に、舞台へ歩き出てきた。そして舞台の真ん中で立ち止まり、硬く冷たい表情で観客を一瞥すると、布を剝ぎとった。次の瞬間、ぱたりと拍手が止んだ。

はりつめた静けさのなかで、喉がつかえたようなトリスタンの声が聞こえた。

「まさか……?」

続いて沸き起こったのは、悲鳴にも似た叫び声だった。

「黎明だ!」

「黎明、黎明だぞ!」

「まさかあれを弾くというのか?」

やはりそうか。ぼくは唇を嚙んだ。

気高くも荘厳なカノンホールが、一瞬にして市場の雑踏と化した。どよめく客席には目もくれず、バイエルは目を伏せたまま静かに弓をいじっている。

頼む。

ぼくは自分の耳にも届かないほどの声でつぶやいた。

お願いだから、これ以上彼に軽蔑させないでくれ。あなたたちがただの観客にすぎないことをそんなふうにさらけ出さないでくれ。

そのとき、バイエルがふっと顔を上げて、左のほうを見た。視線の先になにがあるのかは明らかだった。彼の顔が少しやわらいだからだ。

次の瞬間、バイエルは黎明を持ち上げ、そろそろと肩にのせた。愛するわが子にするようなそのしぐさはどこかやるせなく、感動的でさえあった。バイエルが黎明にそっと顔を寄せると、ホールは徐々に静まっていった。彼の右手に握られた弓が、黎明の弦に向かって緩やかに近づいていく。こっちがじりじりしてしまうような動きだった。そのあいだに、ホールは完全な沈黙に沈んだ。

そしてついに、弓が弦に触れた。

雷(いかずち)に打たれたかのようなその瞬間、観衆はこらえていた吐息をこぼした。それと同時に、黎明の泣き声があふれ出た。

カノンホールの壁をつたって響く黎明の音色に、以前森で聞いたとき以上の戦慄を覚えた。音の美しさを最大限に活かせるよう緻密に設計されたホールの構造に、感嘆せざるをえなかった。

バイエルは視線を床に落としたまま、激情的に奏でた。まるで、生涯の敵を目の前にしているかのように。激しく追い詰めるかのような弓の動き。それは燃え上がる怒りかと思いきや、厳粛な慎み深さが感じられ、軽蔑と憎悪が入り乱れながらも完璧としかいえなかった。

息を呑むような演奏は十分余りで終わった。舞台の上で息をはずませながら客席をにらむバイエルに圧倒され、誰ひとり口を開かず、拍手さえも起こらなかった。

バイエルの息遣いが少しずつ落ち着きを取り戻し、ついに静寂が訪れたとき、ぼくは手を叩いた。

パチ。

パチ、パチ。

パチパチパチパチ……。

それを皮切りに、万雷（ばんらい）の拍手が湧き起こった。バイエルはしばらく無表情で客席をにらんでいたかと思うと、観客にあいさつをすることもなく舞台から下りてしまった。

「おまえは……知ってたんだろう?」

なにかに取り憑かれたように拍手をするトリスタンに訊かれ、ぼくは無言でうなずいた。

「これは、なんてことだ……アナトーゼ・バイエルが黎明を奏でたなんて」

トリスタンはそうつぶやくと、力が抜けたように笑った。

「おまえから、そしておれからも、さらに遠のいていきそうだな。あいつは伝説になるよ」

ぼくは静かにうなずいた。耳をつんざくような拍手の嵐はやむことを知らなかった。


一時間余りの、バイエルの初の独奏会が終わった。

ホールから出てくる観客の表情は大きく二種類に分かれた。顔が真っ赤にほてるほど興奮している人たちと、なにかに取り憑かれたようにぼんやりしている人たち。なかには涙ぐむ人や嗚咽する人、演奏が終わると同時に気を失った貴婦人もいた。

「なんということだ。信じられない。黎明を弾くとは、それでも生きているとは。これは……これは、彼がモトベンの境地に達しているということなのか？」

普段は冷静かつ頭の切れることで知られた批評家、レオナール・ラベルが落ち着かない様子でそうつぶやくのも見かけた。バイエルの演奏はもちろんだが、それ以上に黎明を弾いたことそのものが人々を驚かせたようだった。

「あそこだ！　出てきたぞ！」

「マエストロ・バイエル！　永遠なるド・モトベルト！」

カノンホールでは、演奏を終えた奏者がホールに出て、少しのあいだ聴衆と歓談するという慣例があった。この日はバイエルが姿を見せるや、人々が押し寄せ、カノンホールの従業員たちは必死でバイエルを護衛しなければならなかった。

ぼくはトリスタンと一緒に、その様子を見つめていた。バイエルは苛立ちを浮かべていたが、そばにいた養父とレアンヌを意識してか、無理やり口を開いた。

「感謝いたします。みなさまの熱いご声援に、よりよい演奏でお応えしたいと思います」

人々は歓喜し、拍手を送った。ところが彼らのなかに、こんな言葉を投げる者がいた。

「あれが本物の黎明だとどうしてわかる？　白く塗っただけのバイオリンかもしれないぞ！」

バイエルの表情が一瞬険しくなったが、答える価値もないと思ったのか、聞こえないふりをした。するとまた同じ声が言った。

「貴族にでもなったつもりか？　もとは平民の分際で、マルティノであることがそんなに自慢なのか？」

「なんてこった」

トリスタンが手で顔を覆いながらつぶやいた。

ホールは水を打ったように静まり返った。口汚い言葉を発している人物の周りに空間ができ、ぼくはそれが誰なのかを見分けることができた。

コロップス・ミュナー。ヒュベリッツ・アレンの演奏仲間であり、熱狂的な追従者でもあるパスグラノのバイオリストだ。普段からバイエルの悪口を言っているとは聞いたが、それにしてもこんな席で。

「そうやってにらんでるだけか。おれの言葉が気に入らないなら決闘でも申しこんだらどうだ」

コロップス・ミュナーがとげとげしい口調でバイエルに向かって言った。そのそばには、トリスタンと同じように手で顔を覆い、かぶりを振っているヒュベリッツ・アレンもいた。

バイエルは嘲笑うような面持ちで言った。

「いいだろう。そこまで望むならやろうじゃないか」

ぼくはもう少しで、よせと叫びながら飛び出していくところだった。コロップス・ミュナーは、バイオリンが子供用に見えるほど大柄な男だ。だがぼくより先にトリスタンが出ていこうとしたため、思わず彼を引き留めていた。

そのあいだにバイエルが続けて言った。

「だが、ぼくは音楽家だ。武器を手に地面を転げながらの決闘などしない。そんなものはパスグラノのすることだからな」

「なんだと！」

「したがって、ぼくはきみに音楽家として、音楽での決闘を申しこもう。パスグラノも音楽家のはしくれだと証明したいなら、受けるがいい」

コロップスは首まで真っ赤にして叫んだ。

「受けて立とう！　当然だ！　あんたの口から、パスグランこそ真の音楽だと言わしめてやる！」

正気なのだろうか。本気でバイエルに勝てると思っているのだろうか？　みなが呆気にとられていたが、バイエルは笑いもせず言った。

「きみが審判を選んでいい。誰でもかまわないが、判断力に問題がないこと、エダン市民であることが条件だ。それさえ満たしていれば、きみの家族だろうと友人だろうとかまわない」

言い終えたバイエルはくるりと背を向けると、さっさとカノンホールを出ていってしまった。ホールにいた人々は、衝撃半分感動半分といった様子で、去っていく彼を呆然と見つめるばかりだった。

「音楽で決闘とは」

ぼくはため息交じりにつぶやいた。そんなものは見たことも聞いたこともない。

それなのに、なぜこれほど胸が熱く躍るのだろうか。


決闘の日は、バイエルの独奏会が終わった二日後と決まった。

独奏会はまたとない成功を収めた。最終日は、ホールを埋めつくす人々と花束にさえぎられて外へ出られないほどだった。

多くの貴族たちがバイエルに巨額を提示し、わが子のレッスンを頼もうとした。だがバイエルは、まだ自分自身も修業の身であるからといっさいの頼みを断った。それもそのはず、バイエルはいまや、自身が嫌悪してやまない貴族たちよりも金持ちなのだった。

「誰を審判に選ぶと思う?」

トリスタンの問いに、ぼくはバイエルを見た。バイエルは前を見つめて歩きつづけながら言った。

「誰だろうと関係ない」

「関係ないだと? なんとしてでも大衆の前でおまえをやりこめたがってるやつだぞ」

「関係ない」

「ははあ、われらがすばらしきマエストロ様の考えを当ててみようか。おまえの音楽のほうが圧倒的にすばらしいにもかかわらず、審判がコロップスの肩を持つようなら、恥をかくのは連中のほうだ。そうだろ?」

バイエルは少しだけ顔をしかめて、もう一度トリスタンにはっきりと言った。

「ぼくには関係ない、全部ひっくるめて」

トリスタンは不服そうだったが、ぼくにはわかった。コロップス・ミュナーも、審判も、彼らを見守る大衆も、バイエルの求める〝唯一の人〟ではないのだろう。だから彼には関係ないのだ。

ぼくたち三人は、モンド広場から東へ抜ける小道を歩いていた。道の両側に一定の間隔で並ぶポプラの木は、いつもどおり清々しい香りを漂わせている。トリスタンが背負っている大きなチェロケースから時折カタコトという音が聞こえるだけで、ぼくたち三人は静かにその道をたどっていった。

ガフィル夫人の邸宅が近づいてくると、かすかなピアノの音が聞こえてきた。演奏会はまだ始まってもいないのに、気の早い誰かがすでに演奏を始めているらしい。

「ふむ、マルティンかな？　うまいな。誰だろう？」

トリスタンの言葉に、ぼくは首をかしげながら言った。

「今日はぼく以外に、マルティノのピアニストは招待されていないはずだけど」

聞き慣れない音運びだったが、かなりの腕前に思われた。

「まあ、入ってみればわかるだろう。新しい音楽家との出会いはいつでも楽しいものだ。正直言って、諸君には少々飽きてきたところでね」

トリスタンがいたずらっぽく言いながら邸宅の玄関を叩いた。すぐに使用人が出てきて恭しくあいさつを述べ、ぼくたちをサロンへ案内した。

サロンに入った瞬間、ピアノの音がはっきりと耳に届き、ぼくは大きな衝撃を受けた。ピアノを弾いていたのはマルティノではなくパスグラノ、それも、バイエルがあれほど嫌っているヒュベリッツ・アレンだった。

「いらっしゃい、ゴヨ、バイエル。あら、トリスタン・ベルゼまで」

ガフィル夫人が歩み寄ってきたが、ぼくはバイエルの顔色をうかがうのに忙しく、まともに応じられなかった。代わりにトリスタンが、夫人の手に唇を当ててあいさつした。

「お久しぶりです、夫人」

「トリスタン・ベルゼ、いまやエダンで最も忙しい若者ではなくて？　わたくしが無理にご招待したのでは？」

「めっそうもない。夫人のお名前はわたしのリストの最上位にありますよ」

「いつも口だけはお上手ね」

ガフィル夫人は笑って言い、ぼくの手を握って続けた。

「あなた方の三重奏が楽しみで、どきどきして眠れなかったのよ。口外していなかったのに、噂が広まるのは早いものね、ずいぶんたくさんの方々がお見えになっているわ」

「そのようですね。パスグラノの青二才まで」

それまで黙っていたバイエルが冷たく言い放った。ガフィル夫人は困惑した表情を浮かべ、ぼくはおろおろしながらトリスタンとバイエルを交互に見つめた。実際、バイエルが帰らなかっただけでもさいわいだった。ガフィル夫人への礼儀からだろう。

この状況を取りまとめることができるのはトリスタンだけだった。

「アナトーゼ、昨日は一睡もせずにおまえの曲を練習したんだ。いまここで演奏できなかったら、悔しくて今夜も眠れない。頼むから一度だけ目をつぶってくれないか」

「あの下品なピアノを止めてくれたらね。パスグラノの分際でマルティノの真似をしてるじゃないか」

誰かが口をはさむまでもなく、それを聞いたヒュベリッツ・アレンはみずから演奏をやめた。サロンにいた人々は口を閉ざしてバイエルの顔色をうかがった。

ヒュベリッツは浮かない表情だったものの、争う気はないようで、静かに席を立った。ガフィル夫人が努めて笑顔をつくりながら、雰囲気を一新するように二、三度手を叩いた。

「さあさあ、ティータイムはここまでとしましょう。今日の主役であるお三方がお見えになりました。慎ましやかではありますが、そろそろ演奏会を始めさせていただきます」

使用人たちがぞろぞろと入ってきて料理や皿を片付け、椅子を並べてささやかな客席をつくった。丸く円を描くような客席の奥に、ピアノなどの楽器を置く場所が設けられた。ここここそが、エダンで最も人気のあるサロン演奏会の舞台だ。

「本日ご用意したのは、われらがド・モトベルト、アナトーゼ・バイエルが作曲した室内楽曲です。ピアノとバイオリン、チェロからなる三重奏。バイエルのレパートリーのなかで最も人気のある、『ムー・デム・イノックス』の六番をお聴きください」

トリスタンが耳に心地よい声で曲を紹介した。

『ムー・デム・イノックス』という言葉に客席がしばしざわめいた。バイエルの最も有名なレパートリーの新曲なのだから、それも当然だろう。人々はこの大きな幸運が信じられないといわんばかりに高い声でざわめき、ガフィル夫人は笑顔を送ることで感謝の気持ちに代えた。

「では、お聴きください」

ぼくがピアノの前に座り、トリスタンがチェロを手に取ると、客席はやっと静まった。だが完全な沈黙は、バイエルがケースから黎明を取り出した瞬間に訪れた。

黎明。ぼくはしばしその真っ白なバイオリンにうっとりと見入ってから、ようやく鍵盤に視線を下ろした。

スタートはぼくからだった。一、二、と深呼吸をしてから、指に力を込めて鍵盤を叩いた。ガフィル夫人のサロンにあるピアノは、エダンでも指折りの名器のひとつだった。

ぼくの伴奏がサロン内をやさしく撫でて通り過ぎると、続いてバイエルの演奏が始まった。いつ聴いても感嘆を禁じえないなめらかさ。彼は、最高のマエストロが最高の楽器を手にしたとき、なにが起こるのかを間近に見せてくれていた。

バイエルと演奏するたびに、ぼくは自分がどれほど果報者なのかを思い知らされる。永遠に語り継がれる、決して歴史のなかに埋もれてしまうことのない伝説の音楽家とともにできる喜び。たとえ伴奏だけでも幸せだった。

ほどなくトリスタンのチェロが加わると、ぼくはピアノが目立ちすぎないように音を抑えた。『ムー・デム・イノックス』――ただひとりのための三重奏は、演奏しているぼくでさえ鳥肌が立つほどの美しい和音を響かせた。トリスタンはエダンで名高いチェリストではなかったが、バイエルとの呼吸だけは誰にも引けをとらなかった。

予想どおり、ふたりのハーモニーは見事だった。ぼくはそれを味わいながら一心に伴奏をした。

クライマックスを過ぎ、余韻を残したバイオリンの音を最後に、名残惜しくなるほど短い演奏が終わった。サロンはしばし沈黙に包まれていたが、間もなく割れるような拍手で埋めつくされた。ぼくもまた感動に胸を打たれ、鍵盤に手を置いたままでいた。

バイエルと握手したトリスタンがぼくの肩を叩いた。

「やったな。おつかれ、ゴヨ」

「きみも、トリスタン」

次に、ぼくはやや緊張しながらバイエルを見た。ぼくをじっと見下ろしていたバイエルは、澄ました顔で一度うなずいた。悪くなかったということだ。ぼくはようやく顔をほころばせて、席を立った。

「みなさんありがとう。本当にすばらしかったわ。とくにバイエル、わたくしのこの小さなサロンで新しい曲を演奏してくれるなんて、身に余る光栄です」

ガフィル夫人が感激の面持ちでやってきて、バイエルの手を握った。

「とんでもない。夫人に捧げられなくて残念な限りです」

「『ムー・デム・イノックス』を？　あら、ご冗談を。そんなことをしたら、エダンにいるあなたの信奉者たちが放っておかないわ」

『ムー・デム・イノックス』。

〝ただひとりの人のための〟という意味だが、皮肉なことに誰にも捧げられない曲。

世間でささやかれている推測とは異なり、この曲はバイエルの恋人や想い人のためのものではない。誰のためのものか、ぼくは知っていた。まだバイエルが出会えていない、ともすればこの世に存在しないかもしれない唯一の人。

「それはそうとゴヨ、あなたはどうして独奏会を開かないの？　これほどの実力ならもうじゅうぶんではないかしら」

バイエルと歓談していたガフィル夫人が出しぬけに話題を転じ、ぼくはわれに返った。

「そんな、夫人。ぼくにはレパートリーもさほどありません。名前も知られていませんし……」

「バイエルやトリスタンと一緒にいるからかしら。ゴヨ・ド・モルフェがエダンでどれほど尊敬を集めているか、知らないのはあなただけよ、ゴヨ」

ぼくはただはにかむだけだった。そんなふうに言われることに慣れていなかった。

「夫人のおっしゃるとおりです」

そのとき、そう言いながらがこちらにやってくる人物がいた。とても細くて神経質な、鋭い声。ヒュベリッツ・アレンだった。バイエルはうんざりだという顔でその場を立ち去ってしまった。

「あのとき控え室できちんとごあいさつできず、残念に思っていました。改めまして、ヒュベリッツ・アレンと申します。マルティノの、唯一無二のピアニストにお会いできて光栄です、ゴヨ・ド・モルフェさん」

「唯一無二だなんて。あなたこそパスグラノで最も有名な方でしょう。ところで、さきほど演奏されていたのはマルティンですか?」

ヒュベリッツはくすりと笑った。どこかばかにしているような笑い方だった。

「パスグランだのマルティンだの、わたしはあえて区別しようとは思いません。弾きたい曲を弾くだけです。マルティンのように聞こえたならマルティンなのでしょう」

バイエルのような保守的なマルティノが聞けば怒り狂いそうな言葉だったが、ぼく自身はそこまでこだわりがないため、そんなものだろうかと受け流した。ヒュベリッツは冷ややかな顔で続けた。

「次はわたしの番です。しがない演奏ですが、どうかお聴きいただけるとさいわいです」

「ええ、もちろん。ありがたく拝聴します」

「光栄です。ではこれにて」

ヒュベリッツが遠ざかっていくと、ぼくはガフィル夫人に了解を得て、バイエルのほうへ歩いていった。

「パスグラノと仲がいいんだな、ゴヨ」

黎明をケースにしまいながらバイエルが皮肉った。ぼくは返答に困り、言い訳するように言った。

「あいさつしただけだよ。よくは知らない」

「いずれにせよ、少なくともパスグラノのあいだでは、きみもずいぶん認められているようだ。けっこうなことだな。鈍才たちの王になりたいのなら止めはしない」

尊敬する友からそんな言葉を聞くのはつらかった。だが黙っていた。ぼくが答えないでいると、バイエルはケースを持ってくるりと背を向けた。

「なんだ、アナトーゼ。もう行くのか？　ゴヨ、おまえはまたなんて顔をしてるんだ」

貴婦人たちに囲まれていたトリスタンが遅ればせながら駆けつけ、バイエルを引き留めた。バイエルはぼくのほうを見向きもせず、吐き捨てるように言った。

「ぼくたちはもう失礼しよう、トリスタン。〈マレランス〉で一杯やろうじゃないか。ゴヨは卑しいパスグラノの演奏を聴くために残りたいそうだから」

トリスタンが問うような目でぼくを見た。ぼくはぎこちない笑みを浮かべてうなずくしかなかったが、トリスタンはなにもかも承知だというふうに言った。

「気難しいわれらのマエストロが、またもや友人にいやな思いをさせたようだな。ゴヨ、このふつつか者にはおれからよく言っておくから、ゆっくりするといい。時間が許せば〈マレランス〉に寄ってくれ」

「そうするよ、トリスタン」

大勢の観客が名残惜しそうにしていたが、ふたりはかまわずサロンをあとにした。急にひとりぼっちになったぼくは客席に寂しく埋もれていた。ヒュベリッツ・アレンをはじめ数人が演奏を続けていたが、ぼくの耳元ではバイエルの言葉が繰り返されていた。

「ガフィル夫人から伝言をいただきましたよ。ぜひ独奏会をとね、ゴヨ」

誰が演奏しているのかわからないかすかな音楽に耳を澄ませていたぼくは、窓の外から目を離さないまま言った。

「ぼくにはまだ早いですよ、母上」

「アナトーゼ・バイエルをごらんなさい。彼にできて、どうして自分には無理だと言えるのです？」

「母上。バイエルはド・モトベルトです。そしてぼくは、エダンにごまんといるまずまずのピアニストにすぎません」

母は呆れたように言った。

「ゴヨ、あなたには欲というものがないの？　他所様のことならいくらでも精を出すというのに。アナトーゼ・バイエルがここまで大きくなったのも、もとはといえばみんなあなたのおかげでしょう。彼が演奏旅行に出るときだって、あなたはこっそり支援金を持たせてあげたじゃない。それなのに、彼はあなたになにをしてくれたかしら？　ときどき伴奏が必要なときに呼ぶくらいじゃないの」

「彼はエダン一のマエストロなんですよ、母上。むしろ呼んでくれることを光栄に思うべきです」

「そんなお人好しの台詞はもう聞き飽きました。もう知りませんよ。音楽史にあなたの名が残るとしたら、せいぜい〝アナトーゼ・バイエルの伴奏者〟としてでしょうね」

母はガフィル夫人の伝言と思われるメモをぼくのほうに投げ、出ていってしまった。

エダン随一のピアニスト、そんな称号には興味がなかった。でも、アナトーゼ・バイエルの伴奏者として歴史に残りたいとも思わない。ぼくはガフィル夫人の伝言を拾ってゆっくり読んでみた。

　ご子息は自身の才能のすばらしさについてよくわかっていません。拙劣な眼目ではありますが、わたくしが思うに、ご子息はすでにエダンでも指折りのすばらしいピアニストです。ご子息に独奏会を勧めてくださいませんか。お許しいただけるなら、ぜひわたくしに後援を務めさせていただけたらと存じます。

　ガフィル夫人の後援とは。エダンでそれを望まない音楽家はいないだろうが、ぼくはやはりまだ実力不足だという気がした。

　独奏会。誰かに相談したかった。頭に浮かぶのはふたりだったが、こういった話を打ち明けられるのはひとりしかいない。

　ぼくはモンド広場に向かった。案の定、そこにトリスタンがいた。

「少し急な感じはあるが、おまえにはじゅうぶん独奏会を開くに足る実力があると思うよ」

　独奏会の件を話すと、彼らしくまっすぐに答えてくれた。

「きみにまでそう言われると、よけいにわからなくなるな。ぼくはいつだって、自分はたいしたピアニストではないと思ってきた。バイエルの横で伴奏することさえ贅沢なことだと思っているのに」

　その言葉にトリスタンが失笑した。

「他人のことは客観的に評価できるのに、自分のこととなるとまるでだめなんだな。それは、おまえが自分とアナトーゼを比べてるからだよ。おまえがあいつに及ばないとは言わないが、知ってのとおり、アナトーゼ・バイエルという存在がエダンの多くの天才たちを鈍才に格下げしている。おれはおまえもそのうちのひとりだと信じているよ、ゴヨ。アナトーゼがそばにいるせいで、本来の実力が見過ごされているとね」

ぼくはしばらくトリスタンの言葉を反芻してから、口を開いた。

「実力は置いておいて、ぼくにはレパートリーもそんなに……」

「秘密裏に作ってるとびきりの曲があると聞いたぞ？」

トリスタンがわざと目を光らすようにして言った。ぼくは困って頬をかいた。

「まだ完成していないんだ」

「それなら完成する頃に合わせて独奏会の日を決めるんだな。それと、アナトーゼにピアノ曲をひとつもらうといい。喜んで差し出すと思うよ」

それはきみが頼んだときの話だろう。そんな言葉が飛び出しそうになったが、いじけた子どもみたいに思われるのがいやで我慢した。トリスタンはにっこり笑って言った。

「それにしても、時期的にはどうだろう。おれは当然おまえが〈コンクール・ド・モトベルト〉の準備をしているものと思ってたよ」

「あ」

すっかり忘れていた。氷の木の森、バイエルの独奏会、音楽の決闘といろいろなことがあったせいだ。

「どうせ今度も、ド・モトベルトの座はバイエルのものだよ」

「ゴヨ。ゴヨ・ド・モルフェ。ちゃんと話を聞いてるか。おれはこう思っている。おまえはアナトーゼの陰に隠れているだけの天才だと。それに、そろそろあいつも座を譲っていい頃だろう。九年も独占しているんだからな。良心があるなら譲るべきだ」

そう言って、トリスタンはからからと笑った。

ぼくはしばし考えこんだ。ド・モトベルトに？　そんなことはありえないけれど、万が一にでもぼくがバイエルを抑えてド・モトベルトになったとしたら……。

「バイエルはぼくと絶交するよ」

真面目に言ったつもりだが、トリスタンは腹をよじって笑った。ぼくはばつが悪くなって続けた。

「きみだって知っているだろう。バイエルはぼくのことが好きじゃない。そんなぼくに曲をくれると思うかい？　友人と思っているし、音楽院時代からの付き合いだけど、バイエルはぼくを——」

「ああ、まずは息をさせてくれ。おまえにこんなに笑わされるとはな」

トリスタンはもうしばらくむせてから、やや深刻な表情になって言った。

「アナトーゼはおまえに劣等感を持ってるんだ。わからないのか？」

「劣等感？　ばかな、ぼくの実力なんて——」

「音楽のことじゃない。アナトーゼがおれを受け入れて、おまえを受け入れられないのは、おまえとおれが違うからだろ？　なにが違うのかじっくり考えてみろよ。まったく、思春期の少年の相談を受けてる気分だ。頼むよ、ゴヨ」

トリスタンはおかしくてたまらないという顔でぼくの肩を叩いた。でも、ぼくには到底理解できなかった。トリスタンとぼくの違いだって？

もちろん、数えきれないほどある。ぼくはトリスタンのように話術に長(た)けてもいなければ、男前でもなく、ほとんどすべての面で劣っている。だから、そんなわけがないと抗議しようとしたそのときだった。

「楽しそうだな？　ぼくの悪口でも言っていたのか」

「うわ！」

トリスタンは驚いてお茶を少しこぼした。いつの間に来たのか、バイエルがぼくたちの背後に立っていた。

「アナトーゼ、驚かせるなよ。モンド広場にお出ましとはめずらしいじゃないか？」

「ゴヨがきみに会いに来てると聞いてね。話があるんだ、ゴヨ」

「ぼくに？　どんな？」

バイエルが個人的に会いに来るなんて、よほどめずらしいことだった。

「明日の決闘でぼくの立ち会い人になってほしい」

「立ち会い人？」

「ああ。ひとり必要らしい。きみに頼みたいんだ」

「ぼくに？」

バイエルは苛々しながら答えた。

「何度も言わせるなよ。きみに頼みたいと言っているだろう」

「ああ……ぼくはただ、ちょっと意外だったから」

「じゃあ、受けてくれるんだな。明日の午後二時、カノンホールの裏の丘だ」

バイエルは用は済んだというように踵を返した。トリスタンが拗ねたように叫んだ。

「おい、おれは？」

「きみはいい」

「ずいぶんじゃないか、アナトーゼ？」

「九年もド・モトベルトを独占してる良心のない友人になにを望むんだ？」

バイエルが見えなくなったとたん、トリスタンは困ったように笑い出した。

「やれやれ、全部聞いてたようだ。こりゃあ一週間は口も利いてくれないだろうな」

雨を予感させる灰色を帯びた不吉な雲の下で、前代未聞の決闘が始まろうとしていた。

バイエルが選んだのは人々があまり足を踏み入れない、カノンホールの裏の小高い丘だった。カノンホールの影がぎりぎりそこまで伸びてきそうな時刻に、ぼくとバイエルはその丘へ向かった。

「おや、王様気取りの平民マエストロ様のお出ましだ」

地べたに座りこんでいたコロップス・ミュナーが、立ち上がりながら言った。

「きみの音楽がその口のように下品でないことだけを祈るよ」

バイエルが冷ややかにやり返した。コロップス・ミュナーは鼻を鳴らしてから、しばしぼくを見つめた。ぼくもなにか言われるのかと思い緊張したが、彼は黙って腰を屈め、バイオリンを取り出した。

そのあいだに、コロップス・ミュナーの背後から男が歩み出てきた。

「本日の審判を任せていただき光栄に思います、マエストロ」

バイエルの目が細くなり、バイオリンのケースを持つ手が小刻みに震えるのが見えた。コロップス・ミュナーは、すでに半ば目的を達成したように思われた。よりによって、ヒュベリツ・アレンが審判だとは。

「準備がととのったようでしたらさっそく始めようと思いますが、どちらから演奏されますか？」

「勝手にしろ」

　バイエルが見向きもせずに答えると、コロップス・ミュナーが大きな身ぶりでバイオリンを肩にのせた。先に弾くつもりのようだ。

　バイエルは肩をすくめながら引き下がり、ぼくはその隣に立ったまま、コロップス・ミュナーを見つめた。彼の演奏をじかに聴くのは今回が初めてだった。さほどいい評価は聞こえてこなかったと思うが、なぜかぼくのほうが緊張していた。

「では、コロップス・ミュナーを先攻とします」

　ヒュベリッツ・アレンがかしこまった口調で言った。どうして彼の声は、いつもぼくの神経を逆撫でするのだろう。彼に対してマイナスの感情はなかったが、ゆっくり話しこむことはなさそうに思われた。

　コロップス・ミュナーは深呼吸をすると、目を閉じたまま弓をバイオリンに近づけた。たんにバイエルの面目を潰したいだけなのだろうと思っていたが、彼は思いのほか、この決闘に真摯に臨んでいるようだ。こうなると、ぼくもまた尊敬の念をもって彼の音楽に耳を澄ませるしかない。

　コロップスはその図体に似つかわしくない、繊細でやわらかい仕草でバイオリンを演奏した。荒々しく情熱的な演奏なのだろうという予想は完全に外れた。ひとつひとつの音に魂を込めた五分余りの短いソナタが終わると、彼はひとりため息をつきながら目を開けた。

ぼくは礼儀上拍手をしたが、バイエルのなんともいえない不快そうな表情に気づき、気まずくなって手を止めた。

「コロップス・ミュナーの演奏が終わったようですね。ではマエストロ、続いてお願いできますか？」

ヒュベリッツ・アレンがバイエルを見つめながら丁重に言った。

バイエルは苦虫を噛み潰したかのような面持ちでじっとバイオリンケースを見下ろしていたかと思うと、諦めたようにバイオリンを取り出した。思ったとおり、黎明ではなかった。

コロップス・ミュナーは、構えの姿勢に入るバイエルを険しい顔でにらんだ。いまにも飛びかかってバイオリンを叩き壊してしまいそうに見えた。まさかのときにはふたりのあいだに割って入れるよう、ぼくは立ち位置を少し移動した。

「こんな真似は二度とごめんだ」

溜息とともに静かにつぶやいたバイエルは、地面に視線を固定したいつもの姿勢で演奏をスタートした。

きっと、コロップス・ミュナーには真似できないさまざまな技巧で相手を圧倒するのだろうと思っていたぼくは、その演奏にショックを受けた。

そこにはいかなる技巧も、誇張された音もなかった。単純で、もどかしいほど間延びしたメロディ。ところが、バイエルが奏でる音につられるようにして、自分の呼吸が変化するのが感じられた。そのテンポに合わせて、息を止め、吐き出す。聴き手をひどく苦しくさせる曲だった。強いビブラートをかけたクライマックスを迎えたときなど、頼むからもう放してくれという心情でぎゅっと胸を押さえていた。

苦しみの絶頂を越えてついに音が鳴り止むと、ぼくはこらえていた息をようやく吐き出した。バイエルはバイオリンを下ろすと、コロップス・ミュナーを見やった。

「なんだ、それは……いまのはなんだ？」

コロップス・ミュナーも胸を叩きながらあえいでいた。ふと見ると、ヒュベリッツ・アレンだけが落ち着いた様子で立っている。彼は心中測りかねる表情でバイエルを見つめていた。

「おふたりの音楽を拝聴しました。では、恐縮ですが判定をさせていただきます」

ぼくは不安を感じた。さっきの音楽はバイエルらしくない。美しくも、華やかな技巧がこらされていたわけでもなく、呼吸が苦しくなるという奇妙な経験をしただけだ。旋律でいうと、むしろコロップス・ミュナーのほうが……。

「マエストロ、アナトーゼ・バイエルの勝利とします」

コロップス・ミュナーは目を見開いてヒュベリッツ・アレンを見た。負けるとは夢にも思わなかったというような、衝撃と驚愕に満ちた顔で。しかも、ヒュベリッツ・アレンはコロップス・ミュナーが最も尊敬してやまない人物なのだ。

一方のバイエルは、その結果になんの反応も示さなかった。当然だというような傲慢な態度も、ぼくのように怪訝に思う様子もなかった。彼はただバイオリンをケースに収め、少しの未練もなく背中を向けた。

ぼくはやや戸惑いながらヒュベリッツとコロップスを見やり、バイエルのあとを追った。

「ヒュベリッツ・アレン。常識がないわけじゃなさそうだね」

「さあな」

「ところでさっきの曲には、どういう意味があるんだい？」

「別に」

ぼくは足早に歩みを進めるバイエルについていきながら、ずいぶん迷った末に思いきって切り出した。

「正直、ぼくなら判断しかねたよ。さっきのきみの演奏、どういう意味なのかはわからないけど、美しいとは思わなかった」

「当然だ」

「どうして？　じゃあなぜあんな……」

バイエルは急に立ち止まり、振り返った。ぼくはまたも言ってはいけないことを言ったのだろうかと緊張した。だがバイエルは、怒るでも笑うでもない奇妙な顔で言った。

「図体がでかいだけのあの大ばか野郎の演奏なんか聴いていられるかという気持ちと、なぜぼくがこんなことをしているのかちっともわからないという気持ちを込めた。加えて、ゴヨ・ド・モルフェもとんだ出来損ないだってことを最後に追加したんだが、気づかなかったか？」

「……なんだって？」

バイエルは再び背を向けてずんずん歩きはじめた。

いまの言葉が冗談なのか本気なのかもわからず、遠ざかっていくバイエルの背中を茫然と見つめていたぼくは、はっとわれに返って彼を追いかけた。

＃06
異国の伯爵

そこはぼくにとって別世界だった
だがバイエルの目には
まるでふるさとのように映っていた

「さてと、では聞かせてもらおうか?」

トリスタンが気になって仕方ないという顔でバイエルに言った。

決闘後、トリスタンと合流したぼくたちはいつものように〈マレランス〉へ向かった。バイエルは不満げに腰かけながら、バイオリンのケースをぼくに押しつけた。

「ゴヨに聞けよ。冷静沈着な批評家であらせられるんだから」

トリスタンの視線がこちらに移った。

ぼくはどう言えばいいかわからず、さしずめ自分が感じたままを伝えた。

「コロップス・ミュナーの演奏も悪くなかったよ。バイエルは息が苦しくなる変わった演奏を——」

「おれが知りたいのはそこじゃない、ゴヨ。コロップス・ミュナーはいったい誰を審判に立てたんだ?」

「ヒュベリッツ・アレン」

ほんの一瞬、トリスタンの顔から笑みが消えたかと思うと、彼は笑いだした。

「最も尊敬する友を連れていったってわけか。しかし、ヒュベリッツ・アレンはむやみにコロップスの肩を持つようなやつじゃない。ある程度公平な審判をしたんじゃないか?」

「ああ。ヒュベリッツ・アレンはバイエルを勝者に選んだ」

「やっぱり。立ち会えなかったのが残念だよ。コロップス・ミュナーの顔は見物だったろうな」

「結果を受け入れがたい様子だったよ。それに、判定したのはほかでもない、ヒュベリッツ・アレンだ……どんなにがっかりしたことだろう」

話しているうちに、だんだんコロップスが哀れになってきた。ぼくは彼にある種の仲間意識でも感じているのだろうか？　いくら努力しても決してバイエルに認められず、自分の音楽を聴いてもらえないという点で。

しばらくぼくを見つめていたトリスタンは、明るい面持ちで口を開いた。

「じゃあおれは、この報せをエダンじゅうに広めてくるよ。われらがアナトーゼ・バイエルがまたも伝説をつくったんだからな。あの日、バイエルがコロップス・ミュナーに決闘を言い渡してから、街じゅうその話でもちきりだったんだ。当分、この手の決闘が流行りそうな予感がするぞ」


トリスタンの予感は当たった。

モンド広場を見渡しながらカフェに座っていると、広場のあちこちでアマチュア音楽家たちが決闘を申しこむ姿を見かけるようになった。だがバイエルは白々とした視線を投げるだけで、そのきっかけを作ったのは自分だとうぬぼれることもなかった。

ある日、即興で音楽対決をしているふたりのバイオリン奏者を見ながら、バイエルと賭けをした。ぼくはそばかすだらけの若い青年に賭け、バイエルは帽子をかぶったおとなしそうな男に賭けた。

「いくら賭ける？」

ぼくが聞くと、バイエルは退屈そうに言った。

「きみにとって金はたいした意味をもたないだろうから、別のものにしよう。そうだ、負けたほうが勝ったほうに曲をひとつ捧げるってことで」

ぼくは心臓が飛び出したのではないかと、慌てて床の上を探した。だが当然、心臓はいつもどおりぼくの胸のなかで脈打っていた。

バイエルが、ぼくに曲を？

ぼくの心の内を察したのか、バイエルは苦笑しながら言った。

「すでに勝った気でいるようだな。帽子の男が勝つよ」

「わからないだろう。あとからつべこべ言うのはなしだからね」

ぼくは自分の全財産を賭けたかのような気持ちで、広場で決闘を繰り広げているふたりのバイオリン奏者を見つめた。

ぼくが選んだ青年が先攻のようだ。彼は伝家の宝刀でも取り出すかのように、広場で使っていた練習用のバイオリンをしまい、別のバイオリンを取り出した。深みのある天然木は、木材のなかでもトップクラスとされるオーレ山のものに違いなかった。

ぼくは勝ち誇った顔でバイエルを見たが、バイエルはとくに動揺するでもなかった。

ところが、その青年が弓をバイオリンに近づけた瞬間、背後から聞き慣れた声がバイエルを呼んだ。

「おい！　ド・モトベルト！」

バイエルとぼくが振り返ると、トリスタンは息を弾ませながらこちらへ駆け寄り、手に持っていたくしゃくしゃの紙を差し出した。

「なんだいそれは？」

トリスタンは息を切らしながらも微笑みを忘れなかった。

「われらがアナトーゼ・バイエルが、果たして四度連続ド・モトベルトになるか試す機会だ」

「まさか……」

ぼくは急いでトリスタンが差し出した紙に目を通した。心臓がまたも飛び出しそうになった。〈コンクール・ド・モトベルト〉の公式ポスターだった。

「とうとう日程が出たんだね！」

「一カ月後だ。場所はおなじみのカノンホール」

いっきに胸が高鳴ったが、バイエルの顔を見たぼくの気分は急速に冷めていった。

バイエルはティーカップを手に、静かに広場を見やっていた。特別興奮している様子も、期待も、心配や不安も見受けられなかった。当然だ。どうせバイエルのものとなることを、ぼくも、彼本人も知っているのだから。

「ゴヨ」

じっとバイエルを見つめていたぼくは、やっと自分が呼ばれていることに気づいた。

「うん？　え？」

「勝負がついたようだ」

すっかり忘れていた。ぼくは急いで窓の外を見た。背後でトリスタンがなんのことかと訊いたが、答える余裕もなかった。

ぼくが賭けた青年は、弦の切れたバイオリンを手に泣きっ面で立ちつくしていた。対する帽子の男は、そんな彼をおちょくるかのようにゆったりと甘いメロディを奏でている。

「伝家の宝刀を大事にしすぎて、ケースにしまいっぱなしだったんだろう。弦の手入れもしていなかったんじゃないか」

バイエルは余裕の笑顔だったが、ぼくは打ちのめされていた。バイエルがぼくのために曲を書いてくれる、もしかするとそれをぼくのために演奏してくれるかもしれない、またとないチャンスだったのに。

「期待してるよ、ゴヨ。どうかふざけた音符の並びでぼくを楽しませてくれ」

がっかりしすぎて、全身の力が抜けていくのがわかった。トリスタンが、バイエルにたしなめるような視線を送った。

ぼくは、ガフィル夫人のサロンで開かれる次の演奏会で自作の曲を演奏し、それをその場でバイエルに贈ることになった。ああ、バイエルの言うとおり、ぼくはみなの前で恥をかくことになるだろう。

「さて、そろそろ行こう。ついでにカノンホールに寄ろうじゃないか。参加の申しこみをしないとな」

バイエルがバイオリンケースを持って立ち上がると、ぼくも一緒に立ち上がった。ふとトリスタンを見ると、彼は意味ありげな微笑を浮かべていた。ぼくはかっと顔がほてるのを感じ、バイエルに聞こえないようにささやいた。

「今回は違うよ。ぼくも欲を出すということを学んだんだ。今回はぼくも、ド・モトベルトの座を狙って参加する」

「誰もなにも言ってないさ。心からおまえを応援してるよ、ゴヨ。あの傲慢きわまりないマエストロに、どうか緊張感ってものを教えてやってくれ」

「も、もちろんだよ！」

トリスタンはくすくす笑いながらぼくの背中を叩き、会計を済ませたぼくは急いでバイエルのあとを追った。


カノンホールの前には、首を長くしてこの日を待っていた音楽家たちがすでに長蛇の列をなしていた。

もちろん、彼ら全員がカノンホールの舞台に立てるわけではない。半月ほどの受付期間が終わると、十日間の予選が行なわれる。大半のアマチュアはそこで振り落とされ、見こみがあるとされた音楽家だけが本選に進出できるのだ。本選は予選が終わってから五日後、カノンホールで開かれる。

「ずいぶん並んでるな。バイエルは予選に参加する必要もないんだし、直接レナールさんのところへ行けばいいいんじゃないか」

トリスタンが長い列を見ながら言った。その言葉にうなずき、ホールのなかへ入りかけていたバイエルが、ぼくのほうを振り返った。

「並ぶつもりか？　一緒に来いよ。人脈っていうのはこういうときのためにあるんだ」

「でも、それだと不公平だよ。ぼくはここで――」

「きみってやつは、いらないところで貴族面して、こういうところで平民ぶるんだからな。いいから来いよ」

ぼくは迷ったが、結局バイエルについてカノンホールの入り口をくぐった。

ところがそのとき、列に並んでいた音楽家のひとりが大声で叫んだ。

「アナトーゼ・バイエルだ！」

「誰が軽々しくぼくの名を――」

バイエルが眉をひそめて振り返った瞬間、そこに集まっていた音楽家たちがわっとぼくたちの（いや、正確にはバイエル）のほうへ駆け寄ってきた。

「ド・モトベルト！　わたしを弟子にしてください！」

「一度だけわたしの音楽を聴いていただけませんか、マエストロ！」

「今回もド・モトベルトの称号はあなたのものですよね？　そうですよね？」

ぼくとトリスタンは必死でバイエルをかばいながら、その輪から抜け出した。ホールの入り口にいた警備兵に助けられていなければ、その人混みに埋もれて本当に横死していたかもしれない。

なんとかなかへ滑りこむなり、バイエルはかんかんに腹を立てた。一方でぼくは、やや面食らった気分だった。あの騒ぎのなかで、ぼくの耳にこんな言葉が届いたからだ。

「尊敬するマルティノ、ゴヨ・ド・モルフェさん、今度は必ずド・モトベルトになれますように！」

幻聴だったのだろうか？　ぼくに気づく人がいるとは。それも、バイエルよりぼくを応援してくれているとは。

そのとき、騒ぎを聞きつけたのか、レナール・カノンが駆けつけた。

「すまなかったね。前もって知らせてくれれば事前に手を打てたんだが。あの決闘以来、きみの人気が爆発的なものになってることを知らないようだね。ともかく、こちらへ。ちょうど待っていたんだよ」

レナール・カノンはぼくたちを自分の部屋へ招いた。すると、そこで熱心になにか書いていた青年が勢いよく立ち上がり、バイエルを見てぽかんと口を開けた。

「こちらはデュフレ君だ。きみたちの参加申しこみを手伝ってくれる」

デュフレはカノンホールに入ったばかりの若い筆写師だった。ぼくも筆写師が必要なときに、何度か依頼したことがある。バイエルがデュフレに視線を向けると、彼は慌てて視線をそらした。

「こんなデュフレ君は初めて見るよ」

レナール・カノンは愉快そうに言って、ウィンクしながら付け加えた。

「じつは、一度ああいう姿を見てみたくて、あえてきみたちの来訪を告げなかったんだ。デュフレ君はゴヨ君に負けないほどの、熱烈なバイエル信奉者だからね」

ぼくはなんともいえない気分でデュフレを見た。普段はまじめで冷静な彼だが、このときばかりはひどく取り乱していた。

「さあ、ではわたしはここで失礼しよう。手続きをしておいてくれたら、別途連絡するよ」

レナール・カノンが出ていくと、デュフレはつっかえつっかえに言った。

「わ、わたしが作成しますので、い、いくつかの質問にこ、答えてください」

バイエルが渋い顔でデュフレの前に座ると、若き筆者師の声はいっそう震えた。

「お名前は……ああ、も、もちろん存じていますので、お答えにならなくてけっこうです。お、お年は……」

トリスタンは笑いをこらえ、ぼくはため息をついた。項目はそれほど多くないはずなのに、ずいぶん時間がかかった。

次にぼくが前に座ると、デュフレはわかりやすく安堵した様子だった。普段の落ち着きを取り戻した彼は、はきはきした声で言った。

「お久しぶりです、ゴヨ・ド・モルフェさん。今回のコンクール、楽しみにしています。それはそうと、お父様がこのたび、コンクールの後援者となられています」

「父が？」

「はい。ですので、審査の一票を投じる資格も与えられます」

父上が後援を？　ぼくは複雑な面持ちでトリスタンとバイエルを振り返った。バイエルは苦笑いを浮かべ、トリスタンはしれっとした反応だった。

ほどなくぼくの申しこみ手続きも終わると、ぼくたちはレナール・カノンの部屋を出た。バイエルがいるあいだ息も絶え絶えだったデュフレは、安堵半分、名残惜しさ半分という顔でぼくたちを見送った。

カノンホールを出ようとしたとき、ぼくはふと、ホールの外にずいぶん異国的な馬車が停まっているのを見つけた。馬車から降りた紳士もまた、摩訶不思議な雰囲気をまとっている。

その紳士をじっと見つめていたぼくに、トリスタンが訊いた。

「どうした？」

「いや、別に……」

真っ白い髪と、余裕たっぷりの微笑。ユニークなグレーの瞳。手のなかでクルクル回る杖。まるでマジシャンのようないでたちをした紳士は、ゆうゆうとカノンホールへ入ってきた。

なにかに取り憑かれたように彼を見つめていたぼくは、トリスタンに呼ばれてはっとわれに返り、すでにホールをあとにしつつあるふたりを慌てて追いかけた。

キヨル・セバスチャン・ド・ベイン伯爵。

彼のことを思い出すと、いまでも複雑な気持ちになる。

彼は詐欺師だったのだろうか、それとも。

悪魔……だったのだろうか。


そのミステリアスな紳士に再会したのは、それから数日後のことだ。

個人の演奏会をコンクールまでいったん休むことにしたぼくたちは、最後にガフィル夫人のサロン演奏会に参加した。ぼくはバイエルに捧げる曲の楽譜を手に、震える胸をなんとか静めながら自分の番を待っていた。

「そんなんじゃピアノの前で卒倒することになるぞ、ゴヨ」

隣に座っていたバイエルが笑いながら言った。

事情を知らないサロンの客たちが、ちらちらぼくたちのほうをうかがった。ガフィル夫人の招待客なだけに、みな上品で礼儀正しい。彼らはカノンホールにいた市民たちのように、バイエルを見つけるなり駆け寄るようなこともしない。でも、バイエルがなにか話したり、なかでも音楽について話すときは必ず、尊敬と関心と愛情に満ちた眼差しを向けるのだった。そして一部の人たちは、ぼくに羨望の眼差しを送った。

大ベテランのチェリスト、ミグエル・リマンの演奏が終わると、ガフィル夫人が舞台に上がった。

「次の奏者は誰より謙虚なピアニスト、ゴヨ・ド・モルフェさんです。ですがその前に、みなさまにぜひご紹介したい方がいます」

ガフィル夫人が手振りで示すと、誰かがさっと舞台に上がった。ぼくはひと目で、それが数日前にカノンホールで見かけたミステリアスな紳士だとわかった。神秘的な文様の刺繍がほどこされた青いベルベットのコートを羽織った彼は、慣れた手つきで杖を回しながら会場の人々をぐるりと見やった。ガフィル夫人が彼に愛情深い微笑を送ってから言った。

「こちらは遠い異国の地よりおいでになった、キヨル・セバスチャン・ド・ベイン伯爵でいらっしゃいます。このたびの〈コンクール・ド・モトベルト〉の審査員のおひとりでもあります。光栄なことに今日、この小さなサロン演奏会にも参加してくださいました。みなさま、温かい拍手で歓迎してくださるようお願い申し上げます」

ぼくは多少驚きながら拍手をした。カノンホールに入ってきたときのあの余裕ぶりは、そういうことだったのか。ふと隣を見ると、バイエルがキヨル伯爵を見つめながら首をかしげていた。

「どうした？」

「いや、うん。少し変だな」

「なにが？　知ってる人かい？」

「いや」

拍手の音がやむと、キヨル伯爵は優雅に腰を折ってから口を開いた。

「これほど歓迎してくださるとは、恐縮の限りです。美しい貴婦人が開かれるこの教養高きサロン演奏会に参加できますことを光栄に存じます。心残りではございますが、長口舌で場がしらけてしまっては元も子もありませんので、わたくしはこのあたりで失礼させていただきます。コンクールが終わるまではエダンに滞在するつもりですので、みなさまとはまたの機会にぜひごあいさつさせていただきたく存じます」

異国的な雰囲気にぴったりのユニークなイントネーションだった。それでも、耳障りというより魅力的だった。彼は杖をくるっと回しながら舞台を下り、ガフィル夫人もそのあとに続きながらぼくに目配せした。

心臓が止まりそうだった。今度こそぼくの出番だった。

「楽しみだよ、ゴヨ」

バイエルがぼくの肩を叩いた。

ぼくは楽譜を手に、ゆっくりと舞台へ向かった。期待の目が向けられるなか、ぼくはピアノの前に座って深呼吸し、鍵盤に手をのせた。

いつもながら、いちばん緊張するのはこの瞬間だ。褒め言葉などいらないから、どうかバイエルに笑われませんように。この数日はこの曲のために、数時間しか眠れなかった。

ピアノソナタ、Cマイナー、表題は『敬意』。

それはぼくらしくない、暗く速い曲だった。序盤から吹き荒れるように始まる音は、その後も烈しさを保ちつづける。サロンにこだまする暗くも爆発的な音色には、演奏しているぼくでさえ戦慄を覚えるほどだ。

ぼくはなぜ、バイエルへの敬意を想いながらこんな曲を作ったのだろう。言葉にならないなにかが、ぼくの内面、あるいはぼくの音からほとばしり出たのかもしれない。

それに、いつものぼくなら伴奏と旋律のタイミングをきっちり守るのだが、この曲は違う。左手が重心をとり、右手は舞う。

感じるままに、思うままに、だが乱れることはなく……ピリオド。

ぼくは演奏を終えて目を開いた。サロンは静寂に包まれていた。まさか、拍手も起こらないほどひどかったのか？

おそるおそる立ち上がって周囲を見回した。バイエルの表情が気になったが、人々が邪魔でうまく捜せなかった。そのとき、トンッとなにかを打ち下ろすような音が聞こえて、そちらを見た。人々も同じようにそちらを振り向いた。

キヨル伯爵が杖で床をついて立ち上がったのだった。ぼくが怪訝そうに見つめると、彼は杖を置き、にっこりとほほ笑んで拍手をしはじめた。照れくさくてうつむいた瞬間、サロンにいた全員が席を立って拍手しはじめた。スタンディングオベーション。

ぼくは心から驚き、客席に向かってあたふたとお辞儀をした。

「みなさん、本当にありがとうございます。この曲をぼくの……友人（この言葉を口にするまでに何度も迷った）であるアナトーゼ・バイエルに捧げます」

拍手がいっそう大きくなった。無表情のバイエルが客席を縫うようにして出てきて、ぼくから楽譜を受け取った。ぼくは気恥ずかしくて、まともに彼の顔を見られなかった。正直なところ、ぼくにとってはこのサロンのどんな人よりも彼の反応が大事だった。

拍手の音がやわらぐと、バイエルはこう言った。

「ぼくもお返しをしよう」

お返し？

見ると、バイエルは持って出てきたバイオリンケースを開けていた。まさか、まさか？

「いまから演奏する曲を、この友人に贈ります」

続いて黎明が、バイエルの手によってまばゆいばかりの姿態をあらわにした。ぼくは舞台の上で、文字どおり凍りついた。そして、すぐ目の前でバイエルが甘美な演奏をし始めてやっと、なにが起こっているのか理解した。

バイエルが、演奏していた。ぼくのために。

それなのに……いまなお嘆かわしい記憶だが、ぼくは彼がどんな音楽を奏でたのか記憶にない。

聞こえなかったのだ。

世界は停止していて、バイエルの弓が動く様子だけがスローモーションのように見えた。頭が痺れ、これはただの夢だ、現実ではないのだという声だけがこだましていた。そしてその時は、文字どおり一瞬で過ぎ去った。演奏そのものが短かったのかもしれないが、ぼくには聞こえていなかったのだからわからない。

「泣くなよ、おい。こっちまで恥ずかしくなるだろう」

いつの間に終わっていたのか、歓声と拍手が鳴り響くなか、バイエルがぼくにだけ聞こえるようにささやいた。彼に肩を叩かれたとたん、石のように固まっていた体がほぐれた。

ぼくは招待客に向かってぎこちなくほほ笑んだ。聞こえていなかったにもかかわらず感動の表情を浮かべるのは、じつに難しかった。

演奏会後の晩餐で、ぼくとバイエルはガフィル夫人と同じテーブルについた。ほどなくガフィル夫人の勧めで、キヨル伯爵も同じテーブルに加わった。

初対面ということもあり、ぼくはその異国の紳士にどう接していいかわからなかった。さっき、一番に拍手をしてくれた人なのに。料理をうまく飲みこめないでいると、ふと伯爵が話しかけてきた。

「あなたを覚えています、ゴヨさん。カノンホールでお見かけしたように思いますが？」

彼の言葉に、バイエルが不思議そうにぼくを見た。ぼくはなぜか顔がほてってくるのを感じながら、小さく答えた。

「あ、ええ。すれ違いざまに一度……」

「それではあなたもコンクールに？」

「はい、腕はまだまだ未熟ですが……」

「はっはっは。さっき舞台上で見せていた表情は、やはり演技ではなかったようですね」

ぼくは困ったようにガフィル夫人とバイエルを見た。彼がなにを言っているのか、誰かに説明してほしかった。

「あれほどの演奏をしておいて、自分がなにをしたのかまったく理解していないという顔でしたよ。だからわたしは、この人は腹黒いタヌキか、本当に謙虚な方のどちらかだと思っていたんです」

「それは……身に余るお言葉です」

「いいえ。こう見えてもわたしは、なかなか厳しい批評家でしてね」

ぼくはこういった称賛に慣れておらず、キヨル伯爵の視線を避けるようにブドウ酒に手を伸ばした。

ところがそのとき、バイエルの口から思ってもみなかった言葉が飛び出した。

「では、厳しい批評家の耳にぼくの演奏はどう聴こえましたか？」

ぼく、ガフィル夫人、キヨル伯爵の全員がバイエルを見やった。

ぼくの知るバイエルは、絶対にそんなことを訊かない。他人の評価など気にしない。彼にとって自分の演奏は、すでに完璧かつ完成された、高潔なものだったからだ。

キヨル伯爵はうっすらと笑みを浮かべ、しばらくじっとバイエルを見つめてから口を開いた。

「さあて、難しいですね」

ぼく以上に大絶賛すると思っていたのに、キヨル伯爵は曖昧に答えた。バイエルの眉がぴくりと動き、ガフィル夫人はほほ笑みを絶やさないよう努めていた。

「難しいとは？」

「好みの問題ではないでしょうか。客観的に見れば、もちろんあなたの演奏はすばらしい。完璧すぎて近づきがたいほどです。しかし、そこに心があるかどうかにおいては……そうですね。わたしならゴヨさんに一票入れるでしょう」

驚きすぎてうめき声が漏れた。バイエルの顔が不快そうに歪んでいく一方で、キヨル伯爵は余裕の笑顔を浮かべていた。

「お気を悪くなさらないでください。もちろんあなたのあの美しい音色は、多くの人々を虜にするでしょう。しかしながら……どうか無礼をお許しください、わたしの目は人より多くを見通すのです。たとえば、あなたが誰のために演奏しているのかといった……」

伯爵は一度言葉を切り、ゆったりとした動作で酒をついだ。彼を見つめていたバイエルの目が大きくなり、ぼくは胸がひやりとするのを感じた。いまの言葉をどうとらえればいいのだろう？

なにかをためらっていたバイエルが口を開きかけた瞬間、キヨル伯爵が再び話しはじめた。

「人は、並外れた芸術家の絵には奥深さを感じますが、あどけない子どもの絵には温もりを感じるものです。ゴヨさんの演奏は後者にあたるでしょう。聴いていると心が穏やかになります。彼はあなたへの尊敬、ただそれだけを純粋に、はっきりと伝えていた。ですが、あなたがお返しになったあの演奏は……さて、いったいなんだったのでしょう?」

ガフィル夫人の顔から笑みが消えていた。彼女はキヨル伯爵の手に自分の手を重ねたが、伯爵はおかまいなしに続けた。

「あなたはゴヨさんのために演奏したわけではない、違いますか?」

ガタン。バイエルが椅子を倒しながら立ち上がった。サロンじゅうの視線がぼくたちのテーブルに集まった。バイエルはこれ以上ないほど自制しているようだったが、彼の顔に浮かんでいる驚愕と嫌悪は隠しようがなかった。

キヨル伯爵はおおらかな微笑を浮かべてグラスを取った。彼がそれをゆっくりと口元に運ぶのを見ていたバイエルは、バイオリンケースを引ったくるとそのまま席をあとにした。

「バイエ――」

一緒に席を立とうとするぼくを、ガフィル夫人がさえぎった。彼女がかぶりを振るのを見て初めて、自分の軽率さに気づいた。いまバイエルを追ったところで、火に油を注ぐことになるのは明らかだ。

ぼくはなんともいえない気持ちでキヨル伯爵を見つめた。自分がなにをしたのか少しもわかっていない様子で、またものんびりとブドウ酒をついでいる。

本当にわかっていないのか、わざとなのか。

ぼくへの褒め言葉など、ちっともありがたくなかった。ぼくはあいさつもせずに席をあとにした。ガフィル夫人の邸宅からモンド広場までの小道のどこにも、バイエルの影さえ見つけられなかった。

しばらくはバイエルに会えないだろう。やっと、やっとぼくに曲を演奏してくれるほどの仲になれたと思ったのに。得体の知れない異国の紳士にぼくなんかと比べられて、バイエルのプライドは大きく傷ついただろう。ぼくのせいではないとわかっていても。それでもぼくを憎むに違いない。

「バイエル……」

でも、ぼくもまた、キヨル伯爵の言葉が引っかかっていた。ぼくが聞くことのできなかった、あの音楽。

――あなたはゴヨさんのために演奏したわけではない、違いますか?

予想どおり、バイエルとはそれから十日間、会えなかった。モンド広場にも〈マレランス〉にも、彼の姿はなかった。もしやと思い〈マレランス〉に入り浸っていたぼくの前に現れたのは、バイエルではなくトリスタンだった。

「どうした、そんな顔して」

「トリスタン、バイエルの様子は?」

「なんだ急に。アナトーゼの様子だって? おれもこのところ顔を見てないな」

胸が締めつけられるようだった。トリスタンにさえ会っていないとなると、あの出来事はバイエルにとって、思った以上に衝撃だったのかもしれない。ぼくがしどろもどろにいきさつを話すと、トリスタンが険しい顔で言った。

「ガフィル夫人から、あの日のことは聞いてたよ。おれはてっきり、そのキヨル伯爵がコロップス・ミュナーよろしく、正面からバイエルに毒づいたりしたのかと思ってた。ほら、アナトーゼはそういうの、いっさい気にしないだろ。天才には追従者も敵もつきものだって言ってたくらいだし」

「でも、ひょっとするとキヨル伯爵は……バイエルのいちばん痛いところをついたのかもしれない」

「いちばん痛いところ？」

ぼくは躊躇(ちゅうちょ)した。それを説明しようとすれば、バイエルが求めてやまない〝唯一の人〟についても話すことになる。もちろん、いまのぼくは自分だけがバイエルのそんな一面を知っていることに浮かれるほど子どもではないが、これまでずっとトリスタンに隠していたことが後ろめたく思われた。

そういうわけで、ぼくはまたも否定してしまった。

「ぼくにもよくわからない。でも、キヨル伯爵はコロップス・ミュナーとは全然違うよ。なんだか、人の内面をどこまでも見通せそうな感じだった。だからバイエルも気にしてるんだと思う」

「なるほど……それは気になるな。話には聞いてたが、キヨル伯爵に会ったことはまだないんだ。ここのところ、気が気じゃなくてな」

「きみもなにかあったのか？」

ぼくの問いに、トリスタンは寂しげにほほ笑んだ。バイエルと伯爵にばかり気を取られて、ぼくはまだトリスタンに近況も尋ねていなかった。トリスタンは努めて平静を装って言った。

「このところ、キセに会えてないんだ。それで、とにかく心配で……。会えないときも、どこに現れたってことぐらいは耳に入ってたんだ。それが最近は、誰も見かけていないらしい……。しまいには、ナイゲル・ハンスのところまで訪ねていったんだが」

「知らなかったよ。以前にもこういうことが？」

トリスタンはそのしぐさが苦痛で仕方ないという表情でかぶりを振った。

取り立ててなにも言ってあげられないことが残念だった。いつもなぐさめられるばかりで、ぼくがトリスタンをなぐさめたことが一度でもあっただろうか。だからといって、うわべだけの言葉をかけたいとは思わなかった。

「きみさえかまわなければ、人を使って捜してみるよ」

ぼくにできるのはそのくらいだった。トリスタンは切ない笑みを浮かべて言った。

「ありがとう。でも、キセが隠れることに決めたのなら、どんなに捜しても見つからないだろう。預言者だからね」

「そうか！　それなら、きみが彼女を捜すという未来もわかっているのかもしれないね」

ぼくの言葉に、トリスタンはほんの少しだが笑った。いつも溌剌(はつらつ)と笑っている彼がここまで落ちこんでいる姿を見るのは、本当に胸が痛かった。

でも、ぼくの頭に浮かぶのはやはりバイエルのことだった。

「そんな余裕はないかもしれないけれど、もしも時間ができたらバイエルの家に寄ってみてくれないか。どんな様子か――」

「おいおい、われらがアナトーゼ・バイエルがそのぐらいで落ちこむわけないだろう。断言できるよ、そのキヨルとかいう伯爵の鼻をへし折ってやるために、とっておきの曲を書いてるはずだって。コンクールももうすぐだし」

「なるほど。そういえばもうすぐ予選だ」

言ってから、自分が窮地に陥っていることに気づいた。まだどんな曲を演奏するかも決めていないのだ。

ひとまずは、バイエルもトリスタンも立ち直ってくれるものと信じてコンクールに専念するしかない。心苦しいが、今回のコンクールはぼくにとってとても大事だった。

「元気出せよ。いまは人のことより自分のことだ」

トリスタンはそう言って去っていった。なぜだろう、胸がちくりと痛んだ。


数日後、予選の日を迎えたぼくはジモンホールへ向かった。

その名からもわかるように、巨大銀行を有するジモン財閥がエダン近郊に建てたものだ。由緒と威容を誇るカノンホールの陰に隠れて、エダン市民に愛されることこそなかったものの、建物は豪華で施設も整っていた。〈コンクール・ド・モトベルト〉の予選はここで行なわれていた。

「ゴヨ・ド・モルフェさん、ようこそ。ええと、順番はかなり後ろのほうですね。昼食後にゆっくりいらしてもよさそうです」

名簿を確認したデュフレが親切に教えてくれた。ぼくは了解してジモンホールを出ると、少し悩んでからモンド広場へ向かった。

練習不足なうえ、いまだにバイエルの様子もわからず、どこか気が重かった。トリスタンがいないかと期待していたが、モンド広場にも〈マレランス〉にも彼の姿はなかった。みな予選の見学に行っているのか、モンド広場はいつもより空いていた。ぼくは時計塔の前にぼんやりと佇み、気持ちを落ち着かせようと努めた。

そろそろジモンホールへ戻ろうとしたとき、誰かが広場の片隅をうろついているのが見えた。なんの気なしに向き直ろうとして、その人物が見慣れた赤い髪をしていることに気づいた。

キセだ！　男装をしていたが、間違いなく預言者キセだった。

彼女を捜してエダンじゅうをさまよっているであろうトリスタンを思い浮かべながら、そちらへ駆け寄った。だが、キセはぼくを避けるかのように、くるりと背を向けて去っていってしまった。

ぼくは足を速めて、キセが消えていった路地に駆けこんだ。すでに彼女の姿はなかったが、ひょっとしたらという思いで慣れない路地を歩きはじめた。そうして間もなくのことだった。

「……は普段どおりに言っただけだ、いまさらなんだよ？」

「おまえはあからさまにおれとあいつを差別してる。むろん、それをおれがとやかく言うのもおかしな話だ。でも、頼むからこれ以上、おれがあいつに顔向けできなくなるような真似はやめてくれ」

ぼくはその場で足を止めた。偶然というにはあまりに絶妙なタイミングだった。声の主はぼくの知るふたりだった。

「ゴヨときみは違うよ、トリスタン」

「ああ、そうだろうな。おれにはゴヨほどの実力がない」

ぼくは息を殺した。心ならずも盗み聞きする格好になってしまったが、このまま立ち去ることもできない。

ふたりはしばらく無言だった。少ししてから、低くて冷ややかなバイエルの声が聞こえてきた。

「どういう意味だ?」

「おれはなからおまえを脅かす存在じゃないから、そんなにやさしくできるんだろう。もしおれが、ゴヨみたいにおまえに憧れて、死ぬほど音楽に向き合っていたら、おまえはおれにも冷たく当たっていたはずだ」

「ばかを言うな、トリスタン。きみには決して――」

「じゃあどうしてゴヨにだけ? あいつが貴族だから? そうなのか?」

バイエルは答えなかった。動悸が激しくなるのがわかった。ふたりは長いあいだ沈黙していた。やがて聞こえてきたのは、声ではなく足音だった。

「逃げるのか? アナトーゼ・バイエル?」

「もうよせ! いくらきみでも、これ以上続けるようならただじゃおかない。いつもどおり、人好きのする態度でばかみたいに笑いをふりまきながら、あの赤毛の女でも追っかけてろよ!」

なんてことだ、バイエルがトリスタンにあんな暴言を浴びせるなんて。足音が徐々に近づいてくるのが聞こえ、ぼくは急いでその場を立ち去った。

路地を抜け出したぼくは、モンド広場を離れた。ときどき後ろを振り返ってみたものの、バイエルの姿は見えなかった。

いったいなにを言い争っていたのだろう。トリスタンがぼくのために、あの日の話題を持ち出したのはたしかだ。そして思ったとおり、バイエルはぼくを厭わしく思っているようだった。

　でも、トリスタンは間違っている。バイエルはぼくにだけそうなのではない。トリスタン以外のすべての人にそうなのだ。


　ジモンホールに戻ったぼくは、昼食もとらず、さっきの出来事について考えこんでいた。そしてふと、ある人物を思い出した。〈コンクール・ド・モトベルト〉はマルティンのみならず、バスグランにも門戸が開かれている数少ないコンクールのひとつだ。そのため、ホールには多くのパスグラノがいた。

　ひょっとして彼がいないだろうかと辺りをうかがっていると、背後から誰かに呼ばれた。

「ゴヨ・ド・モルフェさん。ここでお目にかかれるとは思いませんでした」

　ぼくが捜していた人物だった。

「光栄の至りです。わたしを捜していらしたとか？」

「はい、ひとつお尋ねしたいことがあって——」

「尊敬するあなたの質問ならなんでもお答えしたいところですが、このあと出番なんです。もし予選後にお約束がないようでしたら、モルフェさんの番が終わるまで待っておりますが」

「そうしていただけるとありがたいです。お時間はとらせませんから」

「めっそうもない。こちらこそご一緒できて嬉しい限りです。マルティノとパスグラノのあいだに、多少乗り越えがたい壁はありますが」

　その言葉が冗談めいて聞こえたため、ぼくは笑い、ヒュベリッツ・アレンは恭しくあいさつをしてなかへ入っていった。

話せば話すほど、ヒュベリツはいい人のように思われてきた。ぼくはバイエルのように、パスグラノに対して特別いやな感情を抱いているわけではない。

ふと彼の演奏が気になり、観客席へ行ってみた。まだ予選であるにもかかわらず、会場はたくさんの人々で埋まっていた。

ヒュベリツは椅子の高さを調節し、落ち着いたしぐさで鍵盤に手をのせた。それから、宙に向かって軽いため息をつくと、目を閉じて演奏を始めた。彼がピアノを弾く姿はじつに様になっていた。

「あの、ゴヨ・ド・モルフェさんでは?」

彼の演奏を鑑賞していたぼくは、そばでささやくように名を呼ばれ、そちらを振り向いた。初めて見る人だった。首をかしげると、相手がもじもじしながら手を差し出した。

「握手をお願いできますか?」

これまた初めての状況だった。ぼくは戸惑いながら、差し出された手を握った。

相手は依然、恥ずかしそうにしながら言った。

「今日、あなたの演奏を聴きにエダンまで来たんです。ここから応援しています」

口を開いたはいいが、どう答えていいかわからず、ぼくはひとこと感謝を述べるに留めた。

胸が高鳴り、気分が高揚していた。ぼくみたいな音楽家にもファンがいるようだった。そういえば数日前のカノンホールでも、ぼくにド・モトベルトになってほしいと言ってくれた人がいた。その声を思い出すと、鼓動はいっそう速まった。

ほどなくヒュベリツ・アレンの演奏が終わった。予選では、たいていの参加者が途中で審査員に止められるものだが、ヒュベリッツは最後まで弾ききった。それほど彼の演奏がすばらしいということであり、パスグラノであるのが惜しいほどだった。

その演奏は、彼のどこかとげとげしい口調に似ているようだと思いながら、ぼくは席を立った。

「ゴヨ・ド・モルフェさん。次の次です。こちらへどうぞ」

案内係のあとに従って控え室へ向かった。緊張で胸が震えてきた。

ぼくの前でヴィオラを手に立っている男は、顎まで震えていた。なにか勇気づけられそうなことを言ってあげたかったが、案内係に名前を呼ばれるやいなや、男は舞台へ飛び出していった。

ぼくは彼が失敗しないことを祈った。だが一分もしないうちに、弓を大きく振り下ろした彼は、とんでもない弦をこすってしまった。審査員らがかぶりを振り、彼は大粒の涙を浮かべて舞台をあとにした。

「次、ゴヨ・ド・モルフェさん」

気を引き締めて舞台へ上がったぼくは、観客席から沸き起こる拍手と歓声を聞いて、しばらく目を丸くしていた。だがすぐに気を取りなおし、舞台の一角に用意されているピアノの前に座った。

選曲で迷ったが、結局はいつもの自分らしく、安定した美しい旋律の曲を選んだ。ぼくの好みは、華やかで大げさな技巧を凝らすよりも、感じられるか感じられないかくらいのルバートで、ひとつひとつの音から深い音色を引き出す弾き方だった。トリスタンの言葉を借りるなら、それこそがぼくらしい演奏だった。

弾き始めると、ようやく震えが止まった。ぼくはここでも自分だけの世界に浸り、その音楽に聞き入った。世界にはピアノとぼくしか存在しなかった。

果てしない闇の奥底でピアノとぼくだけが存在する空間。そこには音楽だけがあった。ぼくは、夢とも現ともつかないメロディを紡ぎ、失望と満足を繰り返しながら、世界が流れゆくままに身を任せた。そして左手から右手まで四オクターブにわたるアルペジオで演奏を終えた。

切ない余韻を感じながら鍵盤から手を離した瞬間、ぼくだけの世界が閉じた。それと同時に、現実へと戻ったぼくを観客の拍手が迎えた。

ぼくは舞台の前へ進み、聴衆にあいさつをしてから審査員のほうをうかがった。ひょっとして、彼らが演奏を止めるよう指示したのを聞き逃したのではないかと。

だが、彼らもまた感動の面持ちで拍手を送ってくれていた。残念ながらそこに父の姿はなく、さいわいキヨル伯爵の姿もなかった。

ぼくは照れくさくてはにかんだ。いい演奏だったようだ。


控え室に戻ると、ヒュベリッツ・アレンがぼくを待っていた。彼は軽く会釈しながら、感想を述べてくれた。

「とてもすばらしい演奏でした。あの美しい旋律を前にすると、自分の腕が恥ずかしくなるばかりです」

「そんな、あなたこそとてもすばらしかったですよ」

ヒュベリッツは笑って礼を述べかけたが、ぼくはお互いに照れくさいだけの褒め合いはここまでにしようと思い、すかさずこう切り出した。

「あなたに訊きたいのは、あの日の決闘についてです」

ヒュベリッツの表情がかすかにこわばった。ぼくはしばらく言葉を選んでいたが、結局はっきりと尋ねることにした。

「遠回しな表現は苦手なので、単刀直入に伺います。あなたがなぜあのとき、バイエルの勝利としたのか知りたいんです。ぼくは……もちろんバイエルのことが大好きだし、彼の音楽も尊敬しています。でも、あの日の演奏はどうしても理解できなかった」

そう言いながら、ぼくはやるせなさを感じていた。でも、たとえ自分のプライドが傷つくとしても、ヒュベリッツがぼくにはわからないなにかをバイエルの音楽に見つけていたなら、それがなんなのか知りたかった。バスグラノであっても、彼はじつにすばらしい音楽家だ。バイエルが毛嫌いしてさえいなければ、もしかすると彼こそ、バイエルの言う唯一の聴衆に最も近い存在かもしれない。

ヒュベリッツ・アレンはうなだれたまま、しばらくなにか考えている様子だった。やがてため息をつくようにこう言った。

「難しい質問ですね。お答えしたいのはやまやまですが……ぼくにとっても、あの日の記憶はあまりいいものではありません。ご存じのとおり、コロップスとぼくはとても親しい間柄でしたから。彼はあの日以来、ぼくの前に現れません。家に閉じこもってなにをしているのやら、誰が訪ねても出てこないんです」

ぼくが知りたいのはそんなことではなかったが、黙って彼の言うに任せた。

「それはともかく、なぜマエストロ・バイエルに軍配を上げたのかとおっしゃいましたね。モルフェさんの基準はわかりませんが、ぼくは旋律以外に注意を傾けていたのです。コロップスは聴き心地のよい曲を演奏した。でも、それだけでした。そういった曲は誰にでも作れるし、誰にでも演奏できます。でも、マエストロ・バイエルの曲は……」

　ヒュベリッツはそこで口を閉ざして、再び考えこんだ。感じたものがあっても、それをうまく表現できる言葉が見つからないようだった。

　ぼくは待ちきれず口をはさんだ。

「バイエルにしか演奏できない、そういう曲だということですか？」

「そういう曲というより……あんな演奏はあの方にしかできない。感じましたか、呼吸が音楽を追いかけるのを？」

「はい」

「あのような経験は初めてではありませんでしたか？」

　ぼくは間髪入れずうなずいた。ヒュベリッツはようやく落ち着いた口調になった。

「試しているように見えたんです。あの方のご友人であるあなたの前で、さも知った口を利くようで恐縮ですが、マエストロ・バイエルは自分が数多の演奏者のひとりにすぎないことが耐えられないのではないかと感じました。自分だけがずば抜けた存在でなければならない、とでも言いましょうか。だから誰とも比べられない、あのような新しい演奏法を考案したのではないかと。もしマエストロの試みが成功すれば……ぼくたちは時代を変える音楽的革命に立ち会うことになるでしょう」

　雷に打たれたような気分だった。あくまで可能性の話だったが、ヒュベリッツもぼくもすでに直感していた。

　バイエルは成功するだろう。その試みがどんなものであろうとも。

「ありがとうございます。ぼくよりあなたのほうが、よほど眼識があることだけは確かなようです」

惨めな気分でそう言うと、ヒュベリッツは顔の前で手を振った。

「わたしの感じたことを言ったまでです、実際のところはマエストロご本人しか知りえません。それはともかく、こうしてゴヨさんとお話できてよかった。おかげで、あなたについてもよくわかりました」

「ぼくについて?」

ヒュベリッツは初めて見る温かい微笑とともに言った。

「今後記録される歴史書や音楽史のなかで、あなたの名前はどんな肩書きで彩られるのか。ゴヨさんはきっと、名ピアニストと呼ばれるより、アナトーゼ・バイエルの親友にして演奏仲間と呼ばれたいのでは?」

ぼくは絶句した。それから急に顔がほてるのがわかり、さっと顔を背けた。

ヒュベリッツ・アレンはくすりと笑うと、あいさつをして去っていった。ぼくはそれからもしばらく、その場に立ちつくしていた。

ぼくは本当にそうなることを望んでいるのだろうか?

おそらくバイエルの名はこんな言葉で飾られるだろう。〝永遠かつ唯一のド・モトベルト、アナトーゼ・バイエル〟。

そしてぼくは、こんなふうに呼ばれたい。

〝彼のただひとりの聴衆、ゴヨ・ド・モルフェ〟。

＃07
最初の殺人事件

美しい音色と不協和音

それは一音の差

予選を終えてジモンホールから出たところで、息せき切って走ってくるトリスタンと出くわした。さっきの言い争いを聞いてしまったことが顔に出ないよう、ぼくは精いっぱい驚いた表情をつくった。

「トリスタン、どうしてここに？」

「大変……大変なことになった、ゴヨ。一緒に市庁に来てくれないか」

「市庁に？　どうして？」

「正しくは市庁内の近衛隊だ」

「近衛隊？」

トリスタンは向かいながら話すと促した。ぼくたちは、馬車をつかまえられる場所まで急いだ。馬車に乗りこんでエダンの中心にある市庁へ向かいながら、何事かと尋ねた。

「バイエルが、アナトーゼがそこにいる」

「バイエルが近衛隊に？」

一瞬、あらゆる映像が頭をよぎった。さっきの怒りぶりから、酒でも飲んで暴れたのだろうかと想像した。それとも、いまになって急にレアンヌとの婚約が許せなくなり、ヒュベリッツとつかみ合いにでもなったのだろうか？

ぼくはかぶりを振った。そんなはずがないじゃないか。ヒュベリッツ・アレンはついさっきまでぼくと話していたのだ。

「いったいどうして？」

「おれにもよくわからない。だが事態は深刻だ、ゴヨ。深刻なんだよ」

トリスタンが心配と不安に満ちた顔でつぶやいた。

それもそのはず、エダンは平和な都市だ。住人の大半が芸術家であるこの街の揉め事といえば、マルティノとパスグラノの摩擦ぐらいしかない。ときにはそんなものがあることさえ忘れてしまうほど、近衛隊という単語が登場することはめずらしいのだ。いったいバイエルがなにをしでかして、あるいはなにかに巻きこまれて近衛隊に呼ばれているのか。

市庁に着いたぼくたちは急いで馬車を降り、なかへ急いだ。ロビーをうろついていた制服姿の男が、ぼくを見つけるなり険しい顔で近づいてきた。

「どうぞこちらへ。お見せするものがあります」

トリスタンが問うような視線を送って寄こし、ぼくは肩をすくめて男のあとに従った。

彼は近衛隊長を任されているケイザー・クルイスという男で、ある意味わが家とは深い因縁があった。それは決して自慢できるような理由ではなく、父の仕事がらみで市庁とよく揉めていたからだ。

ケイザーはぼくたちを連れて地下深く下りていった。だんだんと不快なにおいが鼻をつき、鳥肌が立つほど冷たい空気が頬をかすめた。トリスタンもつらそうだったが、黙ってケイザーのあとに続いた。

ついに最下階らしき所に着くと、ケイザーが予告もなしに正面の扉を開けた。なにげなくなかをのぞいたぼくは、急いで口を覆い、顔を背けた。

「これは……これはいったい？」

ぼくが扉の陰に回って必死で胸を落ち着かせているあいだ、トリスタンがひどく震えた声で訊いた。ケイザーはとげのある声で問い返した。

「なんだと思いますか？」

「まさかこれが……バ、バイエルだと言うんじゃありませんよね？」

ぼくは立っていられず、その場にへたりこんだ。嘘だ、こんな終わり方が……。

ケイザーが鼻で笑うのを聞きながら、ぼくは嗚咽した。こんなふうに、生きた人間を一瞬でこんなふうにしてしまうのは、あれしかない。あの伝説、憎きあの伝説。黎明だ……黎明のせいで！

「正確に言えば」

ケイザーが言葉を継いだ。

「この遺体はアナトーゼ・バイエルのものではなく、アナトーゼ・バイエルに殺されたものでしょうね」

ぼくはがばっと顔を上げた拍子に、扉に頭をぶつけた。だが痛みなどなかった。ただただ、かすかな希望にすがるように叫んだ。

「バイエルじゃない？」

「違います」

トリスタンは深いため息を吐きながら頭を垂れた。だが、ぼくはまだ安堵できなかった。

「バイエルが殺したというのはどういう意味ですか？」

「ひとまず確認していただきましたから、上へ行きましょう。あなた方のご友人がいる所へ」

トリスタンは一刻も早くこの場を離れたいというように、真っ先に向きを変えて階段を上っていった。

そのあとに続こうとしたぼくを、ケイザーが引き留めた。振り向くと、彼は口の端を吊り上げてこう言った。

「今度ばかりはおたくの財力をもってしても解決できませんよ」

ぼくは答えず、彼の手から逃れて大急ぎでトリスタンを追いかけた。不安が胸に渦巻いた。

地上に戻ったぼくたちは、ケイザーに案内された部屋に入った。

バイエルが無表情でぽつんと座っていた。トリスタンを見たバイエルの顔がいくらか明るくなったが、さっきの喧嘩を思い出したのか、たちまち険しい表情になった。トリスタンのほうはそんなことにはかまわず、バイエルをぎゅっと抱き締めた。

「このやろう……あんな死体を見せられてこっちがどんな思いをしたか……」

「まさかあれをぼくだと？　どうしたら一瞬であんな姿になるんだよ？」

バイエルは冷ややかにやり返したが、表情はさっきよりやわらいでいた。それから平然とぼくを一瞥するが早いか、あのいやみったらしい口調で言った。

「きみはまた泣いたのか？」

「誰のせいだと思っているんだよ！」

思わず叫ぶと、バイエルはもちろん、トリスタンまで驚いて目を見張った。ぼくは涙を拭いてさらに続けようとしたが、また泣いてしまいそうで口をつぐんだ。喉に痛みが走った。

「ぼくが死んだと思ったんだろう」

バイエルはどこか自嘲めいた口調で言った。

「トリスタンと同じく、きみも黎明のせいでぼくがああなったと信じたってわけだ」

ぼくは体が震えるのを感じながら、バイエルの目を見つめた。がっかりしたような目が問いかけていた。

きみはぼくと一緒に、あのときあの場所にいたじゃないか。

「ぼくは……」

言い訳しようと口を開くと、バイエルの顔に軽蔑の色が浮かんだ。ぼくは口をつぐむしかなかった。ちょうどそのとき、ケイザーが入ってきた。

「さて、では説明していただきましょうか、マエストロ」

ケイザーが向かいの席に腰かけながら言うと、バイエルが彼を見返した。質問に答えるバイエルの声から、怒りがひしひしと伝わってきた。

「なにを説明しろと言ってるのかわかりませんね。たまたま通りがかった所に死後何年も経っていそうなあの死体があったというだけで、ぼくが犯人だと言うんですか?」

ケイザーはバイエルの目を見つめながら淡々と言った。

「ここにいる全員が知ってのとおり、あなたはずいぶんすばらしい武器をお持ちですよね? 七千万フェールもする、人を殺せる武器を」

「おい!」

かっとなって机を叩くトリスタンを、バイエルが制止した。そして冷ややかに笑いながらケイザーに言った。

「あなたは音楽家ではない、いまの侮辱は許しましょう。しかし、エダン市民だとは思えないほど音楽的素養のひとつもない人のようだ。あなたはいま、ぼくが命にも等しい大切な楽器を、たかが人ひとりを殺すための武器として使ったと言っているんですか?」

「たかが人ひとり、ですか」

ケイザーは自分への侮辱はあっさり聞き流し、必要な単語だけを拾った。

「危険な発言ですね、マエストロ。自分が殺人の容疑者としてここに座っていることを思い出させて差し上げる必要がありそうです」

「おい、いいかげんにしないか」

再びトリスタンが割って入った。いまにもケイザーにつかみかかりそうな勢いだ。

「そっちこそ、自分がいま誰を侮辱してるのかよく考えるんだな」

「はっ、これはこれは」

ケイザーはにやにやしながら、ぼくとトリスタンを交互に見ながら言った。

「一方はとてつもない財産を、もう一方はエダンの有力者たちを好きに動かせるときている。しかし、あなたたちがそれを振りかざす前にひとつ知っておくべきことがあります」

ケイザーはそこで言葉を切って、トリスタンをじっとにらんだ。口元には依然笑みが浮かんでいたが、それは決して好意の表れではない。トリスタンが一歩下がって次の言葉を待った。

「いいでしょう。では地下の遺体についてお話しします。彼女はエレナ・ホイッスル。年齢は二十七歳、三カ月後に結婚する予定のフィアンセもいました。父親は平凡な薬剤商で、決して裕福な家柄ではありませんが（そう言いながら彼はわざとらしくぼくを見た）、それなりに平和で幸せに暮らしていた」

ケイザーはそこまで言ってから、さも愉快そうに付け加えた。

「ところがあのような形で死んでしまった」

ぼくは絶句した。トリスタンとバイエルの顔を見る限り、ふたりもさほど変わらない気分のようだ。この男、不快きわまりない。

バイエルが眉をひそめながら言った。

「だからどうしたと――」

「本当におもしろいのはですね」

ケイザーは指で机を叩きながら続けた。

「彼女がつい昨日までは元気そのものだったということです」

頭をガツンと殴られた気分だった。ぼくは唖然としてバイエルを見た。彼の表情がかすかに険しくなり、トリスタンは口をぱくぱくさせていた。

「なんの冗談です？」

バイエルが訊くと、ケイザーが首を振った。

「いいえ、冗談ではありません。彼女のフィアンセや父親を含め、昨日彼女と言葉を交わした人物が五、六人はいますが、本当になんの問題もなかったそうです。しかし今朝、友人とともにピクニックに出かけた彼女は、あなたがいたまさにあの時刻、あの場所で遺体となって発見されました」

ケイザーはねちっこく付け加えた。

「死後何年も経っていそうな、どろどろに腐り果てた姿でね。一緒にいた友人も見つかっていません」

バイエルは鼻で笑い、宝物のように握り締めていたバイオリンケースを見やった。

「それで、一瞬で人間をあんなふうにできるのはぼくの持っている楽器だけだと？」

「ええ。それに、あなたはあそこにいた」

ケイザーの言葉に、トリスタンの視線がバイエルに移った。バイエルはぴくりと身を揺らすと、不快感をあらわにして言った。

「まったく同じ場所じゃない。ただ同じ山にいただけだ」

「そうですね。マエストロのおっしゃるとおりです。でも奇妙なのは、その山というのがエダンから馬車で二時間もかかる、あまり人が訪れない場所ということです。そこでお尋ねしたい、マエストロ」

ケイザーの目が鋭く光った。

「あそこでなにをしていたんです?」

ぼくは体の震えを隠すために、両手をしかと組んだ。

ケイザーが言っている場所がどこなのか直感した。バイエルがいたのは、あの死体が見つかったのは、氷の木の森がある、あの遠くて深い山のなかなのだ。バイエルがなぜそこへ行ったかはわかりきっていた。殺人のためではない。氷の木の森を訪れていたのだ。

「呆れたね。ぼくが見ず知らずの他人に黎明を弾かせたとでも言うのか?」

バイエルは努めて冷静を装っていたが、腹立たちは隠しきれなかった。ケイザーが自信たっぷりに迎え撃とうとしたとき、ぼくは思いきって口を開いた。

「あなたの話にはいくつか盲点があります、クルイスさん」

「ほう。あなたも関係者ですから、ひとまず伺っておきましょう」

ぼくも関係者だという言葉が引っかかったが、ひとまず無視した。

「ひとつめに、あなたの話が成立するには、黎明が人を殺せるということが証明されなければなりません。しかし、なにしろ三十年以上も前の話ですから、残念ながら信憑性に乏しい。それに、ぼくの知る限り、人前で何度も黎明を弾いている本人は、いまもピンピンしているようですが」

ケイザーは不敵な笑みをたたえていた。反駁するだけのなにかがあるのだろうと不安になったが、彼は続けろと言うように顎で示した。

「ふたつめに、その女性とバイエルにはなんのつながりもなさそうです。バイエル自身もさきほど言っていましたが、自分の命にも等しい楽器を他人にさわらせるはずがないし、なぜ見ず知らずの女性を殺さなければならないのでしょう?」

ケイザーは顎をさすっていたが、そう訊かれるのを待っていたかのような衝撃的な返答をした。

「数日前、マエストロ・バイエルと音楽の決闘とかいうふざけた真似をしたコロップス・ミュナーですがね」

なぜここでその名前が出るのか。ぼくの耳に、トリスタンのため息が聞こえた。決して嬉しくなさそうなため息が。

「エレナ・ホイッスルは、彼のフィアンセだったんですよ」

愕然とした。ここで表情を崩してはならないのに。だがぼくは、思わずバイエルのほうを振り向いていた。

バイエルの表情は読み取りがたかった。ただ、彼はいまや、自分がどれほど苦しい立場に置かれているのか悟ったようだった。それを見た瞬間、やはりぼくが前に出るべきだと思った。

「それだけですか?」

「どうでしょう。ひとまず重要な事実であることはたしかです」

だからぼくも関係者だと言ったのだ。

「決闘があった日は、ぼくもその場にいました。しかし、負けたのはコロップスですし、ひどい屈辱を受けたのも彼のほうです！　報復なら、彼がバイエルにするべきじゃありませんか。なぜバイエルが彼のフィアンセを殺すんです？　それに、バイエルもぼくも、彼にフィアンセがいることさえ知らなかったんですよ！」

「ああ、落ち着いてください。わたしはいま、そのことをとやかく言っているのではありません」

バイエルがちらりとぼくを見てから、またケイザーに向き直った。ぼくをたしなめるような目だったが、黙っていることなどできなかった。不安で仕方なかった。

「わたしはただマエストロに、ごく基本的な質問に答えてもらいたいだけです。もう一度訊きます。なぜあそこに行ったのですか？」

バイエルは目を伏せたまま、なにか考えこんでいる様子だった。少し経ってから、ケイザーがせっつくように言った。

「沈黙が長引くほど疑いは強まりますよ」

ここで、こらえきれなくなったトリスタンがバイエルに迫った。

「言えよ、アナトーゼ。山に行った理由を言えばいいだけだ。おまえもそのホイッスルとかいう女のように、ピクニックに行ったとでも言えばそれで済むじゃないか！」

「ああ、ピクニックではなかったけれど……似たようなものだよ」

ケイザーの口元がピクピク震えた。ひとつでも尻尾をつかんでやろうと、全神経をバイエルに集中していた。

「少し……気持ちを整理するために行ったんだ。ときどきそうするようにね。山のなかでひとり演奏することもある。ホールで演奏するのとはひと味違うから」

期待していた言葉ではなかったのか、ケイザーは呆れたように言った。

「それが理由になると思いますか？　たかが演奏のためにあんな遠くまで馬車で出かけたと？」

そのとき、トリスタンがとうとうケイザーの胸ぐらをつかんだ。その目はめらめら燃えていた。

「もうじゅうぶんだろう。自分の人脈をひけらかしたり笠に着たりするつもりは決してなかったが、気が変わったよ。あんたの言うとおり、使わせてもらうとしようじゃないか。よくもそんなことを……ド・モトベルトの演奏を〝たかが〟とはなんだ！」

「ええ、いいでしょう」

ケイザーは口端を上げると、さっとトリスタンの手を振り払ってから座りなおした。

「今日はひとまずお引き取りください。もう少し調査してからまたお呼びします。呼び出しに応じない場合はなんらかの不利益をこうむることもありますから、たとえ大事な用があってもこちらを優先いただいたほうがいいでしょう」

「そちらこそなんらかの不利益をこうむるかもしれないから、コンクールが終わるまではぼくを呼び出すなんて考えないことだ」

バイエルは冷たく言い捨てると、腰を上げた。ケイザーは苦笑いしながらうなずき、トリスタンはバイエルを引っ張っていち早くその場をあとにした。ぼくもあとに続きながら、不安な気持ちでケイザーを振り返った。

彼がなにか目論んでいるのがわかった。その理由のひとつはぼくであることも。

市庁を出ながら、トリスタンが怒りを爆発させた。

「呆れてものも言えないよ。どうしてこんな侮辱を受けなきゃならないんだ……」

「とにかく礼を言うよ。ふたりを呼んで正解だった」

「当然だ！　これからも必ず呼べよ。ついてってやるから！　ゴヨも……」

トリスタンがぼくを見やりながら口ごもった。ぼくはうなだれ、静かに言った。

「ぼくはいないほうがいいかもしれない。ケイザーはぼくのことを嫌っている。いや、モルフェ家をね。父はずいぶん金にものを言わせてきたから」

「でも……」

「約束するよ。ぼくが力になれそうならいつでも駆けつける。でも、しばらくは会わないほうがよさそうだ」

ぼくの言葉に、トリスタンは承知したというようにうなずいたが、バイエルは鼻で笑った。

「そんなこと言って、家に閉じこもってせっせとコンクールの準備に励むんじゃないのか？」

「おい、アナトーゼ！」

トリスタンが止めようとしたが、バイエルはここぞとばかりに言い放った。

「本当のことを言うと、ゴヨ。きみの助けなんかいらないんだ。きみにあるのは金ぐらいだろう？　わかっていないようだが、金ならあるんだよ、いまのぼくには。というわけで、トリスタンがいれば事は足りそうだ。じゃあ、気をつけて帰れよ。運よく予選をパスしたら、本選で会おう」

胸が、つぶれそうだ。

理由を教えてほしかった。彼はどこまでも意地悪で、ぼくを突き放し、軽蔑している。その理由が少しでもわかれば。

「ぼくが……貴族だからなのか?」

よどんだ声。自分でも聞いていられなかった。

「いったいぼくがきみに、きみになにをしたって言うんだ?」

視界からバイエルが消えた。トリスタンがぼくの前に立ちはだかっていた。彼はことさら心配そうな顔でぼくの肩をつかみ、ささやくように言った。

「ゴヨ、いいからもう帰るんだ。アナトーゼは神経質になってるだけさ」

ぼくはよろめきながら向きを変えた。トリスタンにやさしく背中を押されるのがわかった。

ぼくはぎゅっと目を閉じて、バイエルにぎりぎり届くか届かないかという声で言った。

「もう……疲れたよ。ぼくにはきみが理解できない。ぼくがきみにとってなんでもない存在だったなら、どうして教えたんだ。唯一の人、そして、あの森……きみを追いかけさせるような……そういうことを」

そしてその場をあとにした。

ぼくは翌日から寝こんだ。

コンクールまで一週間しかなかったが、気力はひとつもなく、このまま死んでしまいたいと思った。目標も意欲も失ったまま、毎日枕に顔をうずめて泣いた。なにもかもとっとと過ぎ去ってしまえばいいと思った。どういうわけか、母はそんなぼくにひとつも干渉しなかった。

時の流れが感じられなかった。数日も経っていない気もすれば、すでにコンクールも終わり、季節が移り変わっている気もした。来客があっても会うつもりはなかったが、バイエルはさておき、トリスタンまで訪ねてこないことは少なからず胸にこたえた。

「何度言ったらわかるのです？　ゴヨは寝こんでると言っているでしょう！」

そうしてベッドに臥せっていたある日、窓の外から母のわめく声が聞こえてきた。目は覚めていたが、そのままベッドのなかにいた。母の様子からして、友人が来たわけではなさそうだった。

「まあ、なんて無礼な！」

母が悲鳴に近い声をあげ、続けてバタバタと人の足音が聞こえた。

これはただ事ではないと思い、ぼくは無理やり体を起こした。ひとまず汗まみれのシャツを着替えようとしていたところへ、ノックもなしにドアを開ける者があった。

「隊長、こちらです！」

近衛隊の格好をした兵士のひとりがぼくを見つけると、外へ向かって叫んだ。ぼくはその無礼さに呆れるあまり、言葉も出なかった。

間もなく、誰かがどかどかと部屋に入ってきた。ケイザー・クルイス、近衛隊長だった。

「失礼しますよ、ゴヨ・ド・モルフェさん」

「またあなたですか」

「いますぐご同行いただかなければなりません」

「令状はあるんでしょうね」

「いいえ。そんなものはありませんが、あなたがいらっしゃらなければアナトーゼ・バイエルが不利な立場になるかと」

ずるがしこいやつめ……。彼はどうしたらぼくを動かせるかを見透かしていた。ぼくは前回の出来事を思い返しつつも、行かないわけにはいかなかった。

「着替える時間をください。それと、近衛兵を連れてすぐに家から出ていってください」

「いいでしょう」

彼らが出ていくと、すぐに母が入ってきた。母の顔は真っ青だった。

「何事なの？　どうしたというのです？」

「友人が困った状況にあって、ぼくが呼ばれたんです」

「それしきのことで、邸に踏みこんでいいわけがないでしょう！　あなたのお父様が困窮していたときでさえこんなことはなかったのに。よくも、よくもモルフェ家に――」

「心配いりません。すぐに戻ります」

「でもそんな体で……アナトーゼ・バイエル、またあの人なのね！」

答える気力もなかった。母が背後でバイエルの悪口を言っているあいだ、ぼくは黙々と服を着替えた。

「お父様に来ていただいてはどうかしら？」

「いえ、やめてください。自分でなんとかしますから」

ぼくは憂いに満ちた母の頬にキスをしてから、家を出た。

正門で待っていたケイザーに案内されて馬車に乗る。彼は明らかにこの状況を楽しんでいるようだ。

「顔色がよくないようですね。なにか心配事でも？」

「体調がすぐれないだけです」

「では、あの日以来一度も外出していないのも、それが理由ですか?」

ずっと監視していたとでもいうのか。ケイザーの言葉はまるで尋問のように聞こえて不快だった。ぼくは無視して言った。

「それで、なにか進展はありましたか?」

「ええ、目撃者を見つけました」

ぼくは驚いてケイザーを見つめた。ケイザーはにやりとして続けた。

「あの日エレナ・ホイッスルと一緒にピクニックに出かけた友人です。じつに不思議なことに、彼女はエレナ・ホイッスルが死んだ日から数日経っていることを知りませんでした。彼女の話を要約するとこうです。あの日エレナは突然、見たことも聞いたこともない山へ出かけようと言い出した。軽い気持ちでついていくと、思った以上の遠出になった。馬車で二、三時間ほど行った所で降りたはいいが、エレナはそこからさらに山奥へ入っていく。彼女は途中までついて行ったものの、どうにもおかしいとエレナを引き留めた。しかしエレナは彼女の言うこと聞かず、ひとりで山へ入っていった。さしあたりひとりで森を抜け出したものの、心配になって、エダンに着くなりコロップスに知らせようとした……それが今日のことだそうです」

「え? 待ってください、それはどういう……?」

「それまでの時間がすっかり失われていたんですよ。われわれの知る限り、彼女たちがピクニックに出かけたのは数日前。しかしエレナ・ホイッスルの友人は、それを今日だと思っている。まったく、ふざけた冗談みたいじゃありませんか? 山からエダンへ戻るのに数日かかっているにもかかわらず、彼女はそれをまったくわかっていないんです」

ぼくは眉をひそめた。熱があるせいか、頭痛のせいか、なかなか整理がつかなかった。着替えた服がじっとりと濡れてきた。冷や汗が出ているようだ。

「大丈夫ですか?」

ぼくは顔の汗をぬぐいながら答えた。

「ええ。彼女の言うとおりならじつにおかしな話ですね。ほかの可能性は考えてみましたか? たとえば、彼女がエレナ・ホイッスルを殺害して嘘をついていることも考えられます。バイエルに比べれば、むしろその日一緒にいた彼女のほうが怪しいのでは?」

「彼女がどうやって瞬時に人間をあんな死体にすると言うんです?」

「それはバイエルも同じです。黎明を使って? いい加減にしてください! 死体が見つかったというだけで殺人がどうこうと言うあなたの態度にはうんざりです。肉が腐る奇病にかかったというほうが、まだ常識があるというものでしょう!」

そう叫ぶと、頭がずきずきしてきた。ぼくは耐えがたい頭痛に頭を押さえながら、椅子にもたれた。馬車がこれ以上激しく揺れれば、吐いてしまいそうだった。どうしてよりによってこんな日に……。

「一理ありますね」

しばらくして、ケイザーが静かに言った。ぼくはなんとかまぶたを持ち上げて彼を見つめた。

「しかし、エレナ・ホイッスルの友人はこんな興味深いことも言っていました」

ぼくは答える気力もなかった。ケイザーは顎を撫でながら続けた。

「わたしは彼女に、その山にアナトーゼ・バイエルがいたことを教えていません。ところが、彼女はこう言ったんです。エレナは森を進みながら、音楽が聞こえると繰り返していたと。そして、なんらためらうことなく、音楽の聞こえてくるほうへ向かっていったと」

「言うまでもなくそれは……」

「ええ、バイオリンの音色でした。生まれてこのかたあんなに美しく、あんなになめらかな旋律は聞いたことがないと言っていました」

ぼくは目を閉じた。

エレナ・ホイッスルはバイエルが森で演奏していたその時刻、あの場所へ向かい、そして死んだ。朽ち果てた姿で。

バイエルは間違いなく、氷の木の森へ行ったのだ。そして、おそらくエレナが聞いたというその演奏は、バイエルが氷の木の森への道を開くためのものだ。

このすべてをどう説明したらいいのか。

そして、彼女はいったいなぜ死んでしまったのか。


ほどなく馬車が市庁に着いた。ふらつきながら馬車を降りるぼくを、ケイザーが支えてくれた。こんな姿をさらしたくはなかったが、いまは仕方ない。

「バイエルはなかに?」

「いえ。正直に申し上げますと、連れてくることができませんでした。あなたの友人でもある、トリスタン・ベルゼのガードがあまりに固くてね。コンクールが終わるまでは絶対に許さないと」

それを聞いて、コンクールがまだ終わっていないことを知った。不思議な気分だった。残念な一方で、ほっとしたのはどういうわけだろう。

「待ってください、それならなぜぼくを連れてきたんです？」

「じつは、この数日で別の仮説を立ててみたんです。アナトーゼ・バイエルがエレナ・ホイッスルを殺す動機というのが、個人的にもしっくりこなかったもので。そこで浮かんだ容疑者のひとりがあなたです。普段からアナトーゼ・バイエルを尊敬してやまないあなたなら、コロップス・ミュナーが彼を侮辱したことで恨みを抱くかもしれない、と」

呆れると同時に、気が抜けた。

ケイザーはぼくの反応にはかまわず、ぼくを連れて近衛隊の詰所に入っていった。ぼくは先日バイエルが座っていた椅子に座り、彼と向き合った。

「何も話したくありませんので、証拠が出てきたら起こしてください」

ぼくはそう言って机にうつぶせた。

「早いところこの嫌疑を晴らすには、いくつかの質問に答えていただく必要があります。あの日あなたは、〈コンクール・ド・モトベルト〉の予選に参加しましたね？」

「ええ」

「ところで、ジモンホールの関係者によると、あなたの順番は午後だった。そこで、朝早くやってきたあなたは、午後に出直すと言い、いったんその場を離れた。そして、出番の直前に戻ってきた」

「おそらくは」

「その間どこにいましたか？」

「モンド広場にいました。気持ちの整理も兼ねて——」

「それを証明してくれる人は？」

ぼくはあの日、広場でキセを見かけたことと、トリスタンとバイエルの口論を盗み聞きしたことを思い出した。だが、三人ともぼくを見てはいない。

「いません」

「それは弱りましたね」

その瞬間、なにかが腹の底から込み上げ、ぼくはがばっと上体を起こした。

「いったいこんなことをする理由はなんです？　なんの証拠もないのに、愚にもつかない話ばかりしているじゃありませんか。そんなにわたしを捕まえたいですか？　父への恨みから？」

「ゴヨ・ド・モルフェさん。むろん、わたしがあなたのお父君を良く思っていないのは事実です。でも、現実を見てください。これは殺人事件です。エダンで何年ぶりの殺人事件かご存じですか？　異常事態なんですよ」

「お訊きしたい。殺人事件と決めつける理由はなんですか？　ぼくの目には、奇病にかかって命を落とした遺体としか映りませんでしたが」

ケイザーはほくそ笑んだ。そして出しぬけに、机の上にあった紙とペンをこちらに差し出した。よく見ると、その紙はなにも書かれていない五線譜だった。

「そこに音符を書いてください」

「……なんの真似ですか？」

「なんでもかまいませんから、音符を」

「納得のいく理由を聞くまでは絶対に書きません」

ケイザーは深いため息をつくと、しばらく近衛隊の権威がどうのとつぶやいてから言った。

「やれやれ、誰ひとり素直に聞き入れてくれないな。いいですか、あの日遺体が見つかった場所で、われわれが発見したものがあるんです。分析中だったので黙っていましたが、発見されたのは楽譜でした。なぜわれわれがアナトーゼ・バイエルに目星をつけたのか、これでご理解いただけたでしょう。バイオリンの音色と楽譜。音楽家が絡んでいることは明らかだ。われわれは専門家に依頼して、その楽譜が誰のものか、誰の筆跡なのか、どんな意味があるのか分析してもらいました。その結果、あるメッセージだと判明したんです。音符で作られたメッセージ。暗号に置き換えられていたので、解析にはずいぶんかかりましたが。ともかく、楽譜にはこんな単語が並んでいました。〝モトベンの高潔なる復讐〟と」

「なん……だって？」

冷たい手に背中をなでられたような気分だった。

「まだ誰のしわざかはわかりませんが、いずれにせよ、病死ではないことは証明されたわけです。復讐のための殺人、最もたちの悪い犯罪です」

「まさか。本当に誰かが……」

ぼくは衝撃のあまり口元を押さえた。誰かがバイエルの代わりに、コロップス・ミュナーを戒めたとでもいうのか？　彼のフィアンセを殺すことで？

「そういうわけで、あなたも容疑者のひとりです。さあ、こちらに音符を書いてください」

ぼくは気持ちを落ち着けてから、震える手で五線譜を一段埋めた。だが、こんなことをさせられてもまったく無意味だ。ぼくが犯人なら、遺体のそばに残した楽譜と同じような音符を書くわけがないのだから。

ぼくの頭のなかを見透かしたように、ケイザーが楽譜を一瞥して言った。

「普段どおりの筆跡であると信じますよ。じつはさきほど、あなたの部屋から楽譜を一枚拝借してきました。それとこれを照らし合わせてみるつもりです。もしもあなたが、これをいつもと異なる筆跡で書いたなら……われわれもこれ以上苦労しなくて済むというものです」

……どこまでもずる賢いやつだ。

ところがそのとき、バタンとドアが開いて人々がなだれこんできた。彼らの着ている制服はエダンの近衛隊のものではなかった。

ケイザーは目を丸くしていたが、いちばん最後に入ってきた人物にはぼくも驚かされた。

「父上？」

だが父は、ぼくではなくケイザーのほうへ直行した。

「よく聞け、ケイザー・クルイス。今度こそ終わりだ。身のほど知らずにもわが邸に無断で侵入し、逮捕礼状もなしに息子を引っ立て、嘘と隠蔽による誘導尋問をしたことをどう言い訳する？」

父の表情は険しかったが、ケイザーはむしろ口笛を吹いて言った。

「なんと、感動しましたよ。本当にお速いですね。カトラからわざわざいらしたのですか？」

「コンクールの審査ですでにエダンに入っていたのだ。貴様のお粗末な情報網には引っかからなかったようだな？」

「残念ながらそのようです。では、わたしの今日の行動について抗議する文書を正式に提出してください。数日後に調査結果が出るでしょう。もちろん、それまでにあなたのご子息が殺人犯だと明らかにならなければの話ですが」

たいした男だ。エダン市長でさえ父にこんな口は利けないのに。

「その度胸がいつまでもつか楽しみだ」

父はそう言い捨てると、ケイザーを肩で押しのけてから、やっとぼくに視線を向けた。一年ぶりだろうか、それとも二年ぶり？　父の厳しい表情がやわらぎ、おだやかな微笑が広がるのが見えた。

「ゴヨ、大丈夫なのか？」

「はい。ご心配をおかけしてすみません」

「なにを言う。それより顔色が冴えないな。まさかこの男が拷問を？」

「体調が悪く床に臥せていた人間を連行するのも拷問に入るなら、そうとも言えますね」

父はまたも激怒し、こっちが申し訳なくなるほどの勢いでケイザーを罵倒してから、ぼくと一緒に市庁を出た。

「それはそうと、体調もすぐれないのになんということだ。コンクールに影響しなければいいが」

「それが……」

一瞬、息が止まりそうになった。コンクール。そうだ、父はきっと期待しているはずだ。

「明日は前夜祭だ。あと二日しかないが、おまえが全力で臨むものと信じてるよ。むろん、ド・モトベルトになれば家名に光を添えることになるが……負担を感じることはない。おまえの持てる力を出しきればそれでいいんだ」

「父上、その……」

「わたしが審査員になったことは聞いているだろう？　余計な心配はいらないさ。自分の息子だといっても、わたしは公正に審査するよ。公正にわが子に一票投じるわけだ。誰にも文句は言わせない。金持ちがやることは、本来公正だと決まっているからな」

豪快に笑いながらぼくの背中を叩く父に、それ以上なにも言えなかった。

父は前夜祭でまた会おうと言いながら、五千万フェール相当の宝石を貴族たちにくれてやるという書類にサインをしに行った。

家に戻ったぼくはふらふらする頭を抱えて、母にざっと事の次第を説明した。(「まったくあの人は、エダンまで来ておいて家に寄らないなんて!」)なんとか母をなだめ、自室に戻るなりピアノの前に座った。鍵盤が二重に見え、楽譜が宙に浮いているように見えても、もう休んではいられない。

父が審査員席に座る。父が初めてぼくの舞台を見に来るのだ。ともすると……これが最初で最後になるかもしれない。絶対に失敗するわけにはいかない。ド・モトベルトはいったん忘れよう。自分の力を出しきることだけを考えよう。

ぼくは、トリスタンが〝とっておきの曲〟と呼んだ楽譜を取り出して、音符を書き連ねはじめた。

Fで始まるモルデント〔註:装飾音の一種〕と、左手が奏でるテンポのずれた和音——遺体のそばに楽譜を残したのはなぜだろう。どこの悪趣味な音楽愛好家のしわざだろう。

再びCに戻り、スタッカートで速度をつけて、だが水のなかを泳ぐようにやわらかに——いや、ファンの狂気の沙汰だと考えるのが正しいかもしれない。そいつはバイエルのためにしたのかもしれないが、かえってバイエルを困らせている。もしもこのまま野放しにしておいたら……。

半分は音楽に浸り、半分は事件について考えながら一日を過ごした。零時を過ぎ、深夜を迎えると、自分が生きているのか死んでいるのかさえわからなくなった。

結局、頭のなかにあふれ出てくる音をなんとか食い止めてベッドに入った。こんなことはめずらしいのに、体がついてきてくれなかった。

そして、ほとんど死んだように眠った。夢などいっさい見ず、深い深い眠りに落ちた。目を覚ますとすでに正午を過ぎていて、ベッドと服は汗でぐっしょり濡れていた。さいわい、体は昨日よりすっきりして軽く感じられた。

ひと風呂入って食事をとると、さっそく書きかけの楽譜にとりかかった。じつのところ、曲は昨日の時点でほとんど完成していた。浮かんでいた曲を楽譜に書き写すのが怖かっただけだ。頭のなかでは美しかったものも、実際に弾いてみると期待していたほどではなく、がっかりすることも多かった。それが怖かった。

しばらくして、ついに完成した五枚の楽譜を譜面台にそっと置いた。初めて本物の音として聴くのだ。ああ、どうか……。この曲がぼくの想像どおりの美しさであったなら、これをぼくの主なレパートリーとして作曲を続けていけるかもしれない。

深呼吸をして、鍵盤に指を落とした。嵐のような戦慄が胸を吹き抜けていく。洪水のようにあふれ出す感情を、ぼくは音に昇華した。

それはほとんど無我の境地といえた。頭ではなにも意識しないまま、指だけを動かした。音は繰り返し上下し、絶頂に等しい悦びがこみ上げてくる。この曲なら、このままラストを迎えることができたなら、恐れ多くも音域の神、モトベンに挑戦状を突きつけることができるかもしれない。

いつの間に終わっていたのかわからないが、ふとわれに返ったとき、ぼくは鍵盤に手をのせたまま息を切らしていた。ぼくは自分の指を呆然と見下ろしながら、ゆっくりと鍵盤から離した。しばらく静寂が流れた。

「はっ……」

両手で顔を覆うと、笑いと涙が同時に込み上げた。

ぼくは冷静な批評家とは言えない。トリスタンの言うように、自分自身に対してはなおさら。だが、いまだけはこう言える。

ひょっとすると、ド・モトベルトになれるかもしれないと。

＃08
歓喜と復讐の前夜祭

なぜあのときわからなかったのだろう

そのすべてが始まりにすぎなかったことを

前夜祭が近づくにつれ、ぼくよりはしゃいでいたのは母だった。母はぼくを着せ替え人形にして楽しんでいたが、ぼくの目には、どれを着せればいちばん滑稽に見えるか悩んでいるようだった。

視界をさえぎるほどボリュームのあるレースをつけようとするのをなんとか思いとどまらせ、前夜祭が始まる三十分前にやっと家を出ることができた。

本当をいえば、ぼくは〈コンクール・ド・モトベルト〉の伝統であるこの前夜祭が好きではなかった。いちばん大事なコンクールを明日に控えているのに、誰が気楽に参加できるだろう。それは、決して楽しむためのパーティーではなかった。お互いにライバル視している音楽家たちが神経戦を繰り広げる場面に出くわすこともしばしばなのだ。

それでも伝統は伝統であり、全審査員が参加するため、出場者たちも顔を出すのが礼儀だった。もちろんバイエルも来るはずだが、どんな顔をして会えばいいだろう。

ぼくは、前夜祭の会場となっている、カノンホールの大宴会場に入っていった。

小規模の室内楽団が陽気な音楽を奏でていた。そこには音楽家だけでなく、コンクールを後援する貴族や、さまざまな分野の権威者と芸術家たちがいた。その光景は、ガフィル夫人のサロン演奏会さながらだった。

なかに入ると何人かにあいさつされ、ぼくもそれに応えた。父も来ているだろうかときょろきょろしているぼくに、見知ったふたりが近づいてきた。

「ゴヨさん」

「ヒュベリッツ・アレン。レディ・レアンヌ」

ぼくは、仲むつまじそうに手をつないで現れたふたりにあいさつした。レアンヌがまばゆいばかりの笑顔で応えると、ヒュベリッツが口を開いた。

「お体がすぐれないと聞き心配していました。コンクールには参加されますよね？」

「もちろんです。そちらは、準備は進んでいますか？」

「いつもどおりです。わたしにとっては、コンクールの結果などどうでもいいのです。著名なマエストロたちの新曲を直接聴けることが喜びですので」

ぼくは内心、恥ずかしかった。こんな言葉をこんなにまっすぐな目で告げられるとは……いまとなっては彼のことが好きになっていた。

「ゴヨ！」

ふたりと話していると、誰かが人混みをかきわけてこちらへ歩いてきた。ああ、さほど時を隔てたわけでもないのに、この顔がこれほどまでに嬉しいとは。

「トリスタン！」

「心配したよ。大丈夫か？　昨日ケイザーとかいう近衛隊長にまた呼び出されたそうじゃないか。用件は？　アナトーゼのことも訊かれたのか？」

「いや。その件なら父上が解決してくれたよ」

トリスタンは眉をひそめてなにか言おうとしたが、そばにいたヒュベリッツとレアンヌに気づいて言いよどんだ。それを察したふたりが席を外そうとすると、トリスタンがヒュベリッツを引き留めた。

「あの、あなたのご友人ですが。コロップス・ミュナー……彼は大丈夫ですか？」

「さあ……最近会えていないんです。フィアンセの事件は承知していますが、いまだに会ってくれないので……」

トリスタンは沈んだ面持ちになり、彼をつかんでいた手を離した。ヒュベリツが去ると、ぼくはトリスタンに訊いた。

「急になんだい、コロップス・ミュナーになにか？」

「いや……ちょっと変な話を聞いたんだ。でも、なんでもない」

「そうか。それはそうと、バイエルは？」

「ああ。お父上と一緒にいるよ」

ぼくはわけもなく周囲をぐるりと見回してから、トリスタンにこっそり訊いた。

「ぼくはどうしたらいい？」

「うーん、コンクールが終わるまではやはり会わないほうが……」

トリスタンが言いにくそうに言葉を紡いでいたそのとき、誰かがぬっと現れた。真っ白い燕尾服（えんびふく）をさらりと着こなしているその人物は、キヨル伯爵だった。

驚いて後ずさりしようとしたぼくに、伯爵は明るい笑顔で言った。

「こちらにいらしたんですね。今年のド・モトベルトを狙える有力候補のおひとりが」

面食らってなにも言えないでいるあいだに、ぼくたちの周りに人だかりができた。キヨル伯爵には、人をひきつける力があるようだった。

「良くない事件に巻きこまれていると伺いました。微力ではありますが、わたくしにお手伝いできることがあればなんなりとお申し付けください」

伯爵がやさしく言った。好意もここまでくると、無視するのが難しい。

「お言葉は嬉しいですが、大丈夫です。すぐに解決するかと」

「どうか円満に解決されることを願っています。それから、こちらはトリスタン・ベルゼさんで合っておりますかな？　社交界じゅうを魅了しているという方にやっとお目にかかれました」

「ええ？　そんな、めっそうもない……」

その間も周囲には続々と人が集まってきていた。トリスタンの影響もありそうだった。

こちらが恥ずかしくなるようなお世辞を並べ立てられ、ぼくはどこかへ隠れてしまいたかった。だがキヨル伯爵は、ほかの審査員たちともいかにも親しげな様子で、彼らをひとりひとり紹介してくれた。それはもちろん光栄なことであり、拒むことなどありえなかった。次に伯爵は、審査員たちの前でぼくを指して言った。

「じつに嘆かわしいことではありませんか？　エダンはこれほどすばらしい音楽家に恵まれているのに、その才能がたったひとりの栄光の陰に隠れて光を見ることができないとは。今後はゴヨさんのような隠れた天才を発掘するために尽力すると、みなさまもどうかこの場でお誓いください」

彼の滑稽な口調に、みなが笑った。ぼくも作り笑いをしなければならなかった。そっと目をやると、トリスタンはいつの間にか姿を消していた。

裏切られた気持ちで辺りを見回すと、人混みのなかから奇妙な表情でぼくを見つめているバイエルとぴたりと目が合った。一瞬、その騒がしい宴会場からいっさいの音が聞こえなくなり、ぼくにはバイエルの目しか見えなくなった。

「……ですよね、ゴヨ・ド・モルフェさん？」

キヨル伯爵に杖で背中をつつかれた拍子に、はっとわれに返った。なにを話していたのかは知らないが、全員がぼくに注目していた。

「ああ、すみません。もう一度おっしゃっていただけますか？」

「しばらくお見かけしなかったのは、明日わたくしどもに聴かせてくれる偉大な曲を作っていたからなのでしょうと伺ったんです」

「決して偉大ではありませんが、明日のために準備した曲ではあります」

一同が短い歓声をあげた。キヨル伯爵は興味津々といった顔でさらに質問しようとしたが、ぼくはここらで引き上げるべきだと思った。

「失礼いたします。楽しい夜をお過ごしください」

そう言って逃げるようにその場をあとにした。

「バイエル」

なぜかはわからない。だがそんな目をしている彼を、到底ひとりにしてはおけなかった。この待遇は彼のものだ。この栄光は彼だけのものだ。だが、バイエルはこちらに背を向けてどこかへ向かっていた。

「待って……」

これから先もずっとこんな態度だとしても。いつも馬鹿にされるだけだとしても。

「バイエル！」

ついに彼が立ち止まった。そしてゆっくりと振り向いた。顔をしかめていると思ったが、意外にも彼は淡々としていた。

バイエルはなにか不思議なものを見るような目で、ぼくの顔をしげしげと見つめて言った。

「ぼくを無視するつもりじゃなかったのか？」

ぼくも人間である限り、腹も立てば、寂しさを感じることもある。それでも、きまり悪そうに笑いながらこう言うしかないのは、ぼくがぼくでしかないためだ。

「ぼくが悪かったよ。許してくれ」

彼の音楽に心を奪われてしまった、彼の唯一の聴衆でありたいと願うぼくだから。

バイエルはいかにも不審げにじっとぼくを見つめていたが、最後にはいつもの傲慢な顔に戻って言った。

「いいだろう。もとより赦しとは寛容なる者だけが与えうるものだ」

思わず笑ったぼくの顔から、たちまち血の気が引いた。

それは引用だった。征服王アナックスが口にした有名な言葉。自分の妻と最もかわいがっていた騎士の浮気を知った征服王は、赦しを請う騎士に慈しみ深い表情でそう言ったあと、そばにいた妻を剣で斬った。

「バ……バイエル。冗談だろう？」

「ふん、好きに考えればがいい」

バイエルは顔を背け、いまだに宴会場の人々に取り囲まれているキヨル伯爵を見つめた。ぼくはさっきのやりとりが気にかかり、ぎこちない笑顔をつくって訊いた。

「少し変な人だと思わないか？」

「さあ」

さいわい、バイエルが傷ついている様子はなかった。それもそのはず、どうせ明日になれば、この大勢のなかから誰が一番になるのかはっきりするのだから。

そういえば、バイエルは明日どんな曲を演奏するつもりなのだろう。

「仲直りしたみたいだな。よかったよかった。いい年して子どもみたいに喧嘩してる場合じゃないからな」

トリスタンがぼくとバイエルの肩に腕を回しながら、上機嫌で言った。ぼくは照れ笑いしたが、バイエルはじっとキヨル伯爵を見つめつづけていた。

ふと、得体の知れない不安に襲われた。バイエルの推し測りがたい表情のせいだろうか。


パーティーはしだいに活気を帯びていった。父は姿を現さなかった。宝石に関する書類にはやや複雑な（あるいは違法な）サインが必要らしい。

それはともかく、一杯、二杯と酒が空くにつれ、会場はいちだんと騒がしく、いちだんと本音が飛び交うようになっていった。片隅では、明日のド・モトベルトをめぐって賭けが行なわれていた。だがバイエルは、それを目にしても顔をしかめないぐらい、いい塩梅に酔っていた。

ぼくもふた口ほど飲んだが、明日のためにその程度にしておいた。そんななか、会場にある酒をひとりで飲みつくしそうな勢いの人間がいた。

「それくらいにしておけ、トリスタン」

「放せ、放せってば。こんな日じゃなきゃ飲めないだろ……」

コンクールに参加しないからとはいえ、トリスタンに酔いつぶれるまで酒を飲ませるわけにはいかない。彼の手からなんとか酒瓶を奪おうとしていると、そばにいたバイエルが言った。

「好きにさせてやれ」

「でも……」

「キセが来ないからだよ」

ぼくがバイエルを振り返ると、トリスタンがむきになってわめいた。

「その女の名前を出すな！　聞きたくもない。聞きたくないんだ……」

トリスタンはぼくの肩に顔をうずめてわんわん泣きだした。周囲の視線が集まり、ぼくは困ったように彼をなぐさめながら、バイエルに言った。

「やっぱりトリスタンを連れて帰ろう」

バイエルは細くため息をつくと、ぼくと一緒にトリスタンを支えた。

「今日はうちに泊まらせるよ。ここから近いし」

ぼくたちはトリスタンを連れて宴会場の裏口から出た。馬車をつかまえようかと思ったが、バイエルはこのまま歩こうと言った。さいわい、トリスタンが半ば自分の足で歩いてくれたおかげで、さほど苦労はしなかった。

「キセが来ていないって……これまでの前夜祭には必ず顔を出していたってことかい？」

「ぼくの知ってる限りは」

「おかしいな。トリスタンを避けているということは？　じつは、数日前にモンド広場で彼女を見かけたんだ」

「本当か？」

ぼくがうなずくと、バイエルも怪訝そうな面持ちになって言った。

「だとしたら、まだエダンにいるってことか。とっくの昔に立ち去ったものと思っていたが」

「エダンを？　どうして？」

「死を待ち構えるために、じゃないか？　預言どおり、彼女がもうすぐ死ぬんだとしたら」

言われてみれば、ありえそうな話だった。死が迫っていると知り、これ以上トリスタンを傷つけないためにあえて避けているのかもしれないと。

たしかなのは、トリスタンが彼女を愛しているように、キセもまた彼を愛しているということだ。あまりに切ない恋だった。たとえ死を迎えるとしても、いっそそのときまで一緒にいたほうがいいのではないだろうか？

「ゴヨ？」

「うん？」

「ひとつ……訊きたいことがある。きみにしか訊けないことだ」

そう言いながら、バイエルを見つめた。バイエルはトリスタンが寝ているのを確かめた。ぼくは小さな胸騒ぎを感じながらバイエルを見つめた。だが、バイエルはもう少し先まで歩き、人気のない暗い路地に入ってからやっと切り出した。

「キヨル伯爵のこと、どう思う？」

「え？」

なにが訊きたいのだろう。

バイエルは少しためらってから、さっきよりも力強い声で言った。

「彼は……もしかすると、ぼくの音楽を理解するただひとりの人かもしれない、そんな気がしないか？」

急に立ち止まった拍子に、ぼくに寄りかかっていたトリスタンがよろめいた。バイエルも歩みを止めて、こちらを振り向いた。

「ばかな」

ぼくは深く考えもせずに答えた。

「どうしてだ?」

「あのとき伯爵は、きみの音楽がよくわからないと言っていただろう」

「いや、言葉にするのが難しいと言っただけだ」

「理解できないから、遠回しにそれらしいことを言っただけだよ! きみの音楽は完璧なだけで近づきがたいとも言っていたし、それから――」

「でも、彼は知ってた」

バイエルの決然とした口調に、ぼくは口をつぐんだ。彼の目は確信に満ちていた。

「ぼくが誰のために演奏するのか、ぼくの演奏がなぜ完璧なだけで近づきがたいのか……それは、むなしいからだよ。彼はぼくを理解していた。痛いところを突かれたよ。ぼくの演奏には魂がない。ただの一度も渾身の力を込めたことがないから」

ぼくはなにか言おうとして口を開いたが、喉元でつかえてしまった。バイエルはぼくから視線をずらしながら、遠くを見て言った。

「あんな人に……会ったことがなかった。でも、やっと会えたんだ。魂の限り、全身全霊で演奏したいと初めて思った。そしてそれを聴いてほしいのは、ぼくの音楽を認めてほしいのはキヨル伯爵だ」

なにも言えないでいるぼくを、バイエルがまっすぐに見据えた。

「彼こそぼくが求めていた、ぼくが待っていた、唯一の人だと思わないか?」

こらえようとしたが、表情が歪んでいくのを抑えられなかった。

……違う。

心のなかでつぶやいた。そんなはずがない。こんな結末はありえない。こんなふうにあっけなく現れてしまったら、これまで一度たりとも諦めたことのないぼくの思いはどうなる？　いつか彼の、唯一の聴衆になってみせると信じて疑わなかった、ぼくの思いは？

「頼むからそうだと言ってくれ、ゴヨ。ぼくは……限界だ」

そこで初めて、バイエルが追い詰められたような顔をしていること気づいた。いつもはぼくを無視し、認めず、見下しておきながら、こんなにも生々しい胸の内をぼくだけに見せるなんて、どういうつもりなんだろう。

ぼくはがくりとうなだれた。かろうじて口を開いたが、唇が震えるばかりでなにも言えなかった。どうしても自分の口でそれを認めたくなかった。

キヨル伯爵に感じていたなにかを必死で否定しようとしてきたものの、もしかするとぼくはバイエルよりも先に察知していたのかもしれない。伯爵はたった一度バイエルに会っただけで、たった一度彼の音楽を聴いただけでその本心を見抜いたことを。

「やっぱりあの日の曲は……ぼくへのお返しなんかじゃなかったんだね」

絶望で頭がどうにかなってしまったのか、そんな言葉が口をついて出た。バイエルは答えなかったが、ものすごい形相をしていることは予想できた。ぼくはいっそう深くうなだれた。ぼくにもたれるトリスタンが急に重たく感じられた。

「だから聞こえなかったのか。むしろよかったよ。もしもあの曲を聴いて感動していたら、心から喜んでいたら……ぼくは自分を許せなかっただろうから」

「やめろ、ゴヨ。いつでもまたきみのために演奏するから、いまはぼくの質問に答えてくれ」

「ぼくの知ったことか！」

ぼくは叫びながら、トリスタンをバイエルのほうへ押しやった。トリスタンを抱きとめてよろめくバイエルを見て、ついに解放された気がした。

「ありがたいよ！　きみへの未練をやっと断ち切れそうだ。唯一の聴衆だろうが、氷の木の森だろうが、音楽革命だろうが、もうどうだっていい。ぼくはこれ以上そんなものについて考えないし、関わりもしない。きみについても同じだ！　ああ、お別れだよ。完璧な別れを告げられるんだ、これからはせいせいした気持ちでぼくだけの演奏をするよ。さよなら、ド・モトベルト」

ぼくは身を翻し、果てしない闇のように見える路地を歩いていった。背後でぼくの名を呼ぶバイエルの声を聞いた気がしたが、そんなはずがなかった。彼が自分を置き去りにしていく人を引き留めるはずがないのだから。

……もう知るもんか。

角を曲がってバイエルの視界から外れたとたん、ぼくは倒れこむようにその場にくずおれた。呼吸は氷の海と炎の海を行ったり来たりした。ぼくは口元を手で押さえ、嗚咽しはじめた。

なぜ、なぜ……なぜだ！

目がひりつくまで碧い夜をにらみながら、心の限り叫んだ。

なぜぼくじゃないんだ？

永遠に語り継がれる天才音楽家になりたかったわけではない。ぼくはただ、自分が愛するひとりの音楽家から、持てる限りの敬意を払ってもまだ足りないほど尊敬しているひとりの人間から認められたかっただけだ。それさえも贅沢な望みだったというのか？

その叫びはやがて、自虐へと変わっていった。ぼくは目を閉じて、ありとあらゆる言葉で自分を痛めつけた。

だがほどなく、暗い静かな路地から聞こえてくるある音に気を取られた。

コツ、コツ、コツ。

ぼくは闇のなかにしゃがみこんだまま、ふっと目を開けた。浮浪者か、ぼくと同じようにパーティーを楽しんできた飲んだくれだろうと思った。だが、徐々に相手が近づいてくると、ぼくは自分の目を疑わずにはいられなかった。

知っている人物だった。だが、異様な姿だった。口をだらりと開き、目に狂気を浮かべ、手には大きなナイフを握っている。

ぼくはまともに呼吸もできないまま、その姿をじっと見た。男はぼくのすぐ前を通り過ぎながらも、まったくこちらに気づかなかった。もちろん闇にまぎれてはいたが、それにしても様子がおかしい。

男が通り過ぎ、いまぼくが来た道をたどっていくのを見ながら、ある事実に気づいた。と同時に、驚愕と恐怖を覚えた。

間違いない。コロップス・ミュナーは、バイエルのいるほうへ向かっている。

それ以上考えるまでもなく、ぼくはがばっと立ち上がってコロップスのあとを追った。彼は思っていたよりずっと先を歩いていた。鼓動が乱れ、不安が全身を包む。どうかバイエルが自分の邸に着いていますように。

……ああ、神よ！

そう遠くない場所にバイエルがいた。さっきトリスタンを抱きとめた姿勢のままでそこに佇んでいる。ぼくは思わず叫んだ。

「バイエル！」

その声を聞いたのか、前を行くコロップスの歩みが速くなった。バイエルが振り向く。ぼくは走った。バイエルの目が驚きで見開かれていくのが見えた。

「逃げろ！」

息苦しかった。もう少しでコロップスに追いつける。だがバイエルもすぐそこだ。バイエルは逃げようとしたが、大の大人を支えながらすばやく動くのは難しかった。

コロップスがうなるような声をあげ、巨大な凶器を振りかざしていた。

「貴様がエレナを――」

「やめろ！」

ぼくは悲鳴に近い声で叫んだ。さいわい、コロップスが振り下ろした凶器は、バイエルのすぐそばの空を切った。ナイフの重さでコロップスがバランスを崩している隙に、ぼくは彼らに追いついた。

バイエルは愕然としているようだったが、トリスタンを放さずにいた。またもバイエルに襲いかかっていくコロップスに、ぼくは無我夢中で飛びかかった。そしてコロップスの腰をつかみ、ともに地面を転がった。

奇声をあげながらもがくコロップスを力の限り地面に押しつけた。見るからに恐ろしいナイフがさっと頭上をかすめたが、彼はぼくを襲おうとはしなかった。

「どけ！　どけよ！　死にたくなかったらそこをどけ！」

「もうやめるんだ！　気持ちはわかるけれど、バイエルはやっていない。あなたのフィアンセをバイエルが殺したというのは濡れ衣だ！」

「黙れ！　あいつだ！　あいつがやったんだ！」

　コロップスは興奮して腕を振り回し、その肘に頭をぶつけたぼくはよろけて地面に倒れた。涙ぐむほど痛かった。なんとかもがいて立ち上がろうとしたが、頭を打ったせいか思うようにいかない。霞んでいく視界のなかで、コロップスがバイエルに近づいていくのが見えた。

「バイエル……やめるんだ、バイエル！」

　背後で悲鳴とざわめきが聞こえた。さいわいにも、通行人がぼくたちに気づいたようだ。だがコロップスは、そんなことにかまわなかった。彼がまたしてもナイフを振りかざすのを見て、バイエルがどなった。

「ばかめ、ぼくじゃない！」

「黙れ、おまえだ！　おまえしか……おまえが……！」

　ナイフがものすごい勢いで振り下ろされる。勢いよく身を起こしたぼくは、ふいに世界が引っくり返るのを感じながら、そのまま意識を失った。


「……ヨ。ゴヨ。ゴヨ！　気がついたか？」

　誰かに体を揺さぶられ、ぼくはなんとかまぶたを持ち上げた。

　ぼんやりした視界のなかに端正な顔立ちの男がいた。よくよく見ると、それは馴染みのある顔だった。

「トリスタン……？」

「おお、神よ、モトベンよ！」

ため息とともにそう言ったトリスタンは、ぼくの首にぎゅっと抱きついた。そして、ぼくが息苦しさのあまり彼の背中を強く叩くまで放さなかった。

「平気か？　あのやぶ医者め、すぐに気がついたじゃないか！　おまえがもう目を覚まさないかもしれないなんて言うから……」

トリスタンは目頭を赤くして、最後まで言えなかった。ぼくは笑いながら彼の背中を叩いた。

「ぼくは大丈夫。ところで……」

ここはどこだろう、と辺りを見回した。

ぼくが横たわっていたのは知らないベッドの上で、室内の様子からして病院のようだった。なぜ病院にいるのだろうと考えるうちに、意識を失う直前の光景をやっと思い出した。

「バイエルは！」

ぼくはとっさにバイエルを捜した。

そのとき、ぼくの目に留まったのは、ベッドのそばに座っている意外な人物だった。なぜここにいるのか、到底理解できない人物。

「無事にお目覚めになれてさいわいです」

彼が椅子から腰を上げ、ぼくに向かってやさしく言った。ぼくが理由を問うようにトリスタンを見つめると、トリスタンは思い出したように口を開いた。

「この方がいなかったら、ふたりとも本当に死んでたかもしれない。ちょうどあそこを通りがかったキヨル伯爵が、おまえとアナトーゼを助けてくれたんだ」

感謝を述べるべきだとわかっていたが、ぼくにはそれよりも大事なことがあった。

「バイエルは無事なのか？」

「まあ……無事だと言うべきか」

曖昧な返事に、ぼくはますます不安になった。

「どういうことだ？　まさか大怪我を？」

「そうじゃない。少し……腕と肩を痛めただけだ。コロップス・ミュナーが剣の使い手じゃなかったことに感謝だよ」

ぼくは大きく安堵のため息をついた。もう少しで大事に至るところだった。あれほどの大男にあんな凶器を振り回されたときは、一巻の終わりだと思ったのだ。

ようやくキヨル伯爵に目を向ける余裕ができた。

「本当に、なんとお礼を申し上げてよいやら……」

「とんでもありません。運がよかったのですよ。パーティーの主人公ともいえるお三方が早々に帰られたので、わたくしも少々興がさめてしまいましてね。帰途についたところで、あなたの叫び声を聞いたような気がしてそちらへ行ってみたんです」

「そうでしたか。ところで、コロップス・ミュナーをどうやって押さえこんだんですか？」

キヨル伯爵は答える代わりに、なにもなかった手にどこからか杖を取り出して見せた。本当に魔術師のようだった。彼は杖をトントンとつきながら言った。

「これを使ってちょいと魔法をかけたまでです。さきほど申し上げたように、運よく食い止めることができました」

「天の思し召しですね。それで、コロップス・ミュナーはどうなったんです？」

「駆けつけた近衛隊に連行されました。わたくしが特別に頼んでおきましたから、厳罰に処されることでしょう」

ぼくは彼に頭を下げてから、ズキズキ痛む頭に手をやった。少し腫れて、たんこぶのようなものができている。

トリスタンが心配そうに訊いた。

「明日のコンクールには出られそうか？」

「まあ、手足はなんともないから……あっ」

ようやくある事実に思い至った。ぼくはおそるおそるトリスタンの顔を見つめた。トリスタンはやるせない顔で首を振ることで、ぼくの不安が当たっていたことを認めた。

「まさか」

「ああ。アナトーゼは明日のコンクールで……演奏することができない」

バイエルが無事だったことに安堵するあまり、肝心なことを聞き流していたことに気づいたのだ。バイエルが腕と肩を痛めた……。ぼくはむなしくつぶやいた。

「そんなばかな。そんなことって」

「あなたにとってはまたとない好機ではありませんか、ゴヨさん」

キヨル伯爵の落ち着き払った態度に、ぼくは思わずかっとなった。

「なにを言うんです！　ド・モトベルトにふさわしいのはバイエルだけです。コンクールを延期することはできないんですか？」

愚かな質問だった。キヨル伯爵はそれに答えず、ぼくは絶望のあまり頭を抱えた。

「そんな、バイエルは、バイエルはいまどんな……?」

トリスタンが口を開いたが、無言のまま口を閉じた。それがなにを示すのかじゅうぶんわかった。バイエルのいまの気持ちを誰に想像できるだろう。誰にも譲り渡したことのないその称号を、ともすれば生きている限り彼のためだけにあった称号を、こんなふうにむなしく諦めなければならないなんて。

「またぼくを恨むだろうね。いや……いま以上に恨むだろう」

「やめるんだ、ゴヨ。こうなったのはおまえのせいじゃない。キヨル伯爵の前に、おまえがアナトーゼの命を救ったんだってことを忘れるな。こうなった以上、必ずおまえがド・モトベルトになるべきだ。ほかの誰かのものになれば、アナトーゼにはそれこそ耐えがたいだろう」

「だめだよ……ぼくなんかじゃ」

「またそんなことを。弱音を吐くなよ。あいつは参加したくてもできないんだぞ!」

ぼくはぐっと歯を食いしばって、膝のあいだに顔をうずめた。そこらじゅうのものを手当たりしだいに投げ、声高に泣き叫びたかった。でも、キヨル伯爵とトリスタンの前でそんなことができるはずもない。

しばらくして、自分を押し殺すように震えていたぼくに、トリスタンが苦しげに言った。

「おまえにそんな顔をされたら、おれはどうしたらいい。そんなことが起きているあいだじゅう、おれは正体もなく酔っぱらって、おまえたちになにが起きているのかも知らずに……おれこそ罪人だ」

「違うよ、トリスタン。ぼくは恨んでいないし、バイエルもきっと同じだ」

「それなら頼む、おまえまで辞退するなんてことは言わないでくれ。ふたりとも棄権となれば、おれは……死ぬまで自分を許せなくなる」

ぼくの肩に置いた彼の手が震えているのがわかった。

そうだ、トリスタンだってぼくと同じぐらいつらいはずなのだ。誰のせいでもないのに、誰もが自分のせいだとしか思えないぼくたちの関係が、ふと悲しくなった。

「わかったよ、トリスタン……バイエルはいまどこに？」

トリスタンがつらそうに言った。

「隣の部屋にいる。でも、おまえは行かないほうが……」

だがそのとき、ドアが静かに開き、誰かが入ってきた。そちらを振り向いたぼくは、胸が締めつけられるようだった。

なにを考えているかわからない表情をしたバイエルだった。

とっさにその視線を避けたぼくの目が、包帯の巻かれた彼の右腕をとらえた。心配したり気遣うような言葉をかけたりすれば、間違いなく偽善だと罵られるだろうし、かといってじっと黙っていれば、この状況を幸運に感じていると思うだろう。

ぼくは……どうしたらいい。

悩んでいるぼくに、バイエルのほうから声をかけてきた。

「気がついたのか、ゴヨ。よかった」

「え？」

ぼくはもちろん、トリスタンも目を丸くしていた。何食わぬ顔でぼくたちふたりを驚愕させた張本人は、のんびりした動作で歩み寄ってベッドに腰かけた。

「よかったって言ったんだ」

「あ……ああ、ありがとう」

「ゴヨと話したいことがあるから、席を外してくれないか、トリスタン」

トリスタンは訝しげな表情でぼくとバイエルを見ていたが、最後にはドアのほうへ歩いていった。続けてバイエルの目がキヨル伯爵に向けられた。その瞳がえもいわれぬ光を帯びていると感じるのは気のせいだろうか。

「ご無礼とは存じますが、伯爵にもどうかお願いできますでしょうか」

バイエルのあまりに丁寧な物言いに胸が痛んだ。彼は相手が貴族だからといって、特別礼を重んじたり気を遣ったりする人間ではない。キヨル伯爵のことを、貴族にも勝るなにか……自分が待ち望んでいた唯一の人だと本気で思っているのだ。

伯爵はちらとぼくを見た。大丈夫かと尋ねるような目だった。

「お願いします」

ぼくの言葉に、彼はふっと笑みを浮かべると、その場を離れた。

ふたりが出ていくと、バイエルは座りなおしてぼくに背を向けた。声をかけようとした瞬間、バイエルはその姿勢のまま言った。

「黙って聞いてほしい」

思わず答えそうになるのをぐっとこらえた。代わりにごくりと唾を呑み、不安な心持ちで待った。彼にとって、顔を向き合わせたままでは口にできないほどの言葉を。

「ぼくは……きみが、嫌いだ」

あえてこらえるまでもなかった。この瞬間、ぼくは完全に言葉を失ってしまった。

「ぼくには余裕がない。そんなもの、人生で一度たりとも感じたことはない。いつだって、誰より早く、誰より先に、誰よりも高いところに着いてなければならなかった。天才でいたかったから」

　まただ……また打ち明けている。ぼくだけに。

「天才を演じるためにぼくがどれほど努力してきたかなんて、誰も知らない。子どもの頃、毎度のように新しい技法をその場でやってのけたように見えてたかもしれないが、あれは全部、徹夜で練習に励んでいたからだ。ぼくは、誰とも比べられないほどの天才になりたかった。とくに……きみの前で」

　そしてバイエルは、なにかを嘲るように笑った。ぼくを、あるいは自分自身を。

「あのきらきらした瞳。ぼくに憧れ、なんとか認められたがっているあの瞳。そんな目でぼくを見つめるきみを、どんなに憎んだかことか。きみのせいで生まれて初めて劣等感を感じ、眠れなかった日々……きみには想像もつかないだろう」

　バイエルはまだ酔っているに違いない。こんな話を口にするなんて。

　彼に口を封じられていなかったら、もうやめてくれと叫んでいたはずだ。聞きたくなかった。見たくなかった。バイエルの意地や誇りがぼくの前で崩れる姿など、たとえこれが夢だったとしても。

「きみはお気楽な家庭で、いい服を着て、いいものを食べながら、あまった時間に趣味でピアノを弾いていたんだろう？　それにもかかわらず、恐ろしいほどの勢いでぼくに追いついてくるきみに、ぼくは初めて恐怖というものを覚えた。ぼくはさらに遠くへ逃げようと、ますます血のにじむような練習をした。ぼくを追いかけ、ぼくのせいで苦しみ、ぼくの聴衆になるために時間を費やしているきみに比べ、ぼくはバイオリンにだけ集中していたから、きみを突き放すことができた。いずれにせよ、きみはまだ音の言葉を聞けないようだから」

　バイエルは少し顔を上げ、宙にため息をついた。

　突き放すことができた、という言葉に、ぼくはむしろ安堵した。そう、そこが彼の居場所なのだ。ぼくには届かない遠い場所。ぼくには仰ぎ見ることしかできないその場所に……。

「ぼくには、あらゆる音楽がまるで言葉のように聞こえるんだ。ほとんどの音楽家は、簡単な言葉さえ紡ぐことのできない、ひとことで言って話にならない音楽をやってる。そしてきみがやっているのは……いままさに言葉を習得しようとしている子どものような音楽だ。キヨル伯爵もそれをわかっていた。あの人の言うとおり、きみの音楽はとてつもなく純粋で、ときにははっと驚くほど斬新な文章を生み出すこともある。だからぼくは、いつもきみを見張っていた。きみと親しくなりたくても、近づけば近づくほど、きみへの劣等感に押しつぶされそうになった。きみは純粋にぼくの音楽に憧れていると言うけれど、ぼくはきみのすばらしい音楽を聴かされるたび、とりとめのない怒りと不安に駆られるんだ……。人というものはなんてあさましい、なんて醜い心を持っているんだろう」

　そうじゃない……そうじゃない。

　バイエルが言うような、そんな人間がそばにいたなら、ぼくだって同じだったろう。それが人の心というものなのだから。そしてふと悟った。トリスタンが言っていた、ぼくとトリスタンの違い、バイエルの劣等感。

　バイエルがトリスタンを受け入れ、ぼくを受け入れなかったのは、ぼくがいつも彼を追いかけていたからだ。自分を追いかける者に対して、この世の誰が寛大になれるだろう。一方で、トリスタンにはそんなつもりがなかった。

彼も音楽を愛してはいるが、バイエルのように一番になろうとか、ぼくのように認められようとはしなかった。ただただ好きというだけだった。ところがぼくは？

「そうだな……きみの言うとおり、永遠に別れたほうがいいのかもしれない。ぼくたちはお互いのためにならない。きみのおかげで、自分に鞭打ってここまで来られたことは認めるよ。でも、これからは違う。きみも知ってのとおり、ぼくには目標がある。そして、そこにたどり着けそうな方法をやっと見つけたんだ。醜い欲望に頼らなくてもたどり着ける方法をね」

醜い欲望？　違う。むしろバイエルは、追い詰められたほうじゃないか。彼に認められたいというぼくの欲望、彼の唯一の聴衆になりたいというぼくの欲望こそおぞましいものではないか。それこそ、この世のどんな音楽家や聴衆よりもずっと疎ましいものではないか……。

「きみの言うとおりだ。きみはきみの音楽をやるといい。これ以上ぼくに縛られることなくね。ぼくを追いかけることも、ぼくにこだわることもなくやればいい」

バイエルが腰を上げた。引き留めようと手を伸ばしたが、どうすることもできなかった。バイエルは固い意志をもって立ち上がったかのように、ひとつも無駄のない動作でぼくを振り返った。

わずかなあいだ、目が合った。その目が別れを告げていた。

「ド・モトベルトになるんだ、ゴヨ」

バイエルが身を翻した。そして歩みを進めた。ほどなくドアが開き、彼が出ていった。

バイエルがぼくに別れを告げて出ていった。

バイエルがぼくにド・モトベルトになれと言い、ぼくを残して出ていった。

本当に、行ってしまった。

ああ……ああ……。

なにかが胸の奥につかえ、息をすることもできなかった。体の奥底から涙と怒りを吐き出そうとしても、声ひとつ出ない。彼がかけた口封じの呪文がまだ効いているのだろうか。

ダ・カーポ［註：「始めに戻る」の意］のようにやりなおせたら。ぼくの過ちによって彼を遠ざけ、それが自分のせいだとも知らずに彼を苦しめつづけたこの人生を……もう一度、もう一度始めからやりなおせたら。

――ド・モトベルトになるんだ。

ぼくは耳をふさいだが、頭のなかのバイエルは感情が読めない顔でそう繰り返した。どういうわけか、その声には温もりさえにじんでいた。ぼくはその切ない子守唄とともに、声にならない声で泣きながら眠りについた。半ば気を失うように。

翌朝、エダンの街は一晩じゅう降り積もった雪で真っ白に覆われていた。

#09
コンクール・ド・モトベルト

その日は雪が降った

すべてを覆い隠そうとするように

「まさかの雪だな。まだ秋だっていうのに！　どういうことだろう。キセの預言どおり、終末が迫ってるみたいだ」

トリスタンが靴についた雪を払いながら言った。

ぼくはすでに着替えを終えて、窓の外を見ていた。こんな時期に雪なんて明らかにおかしい。でも、それがどうしたというのか。ぼくにはむしろ、こうなることが自然に思えた。

「ゴヨ、大丈夫そうか？」

トリスタンが心配そうに訊いた。ぼくは彼を見つめてうなずいた。微笑まで浮かべて。人を騙(だま)すことが、自分の気持ちを隠すことがこれほどたやすいことだとは、昨日までは想像もつかなかった。けれど、なにかがぼくのなかでねじれた。ひび割れ、歪み、ひん曲がったまま剝がれ落ちていった。そうしてそれは、ぼくの心の片隅に降り積もり、時折ちくちくと胸を突き刺していた。

「コンクールは？」

「行くよ」

ぼくはあっさりと答えた。そしてなにげなく付け加えた。

「ぼくは、ド・モトベルトになる」

それだけが、唯一バイエルにつながる道。

トリスタンは驚きも笑いもせず、ただ黙ってうなずいた。

カノンホールの前はものすごい人波だった。エダンじゅうの市民が、三年に一度開かれるこの音楽の祭典のために集まってきたようだった。

馬車を降り、カノンホールへ続く鍵盤模様のカーペットの上に立つと、人々の歓声が聞こえてきた。どこか苦々しい気分だった。彼らは知っているのだろうか。自分たちが首を長くして待っている永遠のド・モトベルトが、今日ここに来ないことを。

「これはすごいな。いまやおまえもアナトーゼに負けないほどの人気者だ」

続いて降りたトリスタンの言葉に、ぼくはなにも返さなかった。そのまま黙々とカーペットを踏んでカノンホールへ入った。

ホールにはコンクールに参加する音楽家と後援者たち、そしてガフィル夫人がいた。キヨル伯爵と一緒にいた夫人は、ぼくを見つけると、悲しそうな目をして近づいてきた。

「お話は聞いています。バイエルは……やはり棄権ということに？」

「はい」

ガフィル夫人は下を向いてしばらく黙っていたかと思うと、ぼくを見上げながら言った。

「とうとうあなたの番ね、ゴヨ」

「おっしゃらなくてもわかっています。全力を尽くすつもりです」

夫人の瞳が揺れた。ぼくからそんな言葉を聞くとは思いもよらなかったというように。

その眼差しに胸が痛み、視線をほかへ向けると、キヨル伯爵と目が合った。伯爵はほほ笑みながら会釈をした。このすべては誰のせいでもないのに、ぼくはわけもなく伯爵が憎かった。いや、理由がないわけではない。ぼくが認めようとしていないだけで。

「ゴヨ、ゴヨ！」

そのとき、人混みをかきわけながら父が駆け寄ってきた。

「平気なのか？　今日になってやっと聞いたんだが。怪我は？」

「ええ、ぼくは大丈夫です」

父はぼくの顔を両手ではさんで隅から隅まで確かめると、ほっとため息をついた。

「ああ、よかった。まったく、なんて物騒な……真夜中にコンクールを控えた音楽家を襲うなんて、そんな輩は厳重に処罰してくれないと」

「フィアンセを失くした悲しみが彼をあんなふうにしただけです。ぼくは恨んでいませんよ」

それを聞いた父がやさしい笑みを浮かべたとき、背後で誰かが冷やかすように言った。

「むしろありがたいんじゃないのか。アナトーゼ・バイエルが棄権になって」

ぼくは胸をひねり上げられたような気分で振り返ったが、声の主はわからなかった。そのとき初めて違和感を感じたぼくは、ホールをぐるりと見回した。多くの人が、こちらを見ながらひそひそとささやき合っていたり、わかりやすく不快な表情を浮かべていたり、あるいはぼくの視線を避けたりしていた。

彼らの反応に父は険悪な表情になったが、ぼくはかまわないという意味でかぶりを振った。父はぼくの肩に手を置いて、真剣な顔でこう言った。

「ゴヨ。愚か者たちの言葉には耳を傾けるな。この事態はおまえのせいじゃない。おまえが身を呈してアナトーゼ・バイエルを助けようとしたことはまぎれもない事実だ」

父の温かい声に、なんとか平静を保っていた心が揺さぶられるのを感じた。その胸に飛びこんで、ぼくには無理だと泣き叫ぶことができたらいいのに。

「わかっています。ぼくは大丈夫です」

またもするりと出てくる嘘。でも、ぼく自身がこの嘘を信じなければ、ここから一歩も動けなくなってしまう。

「ところで、母上と兄上たちは？」

「おまえの母親ならすでに客席にいるよ。心配をかけたくないから、おまえが怪我したことは言っていない……いや、もう伝わっているかもしれないな。それと、シライスとラファはわたしの代わりに書類の山と闘っているよ」

ぼくはうなずいた。

ほどなく演奏会場の入り口が開き、レナール・カノンがスタッフを従えて出てきた。彼は顔見知りの音楽家たちとあいさつを交わしたあと、大きな声で言った。

「では、本選に参加される方々とそのご家族は控え室へご移動ください」

ぼくにもいつもと変わらない親しげな眼差しを送ってくれる彼に、目礼で答えた。審査員の父はぼくと一緒に行けないいため、代わりにトリスタンが付き添ってくれた。

あてがわれた控え室に向かっているとき、偶然、近くの控え室のドアが開いているのが見えた。驚いたことに、そのなかでぼくの知るふたりが大声で口論していた。足が思わずそちらへ向かう。

「ゴヨ？　おまえの部屋はそっちじゃ——」

トリスタンの声に、ぼくは口元にさっと人差し指をあてた。そして、そっとドアの隙間に耳を寄せた。

「それもこれもあなたのご友人のせいじゃないの！　どうしてそれを認めないの？」

「きみこそどうしてわからないんだ？　彼はそうするしかなかったんだよ。それだけ悲しみに暮れていたということがわからないのか？」

「まるで、悲しみに耐えられなければ殺人を犯してもいいみたいに言うのね？」

興奮した男の声が女に向かって言った。

「コロップスは殺人なんてしていない！」

「もしもキヨル伯爵が通りがかっていなかったら、アナトーゼお兄様は死んでいたわ！」

ぼくははらはらする思いで聞いていた。いつの間にかトリスタンもぼくの真横で、彼らの口論を盗み聞きしていた。

「コロップスはいまぼろぼろなんだよ。彼のフィアンセを、きみのその偉大なお兄さんが殺したという噂は知らないのかい？」

「ヒュベル……ヒュベル。ばかなことを言わないで。まさかその噂を信じているわけじゃないでしょう？」

「それが事実だろうとそうでなかろうと、そんなことはどうでもいい。コロップスは噂を聞いて、冷静な判断ができる状態じゃなかったんだ。それに……」

レアンヌがショックを受けたように後ずさった。彼女の顔には怒りと失望が浮かんでいた。

ヒュベリッツは一瞬たじろぐと、不機嫌そうに訊いた。

「なんだい、その表情は？」

「事実だろうとそうでなかろうとどうでもいいですって？　どうしたら、どうしたらそんなことが言えるの？　わたしのお兄様なのよ。あなたがわたしと結婚すれば、あなたとも家族同然になるわ。それなのに……」

ヒュベリッツは呆れたように笑った。

「家族？　一滴の血もつながっていない男をよくもそんなふうに言えるね？　レアンヌ、もうやめてくれ。ぼくにきみを疑わせないでくれ。なぜ毎日アナトーゼ・バイエルの話ばかり聞かされなくちゃならないんだ、なぜ！」

レアンヌがヒュベリッツの頬をはたいた。彼女は目からぽたぽたと涙をこぼし、かろうじて自分を抑えているような声で言った。

「もう一度そんなことを言ったら……」

「本当に知らないのか？　それとも知らないふりをしているのか？　きみは家族だと言っているが、きみといるときの彼の目は——」

「やめて！」

「ぼくにこんなことを言わせないでくれと言っているんだ！」

そのとき、トリスタンがいきなりぼくを引っ張った。体が後ろにのけぞり、もう少しで引っくり返るところだった。見ると、トリスタンは顎で後方を示している。人々がぱらぱらと控え室のほうへやってきていた。

ぼくはすばやく、だが音を立てないようにドアを閉めてから、急いで隣の自分の控え室に入った。そしてしばらく気持ちを落ち着かせてから、口を開いた。

「ヒュベリッツ・アレンのあんな姿は初めて見たよ」

「それだけつらいってことさ。コロップスをおれかアナトーゼ、おまえがヒュベリッツ・アレンの立場だと想像してみろ」

ようやく少し理解できた。

「それにしてもさっきの話、コロップスの話だけじゃなさそうだったね。ヒュベリッツは知っているんだ、バイエルがレアンヌを――」

「目の前で見てれば誰だって気づくさ」

トリスタンが深いため息をついた。それから、半分笑っているような顔で言った。

「アナトーゼにとっては幸運だと言うべきかな」

「ええ……？　まさかあのふたりが別れるとでも？」

「わからない。でも、レアンヌからは最近喧嘩が多いと聞いてる」

意外だった。昨日の前夜祭で会ったふたりはとても仲むつまじそうだったのに。トリスタンは唇に手を当てながら続けた。

「仕方がないとはいえ、ド・モトベルトの座を譲ることはアナトーゼのプライドを傷つけるだろう。あいつを嫌ってる人たちは、自信がないからわざと怪我したんだとまで言ってる。そんなあいつのそばにレアンヌがいてくれたらと思うとね。あの偏屈な性格も少しはましになるかもしれないし。ヒュベリッツには悪いが、おれはあのふたりに別れてほしいよ」

いまやヒュベリッツにも好意を抱いていたぼくは、なにも言えなかった。それでも、誰かバイエルのそばにいてほしいという意見には賛成だった。

トリスタンは近くの椅子に座って、なにか考え事をし始めたようだった。ぼくはぼくで、もうすぐコンクールで披露することになる曲を頭のなかで復習した。美しいメロディ、和音、派手すぎず地味すぎもしない技法、情熱的な演奏。

辺りが静まると、控え室まで参加者たちの演奏が聞こえてきた。数曲が終わっても、印象に残るほど美しい演奏はなかった。社交界で自称第二のアナトーゼ・バイエルと謳っている新鋭バイオリニスト、クマリス・リベルトの演奏は、十歳の頃のバイエルにも劣るように思えた。次はヒュベリッツ・アレンだった。やはり人気は高く、聴衆の熱い歓声が聞こえた。ところが、歓声がやんでずいぶん経ってもしんとしている。不思議に思い腰を上げかけたとき、やっと演奏が聞こえはじめた。

しばらく聴いていたぼくは眉をひそめた。予選に比べるとひどい出来だった。レアンヌとの喧嘩が少なからず影響しているようだ。挙げ句の果てに、演奏半ばで大きなミスをして不協和音を生み、八つ当たりするように鍵盤を叩く音が聞こえると、それきり静かになった。

「おやおや。あれじゃいい印象を残さないと思うが」

トリスタンが残念そうにつぶやき、ぼくもうなずいた。トリスタンが言った。

「ああいう性格はわかりやすいぞ。控え室に戻ったら、レアンヌとまたひと悶着するに違いない」

「どうして?」

「レアンヌがなぐさめようとしても、ヒュベリッツはすべてきみのせいだって怒るだろうからな」

「トリスタン。本気で願っているんだな。ふたりが別れるのを」

トリスタンはばつが悪そうに笑った。そのとき、控え室のドアを叩く音がした。

「ゴヨ・ド・モルフェさん、次です」

あれほど気を静めようと頑張ったのに、その言葉を聞くなり心臓が早鐘を打ちはじめた。鼓動が耳にまで届きそうだった。ぼくはこのときになってようやく、これから自分が立とうとしている舞台を改めて意識した。

「うまくいくよ。おまえの緊張はピアノを前にすると消えるだろ」

トリスタンの言葉に、ぼくはうなずいて見せた。

ぼくたちは案内係について控え室を出た。トリスタンは観客席へ向かい、ぼくは舞台裏で自分の出番を待った。死にそうなほど震えた瞬間だった。ぼくの前で誰がなにを演奏しているのかひとつも聞こえなかった。

そして、ついに。

「ゴヨ・ド・モルフェさん」

わっと弾けるような歓声が耳をつんざいた。

無駄だとわかってはいても、鼓動を静めるように胸を一度ぐっと押さえてから舞台へ歩み出た。観客席はぎっしり埋まっていた。その全員の目がこちらを向いていると思うと、足を出すのもままならなかった。

視線の先にピアノがある。ぼくはそこへ向かう前に、ちらりと審査員のほうを見た。父が親指を立ててにっこり笑っている。ぼくはうなずいた。次にキヨル伯爵とも目が合った。彼が微笑を送ってきたが、ぼくは気づかないふりをした。

バイエル、ただひとり、きみだけにふさわしいこの名を一時だけ預かっておくよ。きみがまたさらっていくまで。

ふたたび足を踏み出すと、観客席から拍手が起こった。

聴衆の歓声、それは歓喜。

聴衆の熱狂、それは栄光。

それなのにバイエルはなぜそれに満足できず、ただひとりの人を……。

ぼくはピアノに向かって歩いていった。舞台の上で照明を浴び、あたかも幻のように宙に浮かんで見える黒いピアノ。〝J〟という文字の隣には、流れるような美しい書体でカノンと刻まれている。J・カノンのイントゥルメンタのひとつ、〈早暁〉に次ぐといわれる、彼が作った最後のピアノ。最高のマエストロだけがこのピアノを演奏してきた。

深呼吸をし、ピアノの前に座った。椅子はぼくに合わせて作られたかのようにぴったりで、高さを調節する必要もない。震える両手を鍵盤へ運んだ。そんな場でないことはわかっているが、習慣のように鍵盤を撫でてみる。

弾きたい。演奏したい。ぼくのあらゆる感覚と英知が、自分が今日この場で最高の音楽を奏でるのだと高らかに叫んでいる。ひょっとすると、ぼくをド・モトベルトに導いてくれる、ぼくを名ピアニストのひとりと言わしめてくれる、ぼくの生涯に永遠に刻まれる……音楽を。

ぼくは目を閉じて息を吸いこんだ。雑念がひとつずつ消えていった。闇のなかにピアノが佇む。自分だけの世界へ入る前に振り払うべきもの。父、欲望、ぼくのファン、ヒュベリツとレアンヌ、トリスタン、そしてバイエル。唯一の聴衆。

バイエル……そして、彼の唯一の聴衆。

目元に熱いものが込み上げてくるのを感じた。ぼくはたじろぎ、その拍子に、ようやく高まっていた感情とイメージが散り散りになってしまった。なにから始めるんだった？　左手と右手の位置は？　速度は？

そのとき、すぐそばでバイオリンの音が聞こえ、ぼくは驚いて目を開けた。

目の前に黒いピアノなどなかった。ぼくだけの音の世界もなかった。

ここは……白い。あまりに白い。

ああ、そうだ。ぼくは氷の木の森にいた。懐かしい場所、心が締めつけられる場所、触れようとしても届きそうにない伝説の世界。

そこに……バイエルがいる。

氷の木の森にすっかり溶けこんでいるかのような黎明を手に、やさしい音楽を奏でている。それが夢のなかのことであったとしても、決して、決して忘れられないあの演奏。

ぼくの目から涙があふれた。バイエルに向かって手を伸ばす。だが、そうすればするほど彼は遠のいていく。その音楽も徐々に小さくなっていく。いや、ぼくの耳が聞こえなくなっているのだ。ぼくには理解できない。あれを聴くことができない。胸の片隅が狂おしいほどにむずがゆい。どうしてぼくには彼を理解する才能がないのだ、どうして。

こんなにも聴きたいのに、こんなにも望んでいるのに！

「ゴヨさん？」

目を開けた。ぼくの前には、霧に包まれたようにかすんで見える黒いピアノがあった。ぼくはぼんやりと客席を見つめた。父や審査員たちが怪訝な顔をしてこちらをうかがっていた。

ぼくは震える手で顔をさすった。そこに涙の跡などなかった。

そう……そうだとも。

やっと心が楽になった。

「棄権します」

ささやくようにそう伝え、ぼくはピアノから離れた。

審査会場を出て、裏口へ向かった。さいわい誰とも出くわさなかった。遠くでトリスタンがぼくを捜す声が聞こえたが、気づかないふりをした。そしてなにも考えずに、カノンホールの裏にある丘へ向かった。

誰にも踏まれていない丘の雪は、このうえなく清らかに見えた。数えきれない無垢の結晶をぎゅっぎゅっと踏み締めながら、丘の頂へのぼっていった。

少し前に、ここでバイエルとコロップスが決闘をした。ぼくはその勝者が立っていただろう場所に腰を下ろした。すぐにズボンが湿ってきたが、かまわなかった。

街の眺望と、古城のような雰囲気を漂わせているカノンホールを見渡した。ほど近いカノンホールからは、かすかに音楽が聞こえてくる。心をくすぐるような切々としたチェロの音色だ。これまで聴いたなかではいちばん無駄がなく心地よかった。ぼくは心のなかで、その奏者にド・モトベルトになってくれと叫んでから、雪の上に体を預けてしまった。

なぜこんなことをしたのかと自分に問いかけた。それから笑った。もうどうでもよかった。あと三年間はなにも考えなくていいのだから。

そのとき、なにか冷たいものが顔にぶつかった。手に取って確かめると、それは雪だった。

「ばかだな、ゴヨ・ド・モルフェ」

彼が力いっぱい雪を投げた。今度は少し痛かった。

「やめろ」

ぼくは雪をはたきながらもう一方の手で顔を守った。でも、今度は大きな雪玉がお腹に命中した。

「まぬけで、役立たずで、情けないったらない」

彼は楽しくて仕方がないという声で言いながら、またも雪玉を作りはじめた。

「やめろってば！」

ぼくはがばっと立ち上がった。雪が目に入ったのか、涙がこぼれた。ごしごし目をこすってから、負けじと雪を集めはじめた。でも、そのあいだにも頭に二発食らった。

「いい歳してなんの真似だ、バイエル！」

ぼくはいらいらしながら叫び、会心の一撃を投げたが、バイエルは首をひょいと曲げてかわしてしまった。そして、呆気にとられているぼくに最後にもう一発食らわせてから、痛快そうに笑った。

「ははは。一度くらいこうやって、こてんぱんにしてやりたかったんだ」

「そんなにぼくが憎かったのか」

「憎かったよ、そりゃあね」

バイエルはぼくが座っていた所に、両脚を伸ばしてどさりと座りこんだ。ぼくもためらった末に腰を下ろした。彼の口元に晴れやかな微笑が浮かんでいるのを見たぼくは、かちんときた。

「ぼくがド・モトベルトになれなかったのがそんなに嬉しい？」

「ああ、嬉しいね。正直、跳び上がるほど嬉しいよ」

「少しは遠慮ってものを知ったほうがいいんじゃないか、バイエル」

バイエルはふっと鼻で笑った。

さっき見た幻とも既視感ともつかない場面と同じように、いま目の前で起きていることにも現実味がなかった。喧嘩をし、袂（たもと）を分かったのが、何十年も前のことのように感じられた。

ひょっとすると、このまま笑い飛ばせるのかもしれない。昨日が最後なんかじゃなかった。

こうしてまた彼と話しているのだから。

「それ、雪が解けたってことにしておくよ」

バイエルがからかうように言い、ぼくは鼻をすすりながら目元を拭いた。いまのこの状況が嬉しすぎて泣いてしまったのだと言えば、バイエルはまた子どもみたいだと笑うに決まっている。

「それはそうと、そんなふうに腕を使ってもいいのかい？　すごい勢いだったけど。感情がこもってた」

「ふん。どうせ演奏できないんだ」

「ばか言うなよ。治ったらまた始めるんだろう」

「そのあいだにあの人は行ってしまうよ」

言葉に詰まった。バイエルの言う〝あの人〟が誰を指すのかすぐにわかってしまう自分が恨めしかった。

審査員として滞在しているキヨル伯爵は、コンクールが終われば当然帰国するはずだ。

「また……会えるかな？　あの人に、あるいはあんな人に」

バイエルの声が沈んでいた。その底知れない落ちこみようは、そっくりぼくに伝わってくるほど切実だった。だから、思わずこう言っていた。

「ついていけばいいじゃないか？」

決して望まない、心にもないことを。

バイエルは自嘲気味に笑った。

「ああ……そうだな。じつは、ずっとそれを考えてたんだ」

思いがけない返事だった。言い出したのは自分なのに、思わぬしっぺ返しを食らった気分だった。ぼくの表情がたいそう見ものだったのか、バイエルがぼくの顔をのぞき見てけらけらと笑い出した。

「おい。うちの犬じゃあるまいし、どうして飼い主に捨てられたような顔をしてるんだよ」

バイエルは雪をかき集めて、ぱっとぼくの顔にかけた。

「心配するな。行かないよ。いまはぼくにも、大切なものがここにたくさんできたから……」

しばらく沈黙が流れ、その隙間を埋めるように華やかなピアノの旋律が聞こえてきた。バイエルは、にやりと笑ってつぶやいた。

「ふん、いいじゃないか。あのなかの誰がド・モトベルトの称号を手に入れたって」

「ごめん」

「いや。きみ以外なら誰がなろうと許せそうな気分だ」

ぼくが絶望と恨みの入り混じった目で振り向くと、バイエルはカノンホールを見つめたまま淡々と言った。

「彼らはぼくにとってなんの意味ももたない。でも、きみは違う」

「……え?」

「ぼくは〝ごめん〟なんて言ったこともないし、言いたくもないから、代わりにこれを」

バイエルは立ち上がって、少し離れた所へ歩いていった。

いままで気づかなかったが、そこにバイオリンケースがあった。バイエルはケースを開けて、黎明を取り出した。見るたびにほうっとため息が漏れるほど美しいその楽器は、雪の上でいっそう魅惑的に映った。

　バイエルは黎明を肩にのせ、弓をあてた姿勢でこう言った。

「今度こそ、聴いてくれ」

　それがどういう意味かも把握しきれないまま、ぼくはこくこくとうなずいた。

　バイエルは目を閉じ、ゆっくりと弾きはじめた。ひとつひとつ丁寧に紡ぎ出されるその音は、雪の上を孤高に浮遊した。傷めた腕のせいで広い音域を出したり華やかな技巧を凝らしたりはできない様子だったが、かえってそのゆっくりとした飾らない演奏がぼくにはまっすぐに響いてきた。

　ぼくはそれをただ聴いていた。じつによく聞こえた。

　バイエルの演奏はこの上なく美しく、彼ならではの雰囲気を醸し出していたけれど、それが子どもたちが口ずさむ昔ながらの童謡であることに気づいたのは、演奏が終わってずいぶん経ってからのことだった。

「はぁ……」

　なにも言えず、ため息だけが口から漏れた。

　そのコミカルな童謡を奏でたとは思えないほど真剣な表情で、バイエルが弓を下ろしながら言った。

「なんとなくだけど、きみにぴったりだ」

「『わが家の子犬』が?」

「ああ。きみそっくりだろ」

　バイエルは黎明をしまいながらくすくすと笑った。ぼくはなんとも言えない気持ちで雪を投げつけた。今度は命中したが、そのせいでおそろしい形相のバイエルから逃げ回るはめになった。

それが幸せそうな表情を隠すためだったことを、彼は知らないだろう。なぜなら、さっきの演奏こそ、ぼくだけに贈られたものだったのだから。

そうやってバイエルと雪野原を転がるようにして丘を下っていると、カノンホールのほうから誰かが歩いてくるのが見えた。トリスタンかと思ったが、彼より背が小さいようだ。叫べば声が届きそうな距離まで近づくと、やっとわかった。カノンホールで働く筆写師のデュフレだった。

「なんの用だろう?」

「さあ……」

バイエルはやはり無理がたたったのか、傷めた腕をさすりながら顔を歪めた。心配そうに彼を見つめているところへ、デュフレの声が聞こえてきた。

「ここにいらっしゃるのが見えたので参りました。マエストロ・バイエル、ゴヨさん」

彼が丁寧にあいさつすると、ぼくとバイエルもそれに応えた。彼は前回のようには震えておらず、落ち着きのある小気味よい声で言った。

「コンクールが終わりました」

その言葉に、胸がちくりと痛んだ。だが妙なことに、デュフレは笑っていた。彼はバイエルのほうを見ながら続けた。

「ですが、誰もド・モトベルトの称号を得られませんでした」

ぼくはぽかんと口を開け、バイエルとデュフレを交互に見た。まさかこんなことが? コンクール設立以来、ド・モトベルトが選ばれなかったことは一度もない。それはエダンのシンボルにも等しいからだ。

「じゃあ……どうなるんです？　この先三年間は空席ということですか？」

ぼくの問いに、デュフレが笑いながらかぶりを振った。そして、手のひらでカノンホールを指して言った。

「審査員たちがお待ちかねです。一緒に来てください」

まずはバイエルが、なにか腹を決めたような顔で歩きはじめた。デュフレがこちらを振り向くと、ぼくは思わず身をすくめた。彼らの目には逃げたとしか映らないだろうぼくの棄権について、責任を負うべきときが来たのだ。

審査員の誰よりも、言葉では言い表せないほどの期待をかけてくれていただろう父と向き合うのが怖かった。それでもぼくは、行かなければならない。

空席となったド・モトベルトの座。そして、ぼくたちふたりが呼び出されている。なにがあったのかは知っておくべきだろう。

ぼくは、早くも先へ行ってしまったバイエルを追って、足を速めた。

カノンホールが近づいてくると、歓声ともどよめきともつかない声も大きくなってきた。ホールにいる人々もまた、ド・モトベルトがいないという事実に困惑しているのだろうか。

さいわい、警備の厳しい裏口に人影はなかった。ぼくたちはデュフレに導かれるままに、レナール・カノンの事務室へ向かった。

デュフレはノックをしてドアを開け、脇へ退いた。バイエルが先に入り、ぼくは震える胸を落ち着かせようと何度か深呼吸してからあとに続いた。

審査員たちは、座っている人もいれば立っている人もいた。最初に父と目が合った。バイエルの養父であるクリムト・レジスト、キヨル伯爵、批評家のレオナール・ラベル……全員の視線がぼくたちに注がれていた。ぼくはさっき舞台に立ったとき以上に緊張していた。

「では、協議を始めましょう」

キヨル伯爵が杖をついて立ち上がった。

協議？　ぼくは父のほうを見たが、顔を背けられてしまった。老いた父の沈痛な面持ちを目にしたぼくは、胸が締めつけられた。

そのとき、隣にいたバイエルが口を開いた。

「協議とはどういうことでしょう。まずは状況を説明していただけませんか」

「ああ」

キヨル伯爵が困ったような笑顔を浮かべて言った。

「出場者の演奏が終わり、わたくしどもは投票を行ないました。そして開票の結果……すべて無効票でした」

この気持ちをなんと表現すればいいだろう。喜びとも歯がゆさともつかないこの気持ちを……。

「初めは絶句していた聴衆も、すぐに立ち上がってわたくしたちに拍手を送ってくれました。それですべてがはっきりしました。わたくしどもは、そして彼らは、ド・モトベルトの座にふさわしい唯一の人間を待っているのだと」

ぼくは言葉にならないほど感激し、バイエルを見つめた。だが、当の彼は無言だった。キヨル伯爵は杖の先をコンコンと床に打ちつけながら続けた。

「そこでお尋ねします。マエストロ・バイエル、腕はいつ回復されますか？」

「……え？」

バイエルはいつもの彼らしくなく、冷静さを失った顔で問い返した。胸が高鳴りはじめた。まさか、長い歴史のなかで一度もなかったことが起きようとしているのか。

キヨル伯爵が笑みを浮かべて言った。

「ええ、コンクールを延期します」

ぼくは言葉を失ったまま彼を見つめ、ほかの審査員たちの表情をうかがった。みな伯爵の意見に同意しているようだった。

これはとてつもない大事件だった。たったひとりの演奏者のために、この歴史ある祭典を延期するというのだから。

だが、ぼくは少なからぬ違和感を感じていた。喜びよりも不安が脳裏をよぎった。三十年以上もコンクールの審査を務めてきた大御所たちもいるというのに、どういうわけでキヨル伯爵がみなの代表のごとく振る舞っているのだろう。

「そうできるのなら……」

長い沈黙の末に、バイエルが震える声で言った。

「一週間だけ延期してください。そうしていただけたら、ぼくは最高の演奏をみなさんに捧げます」

バイエルの目はキヨル伯爵に向けられていた。審査員たちは感極まったようにうなずいていたが、キヨル伯爵はいとも自然にバイエルの視線をかわし、ぼくのほうを見て言った。

「そしてゴヨさん、マエストロ・バイエルが演奏するなら当然、棄権するようなことはありませんね?」

恥ずかしかったが、ぼくはうなずいた。やはりキヨル伯爵は気づいていた。ぼくが棄権した理由を。伯爵は満足そうに笑った。

「では、おふたりは最高の演奏でこの決定にお応えください。この一週間はさぞかし長く感じられますでしょうな」


カノンホールを出たバイエルは終始笑みを浮かべ、ご機嫌な様子だった。

ぼくももちろん嬉しかったが、キヨル伯爵のことを思うと複雑な心境だった。バイエルは一週間後の舞台で、必ずや生涯最高の演奏を披露することだろう。バイエルが待ちに待った唯一の人のための演奏……。想像するだけで身震いがした。

誰が決めるともなく、ぼくたちはおのずとモンド広場に足を向けていた。〈マレランス〉に行けばトリスタンがいるだろう。

店へ入ると、案の定トリスタンの姿があった。ただし、その表情はこのうえなく暗かった。

「トリスタン! 聞いたか?」

「ああ……来たのか」

トリスタンはなにか物思いにふけっていたのか、ぼんやりと顔を上げた。ぼくとバイエルが席につくと、彼は力なくほほ笑んで言った。

「ともかくおめでとう。アナトーゼ、この先一週間は、医者の言いつけをちゃんと守れよ」

「そうするつもりだ。さっきの雪合戦は余計だったな」

バイエルはぼくを見ながら不満げにつぶやいた。ぼくがけしかけたわけでもないのに。言い返そうとした瞬間、トリスタンが口を開いた。

「さっき、カノンホールでケイザー・クルイスに会った」

「また？　コンクールが終わったから取調べに来るようにって？」

ぼくが驚いて訊くと、トリスタンは首を振って答えた。

「いや。おまえたちの嫌疑は晴れたよ。昨晩、近衛隊に囚われていたコロップス・ミュナーが死んだんだ」

「な……」

冷たいものが全身を包み、ぼくは身震いしながらバイエルを見た。バイエルが眉間にぎゅっとしわを寄せて訊いた。

「どういうことだ？」

「フィアンセと同じように、ひと晩で腐乱死体になっていたらしい。それと、楽譜が残されていたらしいんだが、解析してみたところ――」

「モトベンの高潔なる復讐」

そう言うと、トリスタンとバイエルが驚いたようにぼくを見た。

「どうしてそれを？」

「ケイザーが教えてくれたんだ。コロップスのフィアンセが死んだときも、その楽譜が残されていたらしい。それにしても、同じ楽譜、同じ死に方とは……。人間になせる技とは思えないよ」

それに答える者はいなかった。

ぼくはふと、バイエルのそばに置かれているバイオリンケースを見やった。実際、そんなことができそうなのはあの楽器くらいしかないのではないか。たとえ三十年前の出来事だとしても、J・カノンがわけもなく黎明を隠したとは思えない。

「それはそうと、ぼくたちの嫌疑が晴れたっていうのは?」

バイエルはそちらのほうが重要だと言いたげだった。トリスタンはうなずいて答えた。

「知ってのとおり、昨日おれたちは一晩じゅう病院にいただろう。医者とキヨル伯爵が証言してくれたんだ。ケイザーのやつ、落胆のあまり笑いながら帰っていったよ」

バイエルはようやく表情をやわらげてうなずいた。だが、トリスタンはいまだに不安そうだった。

「アナトーゼ、本当に気をつけたほうがいい。こいつは……異常だ。おまえの熱烈な信奉者のしわざだと思う。それに、わかっているだろうが、こういう連中はなにをするかわからない。しまいには、自分が憧れてる音楽家まで手にかけることだってありえる。じゅうぶん気をつけろよ」

ぼくも同意するようにうなずいたが、バイエルはこわばった表情のまま黙っていた。

この平和なエダンに殺人鬼が現れたとは。たんにバイエルを侮辱したという理由でふたりの人間を殺したのだとしたら、この先どれほど多くの犠牲者が出るか知れない。早く犯人を捕まえなければ、バイエルをねたんだり憎んでいる人たちにまで害が及ぶだろう。それはすなわち、バイエルの名声が傷つくことを意味していた。

ぼくはむしろ、ケイザーを応援したくなっていた。

事件についての不安さえ除けば、それからの一週間はしごく平和だった。なかでもバイエルにとっては、それまでの人生で最も平穏な日々だったに違いない。

とうとう自分の演奏を聴いてもらいたいと思える唯一の人を見つけ、その人物に認められたいがために練習するバイエルは……幸せそうだった。

バイエルはわが家に来て、演奏の感想まで求めた。それほど、期待もあれば焦りもあるようだった。演奏すれば誰もが拍手するものと信じ、そんな人々を嘲笑うようないつものバイエルではなかった。

バイエルに訊かれるたびに、ぼくは笑顔で答えた。さすがだ、最高だよ。そう聞くと彼は笑い、ぼくの心は打ちのめされた。少しずつ、少しずつ、少しずつ……。

そしてその間に、トリスタンの予想どおり、レアンヌとヒュベリッツが婚約を破棄した。ヒュベリッツは、コロップス・ミュナーの死とバイエルへの疑惑を受け取めることができなかったようだ。レアンヌもまた、不安定なヒュベリッツを支えるには幼すぎた。

ふたりの破局を伝え聞いて、ぼくは小さなため息をつき、トリスタンはばつが悪そうに笑った。そしてバイエルは……嬉しくて仕方ないという表情を隠せないでいた。それからしばらく、ぼくとトリスタンはバイエルをからかいつづけた。

「この機会にレアンヌにプロポーズしたらどうだ、アナトーゼ？」

トリスタンの言葉に、バイエルは持っていた弓を落とした。それからおおいに狼狽して言った。

「なにを……いまはだめだ。レアンヌはとてもつらいときなんだから」

「ばかだな。こういうときこそそばにいてくれる人に惹かれるんじゃないか」

「だけど……とにかくいまはそんなことを考えてる場合じゃない。コンクールは明日だ」

「ずいぶん力が入ってるじゃないか、アナトーゼ。いつもならコンクールなんてものともしないのに」

「今回は違う」

バイエルはそう言いながら、弓を拾い上げた。弓に目をこらしているようでも、彼の視線はすでにどこか遠くを見ていた。

ぼくは知らないふりをし、トリスタンは首をかしげながら尋ねた。

「違うって、なにが？」

「今回は本気だ。全身全霊で演奏する」

トリスタンは口をあんぐり開けて、ぼくのほうを振り向いた。

「い、いまの聞いたか？　アナトーゼがなんて言ったか」

ぼくは無理やり笑顔をつくってうなずいた。

「見ろよこの鳥肌。われらがマエストロによれば、これまではお遊びだったってことらしい。ま、そういう覚悟ならすごい音楽が聴けそうだな。こりゃ楽しみだ！　ゴヨ、おまえも気を引き締めたほうがいいぞ」

「そうだね……」

「それはそうと、このところ第二のアナトーゼ・バイエルと呼ばれてるクマリス・リベルトの噂を聞いたか？　やつはおまえとは比べられたくないそうだぜ。〝第二の〟なんてもうまっぴらだと。そのうち自分が唯一のクマリス・リベルトになってみせるって大口叩いて回ってるらしい」

ぼくは思わず笑ってしまった。意気込みが過ぎると思ったからだ。バイエルも苦笑した。

「放っておけ。そんなこと言ってられるのも若いうちだけだ」

バイエルはそう言って再び弓を持ち、黎明を弾きはじめた。

ぼくたちは約束でもしたかのように口を閉じた。どんな話をしていようと、どんな雰囲気だろうと、バイエルが演奏を始めればすべてが止まる。その音に魂を奪われ、なにもできなくなってしまうのだ。

短い演奏を終え、ぼくたちを現実の世界に引き戻したバイエルは、思い出したように言った。

「ところで、あの殺人鬼はどうなった？」

「ああ、進展はないらしい。それにしても、本当に人が人をあんなふうに殺せるものだろうか？　例の楽譜さえなければ、奇病にかかったとしか思えない姿だろう？」

「人じゃなければ、悪魔がやったとでもいうのか？」

バイエルは冗談半分に言い、黎明と弓をケースにしまった。今日の練習はここまでのようだ。ふたりを見送りに出たぼくに、バイエルが言った。

「明日会おう、ゴヨ。きみの演奏も期待してるよ」

「うん、少しは緊張してくれよ」

バイエルはくすりと笑い、らしくないことを言ったぼくは気恥ずかしくなってはにかんだ。トリスタンはくすくす笑いながらバイエルの肩を叩き、ぼくにも目配せをした。

ふたりが見えなくなったあと、ぼくは満ち足りた気分に浸っていた。いろんなことがあったが、バイエルとぼくの関係は以前にくらべて格段に良くなった。冗談も言い合えば、バイエルがぼくを見下すようなこともなくなった。

バイエルは病院で胸の内を打ち明けたことによって、ぼくから完全に解放されたように見えた。そうして、ぼくたちはお互いに楽になれた。


翌日、ぼくとバイエルがカノンホールに現れたときの人々の歓声は、どう表現していいかわからないほどだった。神経質なバイエルは、ほとんど両耳をふさぐようにしてカノンホールへ駆けこんだ。ぼくもまた、応援してくれる人たちに小さく手を振りながらバイエルに続いた。

ホールのなかは先日より静かだった。すでにそれぞれの控え室に入っているらしい。

「ここか」

ぼくの控え室は前と同じ部屋で、その隣がバイエルの控え室だった。レナール・カノンが気を利かせてくれたのだろう。

だが、ふと思った。そこはもともと、ヒュベリッツ・アレンの部屋だったのだ。

「ヒュベリッツ・アレンは参加しないのかな?」

「ああ、棄権するとレアンヌから聞いた」

バイエルが淡々と答えた。ぼくは少し残念な気持ちで、先週までヒュベリッツ・アレンの控え室だったドアのプレートを見つめた。バイエルが肩をすくめて言った。

「じゃあ、また。コンクールのあとで」

「きみの出番はいつ?　ぼくも聴きたいんだ」

「きみのすぐあとだよ」

「よりによってぼくの次?　比べられちゃうじゃないか」

バイエルがくすりと笑い、ぼくたちはそれぞれの控え室に入った。

トリスタンは邪魔をしたくないからと、早々に客席へ向かった。昨日まで気づかなかったが、今朝見ると彼が憔悴（しょうすい）しているのがわかった。キセからまだなんの連絡もなく、彼女の身を案じているらしい。ひょっとすると預言どおり、彼女はもう……。

そのとき、隣の部屋からかすかなバイオリンの音が聞こえてきた。バイエルが練習しているようだ。彼の焦燥が伝わってきた。

キヨル伯爵の前で演奏することに、これほど緊張するとは。胸がちくりと痛んだが、嫉妬の心がふくらまないよう自分を抑えた。バイエルがぼくを受け入れたように、ぼくもあるがままのバイエルを受け入れなければならない。友として、彼が求める唯一の聴衆に出会えることを、そしてその人から認められることを願うのだ。

そのとき、舞台のほうから拍手喝采が聞こえてきた。すばらしい演奏だったらしい。さすがはマエストロが集うコンクールだ。

一週間前にコンクールの延期が決まったとき、本選参加者のうち、若い音楽家の大多数は猛反対した。みなベストを尽くしたはずなのに、審査員全員が無効票を投じたのだから無理もない。しかも、アナトーゼ・バイエルを参加させるためだというのだから。彼らは表向き、プライドが傷ついたという理由で棄権してしまった。

だが、コンクールの後援会や審査員たちはまったく意に介さなかった。真のマエストロたち、長年音楽に携わってきた無口な音楽家たちは、ただ黙ってうなずいた。

そうして今日というこの日、実力者だけがコンクールに再集結していた。ぼくも客席に座っていられたらどんなにいいかと思われるほどだった。もしかするとヒュベリッツ・アレンも、それでコンクールを棄権したのかもしれない。

バイエルのバイオリンの音が止んだ。彼も本選参加者の演奏を聴いていた。それは不思議な、興味深い変化だった。バイエルは他人の音楽を評価することも、耳を傾けて聴くこともなかった。でも、自身が認められたいと思う唯一の聴衆に出会ってからというもの、彼もまた人の音楽に耳を澄ますようになっていた。とくに、ぼくの音楽に。

そのとき、ドアをノックする音がした。

「ゴヨさん」

ドアが開いてデュフレが顔を出した。

「もうぼくの番？」

「はい。今回は棄権されませんよね？」

彼の冗談に、ぼくは笑ってうなずいた。

「ではこちらへ。わたしも期待しています。舞台袖で著名なマエストロたちの演奏を聴くことは、わたしにとってどれだけの幸運か知れません」

「それなら、ぼくのあとのバイエルの演奏を聴いたきみは、気絶してしまうかもしれないね」

「それもそうですが……それよりもまず、マエストロ・バイエルの控え室は何度ノックしたほうがいいのか悩んでいます。二度がいいでしょうか、それとも三度？」

彼のあまりに純粋で真剣な問いに、ぼくは笑わずにいられなかった。そして、二回がいいと思うとまじめに答えた。彼が嬉しそうにうなずきながら去っていくと、ぼくは舞台裏で出番を待った。

ちょうど一週間前もここに立っていた。すでに経験しているにもかかわらず、相変わらず緊張で震えていた。ただ、あのときのように追い詰められてもいなければ、心が重苦しいということもない。ぼくの持てる力を出すのみだ。

「次は、ゴヨ・ド・モルフェさん」

わけもなく服をはたいてから、舞台へ歩み出た。前回は歓声があがっていたが、今日はどういうわけか熱い拍手だけが湧き起こっている。ぼくは照れくさい気持ちで舞台を横切り、ピアノの前に座った。あえて父の顔や客席のほうは見なかった。

深呼吸をし、目を閉じてから、気が落ち着くのを待った。ようやく心が凪いだと思えたとき、ぼくは鍵盤を弾きはじめた。

この見事な和音だけは、われながら褒めてやりたかった。バイエルが聴いたら、なにを物語っていると言うだろう？　ぼくの音楽にも言葉があるのだろうか？　ぼくの音楽は言葉を紡いでいるだろうか？

ほのかなアルペジオでもどかしさを引き出したあと、美しく抒情的な演奏を続けた。指は無意識に鍵盤の上で踊り、ぼくは自分が作り出した音を無心に感じていた。少しずつ、世界に音が満ちてくる。少しずつ、もっともっとと言いたくなるほどゆっくりと……そして、ここだ！

一瞬で空気が変わり、演奏が熱を帯びる。鍵盤を端から端まで行きつ戻りつしながら、吹き荒れる感情をどっと吐き出した。暗く熱狂的な、だが燦爛とした音が跳ね、めまぐるしく散っていったかと思うと、再び寄り集まって並走する。音だけの世界、ぼくは満ち足りた気分でひた走っていた。

ほんの一文でいい、バイエルに伝わっていれば。彼は聞いているはずだ。言葉はもういらない。ぼくたちのあいだには、音楽だけが……。

黒鍵だけを連続して弾きながら、ぼくはいつの間にか神秘的な和音に身を任せていた。気がつけば終わりに近づいていた。最終節は全体がルバート、無拍子に近いほどのアドリブで。ぼくは勇敢にも、それをこの日の気分で奏でることにした。

心の赴くまま、指の赴くままに、満ちてあふれ出すほどの感情を音の材料にして、最後を締めくくるまで一糸の乱れもなく突き進む。

そしてついに、Fine〔註：終わりの意〕。

鍵盤から放した手を急いで口元にあてた。込み上げてくる感情と体の震えをどうすることもできなかった。

いまの演奏なら恥ずかしくない。たとえド・モトベルトになれなくても、ここまで完璧にやり遂げたのだ。ぼくは身悶えするほど自分自身に感激していた。

拍手が湧き起こり、人々が立ち上がった。

ぼくはなんとか気を取りなおして腰を上げた。そして舞台の前方へ進み、ぼくの音楽を聴いてくれた大切な聴衆に心から感謝を示した。

審査員席の父も熱い拍手を送ってくれていた。その目にきらりと光るものを見つけ、胸が熱くなったぼくはぐっと歯を食いしばり、父に向けてもう一度頭を垂れた。

歓声と拍手は、ぼくが舞台を下りたあともやまなかった。

舞台裏へ回って人目を逃れたとたん、ぼくはこらえきれず肩を揺らしはじめた。だがすぐに人の気配を感じ、さっと目元を拭いて背を向けた。背後から温かい声が聞こえてきた。

「よかったよ、ゴヨ」

ぼくは涙でぐちゃぐちゃの顔を上げて、その声の主を見返さずにはいられなかった。

黎明を手にしたバイエルを。

「きみは間違いなく、エダン一のピアニストだ」

ぼくは小刻みに震える両手をぎゅっと押さえて言った。

「からかうのは……よしてくれ。そうでなくてもこんなに――」

「からかってなんかいない。久しぶりにいい文章を聴いたよ」

ぼくがなにも言えずにいると、彼は茶目っ気たっぷりに笑った。

「でも、ぼくのほうが上だ」

彼がそう言って舞台へ歩いていくのを見ながら、笑わずにはいられなかった。それでも体の震えは止まらず、ぼくは両手でぎゅっと肩を包んだ。この喜びと達成感をなににたとえよう。いますぐ死んでも悔いはない、そう思えるほど幸せだった。

そしてほどなく……渾身(こんしん)の力を込めて、唯一の聴衆に捧げるバイエルの演奏が始まった。


ぼくはそれ以上泣くのをやめた。そしてなにかに導かれるように、舞台袖のほうへ歩いていった。人目につかないぎりぎりの所に立ち、バイエルの演奏を見守った。

この一週間、バイエルの演奏はどんなものだろうと想像していた。えもいわれぬ美しい旋律を奏でるのか、誰にも真似できない彼だけの技巧をこらすのか、それとも、最近試しているあの一風変わった演奏法を用いるのか……。

正直なところ、三つめの可能性はいちばん低いと思われた。未完成の演奏法を無理に持ち出すことはないだろうから。

でも、これは？　ぼくの目の前で、いまなにが起こっているというのか。

弦が踊り、左手はほとんど動いていないように見える。彼は黎明に触れている両腕だけでなく、全身で、魂を震わせて演奏していた。同じ弦を弾いているのに、それはなめらかなひとつの音にもなれば、同時に、幾重にも分かれた豊かで深みのある音にもなった。

信じられない……それはなんともいえないきらびやかさだった。

たったひとつの楽器とたったひとりのバイオリニストが、本当にこんなものを生み出せるというのか？　彼以外には誰にも真似できないだろう弓の運び、演奏技巧、正確さ……観客はみなぽかんと口を開けていた。

まるで別世界のもののようなその音楽は、聴いているだけで息も絶え絶えになった。

ああ、これなのか？　バイエル、きみが全身全霊で演奏するとはこういうことなのか？　キヨル伯爵ならこれを聴けるというのか？　本当にこれを聴くことができる者が存在するというのか？

全身が砕けそうにわなわなと震え、さめざめと泣きながら認めた。そう、ぼくは彼の唯一の聴衆になれないのだと。

そして理解した。なぜ氷の木の森が彼だけを受け入れ、なぜ黎明が彼だけをその主と認めたのか。なぜ彼こそが永遠なる真のド・モトベルトなのか。

バイエル。いまやその名を口にするのも恐れ多いほど、彼はあまりに遠くにいた。彼の音楽が言葉となり、麗しい文章となって、ついには完璧な物語を生むのだとしたら、それは人間には理解することのできない、神のみがつかさどる言葉といえるだろう。

演奏がいつ終わっていたのかもわからなかった。耳にこだまし、胸で波打つ音は、ぼくのなかにいつまでも留まっていた。それを必死に追いかけようと息切れしていたぼくは、誰かに背中を叩かれ、激しく咳きこんだ。

ようやく落ち着いて振り返ると、そこにいたデュフレはぼくと同じように涙しながら、バイエルから目を離せないでいた。その口から、彼自身も気づいていないかのような細い声が漏れ出た。

「モトベン……」

そう。無限なる鍵盤を叩き、時空を超える弦をはじくモトベンだけが、われわれにかような音楽を聴かせてくれるのだろう。

ぼくはもう少し身を乗り出して客席のほうを見た。誰もが呆気にとられ、その場に固まっていた。演奏を終えたバイエルだけが、時が止まったようなこの世界でひとり、息を切らしながらじっと一カ所を見つめていた。その視線の先には、いうまでもなくキヨル伯爵がいた。

伯爵はじつに奇妙な表情をしていた。片手を顎にあて、やけに無表情で、バイエルの視線を受けながらも沈黙を守っていた。

彼はわかっているのだろうか。このとんでもない音楽が、ここにいる数多の観客ではなく、自分だけのために演奏されたことを。わかっていながら、あんな表情を浮かべているというのだろうか。

バイエルは待った。人々がひとり、ふたりと正気を取り戻し、悲鳴のような歓声をあげながら彼に拍手を送りはじめても、バイエルは待っていた。ただひとり、キヨル伯爵がうなずくのを。

だがキヨル伯爵は、いまだひとりだけ時間に取り残されたかのように、ぴくりとも動かなかった。

間もなく、熱狂的、いや爆発的な歓声のなかで、バイエルの表情が険しくなった。彼は唇を噛んで身を翻した。そして、あいさつもせず荒々しい足取りで、ぼくとは反対方向の袖へ消えていった。

ぼくはたじろいだ。彼は唯一の聴衆から、満足のいく反応を得られなかったようだった。ぼくも信じがたかった。この演奏に涙しない者がいるとしたら、それは鉄の心臓をもつ悪魔か、心臓の止まった死体にほかならないだろう。それなのに、どうして、どうして？

コンクールはたちまちのうちに終わってしまった。バイエルよりあとの出番だった数人はぞろぞろと棄権を申し出た。あれを聴いてしまったら、ぼくだって演奏する気になれなかっただろう。

そして間もなく、審査の瞬間が来た。


「どうぞお静かに願います！」

会場は蜂の巣をつついたような騒ぎだった。バイエルの演奏後、観客はまだ落ち着きを取り戻せていなかった。それはぼくも同じだった。ややもすれば体が震えてくるのを、こぶしをぎゅっと握ったり、頭を振ったり、両手で肩を包んで抑えようとしたが無駄だった。

「静粛に！」

キヨル伯爵が杖でドンッと舞台をつくと、人々は驚いて口を閉じた。一瞬でホール内が静かになった。鋭い視線で客席を見回していた伯爵は、ようやく表情をやわらげて言った。

「投票が終わり、結果が出ました」

みな息を殺して、次の言葉を待った。

「ゴヨ・ド・モルフェさんに二票、そして、残りの八票はすべてアナトーゼ・バイエルさんに——」

キヨル伯爵の言葉は人々の歓声に埋もれて最後まで聞こえなかった。ぼくは当然の結果にほっとしたが、父以外にもぼくに票を入れた人がいたことに驚いた。

キヨル伯爵をはじめとする審査員たちは、客席が静まるまで辛抱強く待った。そのさなか、父がぼくに向かって親指を立てるのを見たぼくは、ふっと顔をほころばせた。父が気に入ってくれたならそれでよかった。

「これにて、このたびのド・モトベルトの称号はアナトーゼ・バイエルさんに贈られることに決まりました。アナトーゼ・バイエル・ド・モトベルト、舞台へお上がりください」

歓声と拍手喝采が起こった。ぼくも拍手をしながら、舞台の奥をのぞいた。だが、そこにバイエルの姿は見えなかった。

「アナトーゼ・バイエル・ド・モトベルト、どうぞ舞台へ！」

聞こえなかったと思ったのか、キヨル伯爵がもう一度言い、人々はさらなる拍手を送った。それでも、舞台袖からは誰も現れなかった。審査員たちが顔を見合わせ、拍手も徐々にまばらになっていった。

まさか。さっきのあの表情。

「少々お待ちを」

客席に向かってそう告げてから、キヨル伯爵がぼくのほうへ歩いてきた。

「控え室から連れてきていただけませんか」

どことなく不快に感じながらも、ぼくは黙って応じた。

じつをいえば、控え室に向かいながらも自信がなかった。バイエルはすでに帰ってしまったか、たとえ残っていたとして、ぼくの説得には応じない気がした。

バイエルの控え室に着き、ドアを叩こうとしたとき、きちんと閉まっていなかったのか、ドアがすっと開いた。バイエルはうなだれて、机に浅く腰かけていた。

その姿を見たぼくの胸は、痛いほど揺さぶられた。こんな雰囲気は彼に似つかわしいものではない。落ちこんだバイエルなんて。

「バイエル……おめでとう。今回もきみがド・モトベルトだ」

ぼくはなんとか口をこじ開けて言った。だがその言葉にも、バイエルは顔を上げなかった。

「みんな待ってる。出ていって――」

「なぜだ？」

ぼくは驚いて口を閉じた。彼の声が奇妙にしゃがれていたからだ。依然うなだれたまま、バイエルが言った。

「なぜなんだ」

「なんのことだ」

「知らないふりをするな。きみにはわかってるだろう」

バイエルが顔を上げてぼくを見た。生気を失った瞳、絶望と恐怖に満ちた表情がそこにあった。

「なぜあの人はぼくを認めない？」

しばらく言葉に詰まって立ちつくしていたぼくは、なんとか言葉を絞り出した。

「彼は……理解できなかったんだ、バイエル。もう一度よく考えたほうがいい。きみの思い違いかもしれないよ。きみは思い詰めていて、唯一の人を求めるあまり……あの不思議な雰囲気をまとった伯爵を見たとたん、自分の待っていた人だと信じこんでしまったんだ」

バイエルは答えなかったが、ぼくの言葉に同意する様子はなかった。ぼくは顔が引きつるのを感じて下を向いた。そしてぎゅっとこぶしを握り、勇気を出して言った。

「正直ぼくは理解できないよ、バイエル。あれだけたくさんの人たちが本当にきみの音楽を理解できないなら、いや、感じることができないなら、どうしてあんなに熱狂するんだ？　どうしてあんなにもきみの音楽を求め、きみの音楽に涙するんだ？　ぼくは、きみが探している唯一の聴衆というのもよくわからない。それがキヨル伯爵なのかどうかも……わからないよ。でも、もしかしたら、客席にいるひとりひとりがきみの唯一の聴衆かもしれないとは思わないかい？　ぼくが……ぼくだって、きみの言う唯一の聴衆かもしれないじゃないか」

バイエルはそっぽを向いてしまった。

沈黙がぼくの胸をぐさぐさと突き刺した。言わなければよかったと後悔した。バイエルの奏でる音楽を聴いているだけで息も絶え絶えになっていたくせに、自分が彼の唯一の聴衆かもしれないなどと口走るとは、身のほど知らずにもほどがある。

「これが……絶望なのか？」

バイエルの口から出たその言葉に、ぼくはぱっと顔を上げた。彼はぼくから目をそらしたまま、力のない声で言った。

「ぼくがきみの音楽を無視するたびに、こんな気分だったのか？　こんな……落ちて落ちて、どこまでも落ちていって、最後には地獄に行き着きそうな……すさまじい恐怖を？」

ぼくはなにも言えなかった。トリスタンならこんなとき、どうするだろう？

「やっと……会えたんだ。やっと。ぼくが生涯待ちつづけてきたと言える、そんな存在に。それなのに……いざ会ってみると、ぼくはあの人を満足させられない。まるで喜劇だ」

トリスタンがここにいてくれたら。

「自分がたまらなく呪わしいよ」

理由もわからず、なにを言えばいいのかもわからなかったが、ただ、こんなふうに話すバイエルを放ってはおけない。おそるおそる彼のほうに近づこうとした瞬間、背後でコトリと音がした。

ぼくは驚いてそちらを振り返った。ひょっとしてトリスタンではないかと期待しながら。だがむなしくもその期待は外れ、予想外の結果を見せた。ぼくは、彼のそんな登場の仕方に恐怖さえ覚えた。

「これはこれは、どうやら聞いてはいけないことを聞いてしまったようですね」

そう言いながらも部屋へ入ってくるキヨル伯爵の顔には、微笑が浮かんでいた。どこから聞いていたのだろう？　ふとバイエルの顔をうかがうと、彼も驚愕に近い表情を浮かべていた。

「あんまりにもおいでにならないので来てみたのですよ。マエストロ・バイエル、ド・モトベルトの称号を辞退されるおつもりですか？」

伯爵は杖をついたまま、バイエルをまっすぐに見据えて訊いた。バイエルは口を開いたが、言葉は出てこなかった。

「マエストロ・バイエル？」

伯爵がもう一度呼び、たまらずぼくが割って入った。

「そうっとしておいてください。すぐに行きます、お願いですからあなたはこれ以上――」

だがそのとき、バイエルが机から下り、キヨル伯爵の正面に立った。バイエルの目はさっきと一変して、らんらんと光っていた。

「お答えください、伯爵」

キヨル伯爵は首をかしげると、にっこり笑いながら言った。

「わたくしにお答えできることならいくらでも」

「ぼくの演奏はどうでしたか？」

単刀直入な質問に、キヨル伯爵は口を結んだ。心臓がばくばくいっていた。ぼくでさえこの震えようなのだ。答えを待つバイエルの心情はいかばかりだろう。どうか、どうか伯爵の口から、バイエルの音楽への賛辞が出ますように。

「どうだったか、と言いますと」

キヨル伯爵はその質問の重要性がわかっていない面持ちで、笑いながら答えた。

「言葉が必要でしょうか？　あなた以外にあんな演奏ができる人はいないでしょう」

バイエルの顔を一条の希望の光がかすめた。

だが、こういう返事を望んでいたにもかかわらず、ぼくがいま感じているのは喜びでも悲しみでもなかった。バイエルの演奏が終わったとき、キヨル伯爵が浮かべていたあの表情。あれは本当にそういうことだったのだろうか？

にわかに、その奥に苦味を隠す果実の皮が剝がれた……。

「しかし、それだけです」

「……え？」

「以前も申し上げたように、好みの問題でしょう。あなたがド・モトベルトの称号を得るにじゅうぶんな才能を持っていること、そして最高の奏者であることに異議はありません。ですが、わたくしはゴヨさんに票を入れました」

……そしてまっぷたつに割けた。

悪魔が好みそうなその妖しい果実は、隠し持ったその毒で口にした者の舌を痺れさせる。

バイエルは目を見開いた。だがどんなに焦点を合わせようとしても、到底この現実を直視できないようだった。

ぼくは一瞬にして罪人となった。そして次の瞬間、絶望と恐怖に沈んでいるバイエルの前で、キヨル伯爵はその長く残忍な指をぼくに指し向けた。ぼくこそがバイエルをこんなふうにした張本人だと。

「わたしはゴヨさんの音楽のほうが好きです。そこには誰もが惚れこむしかない純粋さがありました」

ぼくは思わずかぶりを振った。違う、ぼくがそんな存在になれるわけがないと笑い飛ばしたかったが、言葉にならなかった。バイエルは自分を支え、動かしている大切ななにかを失くしたかのように、うつろな目でぼくを見た。その目を見返すや、ぼくも自分のなかから同じようななにかが抜け出していくように感じた。

「お答えになったようでしたらまいりましょうか。みなさまお待ちかねですよ」

あの口をふさぐことができるなら、なんでもできそうだった。

だがそのとき、予想だにしないことが起こった。完全に無視するかこの場を出ていくと思われたバイエルが、おとなしく伯爵の言葉に従ったのだ。彼は無造作に放りおかれていた黎明と弓をケースにそっとしまい、キヨル伯爵に導かれるまま歩いていった。

前髪に隠れ、表情は見えなかった。だがバイエルのそんな行動は、怒ったり泣き叫んだりするよりよほど怖かった。

ぼくはふたりの後ろから、透明人間のようについていった。舞台に上がるバイエルの歩みには一寸の乱れもなかった。これは……いったい？　バイエルは諦めたのだろうか？

バイエルが舞台上に姿を現すと、人々の歓声が戻ってきた。

バイエルはホールを埋めつくした人々をぐるりと見回した。そして笑いはじめた。まるで正気を失ったかのように。腹を抱えて前屈みになり、全身が震えるほど笑ったかと思うと、顔を上げて空に向かい、気が抜けたようにへらへらと笑った。もちろんその笑い声は、人々の歓呼の声にかき消されてしまった。

ぼくはそのとき、誰かのかすかな泣き声を聞いた気がした。

＃10
悲劇の旋律

魔術師は魔術を使い

音楽家は音楽を奏でる

別世界の住人と思われる両者が

出会って生まれた

悲劇の旋律が流れる

肌寒い天気だ。風にあたって冷たくなった頬をさすりながら窓を閉めた。

コンクールが終わって早二週間。

今日、キヨル伯爵はエダンを去るという。伯爵は数日前ぼくを訪ねて来たが、調子が悪いからと言って会わなかった。会いたくなかった。正直に言うと……怖かった。

四連続でド・モトベルトとなったバイエルとは、あの日以来会っていない。ぼくからも連絡をしていないし、彼も訪ねてこなかった。トリスタンだけが困惑気味にぼくとバイエルのあいだを行き来していたが、それさえも最近は途切れがちだった。

ぼくはわずかな希望にすがって待つことにした。伯爵がエダンを去り、時が流れれば……このすべてがなかったことのようになるかもしれないと。

だが、ぼくがそう心を決めた日、バイエルがやってきた。

「よく来たね。座ってくれ。お茶はどうだい？」

バイエルは軽くうなずいた。なにを考えているかわからない、いつもの表情だった。

ぼくはためらいがちにその向かいに座ったが、それからもバイエルは長らく黙りこくっていた。なんでもいいから先に話し出すべきだろうかと悩んでいたとき、バイエルの手に包帯が巻かれていることに気づいた。

「バイエル、それは……？」

「なんでもない」

バイエルは手をテーブルの下へ隠した。ぼくは震える声で尋ねた。

「最近はどんなふうに過ごしてる?」

「本来のぼくにふさわしい過ごし方だ」

「それはどういう――」

バイエルはもう一方の手でバンッとテーブルを叩いた。ぼくがびくっとして身を引くと、彼はおそろしい形相で言った。

「ろくな親もいないすれっからしの平民にふさわしい過ごし方だよ!」

ぼくは口をぱくぱくさせるばかりだったが、やっとのことでこう言った。

「いきなりどうしたんだ……バイエル」

「やっぱり理解できないか? できるわけがないよな! 絵本に出てきそうな平凡でお気楽な家庭で育ったゴヨ・ド・モルフェには。無頓着な父親に口うるさい母親、立派に育ったふたりの兄と余りある金、おまけに、そこそこ頑張ればものになる才能まであるときている。なにかが足りないことなんて一度でもあったのか?」

胸が苦しくなった。前にもバイエルはそんなことを言っていた。でもどうして、聞いているぼくよりも言っている本人のほうがつらそうな顔をしているのだろう。

「本当に言いたいことはなんだい?」

バイエルはテーブルに振り下ろした手をぐっと握り締めた。その顔は苦痛に歪んでいた。そうしてうなだれたまま震えていた彼は、ぼくを見つめて押し殺したような声で言った。

「ぼくに……きみの純粋さをくれ、ゴヨ……」

頭のなかから、ぼくの知るすべての単語が抜け出ていった。バイエルは理解しがたい話を続けた。

「失いたくて失ったんじゃない……じゃあ、ぼくはどうしたらよかったんだ？」

答えてやれない問いを投げてくるバイエルの視線があまりに痛々しく、ぼくは顔を背けた。

「天才と呼ばれる神童を見初めたすばらしいマエストロが、快くその子を引き取って育てる？衣食住を解決し、バイオリンまで教える？　そんな話を信じているのは、きみみたいなうぶな連中だけだ。ピュセ・ゴンノールみたいなやつが、なんの見返りもなくぼくの教育を引き受けたと思うか？　ばかな……そんなはずがないだろう？　そう、ぼくは代償を払わなきゃならなかった。自分にあるものだけでも捧げなきゃならなかった。くそったれ……毎晩毎晩、捧げつづけなきゃならなかったんだ！」

ぼくは信じられない気持ちでバイエルを見つめた。そして悟った。急いで口をふさいだものの、泣き声のような息が漏れ出た。耐えきれず、体が震えはじめた。

バイエルは自分の顔を両手で引っつかんだ。形を変えようとするかのように、握りつぶそうとするかのように。

「穢れてしまった人間はね、本当に汚いんだ……穢れとはなにか知ったその瞬間、自分まで汚れている」

顔から手を離してぼくを見つめるバイエルは、泣いていた。ぼくの目からも涙があふれ出た。

「だからあの人を満足させられないんだ。ぼくみたいに穢れたやつの演奏は、どうあっても欺瞞にしかならない。美しいわけがないんだ……根っこは腐っているんだから。認められるわけがない。本性はこんなにも卑しいんだから！」

そうやって火のようにわめいていたバイエルの表情が、にわかに変化した。彼はなにかを請うような顔で、一心不乱に言った。

「頼む……だから、きみの純粋さをぼくにくれないか。きみのほしいものをなんでもあげるから。ぼくに熱狂する聴衆？　全部あげるよ。誰にも真似できない演奏技巧？　なめらかさ？　正確さ？　全部きみにあげる。だからきみの純粋さを少しだけ分けてくれよ。頼むから……そうすればあの人を……」

ぼくはむせび泣きながらバイエルを押し留めた。

「もういい！　もうやめてくれ。忘れるんだ。伯爵は今日ここを去る。もう忘れるんだ！」

「これが最後の機会なんだ。それをぼくにくれ。あの人の前で最後にもう一度演奏する。ゴヨ、頼むよ……」

あげられるものなら、この心臓をも引きちぎってあげたかった。バイエルが望むなら、ぼくに分けてあげられるものなら喜んで。

「しっかりするんだ。バイエル、いつものきみに戻ってくれ！」

だがバイエルは、魂の抜けたような顔でつぶやいた。

「だめ……なのか？　やっぱりだめなのか？　それなら……それならぼくは……」

ぼくははっとわれに返った。そのあとに続く言葉がなんであれ、これ以上言わせてはいけない。ぼくはバイエルを引っつかんで揺さぶった。

「待っていてくれ！　いいね。ぼくが伯爵を連れてくるから、ここで待っているんだ！」

ぼくはバイエルの返事も待たずに外へ飛び出した。キヨル伯爵がまだエダンを発っていないことを願いながら。使用人に馬車を用意させようと思ったが、ぼくはみずから馬にまたがった。そして夢中でひた走った。エダンの外へ続く道は邸から遠くなかった。

その道に到着するなり、ぼくは馬の速度を落とした。急ぐ必要はなかった。道沿いに並ぶ異国風の馬車は、まるでぼくを待っていたかのようだった。

予想どおり、ぼくが馬から降りると、初めて会ったときと同じ格好のキョル伯爵が馬車から出てきた。

「いらっしゃいましたね。お待ちしておりました」

「……どうしてぼくが来ることを?」

伯爵は答える前に、杖で帽子の先をひょいと持ち上げた。すると神秘的な目がいっそうよく見えた。

「わたくしがここを去る日が来れば、アナトーゼ・バイエルは耐えられずにあなたのもとへ駆けこむだろうと」

「あなたは……知っていたんですか?」

「ええ、知っています。彼がわたくしになにを求めているのか」

ぼくは震えるこぶしを握った。褒められた行為ではなくとも、彼の答えによってはこのこぶしを振り上げるつもりだった。

「知っていながら……あんなことを?」

伯爵はのんびりと空へ視線を移しながら言った。

「いまは伯爵という称号を用いていますが、わたくしは本来、魔術師なのです」

「魔術師?」

「はい。この杖と帽子からご想像されていたかと」

魔術師のようだと思ったのは事実だった。でも、魔術師の貴族など聞いたこともない。

「存じ上げませんでした。あなたの国のことはわかりませんが、ここでは貴族と魔術師はあまりにかけ離れていますから」

「ああ、誤解です。わたくしの言う魔術師とは、客の前でとんぼ返りして見せるピエロのようなものではありません」

「では……?」

伯爵は彼にぴったりの謎めいた笑みを浮かべて言った。

「アナックス以前、イクセがこの地にいたときは、いまとは異なる呼び方がありました」

「というと?」

「当時は魔術師と同じ意味で、この単語を使っていたのです」

キヨル伯爵が杖で宙に文字を書いた。杖の先からなにか特殊な物質が出ているのか、そこに光る文字が残った。

ぼくは目を見開いてそれを読んだ。

「いま……あなたはご自身を悪魔だとおっしゃっているのですか?」

伯爵は笑いながら言った。

「悪魔だからといって特別なことはありません。人々をたぶらかし、惑わされた人たちをからかい、最後には卑劣な手で不意打ちを食らわせる。魔術師と同じですよ。たちの悪いいたずらっ子とでも言いましょうか」

彼は冗談を言っているのだろうか。なんのためにこんな話をするのだろう。そのとき、さっと頭をかすめるものがあった。

「まさか……騙したんですか？　バイエルの音楽を聴くことなどできないのに、理解したふりを？」

「聴く、ですか……」

キヨル伯爵は杖をくるくる回しながら、しばらくなにか考えていた。そして間もなく、口元に笑みを浮かべた。

「華やかで麗しく、美しいことこのうえないことときわまりない。しかし詰まるところ、ひとりの音楽家の悲惨な叫びが込められているあの音楽を」

「あなたは、聴くことができるんですね」

「さてどうでしょう。単純に文字が読めることと、文章がわかること、その文から感動を得られることは違いますからね」

心臓が脈打つのがわかった。

バイエルのように、キヨル伯爵も音楽を文章に喩えた。それなら彼も知っているのだろうか。音の言葉を。

「やはりあなたが、彼の唯一の聴衆なんですか？」

ぼくの問いに、キヨル伯爵は苦笑した。そしてかぶりを振って言った。

「本当に、どこまでも純粋無垢なのですね」

「え？」

「すでに答えを差し上げていますよ。ゴヨさん、あなたの音楽が好きなのは、そういった面がそのまま音楽に溶けこんでいるからです。わたくしにとってアナトーゼ・バイエルの音楽は意味がない。どんなにすばらしく、美しく、そしてそのすべてが理解できても……わたくしには、感じられないからです」

ぼくは眉をひそめて伯爵を見つめた。だが彼は、そんななぞなぞのような言葉だけを残して身を翻した。

「待ってください、あなたが行ってしまったらバイエルは――」

「わたくしがなにもせずとも、彼は挫折していたはずです。ええ、用意されていた筋書きどおりに。氷の木の森に棲む魔物を目覚めさせたのは彼自身だ。今後もアナトーゼ・バイエルのそばにいるつもりならくれぐれもお気をつけくださいさい、ゴヨさん」

伯爵はそのまま馬車に乗りこんだ。

ぼくは馬車に駆け寄ってなかをのぞいたが、彼はあいさつの代わりに帽子を持ち上げただけだった。

「氷の木の森のことを、どうしてあなたが……」

伯爵はにっこりと笑った。

「あなたの音楽を聴きながら、わたくしは束の間、自分が魔術師であることも忘れていました。そしてひょっとしたら、感じられるのではないかとも思いました。ふん、つまらない妄想です。ええ、もちろん、もう少しすれば本当に感動を知る日が来るかもしれません。ですがその日が来れば、わたくしはそのすべてをこの手で穢すことでしょう。魔術師の本性とはそういうものですのでね。そういったわけで、いまのうちに去るのです。ゴヨさん、どうかいまのお姿を大切に」

そしてキヨル伯爵は去っていった。馬車は霧にまぎれるようにして消え去った。

不思議だった。さっきまで霧などなかったのに。

馬でゆっくり戻りながら、バイエルになんと言えばいいか悩んだ。

伯爵がバイエルの音楽を理解していることは疑いの余地がない。でも、感じられない、とはどういうことなのか？　理解できるが感動を知らない……そんな人が本当にバイエルの唯一の聴衆なのだろうか？

たしかなのは、そうであろうとなかろうと、バイエルにはなにも残らなかったということだ。キヨル伯爵は去った。そしてバイエルは、また待たなければならない。だが彼にそんな力が残っているのだろうか。さっきの姿はあまりに心許なかった。

邸の手前まで近づいたとき、門から一台の馬車が飛び出していくのが見えた。ぼくはふと、バイエルかもしれないと思った。

すぐに馬を走らせ、馬車を追いかけた。不安がじわじわと心に広がっていく。

馬車はバイエルの邸のほうへ向かっていた。だが、邸の前で停まる様子はない。いったいどこへ向かっているのだろう？

モンド広場を横切った馬車は、よく知らない路地へ入った。道行く人々を避けるのに手間どりながら、ぼくは必死で馬をあやつった。馬車はもうしばらく走ってから、ある大きな邸宅の前で停まった。やっとバイエルの目的地がわかった。

クリムト・レジスト。バイエルの養父の邸だ。

ぼくは馬から降り、こわばった面持ちで馬車を降りてきたバイエルにためらいがちに声をかけた。

「バイエル……」

だが、バイエルはぼくの存在に気づく様子はなく、よどみない歩みで邸に入っていく。ぼくはしばらく躊躇したが、無礼を承知で彼のあとを追った。

なかからバイオリンの音が聞こえていた。このすばらしい腕は、言うまでもなくクリムト・レジストの演奏だろう。マエストロの演奏にこんなかたちで触れられるなんて……。思わずその演奏に耳を傾けていたぼくは、はっとわれに返ってバイエルを追った。

バイエルはある部屋のなかへ入っていった。扉を開け放したままなのは、ぼくのためなのか、それとも閉め忘れただけなのだろうか。気後れしつつも、ぼくはバイエルのあとに続いた。バイオリンの音が徐々に大きくなっていた。

「父上。レアンヌ」

バイエルの低い声とともに、バイオリンの音が止まった。

「お兄様！」

「おお、アナトーゼ。こんな時間にどうしたんだい？」

レディ・レアンヌの活気あふれる声とクリムト・レジストの温かい声が続いた。

ぼくは戸惑いながら彼らのほうへ歩み寄った。レアンヌがぼくに気づき、にっこり笑って口を開きかけたそのときだった。

バイエルがバイオリンの弓を高く振り上げ、壁に向かって力いっぱい叩きつけた。

痛々しい音を立てて棹が折れ、欠片が飛んだ。ぼくたちは唖然としてバイエルを見つめた。

やがて、折れた弓をぽいと投げ捨てたバイエルが養父に向かって言った。

「レアンヌとの結婚をお許しいただけますか」

ぼくはまぬけ面でバイエルを見つめ、クリムト・レジストとレアンヌはしばし顔を見合わせていた。やがてレアンヌが顔を赤らめると、クリムト・レジストが微笑をたたえて言った。

「急なことで驚いたが、わたしとしては嬉しい限りだよ。しかし弓を折るというのはどういう——」

バイエルはうなずきながら抑揚のない声で言った。

「結婚したら引退します。二度とバイオリンを手にするつもりはありません」

ぼくのなかで、なにかが砕ける音が聞こえた。


トリスタンが反対し、クリムト・レジストが説得しても無駄だった。ガフィル夫人も訪ねてきて頼みこんだが、バイエルは丁重に、だがきっぱりと断った。レナール・カノンは、望めばいつでもカノンホールで演奏してもかまわないとまで言った。これにもバイエルは首を横に振った。

みながすがりつくようにして引き留めたが、たとえカノンホールがつぶれ、エダンに終末が訪れたとしても譲れないというように、バイエルは微塵も態度を変えなかった。ある非常識な金持ちがバイエルに黎明を売る気はないかと尋ね、こてんぱんにやりこめられて去っていくという騒動もあった。

バイエル引退の話は、エダンじゅうを揺るがした。その影響は、年末が近づくにつれて頻繁に話題にのぼっていたキセの終末論や、誰ひとり耳を貸さない平民共和党の主張、パスグラノとマルティノたちのいがみ合いまでいったん留め置かれるほど甚大だった。

つい昨日まで、人々は彼がまたド・モトベルトの座を手にしたことに熱狂していた。それがいまは、暗く沈痛な面持ちで誰かを恨んでいた。

初めのうち、その対象は定かでなかった。バイエル自身を恨む人たち、彼が満足するだけの反応を示せなかった聴衆が悪いのだと落胆する人たち、黎明を手にしてからおかしくなったのだと罪なきバイオリンを罵る人たち……。

しかし、それだけでは気がすまなかった彼らは、ついにぴったりの標的を見つけ出した。

それはレアンヌだった。歴史上、天才のそばには必ずといっていいほど彼らを奈落へ突き落とす女がいたというこじつけだ。人々は、バイエルが引退する理由はその婚約にあると、レアンヌに後ろ指を差しはじめた。マエストロと謳われるバイオリニストの娘、礼儀正しく教養高い貴族の娘は、一夜にして火あぶりに処されるべき魔女となった。

バイエルの言葉を借りれば、この〝くそみたいな悲劇〟にぼくは笑った。そして泣いた。彼らが火あぶりにすべきはレアンヌではなく、ぼくだった。

そして、この騒ぎの隙をついて、バイエルの狂気じみた信奉者と推測される殺人鬼は、またひとりを手にかけた。犠牲者の名を聞いたとき、ぼくは全身に鳥肌が立つのを感じた。

ピュセ・ゴンノール。

バイエルから純粋さを奪い、穢れを与えた張本人だ。つい十年前まで多大な尊敬を集めていたこの音楽家は、バイエルがクリムト・レジストのもとへ引き取られてからというもの、裏でこれでもかとバイエルをこき下ろしはじめた。その程度がひどくなるにつれて、ピュセ・ゴンノールはしだいに人々から無視されるようになり、のちにはそんな音楽家がいたことさえ忘れ去られた。先日バイエルの口からその名を聞くまでは、ぼくも忘れていたほどだ。

考えようによっては、殺人鬼がピュセ・ゴンノールに手をかけたのは当然のことかもしれない。以前からさんざんバイエルの悪口を言っていたのだから。だが、それが理由だとしたら、彼はコロップス・ミュナーよりずっと早く死んでいるはずだった。

それなのに、なぜいまになって。

そしてふと、ぞっとするようなことを思いついた。もしかすると殺人鬼は、先日バイエルがぼくに打ち明けた事実を知ったのかもしれないと。

でも、どうやって？　バイエルとぼくだけが（ひょっとするとトリスタンを含めて三人だけが）知っている事実をどうやって知ったのか？

ぼくはがたがたと震える体を両腕で抑えた。

あの日。バイエルがぼくの前で告白したあの日、それを一緒に聞いていたとしか思えなかった。そしてそれが事実なら、言うまでもなく次なる標的はぼくだった。


それからまた数日経ったときのことだ。

その日は、目覚めた瞬間からどうにも気分がすぐれなかった。たとえるなら、周囲に普段とは違う空気が立ちこめているかのようだった。ぼくはぼんやりと起き上がり、ピアノの前に座った。そして五線譜に文字を書き入れはじめた。そう、音符ではなく文字を。

じつをいえば、それは遺書だった。

どこか遠くから死に見守られているかのような、不思議な気分だった。幸せな生涯が果てるその日を迎えたような気分とでもいおうか。ぼくは迫りくる死に向かって、「少し待っていてくれないか」と言い置き、大らかな気持ちで死を受け入れる老人のような心持ちで遺書を書いた。

多くの言葉は必要なかった。愛する人たちへの別れの言葉、ぼくの宝物といえる楽譜をきちんと保管してほしいという要望、クリスティアン・ミヌエルのピアノをヒュベリッツ・アレンに譲り渡してほしいという伝言を残した。すばらしい名器にここで朽ち果ててほしくなかった。そして、レアンヌとバイエルの婚約でますます落ちこんでいるであろうヒュベリッツ・アレンに、もう一度立ち上がってほしかった。

遺書を書き終えたぼくは、それをペンと一緒に胸ポケットにしまった。もしもぼくが次の標的になるのなら、死に際にどうにか手がかりを残すつもりだった。ぼくのあとにもさらなる犠牲者が出るとしたら、トリスタンやレアンヌにまでその魔の手が及ぶかもしれない。それだけは阻止しなければならなかった。

そんなことを考えながらなにげなく窓の外に目をやったぼくは、家の敷地内に立つ人影に仰天した。早くも死神が迎えに来たのかと思ったのだ。

だが次の瞬間、その見慣れた赤毛に気づき、急いで窓を開けて叫んだ。

「キセ！」

キセは笑いながら身を翻した。そして、まるでついてきてというようにゆっくりと正門から出ていった。

ぼくはそれ以上考えるまでもなく、急いで外套（がいとう）を羽織って外へ飛び出した。今度こそ逃がすものか。生きた屍（しかばね）のようになっているトリスタンのためにも。

「待ってください、キセ！」

だが、キセは振り返ることなく駆け出した。少女のように溌剌（はつらつ）とした軽い足取りだったが、彼女を追いかけていたぼくは息も絶え絶えになった。

ずいぶん長いあいだ、なんとか彼女を見失うことなく走りつづけた。ぼくはいまにも倒れそうなほど疲れていたが、キセの足取りは変わらない。彼女は、ぼくが先日馬に乗って訪れた、あの道へ向かっていた。

そこは、レジスト家の邸だった。

キセは正門の前で一度くるりと回ると、いとも簡単に門を開けてなかに入っていった。そして、まるで自分の家かのように、おもむろに庭をそぞろ歩きはじめた。

ぼくはしばし躊躇（ちゅうちょ）した。バイエルは婚約後、ここでレアンヌと一緒に暮らしている。ぼくは外から控えめに叫んだ。

「キセ、話があるんです。少しでいいので出てきてくれませんか」

キセはなにも答えず、庭に咲いた花の香りを嗅ぎ、芝生を撫でている。

「あなたのせいでトリスタンが打ちひしがれているんです。お願いだから、彼に会ってもらえませんか。トリスタンはいつもあなたを捜しているんです」

やはり返事はない。そのとき、キセはなにかめずらしいものでも見つけたように、庭の向こうへ走っていった。

結局、ぼくも門のなかへ入らずにはいられなかった。邸から誰か出てくるのではないかと様子をうかがいながら、おそるおそるキセのあとを追う。手入れの行き届いた庭の小道を歩いていくと、目の前にぐちゃぐちゃになった花園が現れた。

そしてそこには、ずたずたになった花の手入れをしている聖女がいた。

「あら？　ゴヨさん？」

聖女が振り向き、ぼくの名を呼んだ。一瞬なにが起こったのかわからなかったが、頭をぶんぶん振ってわれに返った。

「レディ・レアンヌ」

「まあ！　ごきげんよう」

ぼくのほうへ歩いてきた彼女は、土だらけの軍手をつけたまま手を差し出し、すぐに自分の不注意に気づいて照れくさそうに軍手を脱いだ。はにかんでいる彼女に、ぼくは会釈をしながら言った。

「無礼をお許しください。許可もいただかずに入ってきてしまいました」

「許可だなんて。いつでもお好きなときに入ってきてください」

レアンヌは清々しい無垢な微笑とともに答えた。ぼくは久しぶりに胸が温かくなるのを感じた。

「ところで、こちらにキセが入ってきませんでしたか？」

「え？　キセ？」

レアンヌは目をきょろきょろさせていたかと思うと、首をかしげながら問い返した。

「まさかあの、預言者のキセのことですか？」

「はい、預言者のキセです。長い赤毛の女性ですが」

「まあ！　キセとは女性でしたの？」

ぼくがその事実を知ったときと同じような反応を示す姿に、笑わずにはいられなかった。不思議だわとか信じられないなどとつぶやいていたレアンヌは、続けて言った。

「でも、ここには誰も来ておりません。わたしが花の世話をしていたところへ、ゴヨさんがいらっしゃったのを見ただけですもの」

ぼくは暗澹たる気持ちを抱えて庭を見回した。侵入者が隠れられるような場所はどこにもない。ではどこへ消えたのだろう？　ぼくはふと、ぐちゃぐちゃに踏み潰された花に視線を留めた。

「ところで、これは誰のしわざです？」

レアンヌが気まずそうに笑いながら言った。

「すばらしい音楽家の妻になるのは易しいことじゃありませんね。アナトーゼお兄様の引退をわたしのせいだと考える人も多いようです。でも、気持ちは理解できます。彼らはただ憎しみをぶつける場所が、八つ当たりする相手が必要なのでしょう。だとすれば、お兄様よりわたしが標的になったほうがよいのです。デリケートなお兄様には耐えられないでしょうけれど、わたしは意外に強いんです」

にこっと笑って見せるレアンヌを見ながら、ぼくは言葉に詰まった。初めて会ったときは、温室育ちのか弱い令嬢だと思っていた。でも、彼女はぼくが思っていたよりずっと、そしてぼくよりもはるかに気丈な人に違いなかった。

レアンヌのことを心配していたぼくは、少し安心した。彼女ならきっとバイエルの支えになってくれるだろう。

「ところで、バイエルは家に？」

「はい。あの日以来、どこにもお出かけにならないんです」

「じゃあ、家でなにをしてるんですか？」

「作曲です」

「へ？」

聞き間違いかと思ったぼくは、まぬけな声で訊き返した。レアンヌはふっと笑ってから、ぼくを家へ案内した。

「わたしよりお兄様から直接伺ってはいかがですか。さあ、なかへどうぞ」

ぼくは結局、頭のなかでさまざまな思いと闘いながら、邸の応接室にぼんやりと座っていた。

レアンヌみずからお茶を運んできてくれたことに感謝を述べると、彼女は笑いながら出ていった。そして間もなく、バイエルが入ってきた。少し疲れて見えるのを除けば、前となんら変わらなかった。ぼくは思わずがばっと立ち上がったが、彼に手ぶりで制され、静かに座りなおした。

向かいに座ったバイエルの手には、レアンヌの言葉が冗談ではなかったことを証明するように、数枚の楽譜が握られていた。そこから目を離せないでいるぼくに向かって、バイエルが口火を切った。

「元気だったか？」

ぼくは、そのあいさつが別の意味で使われたことがあっただろうかとしばし頭を悩ませた。返事のないぼくを怪訝そうに見つめていたバイエルが、苦笑しながら言った。

「なにを考えてるのかわかる気がするよ。まあいい、元気そうだから」

ぼくは肯定するでも否定するでもない微妙な角度で首を動かした。そんなぼくの前に、バイエルが楽譜を差し出した。彼と初めて会ったときのように、なんの前置きもなしに。

「これは……なんだい？」

「きみには知っているくせに訊き返すという面倒な癖があるな」

「楽譜なのはわかっているよ。じゃあ、レディ・レアンヌが言ってたのは本当なのかい？　本当に作曲を？」

「そうだ」

ぼくの胸は一瞬で期待にふくらんだ。

「やっぱり、またバイオリンを弾くんだね？」

「ああ。一度だけ」

「一度……だけ？」

バイエルは楽譜をテーブルに置き、彼らしくないためらいがちな態度で言った。

「これは……言うならば告別の曲だ」

「バイエル、そんなこと言わずに――」

「ぼくを説得するつもりなら、この楽譜をビリビリに破くぞ」

ぼくはぱたりと口を閉じた。バイエルは恐ろしい表情でこちらをギロリとにらみつけてから、再び楽譜に視線を落として言った。

「幻想曲なんだ」

「幻想曲？」

「ああ。表題を見てくれ」

ぼくは震える手で楽譜を手に取り、ゆっくりと目の前に運んだ。

筆写師に頼む必要もなさそうな、バイエルのきれいな筆跡。その美しく書かれた音符たちが、ぼくの目をくらくらさせながら踊っている。そしてぼくは、その頂きに指揮者のように立っている表題を見た。

『氷の木の森』


一瞬、心臓が止まるかと思った。

バイエルを見ると、彼はさっきよりやわらいだ表情で言った。

「こ……氷の木の森?」

「あの日の演奏、覚えてるか?」

胸のなかで小さな爆発が起こった。どうして忘れられるだろう。

いまでも夢のなかのことように思えるあの日の出来事を思い出しながら、ぼくはうなずいた。バイエルは淡々と続けた。

「あのときの演奏を楽譜にしてみたんだ。バイオリンとピアノの二重奏。ぼくはあのときと同じ演奏をするつもりだ。だから今回はきみが……氷の木の森になってくれ」

ぼくはぽかんと口を開けた。なにも言えなかった。それほど呆気にとられていた。

バイエルはぼくの反応を予想していたかのように、ふっと寂しげな笑みを浮かべてから、ぎこちなく言った。

「これでぼくを……許してくれるか?」

楽譜を持つ手ががくりと折れた。ぼくはうつむいた。言葉の代わりに、涙があふれた。とめどなく、とめどなく。

今回ばかりはバイエルも、そんなぼくを軽蔑してはいない様子だった。

ガフィル夫人のサロン。バイエルは告別の場として、芸術家たちのささやかな憩いの場を選んだ。彼はカノンホールのような、人々が狂喜して騒ぐような場所はいやだと言った。ぼくも同感だった。

ガフィル夫人はぼくたちの頼みを聞き入れ、招待客のリストを作った。そして、その日に限っては徹底して出入りを取り締まることにした。

だが、エダンは大きな都市ではない。ひた隠しにしていたはずが、告別演奏会の噂はあっという間に広がった。その日のためにわざわざ地方からやってくるという人々もいた。

バイエルは気にしなかった。ぼくも同じだった。ぼくはバイエルの最後の演奏のために、家に閉じこもってひたすら練習をしていた。トリスタンが寂しがるのではないかと思ったが、どうしようもなかった。

二重奏を選んだのは正解だった。トリスタンはいま、演奏をしたり社交の場に出られるような状態ではなかったからだ。彼のことが気がかりだったが、ひとまずはバイエルの告別演奏会のことだけに集中していた。演奏会が終わればトリスタンを訪ねていって、元気づけてやるつもりだった。

バイエルの最後の演奏、しかもそれは、ぼくたちふたりにとって特別な曲でもあった。だからぼくは、死ぬ気で練習しなければならなかった。

バイエルはいつもの彼らしくなく、楽譜をでたらめに書いた。スピードや曲調、強弱やペダルのタイミングなどをひとつも書き記さなかったのだ。いつもならフェルマータの記号ひとつにも、具体的にどのくらい延ばすかまで書き添えるのに。そのぶん苦労したが、ぼくはむしろ幸せだった。

それは、主旋律以外のすべてをぼくに任せるということであり、バイエルに信頼されているということだったから。

ぼくはあの日の演奏を思い出しながら、最大限にその雰囲気を活かそうと努めた。そして、一日がどう過ぎ、昼夜がいつ引っくり返ったのかもわからないほど、一心に練習に励んだ。

その日バイエルが来ていなければ、ぼくはきっと、本番が翌日に迫っているとは気づかなかっただろう。

「バイエル？　こんな遅くにどうしたんだ？」

ぼくはみずから出迎えた。バイエルの様子がおかしかった。なにか衝撃でも受けたかのように落ち着きがなく、青ざめた顔をしている。

「ゴヨ……ゴヨ」

「どうしたんだ？　なにかあったのか？」

「ば……ばしゃ」

「馬車？」

バイエルはいくらか呼吸を整えてから、さっきより明瞭な声で言った。

「そう、馬車が必要なんだ。いますぐ」

ぼくは、彼の切羽詰まった様子に面食らいながらも、すぐに使用人を呼ぼうとした。すると背後から、バイエルが小さな声で言った。

「御者はだめだ。ぼくが走らせるから……急いでくれ」

ぼくは屋根なしの小さな馬車を急いで用意させた。正門の外へ馬車が回されると、バイエルは御者を押しのけて手綱を握り、一刻を争うように言った。

「早く！」

ぼくは急いでバイエルの隣に乗りこんだ。あまりに急だったため、外套も羽織らないままだった。

バイエルは、ぼくが座席に着くのも待たずに馬車を出発させた。よろめきながらなんとかバランスを保ち、歯をくいしばって馬車を走らせるバイエルに訊いた。

「いったいどうしたんだい？　どこに向かっているんだ？」

「行けばわかる。行けば……ぼくにも説明できないんだ。あれは……あれは」

バイエルの怯えた顔に恐怖が加わった。心臓が早鐘を打ちはじめた。思い当たるふしがあった。

「また殺人鬼が現れたのか？　今度は誰を——」

「違う、違う！　いや……うん、そうかもしれない。ひょっとしたら……」

馬車は大通りを外れて走りつづけた。ぼくも知っている道だった。ぼくたちが明日演奏する曲の表題への道。

「まさか、氷の木の森へ向かっているのか？」

「ああ、そうだ」

ぼくはしばらく言葉を見つけられないでいたが、やっとこう言った。

「いいかい、バイエル。これはまずいよ。嫌疑が晴れたといっても、ぼくたちは一度疑いをかけられた身だ。それに、あそこでは人も死んでいる。しばらくは行かないほうが——」

「そうかもしれない。でも、ぼくひとりじゃどうにもできないんだ。トリスタンを連れていくなんて到底できないし……」

バイエルは、自分がなにを言っているのかもわかっていない様子だった。ぶつぶつとなにかつぶやきつづけている彼を前に、ぼくはとりあえず黙ってついていくことにした。どのみちあの場所に着けば、なにがバイエルをこうさせているのかわかるだろうから。

辺りはすでに暗かったにもかかわらず、バイエルは不思議なことに、少しも迷うことなく馬車をあやつった。しばらく沈黙が続いた末に、とうとう馬車が停まった。だが、ここからまた歩かねばならない。

ぼくは馬車に吊るされていたランプを手に持った。バイエルはバイオリンケースを携えて山へ踏みこんでいく。ぼくも慌ててあとを追った。

なにを急いでいるのか、バイエルはほとんど走っていた。ランプをかざしているぼくでさえ何度も石や木の根につまずいているのに、バイエルはそんなものにさえぎられることもなくすいすい進んでいく。少し距離ができては追いつき、また少し距離ができては追いつくこと数度、ついに目的地に着いたのか、バイエルがぴたりと足を止めた。ぼくはぜいぜい息を切らしながら訊いた。

「着いたのかい？　どうする、また演奏を？」

「いや。もう必要ない」

バイエルはバイオリンケースに手をやりながら、続けて言った。

「ランプを消してくれ」

ぼくはランプについている小さなつまみを回して火を消した。一寸先が見えるか見えないかという暗闇のなかで、小さな物音が聞こえた。

そして間もなく、目の前に真っ白いものが現れた。それは黎明だった。

ぼくは小さく嘆声を漏らした。黎明はまるで、みずから光を放っているかのようだ。光はしだいに広がり、ついには森のすべてを映し出すほど明るくなった。ぼくはまぶしさに手をかざし、やがて光が収まるとその手をおろした。

そして現れた風景に息を止めた。

いつの間にかぼくたちは、氷の木の森に立っていた。すべてはあのときのままだった。凍りついているようにも燃え上がっているようにも見える、形をとらえがたい木々。とめどなく話をしているかのように、こちらでもあちらでもささやき合っている風。

ぼくはその会話の邪魔にならないように、こらえていた息をそうっと吐いた。それから森の声が止むのを待って、小声でバイエルに尋ねた。

「いったいなにが前と違うんだい?」

ぼくの言葉に、バイエルはたったいま正気に返ったかのようにびくりと体を揺らした。そして、恐怖と畏怖に満ちた顔で手を持ち上げ、ある場所を指差した。

「あれが……見えないのか?」

ぼくの視線は彼の指の指し示すほう、真っ白い森の先へ移っていった。それがなにかに気づいたぼくは、すくみ上がった。

それは木だった。森に木があっても驚くようなことではないが、その木はほかの木々に比べてややはっきりした形を保っていた。どうしてわかったのかは説明できない。でも、見た瞬間わかった。

その木こそ、古(いにしえ)から永遠にこの地に凍りついていた神話そのものだった。

――イクセは死ぬ前に、自分が愛した木を燃やしてしまったそうだ。

過去の自分の声がいま、こだまになって戻ってきた。ぼくは戦慄を覚えながら、聞きなれない自分の声に耳を澄ませた。

――なにより奇妙なのは、その木が燃えなかったということなんだ。むしろ、炎のなかで冷たくなっていって、ついには氷になった。イクセが謝罪しながらその木を抱き締めた瞬間、彼はひと握りの灰となって消えてしまった。

エダンの生みの親であるイクセの痕跡が、いまもそこに残っているような木。これこそが、この氷の木の森で燃えているすべての木々の母。イクセが愛した、そしてイクセが燃やしてしまった、イクセの木だった。

「本当にあったんだ……イクセの木が」

ぼくが呆気にとられてつぶやくと、バイエルは頭を横に振った。そしてもう一度木を指差した。その指は小刻みに震えていた。

「ちゃんと見ろ……。あの木を」

ぼくは目を細め、じっくりと木を観察した。

言われてみるとなにかがおかしかった。ぐにゃぐにゃしたその奇妙な形状を見て、なんとか言葉にしようとしてみたが、無理だった。自分の目が信じられなかった。納得できなかった。

現実はすでにぼくたちをはじき出しつつあったのかもしれない。あの日、夢とも現ともつかない氷の木の森を訪れて以来。

その木に、なにかがある。

後ろでバイエルが叫んだが、ぼくはなにかに取り憑かれたように木に向かっていた。距離は縮まり、徐々に形がはっきりしてきた。

「行くな、ゴヨ！」

「……セ？」

ハッと息を呑もうとしてむせ、咳きこんだ。喉の奥から血生臭さを感じるほど激しい咳だった。やっと咳が鎮まると、目を上げてそのむごたらしい光景を見つめた。

あまりに悪魔的で恐ろしく、現実だとは思いたくなかった。

木が人を呑みこんでいる。

四方に乱れた髪は木の裂け目に食いこみ、腕は幹へ、脚は根へと吸いこまれている。異様に変型したその体は、あたかも蠟人形のようだった。

そこに、そんなふうに無残にねじ曲がった姿で張りついているのがぼくの知っている人でなかったら、それを彫刻だと思っただろう。幻だと思っただろう。あるいは、ほかのなんであれ、現実であるはずがないと。

なぜ、どうして、誰が彼女を……。

「キセ」

彼女の名を口にすると、それは完全な現実となった。ぼくは口をふさいでその場にひざまずいた。

ほんの数日前、彼女は蝶のようにひらひらと舞っていた。もう少し前には、いたずらっ子のように路地を駆け抜けていた。初めて会った日には、スプーンを口にくわえたまま、ぼくが終末を目撃することになると天真爛漫に笑っていた。

「キセ……キセ……キセ」

思わず彼女に向かって手を伸ばしていた。その顔は穏やかだったか、実際はひどい苦痛にさらされているはずだった。生きているのか死んでいるのかもわからないが、彼女を救わなければ。

だが、追いかけてきたバイエルがぼくを引き留めた。

「ばか！　触れたらきみもどうなるか――」

「でも……助けないと。人を呼んできてくれ、バイエル。ぼくにはここまでの道を開く力がないんだ。きみしかいない。早く！」

とつぜん風が激しくなった。音の言葉でそっとささやいていた森が、苛立ちを見せているようだった。

バイエルはぎゅっと眉をしかめて言った。

「できない、それは」

「じゃあ放っておく気かい？　このままここに？」

答えようとしたバイエルが、急に口をつぐんだ。森の声に耳を傾けているようだった。彼の表情にみるみる驚愕の色が浮かび、最後には両目をかっと見開いた。

「まさか……ぼくにそれを信じろと言うのか？」

バイエルの口から、到底理解できない言葉が漏れた。ぼくはバイエルの腕をつかんで揺さぶった。

「なんと言っている？　このむごたらしい行為に対して、彼らはなんと言っているんだ！」

森はいまや美しい夢幻の世界ではなかった。凄惨と恐怖にまみれた地獄のようだった。バイエルがなんと言おうと、ぼくはこの森を出たらすぐに人を呼んでくるつもりだった。

ほどなく落ち着きを取り戻したバイエルは、このうえなく冷ややかな顔で言った。

「受け入れろ、ゴヨ。彼女は自分がこうなることを知っていたんだ。自分の預言どおりに」

「……そんなばかな」

そんなはずがない。こうなることを知っている人間が、あれほど幸せそうに笑えるはずがない。

「離れろ。ここを出なきゃいけない。この森には主がいる！」

バイエルがぼくを引っ張った。主という言葉に、頭をよぎる場面があった。キヨル伯爵が言っていたのではないか？　氷の木の森に棲む魔物に気をつけろと。

「その魔物とやらを見てやる。この目で見てやるよ！　どうせ次はぼくなんだ！」

だが次の瞬間、目の前に火花が飛んだ。頬がひりひりした。横へはじかれた顔を正面に戻すと、バイエルがこぶしを握ったまま、恐ろしい形相でぼくをにらみつけていた。

「このばか野郎」

バイエルは吐き捨てるように言った。

「彼女は……キセは生け贄（いけにえ）なんだ」

ぼくは気の抜けた笑いをこぼしながら訊き返した。

「なんだよ、その時代遅れの言葉は。生け贄だって？」

バイエルはひとつひとつの言葉に憤怒をみなぎらせて言った。

「ああ、そうだ。きみの身代わりとしてね」

……なに……なんだって？

「キセはぼくの目の前にいるばか野郎の代わりにあそこに磔になってるんだ！　どうせそんな顔をするだろうと思って黙っていたのがわからないのか。わかったら立て。とっとと立ち上がって、そのすべてが無駄になる前にここを出るんだ！」

バイエルに胸ぐらをつかまれて引っ張り起こされたものの、ぼくはうまく立てずによろめいた。

ぼくの身代わりとはどういうことだ？

声に出して訊いたと思ったのに、バイエルには届いていないようだった。ぼくはよたよたと彼に引きずられながら後ろを振り返った。そこには、吐き気をもよおすほど奇怪で非現実的な姿のキセがいた。

美しかったこの場所は、いつからこんなふうになってしまったのか。


——氷の木の森に棲む魔物を目覚めさせたのは彼自身です。


こんな幻聴も、こんなこだまも、すべてくそ食らえだ。

森のささやきも、波打つ木々も、もはや美しい伝説などではない。ここは地獄だ。すべてがねじれ、歪んでいる。愛する人の手で燃やされ、いつまでも永遠に燃えさかり、ついには凍りついてしまった木がつくった世界。そんなもの、初めから美しいはずがなかったのだ。

そして……バイエルにずるずる引きずられながらぼくは見た。

そのむごたらしい矛盾のなかで、キセが目を開くのを。

キセがぼくを見つめた。ぼくも彼女を見つめ返した。ぼくらは見つめ合ったまま、少しずつ遠ざかっていった。

なにも言えず、なにもできなかった。やがて、ぼんやりとかすんでいくキセの顔が、悲しげにほほ笑んだ。彼女が唇を開き、なにか言った。聞こえるはずのない距離だったが、ぼくには聞こえた。

トリスタン……。

そして氷の木の森は、閉じた。

＃11
モトベンの高潔なる復讐

嘘だと思っていたことが真実とわかった瞬間

想像だと思っていたことが現実に迫ってきた瞬間

それらの瞬間が一気になだれ込んできた

ピアノの鍵盤を一斉に叩いたときのように

「生き……てる」

真っ暗な森に座りこみ、呆然とつぶやいた。黎明をケースにしまっていたバイエルが、ぴくりと動きを止めて言った。

「え？」

「生きてる。キ、キセが目を開けて……ぼくを見た」

バイエルはしばし沈黙していた。ぼくは髪が総毛立つほど恐怖に震えていた。なんてあさましい。キセと目が合った瞬間、ぼくのなかから、彼女を助けたいという気持ちが消えた。あまりに怖くて恐ろしくて、ただ逃げたいという気持ちしかなかった。

あれは……違う。現実などではない、ぼくの目の前で起きたことでは、ない。

「しっかりしろ、ゴヨ。見間違いだよ」

バイオリンケースを持ったバイエルが歩いてきて、ぼくをぐいと立ち上がらせた。もはや抵抗する気はなかった。良心が咎めるかのように踏ん張りながらも、内心ではバイエルが引っ張っていってくれることを願っていた。善良なゴヨ・ド・モルフェはキセを助けようと言い張る。そうすれば冷静なアナトーゼ・バイエルは、ぼくを罵倒しながら無理やりここから引きずり出すだろう。

ぼくはそんな絵を思い描いていた。そしてそう願った。

「ううっ……」

こらえきれず、そこに這いつくばってえずいた。自分が忌まわしくて耐えられなかった。全身を虫が這い上がってくるようなこの感触は、自分の汚らわしさが生んだものだ。

善良で謙虚なゴヨ・ド・モルフェ？　そんなもの初めから存在しなかった。氷の木の森が、そのあさましい真実を美しさの陰に隠していたように。

「忘れろ」

ぼくは胃が空っぽになるまで吐いてから、ようやく顔を上げた。バイエルの顔には影が差し、その表情は見えなかった。

「いまになって、きみを連れてきたことを後悔してる。でも、ぼくも最初に見たときは驚きすぎて……なにも考えられないまま飛び出してきたんだ。知ってのとおり、ぼく以外にここを知ってるのはきみだけだから……。だけど、もういい。忘れろ。彼女がきみの身代わりとしてあそこに礫になっているとしても、それはきみのせいじゃない。あれは……とにかく、きみのやったことじゃないんだから」

「ぼくの身代わりって、どういうことなんだ、バイエル？」

闇に向かってしゃがれた声で尋ねた。沈黙するバイエルにもどかしさがつのり、ぼくは叫んだ。

「ぼくはきみとは違う！　平凡な人間だ。ぼくにはなんの力もない！　氷の木の森を開いたのはきみだ、ぼくじゃない。あの森に棲む魔物を目覚めさせたのだってぼくじゃない！　なのにどうしてキセが……ぼくの代わりにあそこにいるんだ？　トリスタンでもきみでもなく、ぼくの身代わり？　いい加減なことを言うな！」

「わかった。信じなくていい」

バイエルはぼくの胸ぐらをつかんで、またもやぼくを引っ張り起こした。

「信じなくていい。すべて忘れろ。このまま黙って帰って、二度とここには来るな。トリスタンには絶対に黙ってろよ。そして明日、なにもなかったようにぼくたちは演奏をする」

ぼくはかすれた笑い声をあげた。

「そんなことが可能だと思うのか？　あんなものを見ておいて、美しい演奏ができると？　曲の表題はほかでもない、氷の森の木だというのに？」

「そうだ！」

バイエルは猛然と叫びながらぼくを突き飛ばした。ぼくは地面に吹っ飛んだ。落ち葉の腐ったにおいが鼻をつき、こらえきれずまた吐いた。

「ぼくだって告別演奏なんかしたくない。ぼくがなぜ作曲したと思う？　ぼくがなぜ二重奏にしたと思ってるんだ！　ゴヨ・ド・モルフェ……あの曲は、きみのせいでこうなってしまったぼくのための、ぼくのためにこうなってしまったきみのための、ぼくたちふたりのための幻想曲だ。いやなら仕方ない。ぼくも未練はない」

カタコトと物音がした。そしてバイエルの声が遠のいた。こちらに背中を向けたようだ。

「それでも、もしもやりたいと思うなら、ついてこい。ぼくはあそこで待ってる」

すたすたと、バイエルが遠ざかっていく。

ぼくはしばらくぼんやりとその足音を聞いていた。なにも考えられなかった。

そうするうちにふっと、風が吹いた。その風の音は、まるで誰かの痛ましい咆哮（ほうこう）のようだった。今度は、木の葉が擦れ合って笑う声。その瞬間、全身の毛が逆立った。

「バイエル、ま、待ってくれ！」

ここは氷の木の森の入り口。むごたらしい夢幻の世界へ続く道。

ぼくは身を起こし、まっしぐらにバイエルを追いかけはじめた。それは、本来ぼくがあるべき姿だった。キセから目を背け逃げてきたぼくは、彼女のように木に呑みこまれないよう、走って走って走りつづけた。しなだれた枝に顔を引っかかれ、飛び出した根に足首をとられた。それでもがむしゃらに走りつづけた。

恐怖にかこつけた、真夜中のあさましき逃避。ぼくは罪の意識から、良心の呵責(かしゃく)から、そして、ぼくらしさといえるあらゆるものから逃げていた。

息を切らして森を抜け出したぼくは、自分が無事であることが信じられなかった。何度も顔をさわって確かめた末に、ようやくまだ生きていることを実感した。

ふと恐怖を感じて、森を振り返った。森から伸びている棘(とげ)のような木の枝、そのどれもがぼくを指差しているようだった。心臓は激しく鼓動していたが、どういうわけか涙は出なかった。ともするとぼくは、この苛酷きわまりない逃走によって、泣く資格を失ってしまったのかもしれなかった。

そのとき、ポンと肩を叩かれた。

ぼくは悲鳴をあげて振り返った。影の差したバイエルの顔には、もの悲しい微笑がにじんでいた。

「行こう」

ぼくたちは再び馬車に乗り、無言で夜道を駆けはじめた。なにも言わずとも、いまやぼくたちは同じ足枷(あしかせ)でつながれた共犯者になってしまったのだと、おぼろげに感じていた。

そう。ぼくたちは真実から目を背けて口をつぐんだ。悲惨な逃走はここから始まった。

魔術師があれほど讃美してやまなかった純粋さ。

この日以降、それはぼくのなかから消えた。


翌日、空は胸にしみるほど澄んでいた。温かい日差しが降り注ぎ、その合間から冷たく心地よい風が吹いてくる。これぞ秋という天気だった。

ガフィル夫人の邸宅に向かう小道を歩きながら、頭や服についた落ち葉を払った。はらはらと地面に落ちていくその様子は、いつ見ても寂しい。ここまで最後にふさわしい雰囲気である必要はないのに。

邸宅の周辺には、すでに多くの人々が集まっていた。みなバイエルの最後の演奏を聴きに来たのだろう。家の周りを取り囲む近衛隊のおかげか、辺りは静かだった。

ぼくを目で追う人々のあいだを押し分けて進んだ。その視線はなにを言うでもなかったが、ぼくはまるで処刑場へ向かう囚人になったような気分だった。

そうしてサロンへ入ったぼくの目に、人混みのなかで幸せそうに笑っているふたりの姿が飛びこんできた。

バイエルとレアンヌだった。レアンヌは気品あふれる純白のドレスに身を包み、編んだ髪を片側に垂らしていた。いつもよりずっと大人びて見える彼女は、どこまでも愛らしく美しかった。バイエルはそんなレアンヌの隣で、彼女の話にじっと聞き入っていた。

さいわいサロン内の雰囲気は、エダン市内のように殺伐としてはいなかった。みな残念そうにしながらも、ふたりにお祝いの言葉を述べている。

ぼくは、ガフィル夫人のサロンがいつもどおりであることに安堵した。その雰囲気に便乗するように、昨日の出来事はひどい悪夢だったのだと自分をなぐさめた。そうして初めて、周囲に目を向ける余裕ができた。

どこか寂しげな笑みを浮かべているバイエルの養父、クリムト・レジスト、メデンクルッの指揮者と演奏者たち、そのほかたくさんのマエストロたち。第二のバイエルではなく自分の名で呼ばれたいというクマリス・リベルト、レナール・カノンと、カノンホールの筆写師デュフレ。なぜここにいるのか理解不能なケイザー・クルイス、それから……それから？

「ヒュベリッツ・アレン」

ヒュベリッツが顔を上げてこちらを見た。すぐそばにいたのに、いまごろ気づくとは。いや、それよりも彼がここに来ていることが信じられなかった。

「久しぶりですね、ゴヨさん」

ひどい顔色だったが、声は変わりなかった。

「顔色がすぐれないようですが、大丈夫ですか？」

ヒュベリッツは乾いた笑いを漏らすと、感情的に問い返した。

「そういうゴヨさんはどうなんです？」

ぼくが答えられずにいると、彼は自嘲するように笑って言った。

「お互い様ですね」

ぼくはなにも言えなくなって口をつぐみ、ヒュベリッツは肩をすくめてぼくから離れていった。力なくかぶりを振りながらぼくも移動していると、背後から誰かに呼ばれた。

「ゴヨ！」

その声は毒針となり、ようやく落ち着きを取り戻していたぼくの心臓を突き刺した。ぼくは胸の辺りをなでながら、やっとのことで振り返った。

「トリ……スタン」

「ゴヨ、キセを見たって？」

ぼくの心臓は間違いなく体から飛び出した。あるいは、粉々に砕けて体じゅうに散ったか。でなければ、こんなにも体が震えるはずがない。

「いま……なんて？」

「キセだよ！　見かけたんだろう？」

ああ、見かけたとも。それだけじゃない。あの奇怪な姿は、悪魔がこの目に焼きつけたかのように、いまも残っている。

「なんのことか……わからないな、トリスタン」

胸が苦しい。

「でも、レアンヌに聞いたぞ。キセを追いかけて、数日前にアナトーゼの邸に来たって」

その瞬間、極度の緊張から解放されるのを感じた。昨日のことを言っているのではなかった。当然のことにもかかわらず、ぼくは愚かにも、トリスタンがすべてを知ってしまったのかもしれないと思ったのだ。

「あ……ああ、そのことか。そう、見かけたよ……。それが、追いかけたけれどすぐに見失ってしまって」

「キセの様子は？　元気そうだったか？　無事なんだよな？　顔色はどうだった？」

トリスタンは病的といっていい執着をあらわにしながら尋ねた。痛いほどの力で肩をつかむその手をやっと離しながら、ぼくは言った。

「元気そうだったよ。ぴょんぴょん走ってた」

言葉を交わしただけなのに、どっと冷や汗をかいた。トリスタンはようやくほっとしたようだった。こわばっていた表情がやわらぎ、ぼくたちの大好きな笑みが戻った。

「そう、そうか。まだエダンにいるんだな。ありがとう」

「うん……まだエダンにいるよ」

それは嘘ではなかった。

「それはそうと、ゴヨ。緊張でろくに眠れなかったんじゃないか？　クマができてるぞ」

「そうかな？　ずっと練習つづきで……。緊張もしてるし……」

「頑張れ。ふたりの二重奏だなんてわくわくするよ。もちろん、のけ者にされたのは寂しい限りだけどな」

「……ごめん」

トリスタンはくすっと笑ってぼくの肩を叩いた。

「冗談だよ。おれの実力じゃもうおまえたちについていけない。喜んで退いて、聴衆のひとりとなるよ」

「すまない……」

「なんだよ。冗談だってのにそんな顔されたら、おれのほうが――」

トリスタンの言葉が途切れた。ぼくの目から、昨日流せなかった自責の涙があふれていた。

「本当にごめん。トリスタン……ごめん……ごめん」

「ゴヨ？」

トリスタンが深刻な表情になって訊いた。

「どうした？　なにかあったのか？　またアナトーゼと喧嘩でもしたか？」

「ううん。違うんだ。ぼく……ぼくは……」

「気をしっかり持て、ゴヨ。アナトーゼとの最後の演奏だからと感情的になってるんだろう。

大丈夫。仕方ないことだっておまえにもわかってるだろう。あいつの音楽を聴くのはこれが最後になるだろうが、友人としてアナトーゼの幸せを願ってやろうじゃないか」

絶対にあれをトリスタンに見せるわけにはいかない。

ぼくは歯を食いしばり、声を押し殺してむせび泣いた。トリスタンはぼくの肩を叩いてなぐさめてくれた。仕方ないことだという彼の言葉が救いのように感じられ、ぼくは必死でそれにすがりついた。

赦されたかった。罪を犯すやいなや教会へ走り、小部屋のなかで顔も知らない神父に向かってそっくり吐き出してしまえば赦されるものと信じるかのように……身勝手な懺悔をするしかなかった。

「さて、泣きやんだら、そろそろ準備しないとな。みんな待ってるぞ」

トリスタンの温かい微笑を前に、ぼくはようやく泣きやんだ。そして、涙で濡れた頬をハンカチで何度もぬぐった。そうすれば、そこに付いている罪が取れるとでもいうように。

なんとか落ち着きを取り戻したぼくは、人波を縫ってバイエルのもとへ行った。

バイエルはさっきからぼくのほうを見つめていた。冷静な顔だった。ぼくのように苦しんだり、罪悪感から逃れようともがいている様子はなかった。もしかすると、彼は昨日のあれを罪とは感じていないのかもしれない。

「じゅうぶん練習してきたんだろうな」

バイエルはいつもどおりの傲慢な面持ちで言った。ぼくは口をきゅっと引き結んでうなずいた。

「よし、やろう。ぼくらの最後の演奏を」

サロンの聴衆が着席するなか、ぼくもピアノの前に着いた。

真っ白い鍵盤のあいだに並ぶ黒鍵。黒と白がこれほど美しいコントラストを成すものがほかにあるだろうか。ぼくはなぜだか、白い鍵盤に触れるのが怖かった。指先からなにかがにじみ出てきそうな気がしていた。

そのとき、バイエルがピアノのすぐそばで黎明を取り出した。彼の目配せに、ぼくはうなずいた。半ページほどの前奏はぼくのパートだった。

ぼくが……氷の木の森になるのだ。

そう思ったとたん、雷に打たれたような気分になった。ぼくはかっと目を見開いた。そしてバイエルになんの合図もせず、鍵盤を叩きはじめた。

初めはバイエルの作曲したとおり、美しい調べだった。指先からにじみ出すものはなく、ぼくは安堵した。そして歓喜を覚えた。吐き出すことのできない真実も夢も、幻も現実も、その境界も、すべてここに、この鍵盤に。すべてここに、この音楽に！

ぼくは夢中で指を動かした。美しいメロディはやがて、狂気を帯びたおどろおどろしい不協和音に変わった。昨夜目にしたあらゆる場面が指先をつたい、鍵盤の上で踊った。恐怖がピアノを通じて音に乗る。鬱々とした、ぞっとするような音楽がサロンを覆いつくす。

ひとりの女性の細い悲鳴が聞こえてきた。ぼくは嬉しかった。もっと、もっとその恐怖を味わうといい。きみたちも、みんな！

「やめないか！」

そのとき、誰かがぼくを押しのけた。

ぼくは椅子ごと仰向けに引っくり返った。床に頭を打ちつけ、苦痛にうめく。暗転していた視界が戻りはじめ、ようやく目を開けて前を見た。

「どういうつもりだ……マエストロの最後の演奏を台無しにする気か！」

真っ赤な顔でぼくをにらみつけていたのは、筆写師のデュフレだった。乾いた笑いがこぼれた。ぼくに劣らずバイエルを崇拝している彼が、いつもの礼儀正しさはどこへやら、怒りに歪んだ顔で立っていた。

「キャアアアア！」

そのとき、サロンの片隅でけたたましい悲鳴があがった。悲鳴はまるで伝染したかのように、ひとり、またひとりと続き、ついにはサロン全体に広がった。

ピアノの近くにいたぼくとバイエル、デュフレだけが状況を理解できず、目を見張っていた。ぼくのピアノのせいというにはタイミングが遅すぎる。ぼくは身を起こしてデュフレを押しのけた。

そして見た。

サロンの真ん中に人々に囲まれた丸い空間があり、そこになにかが横たわっていた。

なにかとしか言いようがないのは、それがもう人ではなかったから。到底人とは思えない姿をしていたからだ。

彼女は聖女だった。踏み潰された花の手当てをし、ぼくにほほ笑みかけた凜(りん)とした聖女。記憶のなかの彼女は笑っていた。このうえなく幸せそうに澄んだ笑顔で、笑っていたのに。

生きていたのに。

そこにはレアンヌと同じ純白のドレスをまとった、死後数年は経っていそうな腐り果てた死体があった。その手に握られた古い一枚の楽譜が、音の言葉となってぼくの頭に流れこんできた。

モトベンの、高潔なる、復讐。

壮烈な和音だった。

「レアンヌ!」

獣のような叫び声が聞こえた。残された者たちの悲しみを尻目に、サロンの客たちは悲鳴をあげながら出口へ押し寄せた。地獄のような阿鼻叫喚が、平和で安穏としていた邸宅を揺るがした。

だがそのとき、誰かが出口の扉を閉め、その前に立ちふさがった。

「誰も出られません!」

ケイザー・クルイスだった。

人々は反発してわめき立てたが、駆けつけた近衛隊も加勢して出口をふさいだ。

ぼくは押し問答している彼らをよそに、レアンヌを見つめた。胸がちぎれそうだった。結婚を控えた、幸せいっぱいの愛らしい花嫁の死に姿は、悲しいほど凄惨だった。

年老いた父親が、死んだ娘にすがるようにして悲痛な泣き声をあげた。かつて彼女のフィアンセだったヒュベリツ・アレンも、魂が抜けたように呆然としてへたりこんでいた。

すぐそばで、ピアノの鍵盤が不協和音を奏でた。

振り向くと、バイエルが鍵盤にもたれて必死で体を支えようとしていた。ぼくは手を差し伸べたが、バイエルはそれを荒々しく振り払った。そして胸をわしづかみにしたまま、いましがた水中から出てきたかのようにしばらくあえいでいた。

「レアン……ヌ」

バイエルは正気を失ったかのようにその名を繰り返した。

ぼくはなにも言えず、唇を噛みしめた。これまでは殺人鬼の正体が知れないことが恐ろしく、狙いがわからないことが不安だった。だがいまは、純粋な怒りしかない。

かろうじてピアノから手を離したバイエルは、亡骸のほうへよろよろと歩いていった。だが、死んだフィアンセを胸に抱く前に、彼のいちばんの親友に止められた。バイエルを後ろから抱き止めるトリスタンの目から、大粒の涙がひとつこぼれた。

「見るな、アナトーゼ」

「放せ……」

蚊の鳴くようなバイエルの声は、聞いている人にまで同じ痛みを感じさせた。トリスタンはかぶりを振りながら、なおその腕に力を込めた。

「放せ！　レアンヌ！　レアンヌ……」

バイエルは傷ついた獣のように、トリスタンの腕のなかでもがいた。そんなバイエルの嗚咽に、クリムト・レジストの絶叫もまた大きくなった。

そのとき、彼らのあいだに座りこんでいたヒュベリッツ・アレンがいきなり立ち上がった。そして涙があふれるまま、殺気を帯びた目でバイエルをにらみつけて言った。

「貴様がその名を口にすることは許さない！」

ヒュベリッツがバイエルとトリスタンに飛びかかった。彼らはひとかたまりになって床を転がった。はじき飛ばされたトリスタンは壁に頭をぶつけてうめき、バイエルはヒュベリッツの下敷きになってあえいでいた。

「おまえのせいだ！　コロップスも、そのフィアンセも、そして今度は……今度はレアンヌまで！」

ヒュベリッツがバイエルの胸ぐらをつかんでこぶしを思いきり振り上げた。

ぼくは急いで駆け寄り、ヒュベリッツが振り上げたこぶしをぎりぎりのところで押さえた。

「ヒュベリッツ・アレン、やめるんだ！」

「放してください、ゴヨさん。あなたまで怪我する前に！」

ヒュベリッツがぼくのほうを向いた隙に、バイエルが彼を押しのけて立ち上がった。ヒュベリッツは吠えながら飛びかかったが、バイエルに容赦なく蹴りつけられた。彼は悲鳴とともに吹っ飛び、後ろにいたぼくも一緒に床に転げた。

冷たい床に体をぶつけ、ヒュベリッツの体重に押しつぶされていたぼくは、全身が痛み、混乱していた。そこへ、耳をつんざく泣き声と悲鳴までが加わり、もはや正気でいられそうになかった。

ここは、地獄そのものだった。

「レアンヌ……レアンヌ」

バイエルはそんなぼくたちにかまうことなく、よろよろと亡骸のほうへ歩み寄った。そして、ひとりで亡骸のそばについていた養父の隣にくずおれた。

バイエルは、亡き人となってしまったフィアンセの顔に向かって手を伸ばした。だが、ゆっくりゆっくり伸びていたその手は、腐り果てた肌に届く前に止まった。声もなく涙を流すバイエルの肩が小刻みに震えている。ぼくは胸がつかえ、顔を背けた。

ヒュベリッツ・アレンは、倒れたままの格好で床に伏せてむせび泣いていた。激しい怒りは、悲しみをあざむくための一時的な逃げ場所にすぎなかったらしい。ぼくはなにも言えず、ただ静かに彼の背に手を置いた。

ふと顔を上げ、壁にもたれてぼんやりと座っているトリスタンを見つめた。うつろな彼の目は、バイエルとヒュベリッツの悲しみを心から理解しているように見えた。そう……いずれは本当に理解するべきときが来てしまうだろう。ぼくもバイエルも、死んだほうがよほどましかもしれない状態で生きつづけている彼の恋人について、永遠に隠し通すことはできないだろう。

「なぜ……?」

そのとき、バイエルのかすかな声が聞こえた。彼はゆっくりと立ち上がり、サロンにいた全員をぐるりと見回した。そしてまた言った。

「なぜだ……?」

涙と汗にまみれたその顔は痛ましかった。バイエルは出口の前で慌てふためいている人々のほうへ、一歩、また一歩と近寄っていった。

「なぜ殺した?」

人々は怯えた表情でバイエルから遠ざかりはじめた。だが、彼はかまうことなく、よろめく歩を進めた。

「レアンヌを……なぜ?」

そのなかのひとりをにらみつけていたバイエルの頭が、バッと別の人のほうを向いた。振り向かれた人は、ぎくりとして後ずさりした。バイエルは大きく目を見開き、人から人へと視線を移した。そのなかに犯人がいると信じているかのように。

「なぜ？　どうして……どうして！」

彼は切実に問うていた。この無残な死に対して憤るより先に、納得できる理由の欠片だけでも求めていた。そうしてこそ犯人を恨み、憎むことができるからだ。

だが、答える者はなかった。ただひとり、ぼくを除いては。

「結婚して……引退すると言ったからだよ」

この悪辣な、バイエルの音楽を死ぬほど愛してやまない殺人鬼は、だから彼女を殺したのだ。これまでとは違う理由で。

音楽をやめるなどとは言わせないと。

いまやその存在は、バイエルを冒涜する者たちに鉄槌を加えるだけに留まらなかった。バイエルに関わることなら、どんな理由であれ人殺しを続けるだろう。

首筋に、冷たい死の感触を覚えた。いつか必ず、ぼくの番が来る。

「落ち着いてください、マエストロ。犯人を見つけるまでは誰ひとりここから出られません。殺人鬼は明らかにまだここにいます」

彼らのなかで唯一、ケイザー・クルイスだけがバイエルを引き留めにかかった。彼をぼんやりと見つめていたバイエルの瞳が、にわかに揺れはじめた。それまで彼を支えていたなにかがむなしく消え去ったかのように、バイエルはその場にぱたりと膝をついた。

そしてついに、声をあげて号泣しはじめた。唯一の聴衆に続き、彼に安らぎをもたらす唯一の存在まで失ってしまったと、ついいましがた気づいたかのように。そんな彼のもとに、勇気を出してもう一度近寄ろうとしていたぼくは、一瞬の差でトリスタンが踏み出すのを見て立ち止まった。

トリスタンはバイエルのそばに同じように膝をついて座り、そっと彼の肩に手を置いた。バイエルはその手をはねのけなかった。

寂しさを覚えながら視線を動かした先に、クリムト・レジストの背中があった。年老いたマエストロはいつの間にか泣きやみ、静かに座っていた。しばらく沈痛な面持ちで娘の亡骸を見つめていた彼は、間もなくその腐敗した体を抱き上げた。そしてゆっくりと出口のほうへ歩いていった。

その行動にはなんともいえない悲壮さがあった。人々はじっと彼に見入りながら、少しずつ道を空けた。やがて出口までの長い空間ができた。

老マエストロは黙ってその道を歩いた。彼が扉の前まで来ると、近衛隊が判断を問うような目でケイザー・クルイスを見つめた。ケイザーはぎゅっと眉根を寄せたままうなずいた。愛するわが子を失った親の行く手をふさぐことは誰にもできなかった。

扉が開き、老マエストロが足を踏み出した。バイエルは泣きながら立ち上がり、あとをついていこうとしたが、クリムト・レジストは振り向いてバイエルを見据えた。その瞳に、なんとも形容しがたい感情が浮かんでいた。

「二度とわたしの前に……現れるな」

バイエルの足が止まった。そのひとことでバイエルの動きを封じたクリムト・レジストは、向き直ってサロンの外へ歩き出した。彼が出ていくと、扉がゆっくりと閉じられた。

去っていく養父と伴侶の亡骸を見送りながら、バイエルはなにを感じていたのだろう。ぼくには到底想像することも、彼をいたわることもできなかった。

やるせない思いでバイエルから視線を離すと、ふとガフィル夫人と目が合った。夫人の両目にあふれている涙を見て、ぼくは思い出した。そう遠くない過去、ここで彼女が夫を亡くしたとき、その死のなかを静かに漂っていた音楽。

ぼくはまっすぐピアノに向かった。ばかな真似かもしれない。人々は混乱し、憤り、恐れていた。罵声を浴びせられるかもしれないと思ったが、それでもかまわなかった。ぼくがバイエルにしてあげられることはない。これ以外には。

ピアノを弾きはじめると、人々が一斉にこちらを振り返った。ぼくは目を閉じた。ぼくの世界へ行こう。そして今日だけは、暗闇とピアノだけのその世界へ、ぼくが最も尊敬するマエストロにして愛する友でもある彼を招待しよう。そのそばでこの音楽を聞かせよう。

ゆっくりと、だが悲しさは感じさせないレクイエムが流れた。ほどなく人々のざわめきも止んだ。そして平穏が訪れた。

ぼくたちは音楽家だ。音楽家は音楽で語ればいい。前奏でバイエルに歩み寄り、和音でなぐさめ、クライマックスで抱き起こそう。たったひとことでもいい。ぼくのつたないこの音楽が言葉となって、彼の耳に届いてくれたら。

淡い余韻を残してピリオドを打ち、目を開けた。そしてサロンを見回した。

拍手をする者こそいなかったが、みんながぼくを見つめていた。なかにはうなずく者もいた。ぼくは黙礼で返し、椅子から立ち上がってバイエルを捜した。

バイエルはさっきの場所にしゃがんだままこちらに背を向け、微動だにしなかった。彼のそばで、トリスタンが静かになにか語りかけていた。胸が張り裂けそうだったが、少なくとも彼がもう泣いていないということに安堵した。

「さあみなさん、集まってください」

ケイザー・クルイスが人々を呼び集めた。彼は意外にも、ぼくの演奏が終わるのを待っていてくれたように思えた。

みんなを集めると、ケイザーは手に持っていたものを高く掲げて見せた。それはレアンヌの手に握られていた楽譜だった。

「インクがまだ乾ききっていません」

ケイザーは手についたインクをこすりながら言った。

「殺人の間際にこの場で書いたということです。このなかに、楽譜を書いていた者を見たという人はいませんか?」

人々はきょろきょろと顔を見合わせていたが、名乗り出る者はいなかった。ケイザーはひととおり見回してから言った。

「誰も目撃していないようですね。しかしどうやら、こんなに大勢の人のなかで書くのは大変だったようです」

彼の言葉どおり、楽譜にはそれまでのものとは異なり、書き殴ったような痕跡があった。まるで、人目を避けて急いで書かれたような。

「とすると、普段の自分の筆跡を隠すのは難しかったことでしょう」

ぼくを含め、音楽家たちはうなずいて同意した。そもそも、専門家でなければ筆跡をごまかすこと自体が難しい。ケイザーは少し考えてから言った。

「ここにいらっしゃる音楽家全員の自筆の楽譜を、ご自宅から運ばせます。反論は受け付けません。ここにいる全員が容疑者です」

歯向かえば疑われるかもしれず、みな黙って許可するしかなかった。前回のこともあって母が驚くのではないかと思ったが、どうしようもなかった。

近衛隊が音楽家たちの家を引っかき回しているあいだ、ケイザーはぼくたちの持ち物を調べた。ぼくの番になると、彼はぼくの内ポケットから手紙とペンを取り出して見せた。胸がひやりとした。

「これはなんでしょうか、ゴヨ・ド・モルフェさん？」

ケイザーが疑いの眼差しを向けながら尋ねた。とっさに答えられずにいると、彼は目を細めた。

「あなたは普段からペンを持ち歩いているんですか？　楽譜と一緒に？」

人々の視線がぼくに集まった。近くにいた数人がさっと距離を置いた。トリスタンまでもが驚いた目でぼくを見つめていた。

バイエルの表情までは確かめられないまま、ぼくは頭を垂れてぽつぽつと答えた。

「それは……楽譜じゃありません」

「楽譜でなければなんなんです？」

ケイザーは悪意のにじむ笑みを浮かべて、ゆっくりとそれを開きはじめた。ぼくはたまらず楽譜を奪い返そうとした。だが、そばにいた近衛隊数人に押さえつけられ、床にひざまずいた。

「やめろ！　それは……」

それは遺書だった。数日前に書いてポケットにしまっておいた遺書。

ケイザーは楽譜を開いて視線を落とすと、しばらく動かなかった。せわしく動く瞳が楽譜を最後までたどり、ぼくに向けられた。ぼくは歯を食いしばってケイザーをにらみ据えた。彼は妙な面持ちでそれをもとどおり折りたたみ、こう言った。

「ひとまず押収します。どうしてこんなものを書いて身につけていたのやら。さもそれらしいシナリオが浮かびますがね」

「返さなければあなたを殺す」

自分がなにを言っているのかほとんど意識する間もないままに、そんな言葉が口をついて出た。そして後悔した。いましがた殺人事件が起きた場所にふさわしい言葉ではなかった。

周囲の空気がさあっと一変した。人々がさらに離れていった。

「殺す……？」

ケイザーはにやりと笑って続けた。

「どうやって殺すんです？」

ぼくのなかで荒々しい狂気が巻き起こるのがわかった。あの口をふさぐためなら、この手で彼を殺せそうだった。

だが、みなが息を殺していたそのとき、ケイザーのそばに近づいてきた者がいた。微塵も気配がしなかったため、誰も気づかなかった。彼がケイザーの手から楽譜を奪うまで、ぼくもまったく気づかなかった。

バイエルはあまりにあっさりと、ケイザーから楽譜を引ったくった。そうして一歩下がり、それを読みはじめた。呆気にとられてバイエルを見つめていたケイザーは、やっとなにが起こったのかに気づいた。だが、バイエルにつかみかかろうとするケイザーの前に、トリスタンが立ちはだかった。ケイザーが躊躇しているあいだに、ガフィル夫人とレナール・カノンも彼の行く手をふさいだ。

「ひとまずお待ちください」

レナール・カノンのやさしい口調には、厳重な警告の色が浮かんでいた。

ケイザーは近衛隊に命令を出そうと手を上げたが、なにを思ったかそのままゆっくり手を下ろした。そうして冷ややかな面持ちで待った。

間もなく、最後まで読み終えたバイエルが顔を上げ、ぼくを見つめた。

次の瞬間、バイエルの顔が大きく歪んだ。乱暴な手つきで楽譜を破り、それをぼくの顔にふりかけて言った。

「そんなに死にたいのか？　それならいますぐ死ねばどうだ？」

バイエルの声には軽蔑と嘲笑がこれでもかと詰まっていた。さらに続けようとしていた彼を、トリスタンが押し留めた。バイエルはトリスタンのこわばった顔をちらと見やると、今度は険しい顔になって言った。

「いいとも……死んでみろ。きみのために泣いたりなどするものか」

バイエルは身を翻して、ぼくから遠ざかっていった。トリスタンはやるせない顔でぼくを見つめていたが、やがてかぶりを振ると、バイエルのあとを追いかけた。

近衛隊はケイザーとぼくの顔色をうかがいながら引き下がり、レナール・カノンが近づいてきてぼくを起こしてくれた。ケイザーはぼくのポケットから出てきたペンの先を、手でさわるなどして入念に確かめた。だが、さいわいインクはつかなかった。彼は軽く鼻を鳴らすと、ほかの人の所持品を調べに行った。

しばらくのち、筆跡の専門家が到着した。音楽家たちの家を捜索していた近衛隊も楽譜を集めて戻ってきた。犯人が音楽家でなかったらどうするつもりだろうとも思ったが、余計な心配だった。

結果はあまりにあっけなく出た。

「そんなはずが……ないじゃありませんか？」

ぼくは震える声でケイザーに向かって言った。だが彼は、首を振ってきっぱりと否定した。

「これは明らかな証拠です」

「たんに筆跡が同じというだけで決めつけることはできないでしょう？　どうやったら人間をあんなふうに殺せるというんです？」

「それはこれからの取り調べでわかってくるでしょう」

心の奥底でなにかがもつれ合っているような感覚。理解できそうで理解できない結果だった。

「そこをどいてください、ゴヨさん。彼をかばっていいことはないと思いますよ」

ケイザーの指摘に、それ以上言葉が出てこなかった。そのとき背後で、呆れたような笑い声がした。ぼくは後ろを振り返った。ヒュベリッツ・アレンだった。

「わたしがレアンヌを……殺したと？」

その口調にはさまざまなものがにじんでいた。嘲り、怒り、悲しみ、むなしさ……。

「わたしが……わたしがいちばんの親友とそのフィアンセを殺したと？」

そんなはずがなかった。ぼくが彼に好意を抱いているとか、殺された人たちと彼の関係がどうとかにかかわらず、そんなはずがなかった。なぜならヒュベリッツは、いまぼくの目の前で壊れかけていたからだ。

ケイザーは黙ってヒュベリッツを見つめていたかと思うと、ふと視線を下ろした。そして出しぬけに彼の手をつかんだ。ヒュベリッツは驚いて手を引き抜こうとしたが、ケイザーはその手を高く持ち上げてじっと見つめた。そこにはインクの跡があった。

ケイザーが目を細めた。

「言い分は詰所で聞きましょう」

ヒュベリッツは力なく笑いながら、素直に従った。動機？　ケイザーならそれくらい簡単にでっちあげるだろう。大衆の好みそうな筋書きならすでに出来上がっている。自分を裏切ってほかの男を選んだ元フィアンセへの復讐。アナックスがその妻に寛大なる赦しを与えたように。

バイエルは連行されるヒュベリッツの背中を、感情のない顔で見ていた。ひょっとすると、彼もヒュベリッツが犯人だとは信じていないのかもしれない。

そうしてヒュベリッツは引っ立てられ、残りの人たちはひとまず放免となった。ガフィル夫人のサロン演奏会はしばらく休止となった。多くの人がバイエルとぼくの二重奏を聴けなかったことを残念がったが、バイエルに再演を頼める者などいなかった。

そしてぼくたちの『氷の木の森』は、ついに一度も演奏されることはなかった。

エダンじゅうが悲しみと静けさに明け暮れる数日が過ぎた。

いまやエダンには、あけすけにバイエルの悪口を言う者はいなかった。街もどこか異様な雰囲気を漂わせていた。一方で、バイエルとその熱狂的な追従者の話は、恐怖を意外な方向へ転じた。人々は少なくとも表面上は怖がっていたが、裏ではその話に興奮しきりだった。

「アナトーゼ・バイエルの音楽に取り憑かれて、あの美しい演奏を聴くために人殺しをする悪魔が現れたそうだ」

「わからない話じゃない」

「ただひとりの息子、ド・モトベルトのためにモトベンみずから魔女に神罰を下されたってことだ」

「わからなくはない」

すでに伝説に等しい存在となっていたバイエルは、いまや生きた神話になりつつあった。そしてリアリストとおぼしき人たちのなかには、こんな疑問をささやく者もいた。

「マエストロは結婚と同時に引退すると言った。でも、結婚が立ち消えになったのだから……復帰するのでは？」

その疑問はでたらめに増幅しつづけ、ついには「マエストロがまた弦を弾く」というなんの根拠もない噂となってエダンの市民を浮き立たせた。一部の人々は、レアンヌの死をむしろ祝福ととらえていた。

ぼくは、この集団的狂気にめまいを覚えた。吐き気がした。バイエルが彼らを軽蔑するのも無理はないと初めて思い知った。

この一件で、バイエルは養父のクリムト・レジストと決別した。こうしてバイエルのそばには、本当に誰もいなくなった。ぼくとトリスタン以外には。

こういった状況でバイエルに会いに行くことははばかられたものの、彼がどんな表情を浮かべているかは想像できた。きっと、まともに息もできないでいるに違いない。

バイエルのことはトリスタンに任せようと決め、ぼくはヒュベリツ・アレンに会いに行った。人々の視線が気にはなったが、罪なくしてひとり近衛隊に捕らえられている彼のことを思うと、放っておくことはできなかった。彼こそ本当にひとりぼっちなのだ。

予想どおり、ケイザーはぼくの訪問を喜ばなかったが、かといって面会を禁じるでもなかった。ヒュベリツのいる牢（ろう）まで案内する彼の顔には、ぼくが共犯であることが明らかになればという期待がにじんでいた。

地下へおりると、濁った空気で息が詰まった。固く閉じられた扉のひとつをケイザーが開けた。彼は促すように脇によけ、ぼくはおそるおそるなかへ足を踏み入れた。

すぐに背後で扉が閉まり、錠がかけられる音が聞こえた。殺人の容疑者とされている人物と、ふたりきりで部屋に閉じこめるとは。苦々しい気分だったが、ヒュベリツの無実を信じているぼくは、黙って奥へと進んだ。

牢の隅に、小さく縮こまっている小さな影が見えた。数日で別人のように変わり果てたヒュベリツだった。荒れた肌と汚れた服、生きる意欲を失くした目。彼はその目でぼんやりとぼくを一瞥した。

「ヒュベリツ・アレン、大丈夫ですか？」

「ああ……ゴヨさんですか。よく見えなくて」

ひどくしゃがれた声でそう言った彼は、こちらまで苦しくなるような咳をした。ぼくは、がたがたと震えている彼に外套をかけてやった。彼の体からはひどいにおいがした。

「汚れてしまいます、ゴヨさん。高価な服なのでしょう」

「いいんです」

胸の片隅が痛んだ。

そこまで親しい仲ではないものの、こんな境遇に置かれているヒュベリツが憐れでならなかった。親友を失い、愛するフィアンセと別れ、最後には彼女を殺したという濡れ衣を着せられた。すばらしい才能を持った優秀なパスグラノが一夜にして……。

「ここにいらしていいことはありませんよ。ゴヨさんも濡れ衣を着せられたと聞きました。疑われてしまいますよ。あなたのあの……ご友人も喜ばないでしょうし」

ヒュベリツはあえてバイエルの名に触れまいとしているようだった。ぼくは少し悩んでから、ようやく言葉にした。

「どうしてもあなたをひとりにしてはおけなくて」

ヒュベリツはぼくを見つめて口をつぐんだ。見知らぬ人に痛いところを突かれたような顔だった。ぼくは続けざまに言った。

「同情なんかではありません。ぼくはあなたを友人だと思っています」

「友人……ですか」

そうつぶやき、乾いた笑いを漏らしたヒュベリツは、またも激しく咳きこんだ。背中を撫でてやるべきか迷っていると、ようやく落ち着きを取り戻した彼が言った。

「あなたはぼくを信じてくれているんですね。ええ……友人が多いほうではありませんが、ナイゲルが何度か面会に来てくれました」

ああ、ナイゲル・ハンス。平民共和党創設の際に壇上でまくし立てていたあの厭世(えんせい)主義者。そういえば、ヒュベリツ・アレンとは親しい間柄と聞いていた。

そしてあの日……キセに会った。

そこまで思い出すと、にわかに心臓が波打ちはじめた。ヒュベリッツのこわばった表情がキセの顔と重なる。その顔がぼくに向かって言った。

――あなたはその目で見ることになるのね。

なにを…なにを見るのですか？

――終末。

木に磔になっていたあなたの姿、あれが終末なのですか？　それとも、まだなにか残っているのですか？　これ以上に悲惨なことが？

「ゴヨさん？」

ヒュベリッツに揺さぶられ、ぼくはわれに返った。いつの間にか息を止めていたようで、しばらくなにも言えずにあえいだ。ヒュベリッツは怪訝そうな目でぼくに言った。

「やはりここの空気がよくないようです。長くいらっしゃればぼくみたいになってしまいますよ。おいでいただき感謝していますが、もうお帰りください」

「ひとつ……ひとつだけ、ヒュベリッツ」

ヒュベリッツは問うような目をぼくに向けて待った。ぼくは何度か呼吸を整えてから、ようやく言った。

「本当にあなたでないなら、あなたの筆跡を真似できる人は誰だと思いますか？」

「それがわかれば、真犯人を見つけられるんですか？」

「わかりません。でも……すぐにぼくの番が来るはずです」

ぼくの言葉に、ヒュベリッツの表情が初めて曇った。

「ぼくだけじゃない。コロップス・ミュナーとレアンヌの死は、始まりにすぎないかもしれないんだ」

ヒュベリッツは唇を噛んで顔をそらした。彼の口から痛々しいため息が漏れた。それを見たぼくはその名を持ち出したことを後悔したが、ヒュベリッツはようやく、悲しんでばかりはいられないということに気づいてくれたようだった。再びこちらを向いた彼の目は、めらめらと燃えさかっていた。

「ここからでもお力になれることがあれば、なんでもやりましょう。あいつを、あの悪魔を必ずつかまえてください」

「ありがとう。それなら思い出してください。音楽家の自筆の楽譜を見たり入手したりできる者は多くありません。あなたの筆跡を真似るために、きっと長いあいだ練習したはず。あなたが楽譜を渡した人や、長い時間見ることができた人物を思い出してみてください」

ヒュベリッツは眉間にしわを寄せて考えこんだ。ほどなく、彼はおぼろげながらも何人かの名を挙げた。

「コロップス……いや。ナイゲル……でも、彼は音楽には不見識だ。クリムト・レジスト……いちばんぼくの楽譜を見ているはずだけど、あの方のはずがない。演奏会に向けてほかのパートの奏者に楽譜を渡したことはあるが、それは筆写したものだし……あとは、ガフィル夫人」

そこまでつぶやいたヒュベリッツが、ふと顔を上げた。ぼくはガフィル夫人の名が出たことに少なからず驚いた。ヒュベリッツはぼんやりと闇を見つめながら言った。

「ガフィル夫人に曲を献上したことがあります。もちろん、自筆のものでした」

「でも、まさかあの方が……」

「殺人はあそこで起きました」

ヒュベリッツは、はっきりした眼差しでぼくを見つめた。それから、一言一句に力を込めた。

「ゴヨさん。本当に犯人を見つけたいなら、あなたの知る人たちに抱いているこれまでの印象をとりはらわなければなりません。犯人は、自分が殺人鬼だと手の内を見せびらかすようなことはしないでしょう。わたしだって、夫人のお人柄を疑いたくはありません。でも、万が一ということもあります。夫人でないのなら、夫人に近づける者のしわざかもしれません。わたしが献上した楽譜を、誰かに見せたことがあるかどうか訊いてみてください。もちろん、そのときの彼女の反応を見逃さないように」

ぼくはごくりと唾を呑んだ。極秘の指令でも受けたような気分だった。ちょうどそのとき、扉が開いた。ケイザーがぼくに向かって顎をしゃくった。

「もうじゅうぶんでしょう。そろそろ出てください」

ぼくはうなずき、しばしヒュベリッツを見つめた。彼はかすかにほほ笑み、手を差し出した。ぼくはやるせない気持ちでその手を握ってから、彼を残して牢を出た。

胸がずしりと重かった。それでも踏み出さなければならない。この闇のなかから一刻も早く彼を救い出すには、真犯人を見つけるしかないのだ。

おそらくそれほど長くはかからないだろう。ぼくがやつを見つけ出すか、やつがまた人を殺すか。そして、その標的はぼくである可能性が高い。ぼくのために泣いたりしないという友のためにも、ぼくはひとまず生きることにした。

生きる。そして、キセが言った終末とはなにか、この目で確かめてやると決心した。

ガフィル夫人のサロンを訪れる口実はないかと悩んでいるあいだに、レアンヌの弔いの日が来た。恨めしいほど青い空の下、葬列が続いた。クリムト・レジストは運ばれていく棺のすぐ後ろを歩き、ぼくとトリスタンは最後尾についていった。

バイエルは……いなかった。

不思議なほど静かな行列だった。泣き声はおろか、人々の足音さえほとんど聞こえない。悲しみよりも、厳かな空気が辺りを包んでいた。

そうしてそこへたどり着いたとき、ぼくはその無慈悲な寝床を見て絶句した。あの美しかった女が永遠に横たわることになる地面は、あまりに乾き、あまりに荒涼としていた。胸がわしづかみにされたように痛く、死というものの残酷さを改めて思い知らされたぼくは、静かにこぶしを握った。

すでに地中深く掘られていた穴へ、棺がゆっくりと下ろされていく。土をかぶせる前に、神父が聖書を手に短い弔辞を述べ、棺の上に聖水をふりかけた。

クリムト・レジストと、レアンヌの友人とおぼしき女性たちが声をあげて泣いた。ぼくは両手を組み、静かに彼女の冥福を祈った。

「マエストロ！」

誰かの驚いたような叫び声が聞こえたのは、クリムト・レジストから順に、棺に土をかぶせようとしていたときだった。ぼくは顔を上げ、人々の視線の先を追った。

バイエルだった。そして彼は、その手に黎明を持っていた。まぶしいほどの青空の下で、黎明があの独特な光を放っていた。

多くの人々が、その姿に驚いた。葬儀の日にマエストロが自分の愛器を持ってきたということ。それは、あるひとつの事実を示していた。

レクイエム。
バイエルは人々の期待に応えるかのように、黎明を肩にのせた。するともう、誰ひとり動かず、誰ひとり言葉を発しなかった。バイエルは地中深くに沈められた棺に視線を定めた。弓を弦にあてたとたん、彼の頬を涙がつたった。だが、それを拭こうともせずにバイエルは言った。

「聞くがいい」

誰に向けられたものかわからない独白。

「モトベンの高潔なる復讐、それがおまえの言いぶんだ。それならぼくは、今日この場所で、おまえにこれを聴かせてやろう。これは……ぼくの復讐だ」

言い終わると同時に、黎明からきらびやかな悲鳴があがった。それは音のかたちをした、鋭い雄たけびだった。悲しみの仮面をかぶって平然とこのなかにまぎれこんでいるかもしれない殺人鬼への、壮絶な報復。

息が苦しくなってきた。切々と心に響いてくるかと思うと、次の瞬間にはきらりと閃(ひらめ)いて心臓を切りつける、あまりに痛ましくあまりに恍惚(こうこつ)としたバイオリンの音色。それは、この場にいる全員の胸に食い入った。

犯人が誰であろうと、ここにいる者であろうとそうでなかろうと、間違いなくこの旋律はそいつを打ち倒すだろうと思われた。あまりにも甘やかな復讐だった。ぼくが犯人ならば、このうえない幸福感のなかで自害するだろう。

それは、いまだかつて聴いたことのない、あまねく人々を悶えさせ、ついには聴く者の息の根を止めてしまう、そんな音楽だった。

マルティンもパスグランもない、すべてを引っくり返すような革命的な音楽。バイエルは伴侶の犠牲とともに、それを完成させてしまったのだ。

いまにも聞こえてきそうだった。氷の木の森に棲む魔物の、喜悦に満ちた笑い声が。キヨル伯爵の言うとおりだった。すべては最初から決まっていた。残酷な創造主がその被造物をして自身の音楽を完成させるという、用意された筋書きだったのだ。

モトベン、あなただったのですね。

ぼくは悟った。ぼくだけが悟っていた。張り裂けた胸の奥からなにかが吐き出された。愛するわが友は、ただひとりの聴衆を求めてさまよっていた高潔なるマエストロは、神の見事なあやつり人形になっていることにも気づかないまま、至高の音を奏でていた。

この世のすべての者への、モトベンの高潔なる復讐。

それは、音楽だったのだ。

＃12
終末の序曲

すでに幕は上がった

音楽を完成させるためには

演奏を続けなければならない

その果てに破滅があるとしても

バイエルの演奏は十分以上続いた。葬儀に立ち会った人々はそのレクイエムの半分にも満たない時点で、ほとんど抜け殻のようになっていた。ひとりふたりと集まってきた通行人たちは、バイエルが奏でるすさまじい旋律に足を止めて動けなくなった。

魂を削るような演奏は、美しいというより悲壮な音色を響かせていた。

その地獄のような旋律は、たまりかねたトリスタンがバイエルの手から弓を奪うことでようやくやんだ。人々はやっとのことで息を吹き返し、とたんに嗚咽しはじめた。厳かな沈黙に包まれていた葬儀は、一瞬にして涙の海と化した。

バイエルは息を切らしながら棺を見据えていた。怒りに歪んだ彼の顔に、しだいに別の感情が兆しはじめた。ぼくはそれ以上見ていられなくなり、顔を背けた。

倒れたりもたれかかったりしている人たち、大声で泣き叫んでいる人たち、ひざまずいている人たち……。永遠の眠りについた貴人の棺を取り囲むようにして、人々はマエストロの復讐に打ち震えていた。この音楽を殺人鬼も聴いていたはずだという、根拠のない確信が湧いた。だとすれば、そいつはいまどんな様子だろう？　自分のしたことを悔やみ、赦してくれと詫びているだろうか？　それとも……。

そんななか、ぼくはふと、泣いている人々のなかにひとりだけ平然と立つ人物を見つけた。いや、それは平然などというものではなかった。

一瞬、自分の目を疑ったが、彼の顔に浮かんでいたのは……歓喜だった。

デュフレはあまりにも幸せそうに泣きながら、バイエルを見つめていた。いくらバイエルの音楽を愛しているといっても、葬儀の場であんな表情ができるものだろうか？　ぼくは違和感と不快感、そして恐怖を感じた。なにかがおかしい。あれは単純にバイエルに憧れているというより……。

殺人鬼。

その言葉が頭に浮かぶと同時に、驚きで身がすくんだ。理由はわからない。ただ、鼓動がひそかに速まった。もう一度、そっとデュフレの顔をうかがう。

本当にそんなことがありえるのか？　本当に？

ぼくの考えすぎかもしれない。たんにバイエルの音楽に心酔するあまり、こんな状況でも感動しか覚えないのかもしれない。でも、それだけでは納得できないなにかがそこにあった。

しばらくすると、デュフレは身を翻し、人波を縫ってどこかへ消えてしまった。

デュフレの行動について深く考えこんでいるあいだに、正気に返った参列者たちがぽつぽつといとまを告げはじめていた。やがて、残るは土をかぶせる人夫たちだけとなった。忌々しげな表情でバイエルを見つめていたクリムト・レジストも、ようやく足を踏み出した。

バイエルは墓石の前にひざまずいたまま、棺が土で覆われていくのを黙って見つめていた。

その光景を複雑な気持ちで見ていたぼくはバイエルに告げた。

「すまない。先に失礼するよ」

トリスタンが意外そうな顔でぼくを見たが、バイエルはぴくりとも動かなかった。

ぼくはふたりに背を向けて歩きはじめた。考えを整理する時間が必要だった。

もしもデュフレが犯人だったら？

ひとまず、彼が犯人だという過程のもとに整理してみることにした。最も近い出来事でいうなら、どうやって彼にヒュベリッツ・アレンの筆跡を真似ることができたか。ガフィル夫人から楽譜を借りた？　それとも……そうか！

ぼくは自分の愚かさに気づいて頭を叩いた。

――コロップス……ナイゲル……クリムト・レジスト……あの方のはずがない。演奏会のために、ほかのパートの奏者に楽譜を渡したことはあるが、それは筆写したものだし……あとは、ガフィル夫人。

ヒュベリッツの言葉をひとつひとつ思い返していたぼくは、そこにこれまで見逃していた言葉を発見した。

――それは筆写したもの。

もちろん、エダンに筆写師はたくさんいるし、職業としての人気も高い。ヒュベリッツがデュフレに筆写を頼んだという保障はなかった。

だが、デュフレは新人でありながらも、その美しい筆跡を買われて引っぱりだこだった。突然、その事実がとてつもなく重要に思われてきた。

ヒュベリッツはデュフレに筆写を頼んだことがあるだろうか？　もしもあったとしたら、それは重要な手がかりとなる。人の筆跡を真似することができ、多くの音楽家たちの筆跡を真近に見ることができ、おまけに、バイエルの熱狂的な追従者ときているのだから。

……だが。

どうやって人間をあんなふうに殺せるというのか？

長らく悩んだ末、ぼくはデュフレに会いに行くことに決めた。本当に彼が犯人だとしたら、どんな手を使ったのかを明らかにしなければならない。

懐に入れたペンをぎゅっと握り締めた。インクなど必要ない。この身が腐りはじめた瞬間、ぼくは自分の血をインク代わりにするつもりだった。


今後に備えて、じっくり身辺整理をした。それだけでまたたく間に数日が過ぎた。もう秋の入り口だった。勤勉な秋は、盛りを過ぎた葉を大急ぎで落とし、来年を約束して散っていった。キセの預言どおりエダンに終末が訪れるとしたら、その約束は破られることになるだろう。

時が来たと思ったある日、ぼくは再び近衛隊の詰所を訪れた。悩みあぐねた末、ぼくはデュフレが犯人だとほとんど確信していた。あの表情がどうしても忘れられなかった。それでも、ヒュベリッツに確認を取るのが先だった。そしてなにより、ぼくの計画どおりにいかなかった場合、あとを引き継いでくれる人が必要だった。

だがあいにく、この日に限ってケイザーは留守だった。部隊長は、ケイザーの許可がなければ面会は許可できないと言った。ぼくは彼に、どうかひとつだけ彼に訊いてほしいと頼みこんだ。部隊長は承知し、地下へおりていった。

賢いヒュベリッツのことだ、質問を聞いただけで多くを悟るだろう。前回交わした会話もある。万が一ぼくが死んだときには、誰が犯人か自動的にわかるはずだ。

部隊長はすぐに戻ってきた。そして短く告げた。

「そうだ、とのことです」

これで仮説が成立した。あとは殺人の手口、それだけつきとめればいい。

次はカノンホールだった。近衛隊を出たところで、ちょうど馬車から降りてきたケイザーと出くわした。彼は驚いた目でぼくを見てから、フッと笑った。

「またいらしたんですか?」

「ケイザー・クルイス」

彼はなんだと問うような目でぼくを見ていたが、ぼくが黙って見つめ返すと、真顔になって言った。

「なにかありましたか?」

「もしも次の犠牲者が出たら、そうなれば、ヒュベリツ・アレンの容疑は晴れますね?」

「質問の真意をはかりかねるが……あなたを共犯と仮定したうえでそんなことが起きたら、ずいぶんおもしろくなるでしょうね」

「皮肉りたいならお好きにどうぞ。ですが、ひとつだけ覚えておいてください。もしも次の犠牲者がぼくだったら、あなたが疑うべきはヒュベリツではなく、デュフレです」

ケイザーの表情がくずれた。彼はしばらく遠くを見つめてから言った。

「デュフレ? まさかカノンホールのあの若い筆者師——」

「ええ、彼です」

ケイザーは首をかしげて言った。

「デュフレとは。それはまたいったいどういうわけです?」

「ぼくにもまだ、よくはわかりません。ただ、そう覚えておいてください」

訝しげな目を向けるケイザーを残して、馬車に乗りこんだ。馬車が出発する間際、ケイザーが窓の外から叫んだ。

「ひょっとして、あなたの遺書となにか関係が?」

ぼくは力なく笑った。

「あなたは頭のいい方だと存じています。もしもぼくになにかあったら、あの遺書の内容を家族に伝えてください」

複雑な表情でぼくを見つめるケイザーの姿が遠のいていった。馬車はやさしく揺れながらエダンの中心を横切っていく。

カノンホールへ向かうあいだ、さまざまな思いがよぎった。家族、友人たち、ピアノ、音楽……バイエルが完成させた、あの音楽。

彼があの境地に至るまで、ぼくは自分の世界を完成することも、いちばん尊敬する友の唯一の聴衆になることも叶わなかった。自分を笑いたくなった。こんなふうになにひとつ成し遂げられないまま、ぼくの人生は終わるのだ。だが、後悔はなかった。あのありとあらゆる、美しいもの、夢のようなもの、地獄のようなもの……。ほかの人たちには見ることも想像することもできない領域に踏みこみながら、そのすべてを目の当たりにしてきたのだから。

そのすべての記憶を胸に、恍惚のなかで音楽とともに迎える死。

少しも怖くはなかった。

ぼくの死で泣くつもりのない友は涙を流す代わりに、あの美しくも震え上がるようなレクイエムをぼくにも聴かせてくれるかもしれない。それこそが殺人鬼の望むことだと知りつつも、殺人鬼はあの音楽を聴くために何度でも生け贄を捧げるつもりだと知りつつも……ぼくのために演奏してほしいと願った。

　殺人鬼もさしてぼくと変わらない気持ちなのだろう。

　そう思うと、苦笑いがこぼれた。

　コンクール以降、カノンホールは長期休館中だった。演奏会場は閉ざされ、立ち入れるのはロビーまでとなっていた。

　ロビーへ入ったぼくは、偶然レナール・カノンに会った。彼はぼくの訪問を喜びながらも、不思議そうな顔をした。

「葬儀のとき以来だね。今日はどんな用件だい？」

「少しお時間をいただけませんか」

　彼は少し首をかしげてから、自室のある二階へ案内してくれた。そこにデュフレがいたらと緊張したが、さいわい部屋には誰もいなかった。ぼくは小さくため息をついた。

　レナール・カノンと向かい合って座ると、彼がやさしい微笑を浮かべて口を開いた。

「なにかあったのかい？　個人的に訪ねてきたのは初めてだと思うが」

「はい。その……お尋ねしたいことがあるんです。答えにくいことであればなにもおっしゃらなくてけっこうです。でも、もし答えていただけるのなら、どうか正直にお聞かせください」

　レナール・カノンはぼくの声の深刻さに気づいたのか、やや驚いた様子を見せた。それから慎重にうなずいた。

「わかった。なにが訊きたいんだい?」

「デュフレについてです」

「デュフレ?」

ぼくはうなずいた。彼は意外そうに、少し眉をひそめながら言った。

「わけはあとで聞くとしよう。デュフレはきみも知ってのとおり、腕のいい筆写師だ。カノンホールに入ってまだいくらも経たないが、有名な音楽家たちが彼に筆写を頼んでいる。きみのようにね」

「彼は音楽家たちの筆跡を真似することもありますか?」

「ああ、もちろん。なかには偏屈な作曲家もいて、自分の筆跡をそのまま書き写してくれという要望もあるんだ。それがどんなに難しくて大変なことかも知らずにね。でも、デュフレはうまくこなしているよ」

やはり。

「そうですか。それ以外に、なにか怪しい点などはありませんか?」

レナール・カノンはぼくの顔をじっと見つめた。なぜそんなことを訊くのかという疑問が浮かんだようだ。ぼくはひとまず話してみることにした。

「じつは、最近エダンで起こっている殺人事件の犯人は彼じゃないかと思っているんです」

レナール・カノンはほとんど椅子から飛び上がりそうだった。ぼくはその顔に、当惑と混乱、驚愕と怒りが順に浮かぶのを見た。

「ゴヨ君、それは……かなり行きすぎた発言じゃないかな」

「いいえ。そう考えるだけの根拠があるんです。証拠がないだけで」

レナール・カノンは顔をしかめて長いあいだ考えこんでいた。ぼくは、彼が冷静に判断できるようになるまで静かに待った。そしてとうとう彼が口を開いた。

「わたしはきみのことが好きだし、信頼してもいる。そうとも、たわごとを言うような人じゃない。きみがそう信じているのなら、むろんわたしの考えは違っていても、きっとそれだけの理由があるんだろうね。いいだろう。わたしの知るデュフレについて聞かせてあげよう」

彼がデュフレに会ったのは、数カ月前のことだという。

どこの田舎から出てきたのか、身寄りもお金もない状態で、デュフレはあてもなくカノンホールを訪ねてきた。当初、レナール・カノンは彼を浮浪者だと勘違いして追い払おうとした。そのとき、カノンホールではあるピアニストが演奏していた。レナールは、デュフレが間違った音を正確にとらえるのを見て考えなおした。そしてデュフレに音楽の才能があると確信し、彼をそばに置いてあれこれ教えてみることにした。

デュフレは音楽を聴き、深く理解する天賦の才能をもっており、なかでもバイエルの音楽にぞっこんだった。だが、どんな楽器であれ、決してみずから演奏しようとはしなかった。あるとき、気まぐれで筆写をやらせてみたところ、じつにすばらしい出来栄えだった。それからは、カノンホール専属の筆写師として働いてもらうことにしたのだという。

「彼は冷静で、礼儀正しく、思慮深い人物だ。なぜ殺人犯だと思うのかはわからないが、彼が人を殺すなんて想像もできないよ」

「ええ。彼は間違いなく、レナールさんの言うとおりの人物だと思います。しかし例の殺人鬼が殺人を犯す理由は、初めからわれわれの常識の枠を超えているんです。ぼくは……確信しています。ただ、その手口はこれからつきとめるつもりです」

レナール・カノンは無言で複雑な表情を浮かべていた。そもそも彼を説得するつもりはなく、ぼくは続けて尋ねた。

「彼の作業部屋はどこですか？　少しだけぼくに見せてもらえないでしょうか。なにも出てこなければおとなしく帰ります」

「いいだろう。それできみの誤解が解けるなら」

部屋を出たぼくたちは階段をのぼった。デュフレの部屋はカノンホールの巨大な三つの柱の真ん中、その最上階にあった。とがった塔の先端にある部屋は、見るからに狭そうだった。だがもっといい部屋をあてがってやると言っても、デュフレ本人がこの部屋にこだわったのだという。

銅色の鍵で部屋を開けたレナール・カノンは、ぼくをなかへ促した。

「それじゃあ、わたしは下にいるよ。ゆっくり見るといい」

「はい、ありがとうございます。ところで、デュフレはいま外出中ですか？」

「ああ。誰だったかな……たしか、クマリス・リベルトのところへ楽譜を取りに行っているはずだ」

ぼくがうなずくと、レナール・カノンは扉を閉めた。彼の足音が遠ざかるまで待ってから、室内をじっくり見回した。

第一印象は、整理整頓が行き届いているというものだった。部屋にはベッドと机しかない。机の上には楽譜が重ねて置かれ、その脇にインクや羽ペンが並んでいた。なにか探そうにも、探すほどの物がない。

しばし悩んでいたぼくは、楽譜の山に近づいた。ヒュベリツ・アレンの筆跡を練習した跡が残っていないものかと期待しながら。

ある楽譜を見ていたぼくは、なにかがおかしいことに気づいた。それは誰かの楽譜を筆写したものには見えなかった。楽譜の上部には作曲家の名前も、タイトルもない。デュフレ自身が作曲したものなのだろうか？

そこに書かれている音を、頭のなかの鍵盤で弾いてみた。すると、奇妙な和音になった。これはいったいなんだ？　意味があるとは到底思えない拍子と音符。あまりに作為的に感じた。

まさか――

「音楽じゃない？」

そうつぶやいた瞬間、いきなりドアが開き、ぼくは驚いて楽譜を落とした。レナール・カノンよりもっと小柄な人物。それが誰なのか気づいたぼくはぎくりとした。目を見開いてぼくを見ていた相手の表情が、冷ややかなものに変わっていく。

「ここでなにをしていらっしゃるんですか、ゴヨさん？」

デュフレだった。

ぼくは呼吸が速くなるのを感じながら、必死で言い訳を探した。

「ああ……その、筆写を頼もうと思って」

自分でもわかるほど声が震えていた。デュフレは身構えた様子でじっとぼくを見つめてから、ゆっくりと言った。

「そういうことなら下でお待ちいただいてもよかったでしょう。こんなところで……」

彼の視線が床の上に留まった。そこにはぼくが落とした楽譜があった。彼が冷然と言った。

「本人に断りもなく楽譜を見るなんて」

「悪かった。きみが最近誰の楽譜を筆写しているのか、少し気になってね」

ぼくはそそくさと楽譜を拾ってデュフレに差し出しながら、おそるおそる訊いた。

「ところで、これはなんの楽譜なんだい？　作曲家名も曲名もないけど。普通なら間違えないように、いちばん最初に書き入れるものだろう？」

デュフレの表情は少しも乱れない。

「筆写師によりますよ。自慢するわけじゃありませんが、記憶力は人よりいいほうなので」

そう言うと、デュフレはずかずかと歩み寄ってきた。

ぼくは心臓がばくばく鳴るのを感じながら、懐に手を差しこんだ。そこにはペンがある。いざとなればそれでデュフレを刺そうとまで思った。

だが、もう少しで心臓が破裂しそうになったとき、デュフレはぼくを通り過ぎて机のほうへ向かった。緊張と恐怖が背中を走り、冷たい汗となって流れた。ぼくはゆっくり後ろを振り返った。彼が机の上を確認しながら一本調子で言った。

「それはそうと意外でした。あのこともあって、もうぼくにはお会いにならないかと思っていたんです」

あのこと？

ぼくが黙っていると、机の楽譜を整理していたデュフレが顔を上げ、ぼくを見つめて言った。

「演奏していたあなたを突き飛ばしてしまったでしょう」

ああ。あの日……ガフィル夫人のサロンで勝手な演奏をしたぼくに、大切な舞台を台無しにする気かと、彼は腹を立てたのだった。レアンヌのことがあって、すっかり忘れていた。

「きみの立場だったら、ぼくも同じことをしていたと思うよ。バイエルの演奏を聴けなかったんだから」

「いえ。いまとなってはよかったと思っています」

彼の口元に冷たい微笑が浮かぶのを見て、ぼくは凍りついた。そうしてふと、自分がいまだに懐に手を差しこんでいることに気づき、ぎこちなく手を抜きながら言った。

「よかった？　それはまたどういう意味だい？」

「いずれにせよ、最後の演奏ができなかったからです。みんな言っていますよ。それはつまり、マエストロがまた弦を弾くということだと」

デュフレはその瞬間、レアンヌの葬儀で見せたまさにその表情を浮かべていた。いま見ても恐ろしく、やはりぞっとした。その顔のまま、彼はあまりに甘美な声で続けた。

「だからぼくは、ああなってむしろよかったと思っています」

心のなかでなにかが吹き荒れた。思わず低い声で言っていた。

「そんなことは口外しないほうがいい。とくにバイエルの前では」

だが彼は気にもかけない様子で、肩をすくめて答えた。

「わたしもばかじゃありません。こんなこと、相手がゴヨさんじゃなければ話していませんよ」

違う。あのときの、デュフレの顔にはありありと悦びが浮かんでいた。

なんだろう、なんなんだろう。彼の正体は……本当に彼が犯人なら、なぜいまぼくに手をかけない？　レナール・カノンが、ぼくがここにいることを知っているから？　それとも、まだその時ではないから？

そこまで考えたとき、ふと、デュフレが笑いながら口を開いた。

「さあ、だからゴヨさんも正直に言ってください」

「……なにを？」

彼が一歩、ぼくのほうへ歩み寄った。

「ここにいらっしゃった本当の理由です」

もう一歩。

ぼくは呼吸が乱れるのに気づかれまいと努めながら、歩み寄られたぶんだけ後ろへ退いた。

「理由ならさっき言っただろう？」

「ぼくはばかじゃないと申し上げました。手ぶらで筆写を頼みに来る方がいますか？」

ああ、ぼくというやつは。

「いや……先に頼んでおこうと思ってね。これから作る曲を任せたいんだけど、忙しいのかどうか——」

「それだけですか？」

気づけばずいぶん距離が縮まっていた。懐に手を入れたい気持ちをなんとかこらえた。時間はあるだろうか？　デュフレはどうやってぼくを殺す気だろう？　人間を瞬時に朽ち果てさせるあの力を、いま目の当たりにすることになるのだろうか？

だがそのとき、救世主が現れた。

「ゴヨ君！」

デュフレが声につられて視線をそらした隙に、ぼくは逃げるように部屋を出た。レナール・カノンが階段を駆け上がってきていた。彼の顔がこれほど嬉しいことはなかった。

「レナールさん！　どうしたんです？」

「大変だ。いますぐ友人のところへ行ったほうがいい」

「友人……バイエルのことですか？」

レナール・カノンは深刻な表情でうなずいた。

「ああ。今度は彼のお父上だそうだ。どうして……どうしてこんなことが。なぜ彼の身にばかり……」

床がぐるぐる回った。

また？　この間にまた？　よろめいたぼくは、手すりをつかんでかろうじて体を支えた。体が熱く煮えたぎるようだった。胸の奥で怒りや哀れみ、苦しみが渦巻いた。口を開いても泣き声は出ず、力ない笑みだけがこぼれた。そのままゆっくりと後ろを振り向いた。

ドアの前に立つデュフレの顔には、偽りの悲しみが浮かんでいた。彼はその仮面に似つかわしくない、あまりに高い声でつぶやいた。

「それはお気の毒ですね。しかしマエストロはまた……あの美しい叫びを聴かせてくれるのではありませんか？」

これ以上は耐えられない。彼は哀悼するふりをしながら、すでにバイエルのレクイエムを期待していた。全身の血が頭にのぼった。理性を失うとはこういうことなのだと初めて知った。

「貴様！」

怒りが、さっきまでぼくを支配していた恐怖をひと呑みにした。ぼくはデュフレ目がけて突進し、うめき声とともに引っくり返った彼の上に馬乗りになった。その憎々しい顔を力いっぱい殴りつけ、周囲にあるものを手当たり次第に投げつけた。ガシャンとなにかが割れ、ぼくの顔にも破片が飛んできた。それでもぼくは手を止めず、また別のなにかを持ち上げた。

　だがそれをデュフレに振り下ろそうとしたとき、レナール・カノンが後ろからぼくを抑えた。

「ゴヨ君、落ち着け！　どうしたっていうんだ？」

「こいつです。こいつが殺したんです！　こいつに間違いないんです！」

「ゴヨ君、やめるんだ！」

　殴り合いなどしたこともなかったぼくは、この日初めて、自分のなかにある暴力性を知った。止めに入ったレナール・カノンさえも押しのけ、デュフレと組み合って床を転がった。近衛隊が出動するまで、ぼくは力の限りデュフレとやり合った。彼の命を奪ってもかまわないと思った。

　荒れ果てた部屋から引きずり出されながらも、ぼくはデュフレから目を離さなかった。不思議なことに、彼の目には怒りも悔しさもなく、ただ冷たい眼差しでぼくを見返すばかりだった。それはバイエルが聴衆を見るときの目にそっくりで、ぼくは一瞬、胸の片隅がちくりと痛んだ。

　彼はなぜ、ぼくを軽蔑するのか。


　近衛隊に引っ立てられ、収監されているあいだ、ぼくはひとりぼっちで放りおかれた。体じゅうが痛み、口のなかは血の味がしていた。

　暗闇のなかでしだいに怒りが収まってくると、悲しみが押し寄せてきた。バイエルはいまどうしているだろう。トリスタンはそばにいるのだろうか。

あまりに短い期間で、次々と人が死んだ。モトベンの意志を継いだ殺人鬼。その目的が、この世のものとは思えないあの音楽を完成させることにあったのなら、殺人の犠牲者はレアンヌが最後でなければならない。

だが、やつは止まらなかった。また殺し、これからも殺しつづけるだろう……。

考えられる理由はひとつ。聴くためだ。ド・モトベルトの渾身の演奏、彼が涙とともに吐き出す、あの魂の叫びを聴くためだ。

切なかった。そんな殺人犯のことが理解できる自分に嫌気がさした。

闇のなかから忍び寄ってくるあらゆる感情や記憶と闘っていたとき、ケイザーがやってきた。近衛隊に捕らえられてずいぶん経ってからのことだ。

ケイザーは外出から戻ったばかりなのか、旅行用のマントを着たままだった。ぼくは牢から出され、彼の事務室へ連れていかれた。

「ついさっきあんな勇ましい姿を見せたと思ったら、結局は、子どもみたいに殴り合いの喧嘩ですか」

「デュフレが殺人犯なのは明らかです。あいつは葬儀で――」

だが、ケイザーはぼくの言葉をさえぎった。

「あなたの言葉が気になって、ここに来る前に調べてみました。ご存じのとおり、アナトーゼ・バイエルの養父であるクリムト・レジストが今日の午前、自宅で殺害されました。第一発見者のトリスタン・ベルゼは――」

「トリスタン?」

ぼくが問うと、ケイザーはうなずいた。頭が混乱した。

「トリスタンがどうして？」

「遺体を最初に、しかもひとりで発見したせいか、われわれが着いた頃にはほとんど正気を失っていました。本当ならアナトーゼ・バイエルがそうなっていておかしくありませんが、彼のほうがなぐさめる側に回っていますよ」

「バイエルは、バイエルの様子は？」

ぼくの質問に、ケイザーは一度開いた口を閉じ、指で数度机を叩いた。

尋ねるまでもなかった。目も当てられないほど打ちひしがれているふたりの姿が浮かび、胸がつかえた。ぼくはうな垂れて唇を噛んだ。

このままではおかない。もはや証拠もなにも必要ない。今度こそ。

「それと、あなたのおっしゃるデュフレですが……」

その名が出るや、ぼくはガバッと顔を上げた。ケイザーは一瞬びくっと体をすくめたが、やがて言いにくそうに続けた。

「その時刻はクマリス・リベルトの家にいたそうです。クマリスと彼の家の使用人たちが証言しました。朝からずっと一緒だったので、途中で抜け出して誰かを殺して戻るなど不可能だと」

ばかな。

「そんなはずが……なにかの間違いだ。あいつなんです！」

「ゴヨさん。どうか落ち着いてください。友人のために犯人を捕まえたい気持ちはよくわかりますが、そんなやり方ではなにも解決しません」

「クマリスと使用人たちが嘘をついているんです！　そうだ、もしかすると共犯かもしれない。あるいは、カノンホールに戻る途中で寄ったとか。間違いなくあいつが——」

「ゴヨ・ド・モルフェさん」

ケイザーの冷静な声に、ぼくは口をつぐんだ。彼は深いため息をついて言った。

「わたしもあらゆる可能性を確かめてきたところです。ですが、デュフレが離れた所から人殺しの魔法でもかけない限り、それは不可能です」

違う。絶対になにか仕掛けがあるに決まっている。

「同じ理由で、ヒュベリツ・アレンも釈放となりました。目撃者もいませんし……筆跡が似た楽譜だけでは到底証拠になりませんからね」

ああ、ヒュベリツ・アレン。彼が釈放されたことが、せめてもの救いに思われた。

「それと、少しお休みになられたほうがいいのではありませんか。いまあなたのなかにあるのは、おそらく悲しみだけではないでしょう。あなたもまた犯人の犠牲になる可能性が高く、その恐怖がこのような過敏な反応を生んでいるのでしょう。お望みならこのままここにいてくださってもかまいません。居心地はさておき、安全は保障できます。監獄に閉じこめられていたコロップスがあれほどあっけなく殺害されて以来、警備にはより力を入れていますから」

さっきまでの自分が恥ずかしくなるほど、ケイザーは落ち着いた顔で言った。めずらしくぼくを気遣うような態度だったが、悪い気はしなかった。でも、ぼくはかぶりを振った。

「ふたりのところへ行かないと」

「なるほど、わかりました」

ケイザーは立ち上がってドアを開け、ぼくを見送ってくれた。近衛隊の詰所を出る間際、ケイザーが神妙な面持ちで言った。

「それと、あなたの友人の……」

「はい？　バイエルのことですか？」

ケイザーは視線を一度ほかの所へ投げてから、ふっと笑った。

「なんでもありません。とにかく、気をつけてください。遺書を渡しに行ってあなたのお父上に斬りつけられたくはありませんから」

ぼくはその言葉でほんの一瞬、笑うことができた。

近衛隊で用意してくれた馬車に乗りこむと、目的地も告げていないのに馬車が走りはじめた。

ほどなく到着したのは、クリムト・レジストの家だった。まだなかに殺人鬼が潜んでいるかのような、不穏な静けさが漂っていた。

ぼくはそっと家のなかへ踏みこんだ。正門は壊れ、家のなかもめちゃくちゃだった。近衛隊がそこらじゅうを捜索したのだろう。さらに奥へと進むと、以前バイエルが弓を折ったあの部屋に、会いたかったふたりがいた。

バイエルはテーブルに片肘をついてうなだれていた。顔が髪に隠れ、表情は見えない。

妙なのはトリスタンだった。バイエルのそばについているものと信じて疑わなかったのに、彼はバイエルから遠く離れた場所にひとり座っていた。半ば魂が抜けたような顔で。

なにより、ぼくが部屋に入っても、ふたりは微動だにしなかった。壁にかかっている絵でも見ているようで、話しかけられそうな雰囲気ではなかった。

憂鬱な気持ちで部屋を見回していたぼくは、バイエルの足元に小さな本が落ちているのを見つけた。その本に向かって、バイエルのもう一方の腕が伸びている。手にしていたものを力なく落としてしまったというように。

ぼくはゆっくり、音を立てないようにバイエルのほうへ歩いていった。そっと屈んで、その本を拾い上げる。止められるかと思ったが、なにも起こらなかった。

ぼくは本を一ページずつめくりはじめた。部屋のなかは、ページをめくる音が響くほど静まり返っていた。

いくらもしないうちに、それがクリムト・レジストの日記帳であることに気づいた。流れるような字は読み取りづらかったが、所々にレアンヌとバイエルの名前が見えた。詳しい内容まで読むのは失礼かと思い、パラパラとめくって、最後に書かれた日記を見た。なにか手がかりがあればと期待して。


残酷なわがモトベンよ、あなたはあなたの息子、ド・モトベルトをわたしのもとへ遣わせてくださいました。ありがたくも。そして、呪わしくも。彼は悪魔でした。その悪魔がわたしの葬儀であの呪わしき音楽を奏でないことを望むばかりです。


彼の筆跡をよく知らないぼくの目にも、その一字一句にすさまじい怒りが宿っているのがわかった。文字はひどく歪み、紙は所々ペンで引き裂かれている。

ぼくは日記帳を閉じ、バイエルを見下ろした。遠目にはわからなかったが、彼は小刻みに震えていた。それを見た瞬間、誰かに胸をわしづかみにされたように、胸のいちばん奥に痛みが走った。

ぼくは日記帳を落とし、彼のそばにひざまずいた。

「バイエル……」

「黙れ」

涙混じりの冷たい声が返ってきた。うなだれているバイエルの真下に、滴が点々とにじんだ。ぼくは目を閉じ、もう一度彼の名を呼んだ。

「バイエル」

「黙れってば！」

バイエルがぼくの胸ぐらをつかんだ。ぼくは目を細めて彼を見つめた。

真っ赤に染まった顔は、あらゆる筋肉がねじれてしまったかのように、たくさんのしわに覆われていた。白い歯をむき出しにしてうなっているバイエルは、必死でこのすべてに耐えようとしていた。

なにを言われてもいい、殴られてもいい、だから彼に我慢してほしくなかった。

「ここにはぼくとトリスタンしかいない。だから……」

わなわな震えていたバイエルは、ぷつりと糸が切れたように目を閉じて、ぼくの肩に倒れこんだ。まるでぼくが最後の命綱であるかのように、必死でぼくにしがみついて泣きはじめた。

命懸けで泣く人を見たことがあるだろうか。まるで獣のように、ありとあらゆる奇声をあげながら泣く人を……。

そんな泣き方だった。

ぼくは肩を貸すばかりで、彼の背中を撫でたりはしなかった。その泣き方があまりに残酷で、その涙があまりに痛々しくて……それ以上なにもできなかった。

ふと顔を上げると、トリスタンがそんなぼくたちを見つめていた。

ケイザーの言ったとおりだった。彼は本当に様子がおかしかった。目をかっと見開いたまま、追い詰められたような顔でぼくを見つめている。ぼくは少し首をかしげた。すると、トリスタンが口を開き、声にならない声で言った。

……くれ。

聞き取れず眉をひそめると、トリスタンはもう一度言った。と同時に、彼の頬を涙がつたい落ちた。

……てくれ、キセを。

ぼくはもう少しで、バイエルを押しのけて飛び上がるところだった。途中まではよくわからなかったが、最後の口の形ははっきり見えた。彼は〝キセ〟と言ったのだ。

鼓動が激しくなった。忘れていた恐怖と罪悪感がゆっくりと渦を巻きながら胸を這い上がってくる。でもぼくは、聞き取れなかったふりをして首を振った。とっさに取った行動だった。

トリスタンはあきらめたように口をつぐんだ。そして向き直ると、涙で頬を濡らしたまま口の端を上げて静かに笑った。

知らない顔だった。これはぼくが知っている、本当に、ぼくたちが知っているトリスタンなのか？

トリスタンはほどなく、ゆっくりと立ち上がった。そしてもう先の長くない人のように、前屈みの姿勢のまま、そろそろと部屋から出ていった。ぼくは、彼が突然飛びかかってきたりその場に倒れたりするのではないかと、ひやひやしながらその様子を見守っていた。だが、彼はそのまま静かに去っていった。

ぼくが自分の死とバイエルと犯人について考えているあいだ、トリスタンの身にいったいなにがあったのだろう。

でもぼくには、トリスタンにかまう余裕がなかった。ぼくの肩にもたれているバイエルだけでも手一杯だった。

いつだってぼくたちをかばい、なぐさめ、いたわってくれた笑顔の絶えないトリスタンを、ぼくはそんなふうに見送ってしまった。彼がどんな気持ちでそこに座っていたのか、なにを考えながらぼくらを見守っていたのか、最後になにを言いたかったのかもわからないまま……。

あのとき……彼を引き留めていたなら。キセに背を向けて逃げ出したあの日のように。

そうしていたなら。


イクセがまだこの地に生きていた時代、モンドは彼の最も忠実で優秀な弟子だった。

イクセからハバス［いまのハープに似た楽器］を習ったモンドは、細くしなやかな指でハバスの弦を見事にあやつった。そんな彼が誰よりも情熱的に演奏を聴かせたのは、愛する恋人だった。

名前の残されていないその女性は、モンドの師であるイクセと一緒に暮らしていた。一本の木だけを愛し抜いたというイクセに恋人はいなかったはずだから、おそらくはモンドの姉弟子だったのだろう。

彼女は、モンドがその身を焦がすような想いを伝えもしないうちに、原因不明の事故で死んでしまった。

彼女の死を知ったモンドはその場にくずおれ、泣きながら無言でハバスの弦を弾きはじめた。その音楽は多くの人々を感動させ、涙させ、いつまでも止むことはなかった。

三日間、飲まず食わずでハバスを奏でていたモンドがその場で息絶えるまで。

この悲しくも美しい伝説は、エダンの人々に深い感銘をもたらした。モンドが亡くなった場所には、彼のあとに続くかのように、そんなふうに音楽でしか愛を告白できない若者たちが集まってくるようになった。

それからはるかな時を超えたいま、そこはモンド広場と呼ばれている。

ぼくがモンド広場に駆けつけたのは、いまぼくの知る人物が、そんなモンドのあとに続こうとしているからだった。

すでにとてつもない人だかりで、彼の姿は見えなかった。ただ、切ないほどにやさしいバイオリンの音が、人々の隙間を縫うようにして耳まで届いた。

「すみません！　道を空けてください！」

だが、人々はすでにうっとりと音楽に酔いしれ、ぴくりとも動かなかった。こんなときに、トリスタンはいったいどこに行ってしまったのだろう。


その知らせを聞いたのは、すでに日も暮れかけ、空が濃い夕焼けに覆われていたときのことだ。驚いたことに、ガフィル夫人みずからぼくに知らせてくれたのだ。

「バイエルがモンド広場に現れたのは今朝のことで、初めはみな、バイオリンケースを片手に現れたアマチュア奏者だと思ったそうなのです。ところが、そこから黎明が出てきて……」

「それで、それからずっと演奏しているというんですか？」

「ええ。広場にいた人々は、マエストロが葬儀で演奏していたというレクイエムだと思ったようです。でも……終わらないのです。その音楽を前にすると、誰も彼を止められないのです。許してちょうだい、ゴヨ。わたくしの手にも負えなかった。ただ何時間も、足の痛みさえ感じることなく聴き入ってしまったの。わたくしと一緒にいた耳の聞こえない使用人に揺さぶられていなかったら、われに返ることもできなかったでしょう。おかげで正気を取り戻し、あなたのことを思い出してここへ急いだのです。あなたしかいないわ。あのまま放っておけばバイエルは……間違いなく死んでしまいます」

ぼくはそれ以上聞くまでもなく、外套をつかんでガフィル夫人とともに邸を出た。彼女の馬車に飛び乗り、じりじりする思いで窓の外をのぞいていた。

友のそんな奇行に、驚きよりも哀れみが先に立った。彼がそんなことをする理由がわからないでもなかった。ふと、クリムト・レジストの日記帳に書かれていたことを思い出した。

――彼は悪魔でした。その悪魔がわたしの葬儀であの呪わしき音楽を奏でないことを望むばかりです。

「道を空けてください!」

ぼくは大声で叫んだ。力ずくで人混みをかきわけようとすると、人々が朦朧(もうろう)とした目でこちらを振り向いた。

「ゴヨ……?」

「ゴヨ・ド・モルフェ?」

群衆のうつろな視線がぼくに集まった。ぼくはぎくりとして立ち止まった。しばしの沈黙のなかで、バイオリンの旋律だけが切なく響いていた。

「マエストロ！」

「わたしたちに二重奏を、彼との二重奏を！」

彼らはぼくを取り囲むと、一方へどんどん押しやりはじめた。ぼくは必死で踏ん張ったものの、大勢の力にむなしく押し流されていった。突然、息苦しさがぱっと晴れたかと思うと、ぼくは人混みのなかから押し出され、彼らの輪のなかに倒れていた。バイオリンの音はすぐそばから聞こえていた。

「バイエル？」

顔を上げると、そこでバイエルが演奏していた。ちょろちょろと流れ出る噴水台に腰かけた彼は、まるで感覚をもたない人形のようにひたすら腕を動かしていた。だが、黎明は腕の動きに合わせて深く嘆き、全身を震わせるあの音を響かせている。彼はいつものように視線を落とし、なんの感情もない顔で演奏しつづけていた。

まるで屍になったような友の姿に、ぼくの目から涙があふれた。

「バイエル……もうやめよう……」

だがぼくの手が彼に届くより先に、人々がざわつきはじめた。それはささやきよりも小さかったが、たくさんの人々が同じ言葉をつぶやいていたため、ぼくの耳にもはっきりと聞こえた。

「ピアノを持ってこい、ピアノを」

「ピアノを、ピアノを」

ぼくは信じがたい思いで、ぼくたちを取り囲んでいる群衆を見回した。まともな目をしている人間はいなかった。

ここが……本当に神の殿堂だというのか？　すべての音楽家のふるさとと呼ばれる、あの美しく平和だったエダンはどこへ行ったのか？

音楽はどこまで人を狂わせてしまうというのか？

ほどなく道が開き、人々が本当にピアノを運んできた。小さくてお粗末な、薄汚れた茶色いピアノだった。きっと、モンド広場でどこかのアマチュアが弾いていたものを奪ってきたのだろう。

彼らは椅子を置き、無理やりぼくを座らせた。バイエルは依然、視線を上げることもなく演奏を続けている。群衆の狂気じみた叫び声とバイエルの演奏がいっしょくたになって耳に届くと、もはやまともな精神ではいられそうになかった。

「演奏しろ！」

「マエストロと二重奏を！」

「弾くんだ！」

パニックのなかで、ぼくはかろうじて集中できそうな、ひと筋のよりどころを見つけた。それは怒りだった。

いいさ。そんなに演奏してほしいなら、やってやる。

ぼくは勢いよく立ち上がり、椅子をつかんだ。そして力いっぱい鍵盤の上に叩きつけた。

すさまじい不協和音とともに鍵盤の破片が飛んだ。人々は驚いて後ずさりし、バイオリンの音も止んだ。水を打ったように静まり返った広場で、ぼくだけが息を弾ませながら壊れた椅子を投げた。

「いい加減にしろ！」

ぼくは、唖然として口をつぐんでいる群衆に向かって言った。

「理解できないくせに、聴くこともできないくせに」

ともすると、そのなかの誰でもない人に向かって。

「唯一の聴衆にもなれないくせに！」

今度は拳を鍵盤に叩きつけた。壊れた鍵盤は、くぐもった音で苦痛を訴えた。耐えがたいほど手がずきずきしていたが、かまわず群集をにらみつけた。

「あなたたちはみんな――」

そのとき、熱い手に肩をつかまれ、ぼくは振り向いた。

バイエルがひどく痛々しい顔でぼくを見つめていた。その顔を見たとたん、ふっと怒りが失せてしまった。

「やめるよ、だから……きみもやめてくれ」

その声には深い痛みがにじんでいた。ぼくは歯を食いしばってうなずいた。目頭が熱くなり、鼻の先がつんとしたが、本当に泣きたいのはぼくではないはずだったからぐっとこらえた。

そのまま黙りこんだぼくたちを見つめていた群衆は、やがて静かに散らばっていった。周りに誰もいなくなるまで、ぼくたちはじっと動かなかった。

まもなく、祭りのあとのようなうら寂しさが辺りを包んだ。

バイエルは噴水台に腰かけた。その力ない手から、いまにも黎明が落ちてしまいそうに見えた。

ぼくは彼のそばにぐったりと座りこんで、血の出ている左手を見下ろした。ぼんやりとそこに視線を固定したまま、ぼくは自分でも夢にも思わなかった言葉を吐いた。

「行くんだ、バイエル」

バイエルは黙っていた。

「この地獄みたいなところから……出ていくんだ。ここにいたら、きみが求めている人には会えない」

ずるずると手から滑り落ちていく黎明を、バイエルがかろうじてとらえた。

「みんなおかしくなる一方だ。いや、もうおかしくなっている。あの殺人鬼が現れたときから、こうなることに気づくべきだったんだ。きみの音楽は……ここの、いわゆるまったき聴衆には理解できない」

バイエルは乾いた笑いをこぼしながら、口を開いた。

「それなら、どこへ行けばいい？　キヨル伯爵がいるという異国の地か？」

そんな場所はない、キヨル伯爵には二度と会えない、そんな言葉が出そうになったが、ぼくはぐっとこらえて嘘をついた。

「ああ。それもいいだろうね」

バイエルはもう笑いも、答えもしなかった。

冷たい木枯らしが、静けさと相交じって悲しげに泣いた。ピアノの欠片が風に吹かれて足元で転がった。耐えがたいほどの痛みが胸が締めつけてきた。そのとき、バイエルがつと言った。

「ぼくが演奏しつづければいいと思ったんだ」

「……どういうこと？」

「ふと思ったんだ」

バイエルが顔を上げてぼくを見つめた。

「ぼくがじっとしていれば、やつはまた誰かを殺すだろうって。それも……ぼくがレクイエムを捧げるくらい身近な人を」

なにも言えないでいるぼくに、バイエルは切ない笑みを浮かべて言った。

「残ったのは、きみと……トリスタンだけだ」

普段のぼくならその言葉に感動していただろうが、このときばかりは怒りが込み上げてきた。人の気持ちも知らないで。

「だからって、ここで死ぬまで演奏するつもりだったのか？　きみもあのくだらない夢想家みたいに、愛する人を悼みながら死にたかったというのか？　笑わせるなよ！　あんな伝説のどこが感動的なんだ？　氷の木の森だって同じだよ。ひとつも美しくない！　生きろ、バイエル、生きるんだ！」

驚いたような顔でぼくを見ていたバイエルは、むなしく笑った。

「きみには似つかわしくない言葉だな……。わかったよ。二度としない」

その笑みは、あまりに弱々しく映った。目の前で彼の姿がかすんでいくような気さえした。にわかに不安を感じながら、ぼくは訊いた。

「バイエル、どうしたんだ？　なにを考えているんだ？」

彼はうつろな顔で首を横に振った。

「なにも。そうだな……きみの言う異国の地では、ぼくの才能なんかめずらしくもないかもしれない。それにもしかしたら、会えるかも……」

嘘を吹きこむことは、厳しい現実を突きつけるよりも残酷なことかもしれない。だがぼくは、いまにも崩れ落ちそうになっている彼をつなぎとめるために、まことしやかにうなずいた。

「きっと会える」

「でも、行かないよ」

バイエルはかすかに笑った。それから答えた。

「え？」

「言ったろ。演奏旅行はこりごりだって。もう少しここで待ってみようと思う。もしもぼくがエダンを離れなきゃならないときが来るとしたら……それはこのエダンが滅びるときだ」

意外な言葉だったが、ぼくはどこかほっとしていた。エダンの市民は愛せないバイエルも、エダンの街には愛着を感じているようだった。少なくとも、自分が生まれ育った地だからだろうか。

「それに、もうレクイエムなんかうんざりだ。ぼくもきみみたいに、似合わない台詞を言わせてもらうよ。これからは……大切な人たちに生きていてもらうための演奏をする」

バイエルのそんな言葉に、ぼくは少し驚いた。

「人に生きていてもらうための演奏？　とてもすばら――」

「だから、死なないでくれ」

ぼくの言葉をさえぎってバイエルは言い、わずかに視線をそらした。おそらく照れくさかったのだろうが、ぼくにとってもさいわいだった。ぼくの顔は、それこそ見苦しいものだっただろう。油断した隙に、心臓を奥までひと突きにされたような気分だった。

そしてその傷口から、なにかがあふれ出た。

バイエルはきまり悪そうに笑うと、一時停止しているぼくを弓で軽く叩いた。それから弓と黎明をケースにしまい、背を向けた。ぼくはとっさにこう言った。

「ごめん」

バイエルは、なにが？　という表情で振り向いた。

ぼくはためらった末に、一度も彼の前で言ったことのなかった、いちばんの望みを口にした。

「きみの、その……たったひとりの人になってあげられなくて」

バイエルの目が大きくなった。ぼくは驚きに満ちた彼の視線をかわしながら、やっとのことでこう付け加えた。

「でも、わかってほしい。本当に、心から……なりたかったってことを」

そんなひとことでは到底言い表せないほど、ぼくのその望みは……とてつもなく強烈だったということを。

バイエルはなにも答えなかった。

ぼくもじっと地面を見下ろしていた。なにか答えてほしかったわけではなく、笑われなかっただけよかったと胸を撫で下ろした。

風が、足元で静かに眠っていた砂をさらった。そのままいたずらに円を描きながら空中に向かって砂をまき、楽しそうに踊りながら消え去った。その砂が目に入り、ぼくは何度かまばたきした。

そうして再び顔を上げると、バイエルがなにか言おうとするかのように口を開いた。だがなにも言わないまま、そのまま静かに口を閉じて笑った。最後に一度こくりとうなずくと、身を翻して歩きはじめた。

それで……よかった。

その反応はむしろ、あまりにもバイエルらしかったから。

ぼくは、満ち足りていた。

目に入った砂は、いつの間にか自然に流れ出ていた。

＃13
幻想曲『氷の木の森』

いつか神に会えたなら訊ねてみよう

あなたはわたしたちになにを与え

なにを奪っていったのかと

モンド広場をひと目で見渡せる〈マレランス〉の亭主は、その名をクロード・ジャン・リゼといった。

彼は寡黙で、めったに笑わない中年の男爵だった。たとえ下位であっても、貴族の身でカフェを営むのはきわめてめずらしいことだ。ぼくがその理由を尋ねても、彼はかすかにはにかむだけで答えようとしなかった。それでもしつこく訊きつづけた結果、ある日ついにひとことだけ得られた。

「音楽が好きでしてね」

本当に生きた音楽を聴きたいなら、カノンホールよりも、彼のようにモンド広場にいるのが正解だ。

黙ってお茶を淹れながらときどき広場のほうに耳を澄ましているクロード男爵のことを、ぼくは以前から好ましく思っていた。だが、彼の性格もあり、なかなか親しくはなれなかった。

ところが、出会ってから数年、彼が初めて大きな声でぼくを呼んだ。

「ゴヨさん、外を！」

その声に驚いて窓辺に駆け寄る数分前、ぼくはバイエルと暖炉の火のそばに座り、トリスタンのことを話していた。

バイエルも、親友の状態が思わしくないことにはとっくに気づいていた。だが、その原因を知っていながらも、ぼくたちにできることはなく、お互いになんとなく話を避けていたのだ。そこでぼくはためらいつつも、バイエルの養父が亡くなった日、あの部屋で見た光景について話した。

話を聞き終えたバイエルは眉をひそめたが、いまだ防御の姿勢を崩さなかった。

「キセ、と言う前の言葉は聞き取れなかったんだろう?」

「なにかしてくれって言っていたと思う。〝救ってくれ〟とか〝助けてくれ〟とか。トリスタンの口の形は〝助けてくれ〟に近かった気がするんだ。とにかく、そういう意味だったとしたら?」

「〝捜してくれ〟の可能性だってあるだろう」

「いや、そういうふうには見えなかった」

「そこまで見たならはっきり見ておけよ」

バイエルはいつもどおりの口調で言うと、しばしなにか考えこんでいた。事態が深刻であることは彼にもわかっているのだろう。ただし、その事実とまっすぐに向き合うのが怖いのかもしれない。

「なるほど。トリスタンがキセを見たと言いたいんだな。でも、どうやって? あいつがどうやってあそこに行けるっていうんだ」

「それは……わからない」

「ふん、たいしたもんだ」

バイエルが呆れた顔で言った。

この数日で、バイエルは以前の彼に戻っていた。喜ぶべきか憐れむべきかわからなかった。

彼があえて平気なふりをしているのでなければいいのだが。

そのとき、クロード男爵が、ぼくたちが注文したお茶を運んできた。ぼくはいつものようにほほえんで目礼したが、彼は軽くうなずくだけだった。

ティーカップを取って息を吹きかけていると、バイエルが神妙な面持ちでぼくを見つめながら言った。

「シャンニル茶か」

「そうだよ。どうかした?」

「レアンヌが好きだったお茶だ」

ぼくはあやうくカップを落とすところだった。

バイエルはいまの言葉を取り消すようにかぶりを振った。だが、次の瞬間には続きを話していた。

「棘が多いからやめておけって言ったのに……来年は自分で育てたものでお茶を淹れてあげるからって、あの家の庭に植えてたんだ」

踏み潰された花壇の手入れをしていた、あの小柄で美しい彼女を思い出した。胸がじんと熱くなった。

バイエルはぼくの視線を避けるように頭を垂れ、再び顔を上げると、遠くを見て言った。

「誰かが踏み潰してくれてよかったと思っていたのにな……」

バイエルの顔に、悲しくも寂しげな微笑が広がった。

「それがこんなにも懐かしく思える日が来るなんて」

ぼくは震える手でティーカップを置いた。お茶の甘い香りに息が詰まりそうだった。手をどこへ置けばいいのか、視線をどこへ向ければいいのかわからず、まごついた末にポケットからハンカチを出した。そして急いで彼のほうへ差し出した。

瞳だけでこちらを見たバイエルは、くすっと鼻で笑った。

「よせよ。きみじゃあるまいし、そうそう泣きはしないよ」

「ごめん、どうしてあげればいいかわからなくて……」

「なにもしなくていい」

バイエルはしばしカップで顔を隠し、再び顔をのぞかせたときには、さっきの憂鬱な陰が消え去っていた。これからは誰かを生かすための演奏をすると言った彼は、亡き人たちを偲ぶかわりに、生ける者たちと幸せに過ごそうと努めているようだった。そんな彼の姿は、ぼくの目にとても力強く見えた。

ふと、責任感を覚えた。生ける者として、彼の友人として。悲しみも罪悪感もいったん置いておき、彼のために自分にできることはなにかと考えてみた。ぼくはほほ笑んだ。今も昔も彼のためにできることはただひとつ。

「バイエル、前にできなかったあの二重奏、やりなおさないか？」

「……嫌がってたんじゃないのか？」

「ぼくたちしか知らないレアンヌの死へ捧げる追悼曲。それで少しでも償いになるならと思って」

バイエルは少し考えてから口を開いた。だがその言葉をさえぎるように、誰かが叫んだ。

「ゴヨさん、外を！」

「外を見てください！」

ぼくはわけがわからず、クロード男爵を見つめた。初めは誰の声だかわからなかった。だが声のしたほうには、いつも慎ましやかなその男爵しかいなかった。クロード男爵の指はあちらへこちらへと揺れながら、モンド広場のほうを差していた。

ぼくはテラスへ駆け寄った。そして頭を突き出し、広場のほうを見下ろした。

ワァァァァァ！

金縛りにあったように硬直した。顔に不快な熱気が吹きつけた。自分の目に映るものが信じられず、その光景に目を見張った。

初めはそれを、何万もの人の顔からなる怪物だと思った。吐き気をもよおすほど醜くうごめく群衆が、こちらに向かって突進してきていた。群衆の頭上では狂気が波打っているかのようだった。そしてその中心に、呆然となにかを抱えているひとりの年老いた男がいた。

「バ……バイエル」

群衆が迫るにつれ、その中心にいる老人の姿が大きくなるにつれ、その胸に抱えているものがはっきりしてくるにつれ……ぼくの胸は凍りついた。

「逃げないと！」

ぼくは焦って振り返った。バイエルはこのうえなく冷ややかな顔でぼくを見たが、視線を外へ投げると、同じようにその場に固まってしまった。

「また……なのか？」

人に生きていてもらうための演奏をするのだという彼を、殺人鬼は待ってくれなかった。

バイエルが姿を現すと、人々は正気をなくしたようにわめいた。

「レクイエムを聴かせてください！」

「あなたのせいで死んだ人をなぐさめると思って！」

広場を埋めつくすほどの人波が、声をひとつにして、同じ眼差しで、同じ方向を向いて、その醜さを突きつけていた。

バイエルが重力を失くしたようにもがき、ぼくは倒れそうになる彼を支えた。彼の目は恐怖と衝撃で大きく見開かれていた。

「まさか……トリスタンが？」

うなじに大きな杭を打たれたような気分だった。ぼくは考えるまでもなく首を振っていた。

「違う。トリスタンじゃない」

意味のない言葉だった。すでに腐り果てているあの亡骸が誰のものなのか見分けられるはずもない。だが、言った本人でさえ信じられない言葉を、バイエルは信じた。信じないことには立ち上がれなかったからだ。

やっとのことで立ち上がったバイエルは、再び広場を見やった。はるか昔、亡くなった恋人のためにモンドが演奏し続けていたその場所は、人々の下敷きとなり、汚され、踏みにじられた。その足下でぼろぼろにされていく伝説やロマンなど、彼らの眼中にないのだろう。

殺人鬼にもまして残酷な聴衆、狂気の嵐。

エダンの市民は、殺された者の死に熱狂していた。

音楽を！

音楽を！

音楽を！

「ゴヨ……」

バイエルの声が聞こえたが、ぼくは答えられなかった。ぼくも彼らの渦に吸いこまれ、同じ声をあげてしまいそうだった。

なんとかエダンに未来を見い出そうとしているバイエルに、その市民が一丸となって、どうか自分たちを軽蔑してくれと言っているようなものだった。すでにたがが外れてしまった彼らは、止まる気配がなかった。そして、そのなかにはわかりやすくぼくを指差す者もいた。

あたかも、「あいつの番はいつだ?」とささやくように。

ぼくはその眼差しに怒りを、嫌悪を、そして……恐怖を感じた。

「マエストロ!」

「あなたのレクイエムを!」

「死んだクリマス・リベルトのために!」

そのとき、ようやく死者の正体を知った。第二のバイエルと呼ばれるのをいやがっていた、生意気な若きバイオリニスト。殺人鬼は初心に立ち返り、またもやバイエルを侮辱した者を殺したのだ。

どこかで、トリスタンでなかったことにほっとしているぼくがいた。

「……しない」

バイエルがつぶやいた。だが、人々の声はやまない。歓呼の声は絶叫となり、嗚咽となった。口々にわめく彼らは、一様にバイエルに向かって手を伸ばした。

これは……なにかが間違っている。世界はどうかしている。いったいいつから?

バイエルがついにテラスの外へ身を乗り出した。そして、ほとんど飛び下りそうな勢いで腕を振りながら叫んだ。

「……しない。演奏はしない！」

僕は急いでバイエルの体を引っ張った。

さいわいバイエルはそれ以上暴れなかった。彼のひとことで、広場は水を打ったように静まり返った。ぼくはその沈黙に、全身の毛が逆立つような恐怖を感じた。

「演奏しない？」

「バイオリンを弾かない？」

「あなたのために人が死んだのに？」

頼む……もうこれ以上は。

間もなく狂気の嵐が吹き荒れた。

叫び狂う者。

頼みこむ者。

とりすがる者。

泣く者。叫ぶ者。泣き叫びわめき立てる者。

怒り狂った群衆は、ぼくたちのいる二階のテラスに向かって、手当たり次第に物を投げはじめた。カフェの窓が割れ、椅子が壊れて転がった。

カフェの入り口に人々が押し寄せ、〈マレランス〉の従業員たちが全員で入り口をふさいだが、いつまでもつかはわからなかった。

「バイエル！」

だがバイエルは、きっぱりと首を振った。彼は手に持っていたバイオリンケースをぐっと握り締めた。

「やればますます犯人を止められなくなる」

「でも、このままじゃきみが死んでしまう！」

だが、そのときだった。どういうわけが、群衆が少しだけおとなしくなった。彼らはしばしば騒ぐのをやめ、ある方向をじっと見つめながら、カフェまでの細長い道をつくった。

やがて、その道をひとりの男が歩いてきた。さっきまで群衆の中心にいた小柄な老人だった。顔に浮かぶ深いしわには、長い年月と感情のすべてが刻まれていた。胸に抱いた亡骸を見下ろしながら、彼が言った。

「どうしようもない子でしてね。それほどでもない腕で居丈高に振る舞っていました。でも、いまになって……死んだいまになってやっと人様の役に立てます」

そこまで聞いて、やっとそれが誰なのかわかった。顎がぶるぶる震えた。全身が粟立ち、どうしても口を開くことができなかった。

「マエストロ、わが息子のために演奏してくださいませんか」

この老人は、死んだクマリス・リベルトの父親だ。

手すりを握るバイエルの手に力がこもった。力なく口を開けたまま、絶句している。ほどなく、聴衆を見下ろすバイエルの目から涙があふれた。その口から、ぼくだけに聞き取れそうな小さなつぶやきが漏れた。

「父上……」

朽ち果てた亡骸を抱いている老人に、バイエルは亡き養父の姿を重ねていた。目頭が熱くなるのを感じながら、ぼくは彼の腕をつかんだ。

「違う！」

だが、バイエルは呆然と老人を見つめながら、静かにかぶりを振った。そしてぼくの手をゆっくりと払い、バイオリンケースを開けた。

「だめだ……」

ついさっきまでは群衆の怒りを静めるために彼が演奏することを望んでいたにもかかわらず、いまはそれを引き留めたかった。群衆や死者のことなど二の次だった。このままでは、こんなことが続けば、バイエルが死んでしまう。

弾きたくない。

黎明を取り出しているバイエルの顔も、そう言っていた。それでも、ここに集まってきた人々の鬼気迫る要求ではなく、息子を失った父親のために弓を手にしていた。

頼む、やめさせてくれ。誰かこの場を……モトベンよ。

バイエルの弓が弦に触れた。だが、黎明は鳴かなかった。バイエルはなかなか弓を引けないまま震えていた。

沈黙していた聴衆が、少しずつざわめきはじめた。老人は依然、朽ち果てた亡骸を抱いて静かにバイエルを見上げている。

バイエルは小さく、泣き声のようなため息を吐いた。その手に力がこもるのが見えた。

だがそのとき。

「近衛隊は聞け！」

救いの手が差し伸べられた。

「ただいまより、ここで開かれている違法集会を解散させる。抵抗する者には剣を使ってもよい！」

まるで先覚者のようなその叫びに、沈黙が吹き飛ばされた。

後ろを振り向いた人々の目には、太陽の下で閃く鋭い刃が見えた。エダンの歴史のなかで、近衛隊が勢揃いして市民を取り囲み、剣を抜く光景を見ることはまことに稀だった。ぼくでさえ、彼らが金属音を鳴らしながら歩いてくるのを唖然として見つめていた。

人々は蜘蛛の子を散らしたように逃げていった。彼らの真ん中に立っているケイザーの姿に、胸が痺れるようだった。彼のことを好ましく思う日がくるとは夢にも思わなかった。

だが一部の人々は、新たな騒動が重なったことで狂乱状態になっていた。判断能力を失った彼らは、どっとカフェへ押し寄せてきた。扉が壊れ、誰かがその下敷きになったのか、苦しげな悲鳴があがった。人を踏み台にしてテラスへ向かおうとする人もいた。

ぼくは急いでバイエルに黎明をしまわせると、彼の腕をつかんで出口を探しはじめた。さいわい、非常出口があるからと、クロードがぼくたちを案内してくれた。

「あそこから出れば、広場とは反対の路地に出ます。そちらから逃げてください」

ところが、非常出口まで来たクロードが取っ手に手を伸ばしたとき、ドアが外から勢いよく開いた。平静を失った連中がこちらへも回りこんだのだと思い、ぼくは愕然とした。だが、そこから知っている顔がのぞくと、ぼくは悲鳴をあげるように彼の名を呼んだ。

「トリスタン！」

死人のようにやつれた顔だったが、その目だけはらんらんと光っていた。

「早く、こっちへ」

彼が低く言った。

ぼくは急いであとに続こうとしたが、バイエルはその場からぴくりとも動かなかった。

「バイエル？」

バイエルはなにか言おうとするように口を開いた。だがそのとき、何人かがドタバタと二階へ駆け上がってくる音が聞こえた。

「あそこだ！」

理性を失った人々が飛びかかってくると、バイエルもそれ以上躊躇してはいられなかった。ぼくたちは一緒に非常出口から飛び出した。背後でクロード男爵が、連中を引き留めようと踏ん張る声が聞こえた。ぼくは男爵に感謝しながら、そして、彼を置いていくことを申し訳なく思いながら先を急いだ。

階段を下りると、クロード男爵の言ったとおり、狭い路地へ出た。遠くで人々がわめいているのが聞こえた。さいわい、ここはいまのところ静かだった。

「こっちだ」

トリスタンがぼくたちを呼んだ。

ぼくはバイエルと視線を交わしてから、トリスタンのあとにしたがった。いままでどこにいたのか、どこで聞きつけてあの場に現れたのか。訊きたいことが山ほどあった。だが、トリスタンは質問する隙も与えないまま、路地をどんどん折れていく。道に迷ったようにも見えず、ぼくはとうとう尋ねた。

「トリスタン、どこへ行くんだ？」

だがトリスタンは答えなかった。彼についていきながら、バイエルのほうを振り返った。バイエルは顔をひどくこわばらせ、バイオリンケースを抱き締めるようにして歩いていた。ぼくがもう一度話しかけようとしたとき、トリスタンが切り出した。

「覚えてるか？」

息切れしていたぼくは、彼のそばに近寄って問い返した。

「なにを？」

「最初に死んだ、コロップス・ミュナーのフィアンセ」

トリスタンの声がおかしかった。無味乾燥なその声には、かすかな金属音が交じっているように感じられた。

ぼくは気のせいだろうと思いながら、また質問した。

「急にどうして？」

「彼女には友人がいただろう？　一緒に出かけたけれど、ひとりで戻ってきたという友人が」

ぼくは、以前ケイザーから聞いた話を思い浮かべた。すでに遠い昔のことのようだった。


――あの日エレナ・ホイッスルと一緒にピクニックに出かけた友人です。じつに不思議なことに、彼女はエレナが死んだ日から数日経っていることを知りませんでした……それまでの時間がすっかり失われていたんですよ。わたしたちが知る限り、彼女たちがピクニックに出かけたのは数日前。しかしエレナ・ホイッスルの友人は、それを今日だと思っている。まったく、ふざけた冗談みたいじゃありませんか？　山からエダンまで戻るのに数日かかっているにもかかわらず、彼女はそれをまったくわかっていないんです。

「その友人がどうかしたのか？」

「おれは、疑ってた」

トリスタンは歩みを止めることも、ぼくのほうを振り向くこともしないまま続けた。

「おまえたちがおれになにか隠してるんじゃないかって」

ぼくはバイエルを振り返った。彼は歯を食いしばっていた。

バイエルとぼくはその場に立ち止まった。トリスタンも数歩先で立ち止まった。短い沈黙。なんだろう、この異様な静けさは。

ぼくたちがなにも答えられずにいると、トリスタンがため息をつくように言葉を吐き出した。

「あの日アナトーゼはなぜそこにいたのか。そこはどこなのか。どうしておれが知らないその場所をゴヨは知っているのか。それで……訪ねたんだ。レアンヌの葬儀のあった日、エレナ・ホイッスルの友人だという彼女のところを」

心臓の大きさが変わるはずもないのに、ぼくのそれは大きくふくらんで胸のなかで暴れていた。

「彼女はすでにその界隈で、頭のおかしい女だとか、殺人犯扱いされていた。家族にまで見捨てられ、ひとり家に閉じこもって干からびつつあった。おれは彼女に、エレナと出かけた場所に連れていってくれと頼んだ。最初は怯えて拒んでいた彼女も、エレナが死んだ理由をつきとめるべきだと説得すると、ようやく家から出る決心をしてくれた。そうしておれたちは向かったんだ。あの場所へ」

トリスタンは出しぬけに、こちらを振り返った。

びくっと後ずさりしたぼくは、彼のひどく歪んだ顔を目にした。思わずバイエルの腕をつかんだが、その腕も震えていた。

「奇妙だったよ。そう、理解できなかった。彼女の家を出て、路地を少しばかり進んだだけなのに……おれたちはいつの間にかあの森にいたんだ」

カチカチと音がした。それがぼくの歯がぶつかり合っている音だということに気づくまでに、しばらく時間がかかった。

トリスタンは両腕を広げ、うなるように言った。

「見えるか?」

ぼくはそのぞっとするような眼差しをそれ以上見返せなかった。

ぶるぶる震えながらやっと視線を落とすと、トリスタンが言っているものが見えた。

「これが見えるか?」

水面……初めは、ぼくたちの足下に水たまりがあるのかと思った。でも、雨も降っていないのに、水が波紋を描くはずがない。けれど、波紋は徐々に広がっていき、ぼくたち三人を囲んだと思ったその瞬間、足下にあった水がどっと覆いかぶさってきた。

ぼくは悲鳴をあげた。一瞬で、あらゆるものが逆さまにほとばしった。

空が引っくり返って地面と入り混じり、水が空気を吸いこんで炎を吐き出した。夜に侵された昼が星に向かって命乞いし、雷は雲を放り投げながら咆哮をあげた。真実が嘘を欺き、時間が空間を歪めながら、ぼくたちのいるその場所が姿を変えていく。夢が現実のなかにあり、過去と未来が逆転し、醜い記憶の数々がぼくたちの周りを駆け巡った。

……見えた。

現実かどうか見分けがつかず、見分けようとすること自体が無意味だった。離れた場所で、水面に映って揺らめいているかのように、もどかしいほどはっきりしない映像が見えた。

ぼくたちがたどったあの道をトリスタンが走っている。そしてそのそばには、見おぼえのない女性がいる。ほどなくして、ふたりは純白の世界にやってきた。体のねじれたキセの姿を見たトリスタンは痛々しい悲鳴をあげた。そのあいだに、トリスタンは自分の背後に誰かが現れたのを、そして、一緒に来た女性がまたたく間に腐り果てるのを見逃した。

映像は突然切り替わった。今度はぼくとバイエルが走っていた。木に磔になっているキセを残し、ぼくたちは逃げていた。胸の奥底に隠していた恥部を見られたようで、身の置き場もなかった。

再び映像が切り替わる。誰もいない氷の木の森が、静かに漂う幽霊のように怪しくうごめいている。そこへ、白い影が現れた。その影は誰かを抱きかかえていた。その姿を確かめたぼくは叫んだ。

キセ！　たしかに彼女だった。

白い影は、キセの赤い髪をやさしく撫でた。そして彼女に口づけすると、氷の木の森で最も大きな木に向かっていった。さっきまでのやさしい手つきはどこへやら、影はすさまじい勢いで彼女をそこへ磔にした。

ぼくは、胸に杭を打たれたような痛みを感じた。はっきりと感じられるその痛みは、しかし夢のなかのもので、幻であり、ぼくのものではなかった。どこかよそごとのようだった。白い影は、ねじれていく彼女を愛撫しながら消えていった。

映像は果てしなく続いていく……。

またもぼくが登場した。ぼくは誰かと会話し、もどかしそうになにか訴えている。神秘的な微笑で純粋さをたたえ、姿を消した魔術師……あるいは悪魔。キヨル伯爵はやさしくほほ笑んでいた。彼の白髪が帽子の下でサラサラと揺れた。

もういい！

ぼくは息が詰まり、泣きだした。ここで、このなかで息をする方法はそれしかなかった。

だが、ぼくたちを囲んでいる水の銀幕は、まだ見せるものが残っているらしい。長大な超現実の協奏曲が目の前に広がった。氷の木の森を初めて訪れたとき、バイエルがぼくに見せてくれたあの永遠、それがまたも胸に迫ってきた。

ぼくはとめどなくあふれる涙を流しながら、呆然とそれを見ていた。耳には聞こえてなかったが、ぼくはすでにその音楽を聴いていた。ぼくのなかで一度も途切れたことのないあの音楽を。

水は底を尽きかけていた。やっと息ができそうだと思ったそのとき、映像はまたも過去へ、過去へ、過去へと流れた。誰もその純白の世界を侵したことのない時代、そこにはある人物が眠っていた。

白く燃え上がり、ついには氷となってしまった木々を支配する者。その奇怪な超現実の主。そして、バイエルが呼び覚ましたその残酷な魔物は、じつに二千年ものあいだそこに眠っていた。

そんなはずがない。そんなはずが。

彼が……どうやったらそんなに長いあいだ。

一瞬にしてまたも世界が切り替わった。これまでのあらゆる映像が引き戻され、目の前で揺れていた水の銀幕も消えた。幻は消え、ぼくは現実に足を踏み下ろしていた。バイエルの腕をつかんだままで。頬を濡らしている涙だけが、先程まで見ていた夢の唯一の証拠だった。

だがぼくは、なかなか視線を上げられなかった。

その路地を抜ければ、このあらゆる幻影を通り抜ければ、ぼくたちがたどり着いている場所はつまり……。

「ようこそ」

ぼくははっと顔を上げた。

二千年前の神話を証明するこの森の主が、ぼくたちに向かって腕を広げていた。言葉を失っているぼくたちの代わりに、トリスタンがその前にひざまずきながら叫んだ。

「連れてきた。連れてきたよ。だから、だから……早く彼女を……殺してくれ」

殺してくれ。

ぼくはやっと気づいた。トリスタンがぼくに向かって言わんとしていたことを。

氷の木の森の主はやさしく笑いながら、森の向こうを指し示した。そこになにがあるか、ぼくにもわかっていた。この森の中心であり、最も大きな木……そこに見るも無残な姿で磔になっている預言者。

だが、そちらを見やったぼくは、心臓が止まりそうになった。

そこにはなにもなかった。かすかな跡があるだけで。

「のみ…こまれた!」

そう言ってから、はっと口をふさいだ。

だが、トリスタンはうっとりした顔でその木を見つめながら、ゆっくりと立ち上がって歩み寄りはじめた。

「だめだ、トリスタン！」

ぼくは駆け寄って彼をつかまえようとしたが、背後からバイエルに引き留められた。

「よせ！」

「でも、トリスタンが！」

「あいつはもう……」

バイエルはぼくを引き留めたのではなかった。彼はぼくに寄りかかるようにして慟哭しはじめた。

「死んでいるんだ！」

ぼくは唖然として顔を上げ、トリスタンの後ろ姿を見つめた。

トリスタンはでたらめに描かれた影のように、よろよろとその木に向かって歩いていく。彼が両腕を広げた。顔は見えなかったが、間違いなく幸せそうに笑っていることだろう。

キセ……。

次の瞬間、トリスタンの体が真っ白い木の懐に抱きとめられた。

そのあまりのまぶしさに、ぼくはぎゅっと目をつぶった。

一瞬の出来事だった。目を開くと、トリスタンの姿はもうなかった。ただ、そこに彼がいたことを証明するかのように白い灰が舞っていた。まるで雪のように。

「トリス……タン？」

魂が抜けたようにそうつぶやき、膝に痛みを感じて視線を落とすと、ぼくはいつの間にかその場にくずおれていた。ぼくの背後で音もなくよろめいたバイエルが、ずしりとぼくに寄りかかった。

「ぼくは……」

バイエルを支えるために、きみを捨てた。

そのまま倒れてしまいそうで両腕を地面についたが、長くはもたなかった。ぼくは真っ白い地面に頭をうずめて悲鳴をあげた。内側で荒れ狂う感情を吐き出そうとしたが、無理だった。制御不能になった目から流れ落ちる液体は、真っ白い地面の上ではあまりに汚れて見えた。

汚い、汚すぎる。こんなにも汚いのか、ぼくの涙は……。

「起きてください」

そのとき、やわらかい声がぼくたちに降りそそいだ。逆らえない命令であるかのように、ぼくは無意識に顔を上げた。

「あなた方にはあなた方の結末が待っています」

そのあまりに無邪気な微笑に、ぼくもつられてほほ笑んだ。ぼくは立ち上がってバイエルを抱え、なにか見世物でも見るかのようにその魔物を見つめた。ぼくたちを待つものがなんであろうと、すでにぼろぼろのぼくたちをこれ以上痛めつけることはできないだろう。

「とても長い……死にも等しい眠りでした」

気だるいその声は、隠しきれない歓喜に震えていた。

白い影のように揺れている奇怪なその顔は、穏やかでも礼儀正しくもなかった。バイエルの音楽を聴いていたときのように悦びに満ちてもいなければ、ぼくをにらみつけていたあの時のように軽蔑に歪んでもいない。その顔を見たときのぼくの感想は、たったひとつだった。

ああ、そうか。

「デュフレ」

燃えていることを証明するように白い炎をゆらめかせている木々の合間から、若き筆写師が歩み出てきた。

「ここでまた、あなたとマエストロにお会いできるとは嬉しい限りです」

ぼくはぼうっと彼を見上げながら、その言葉を繰り返した。

「また……だって？」

「あなた方が初めてこの森を訪れたとき、わたしはここに眠っていました。通りすがりにお見かけになったはずですが？」

そう。夢とも幻ともつかないあの映像のなかには、時が止まってしまったように微動だにせず眠っているデュフレの姿があった。刹那だったが、ぼくにはそれが二千年に及ぶ時間だとわかっていた。

「でも、なぜきみが？　どうやってそんなに長いあいだ……」

混乱する頭のなかに、ゆっくりと思い浮かぶものがあった。ぼくは口をつぐんだ。

氷の木の森はどのようにして生まれたのだったか？　その欺瞞(ぎまん)だらけの悲劇には、生涯一本の木だけを愛したという伝説の人物と、彼の最期についての話がある。

そこまで考えたぼくは、はたと髪の毛が逆立つような事実に思い当たった。

「まさか……？」

ぼくにもたれかかっていたバイエルが顔を上げた。涙の跡を頬に残し、静かにデュフレを見据えた。

その顔にはなんの表情もなかった。ついに対面した殺人鬼への怒りも、今しがた親友を失った悲しみも、なにも。まるで魂がすっかり抜け出てしまったかのような、見ているほうが切なくなるほど空っぽの顔。

デュフレはその顔をのぞき見ながら、やさしくほほ笑んだ。

「そうです。わたしの本当の名はイグジス・デュフレ。二千年前にこの地に町を興し、芸術と文化を教えて人々を仕えさせた者。アナックス王をしてエダンを聖域と言わしめ、退かせた張本人。月日は流れて言葉が変わり、いまのあなた方はわたしをこう呼んでいますね。〝イクセ・デュドロ〟と」

衝撃が頭から背筋を伝い、痛いほどの戦慄を残した。ぼくはわなわなと震えながら、さっきまでとは異なる心持ちでデュフレを見上げた。

少年のようにほほ笑んでいる彼は、どう見ても神話のなかから出てきたとは思えない姿をしていた。

「そんな……ばかな」

「そう思われるのも無理はありません」

「しかし、本当にあのイクセ・デュドロなら……自ら燃やした木によって死んだはずでは?」

デュフレは突然、下を向いて笑いだした。そして、再び顔を上げると、手を妙な形に動かした。

すると、氷の木の森全体がうねった。ぼくは驚いてバイエルにしがみついた。だがバイエルは、そのすべてが自分とは無関係だというように微動だにしなかった。

しばらくすると、デュフレのそばに、キセを呑みこんだあの大木が現れた。ぼくははっとして後ずさりした。

木には、吐き気をもよおさずにはいられない跡が残っていた。人を……呑みこんだ跡。

「これが、さんざんあなた方の話題にのぼっていたその木です。エナドゥという名の、わたしが生涯愛した木。彼女はこの森にあるすべての木の母でもあります」

恐怖と驚きで鼓動が速まるのを感じた。

それが事実なら、子どもの頃に本で読んだふたつの伝説的存在が、いま目の前に並んでいるということになる。現実というにはあまりに巨大で、夢というにはあまりに鮮明だった。

デュフレは静かに手を伸ばし、そばにある木をいとおしげに撫でた。一瞬で人間を灰にしてしまう木でも、彼だけはその氷だか炎だかに影響されないようだった。

その姿を前にすれば、信じるざるをえなかった。彼が、彼だけがその神話を身をもって証明している、この木の主であると。

「わたしが自分の手でエナドゥを燃やした……。人はそういう話が好きなようですね。もっとも、残酷であれば残酷であるほど惹かれるのが伝説というものでしょうか。誰がわたしの伝記を書いたのかは知りませんが、その方に拍手を送りたいくらいです。真実よりもなおもっともらしい嘘がそこにあるようですからね」

「あの歴史と伝記が嘘だと？」

「そうです。このすべては、わたしがいちばんの友と信じた者のしわざです」

ぼくは息を止めた。しがみついていたバイエルの腕からも、彼が身を硬くしたのがわかった。デュフレは苦笑しながら続けた。

「彼の名はプリス・モルフ。当時、最も偉大な魔術師でした。キヨルからお聞きでしょうが……ええ、当時は彼らを悪魔と呼んでいました。いまのあなた方と同じように、彼とわたしはまたとない親友同士でした。しかし、お互いを思う内面はまるで違っていたのです。すべてにおいて彼より抜きん出ていたわたしに、彼は決して、ゴヨさん、あなたのように憧れの気持ちを抱いてはいませんでした。むしろ、ひどく憎んでいたのです。そして彼は、自分があやつれる最も悲惨な、すべてを溶かすまで消して絶えることのない地獄の炎でわたしのすべてを燃やしたのです。この地にあったわたしの家、ともに暮らしていた弟子たち、そしてエナドゥまで。しかし、エナドゥの下に眠っていたわたしだけは、その炎に脅かされることはありませんでした。エナドゥがわたしを守ってくれたのです。二千年……二千年ものあいだ生きたまま燃やされるという、あのすさまじい苦痛に耐えながら」

小さくなっていくその声に、悲嘆が感じられた。しばらく目を閉じていた彼は、再び目を開けて言った。

「いつまでも燃えつづけ、ついには冷たくなりながら……エナドゥは凍り、この場所の時間と空間も凍りつきました。わたしは眠りつづけ、決して目覚めることのない、死にも等しい夢のなかにいました。いや、ひょっとするとあれは、本当に死だったのかもしれません。ところが……赤い髪の預言者が唱えた一六二八年、わたしは目を覚ますことになったのです。ほかでもない、ひとりの偉大な音楽家によって」

デュフレはそう言いながら、バイエルをまっすぐに見据えた。めらめらと燃えるような彼の目には、ぞっとするほど深い愛情がにじんでいた。

バイエルは耐えがたいというように、後ろに退こうとした。だがデュフレの声は、ぼくたちを引き留めた。

「死にも等しいあの長い眠りからわたしを目覚めさせたもの、それは……氷のように冷たくよどみない、バイオリンの音色でした」

その瞬間、背筋が寒くなった。彼がなにを言おうとしているのか、一瞬でわかった。

初めてこの森に踏み入った日、ぼくたちを超現実の空間に導いた黎明の音色。

デュフレは、眠っていた月日の重圧を感じさせる声で続けた。

「あなたの音楽は永劫（えいごう）なる時のなかからわたしをよみがえらせ、死にも等しい悪夢からわたしを呼び覚ましました。炎によって歪められたまま凍りついていたこの地の時間と空間を溶かし、主を静かに守りつづけたこの森を再び燃え上がらせたのです」

バイエルは否定するように、激しくかぶりを振った。だがぼくの耳元では、キヨル伯爵が残した言葉が響いていた。


――氷の木の森に棲む魔物を目覚めさせたのは彼自身です。


「あの音はわたしにとって、モトベンの言葉も同じでした。〝目覚めよ〟。ええ、そうしてわたしは、二千年ぶりに目を覚ましたのです。そして見ました。わたしに新しい命を授けてくれた、父よ、あなたを」

「ふざけるな！」

沈黙を守っていたバイエルが前に飛び出しながら、ひどく動揺した声で叫んだ。ぼくは急いで彼を抑えた。驚きと恐怖に歪んだバイエルの顔は、このすべてを信じることも認めることもしたくないと言っているようだった。彼はぼくの腕のなかで暴れながら言った。

「ばかな。そんなはずがない！　本当にぼくがおまえを目覚めさせた、おまえの言う……父親なら、どうしてあんなことができるんだ？　なぜレアンヌを殺した！　父上は？　トリスタンは……！」

　相手につかみかかろうとでもするように腕を伸ばすバイエルに、デュフレは落ち着き払った声で答えた。

「あなたが、結婚して引退すると言ったからです。それは許せません。許せるものですか。完成まであと少しのあの音楽をやめると？　黙って見ていられませんでした。わたしが眠っているあいだに、目も当てられないほど廃れてしまった芸術、モトベンの名を口にすることさえ恐れ多いほど落ちぶれてしまった音楽。エダンはもはや、巡礼者の都市として守るべきあらゆる遺産を失ってしまった。しかしあなたは、あなただけはあの頃と変わらない、いや……あの頃をしのぐ音楽をやっている。聴いた瞬間、すぐにわかりました。あなたこそがわたしの代わりに、この世界にモトベンの高潔なる復讐を聴かせることができるのだと。わたしにもできなかったその音楽を、あなたが完成させるのだと！」

　バイエルは唇を噛みながらデュフレをにらみつけていた。抑えがたい怒りと動揺で、その体はひどく震えていた。バイエルは吐き捨てるように言った。

「完成させるために……？」

「そうです。完成させるために！　そしてあなたは、すでに完成させた。あなたのフィアンセ、彼女の葬儀の日に。混沌、憤怒、悲しみ、恨み、そういった感情のせめぎ合いのなかで、ついにモトベンの復讐が成し遂げられたのです。わたしはその感激をあらわにせずにはいられませんでした。奈落の底でむなしく散りかけていたモトベンの音楽を、あなたはこの現実のなかに呼び覚ましたのですから！」

　ぼくは小さく震えながら、バイエルの腕をぎゅっと握った。

あの日見たデュフレの表情は、だからあれほどおぞましくも、きらめいていたのだ。そしてぼくもまた、あの曲を聴いた瞬間、恍惚の境地に達したことは否めない。

「ああ……あれを聴くためなら、この手を止めることなどできません。殺しつづけてこそ、あの完成された音楽が聞こえてくるのですから。あのすばらしい音楽の材料となった彼らは、幸せな死を遂げたといえるでしょう」

バイエルの口から、ギリギリと歯ぎしりの音が聞こえた。おぞましいことに、ぼくは心の片隅でデュフレに共感していた。いや、心から。ぼくには彼の気持ちが理解できた。胸の奥底にひた隠しにしていた恥ずべきしこりが、現実となって目の前に現れたのだと言われても驚かなかっただろう。

ところがそのとき、そんなぼくの心を見透かすかのように、バイエルが突然こちらを振り向いた。ぼくは心臓が飛び出すかと思った。なにを考えているのか到底読み取れないその瞳は、ぼくの心を見通したうえでそれを非難しているようだった。息を押し殺して待つぼくを、彼はただそうやってひとしきり見つめていたかと思うと、がくりとうなだれた。表情の見えない彼の口から、かすかなつぶやきが漏れてきた。

「なるほど……ぼくのせいだったのか。あなたに言われたとおり……ぼくは悪魔だったんですね、父上」

息も絶え絶えのその声は、罪悪感と悲嘆に満ちていた。バイエルは爪が剝がれそうなほどの力で、真っ白い地面を引っかいた。そして胸が張り裂けそうな声で言った。

「きみまで殺してしまった……トリスタン！」

バイエルの口から、慟哭ともつかない息が漏れた。

ぼくは震える拳を握った。これ以上は……聞いていられない。

うなだれたまま悲しみに打ち震えているバイエルを残して、ぼくはゆっくりと立ち上がった。懐に手を入れる。そこにこのうえなく冷たい感触があった。心臓までも凍りつきそうなほどの。

おまえを理解できる。心から。

だけど、赦すことはできない。

ぼくは次の瞬間、あいかわらず甘ったるい笑みを浮かべて立っているデュフレに向かって駆け出した。彼が二千年前の伝説の人物だということ、一瞬で人間を腐敗させる不可解な力を持っていること、そんなことはもう関係なかった。

ただこの瞬間だけを待ちわびて、ずっと懐にしまっていたペンを引き抜いた。それを握った瞬間、生まれて初めて殺意というものを感じた。ひと突きでいい、あいつの首を刺してやる！

ぼくは叫びながら、脚に力を入れた。デュフレの顔がすぐそこまで近づいていた。彼がそばにある大木に手を伸ばすのが見えた。エナドゥの枝をぽきりと折った彼は、それをぼくのほうへ突き出した。

ぼくは歯を食いしばった。あの枝でなにをされようと、命ある限りこいつを——

だがそのとき、なにかがぼくを引き留めた。ぼくはあと数歩というところで立ち止まってしまった。怒りと混乱で理性を失いかけていたが、なんとか後ろを振り向いた。そこにバイエルの顔があった。

「どうして、どうして止めるんだ！　放せ！」

「やめてくれ……」

「次はどうせぼくの番だ。だけど、それ以上は赦さない！」

ぼくはバイエルを押しのけようとしたが、彼はぼくをつかんで放さなかった。そして、無理やりすり抜けようとするぼくに容赦なく蹴りを入れた。膝の裏側にまともに食らったぼくは、バランスを崩してどさりと地面に倒れた。腕をじたばたさせて立ち上がろうとすると、バイエルはぼくの胸ぐらをつかんで地面に押しつけた。

一瞬目がくらんだが、視界が戻ると、彼の険しい表情が見えた。バイエルは憎しみとやるせなさの入り混じった目でぼくをにらみながら言った。

「死ぬなと言ったのを忘れたのか？　もうきみしか！　きみしか……いないんだ」

ぼくはぴたりと動きを止めた。最後のほうは、ほとんどささやきに近かった。それでもそれを聞いた瞬間、自分がどこにいたのかも、なにをしようとしていたのかも忘れてしまった。

殺意も消えた。そういった感情がむなしく散っていった胸のなかを、ほかの感情が埋めた。

ぼくは口を開いたが、なにも言えなかった。

そんなぼくたちの上に、影が落ちた。頭を少し動かして、ぼくたちを見下ろしているその忌々しい顔を見つめた。デュフレは笑っているようなそうでないような、奇妙な表情で言った。

「命を粗末にしないことです。あなたの代わりに捧げられた預言者のためにも」

「……なんだと？」

ぼくは怒りを覚えながらも、そこにかすかな既視感があった。その言葉を、たしかにどこかで聞いたけれど……。デュフレは混乱しているぼくに、親切にも説明してくれた。

「キヨル伯爵が寛容なる赦しを与えた、キセのことです」

「寛容なる……赦し？」

それもどこかで聞いた言葉だ。おそらく同じ人から。

「そう、アナックス王が彼の妻に与えましたね。キヨル伯爵は、彼の伴侶と運命づけられた預言者が自分を捨ててトリスタンという若者を選んだとき、アナックス王と同じことをしました。そう、ここにいるエナドゥに生け贄として捧げることで。その代わり、あなたにだけは手を出さないよう、彼に言われました」

生け贄……ぼくの身代わり。そうだ。バイエルがそう言っていた。

「キヨル伯爵との約束がなければ、最初の犠牲者はあなただったかもしれません。あの哀れな悪魔は、自分が一度たりとも手にしたことのないもの、手にすることができないものに大きな憧れを持っていました。それゆえに、彼はあなたに愛情と敬意を抱いていたようです」

デュフレは同情と軽蔑の入り混じった顔でぼくを見下ろしながら、そう締めくくった。でもぼくは、不思議となにも感じなかった。ぼくの代わりに磔になったという預言者キセにも、ぼくを殺していたかもしれないという神話のなかの人物にも、ぼくを生かしてくれた魔術師にも。

ぼくはただ、キヨル伯爵の最後の姿を思い浮かべていた。純粋さをたたえ、それを大切にするようにと言っていた魔術師。

彼はぼくを守るためにキセを磔にし、それはぼくの純粋さを打ち砕いた。

「は……はは」

笑うつもりではなかったのに、笑いがこぼれた。不自然きわまりない、自分のものとは思えない笑い。

「だから……悪魔というわけか」

理由もわからないままに、目頭が熱くなるのを感じた。心は空っぽのはずなのに、体は勝手に涙を流している。虫唾が走るほどの偽善がぼくを支配していた。だがぼくには、自分の手でそれを払拭するほどの力もない。

そのとき、ぼくを押さえつけていた力がふっとゆるむのを感じた。視線を少し下げると、痛ましそうな目でぼくを見下ろしている、尊敬する友の顔が見えた。

きみは生きるんだ。

涙で視界がぼやけていたが、彼がそう言ったのは口の形でわかった。だが、それがどういう意味なのかは理解できなかった。

バイエルはそんなぼくを置いて立ち上がった。ひどくこわばったその顔が、ついにデュフレと向き合った。

「それで……なにが残ったんだ？」

「はい？」

「魔術師と預言者。寛大な赦しと死。それと、ほかになにが残ったんだ？」

デュフレはそれには答えず、含みのある顔つきになった。話にはまだ続きがあり、それを当ててみろと言っているかのような。

だがバイエルは、無視して続けた。

「話が終わったようなら、今度はぼくがおまえに訊こう。その完成された音楽とやらだが、それを演奏することでぼくが得たものはなんだ？　ぼくはおまえの望みどおり、それを完成させた。だがおまえはぼくに、死以外になにをくれた？」

デュフレの口元にしわがよった。バイエルは怒りに満ちた表情で叫んだ。

「やつらがぼくにくれたのは喝采だったか？　とんでもない！　いかれた連中の身悶えと、耳の詰まった連中のどんちゃん騒ぎが繰り広げられただけだ。どこにいる、ぼくの聴衆は？　どこにいる、ぼくの音楽を理解する者は。答えろ！」

バイエルがどなると、デュフレは突然大声で笑いだした。楽しくて仕方がないというようなその笑い声に、バイエルもたじろいでいた。彼は木に触れながら、文字どおり腹を抱えて笑った。

バイエルは徐々に表情を歪め、またもなにやらどなった。だが、デュフレが手を振りながら彼を制止した。やっと笑いやんだデュフレは、息を整えながら言った。

「おお、どうかわが父よ、あなたの軽蔑するあの愚鈍な連中の真似はおやめください。あなたの目の前にいる息子が、あなたのただひとりの聴衆がわからないのですか？」

「なん……だと？」

バイエルの口から小さな問いが漏れた。ぼくもデュフレのほうを向いた。いまだに理解できないままだったが、おぼろげに感じることはできた。絶対にあってはならないことだと。

「ここにいるではないですか、父よ！　あなたのすべての音楽を聴いてきたわたしが！」

バイエルは目をかっと見開いてデュフレを見つめたまま、黙っていた。だが、なんとか自分を抑えながらも小刻みに震えているその手が、バイエルが内心でどれほど驚いているかをありありと示していた。

デュフレはもどかしげに続けた。

「わたしに投げられたあなたの復讐！　あの音符の数々はわたしの心臓目がけて飛びこんでき

ました。そのまま恍惚のうちに死んでしまうのではないかと思いましたよ。あなたの〝音の言葉〟はきらきらと輝きながら、わたしを有頂天にさせてくれました。わたしは、あなたの音楽をあなたとともに聴き、理解し、感じていたのですよ！」

バイエルはその言葉に気圧されたかのように一歩退いた。

「嘘だ……」

デュフレは地団駄を踏みながら叫んだ。

「来たれ、永遠から流れきたりてついには安息へと帰結する音を聴く者よ。ひとえにわれと同じ、血脈のなかに音域をもつ巡礼者の末裔（まつえい）のみがそれを聴きえたり。その音を聴きし者はわれのもとへ来たれよ！　あなたがカノンホールで独奏会を開いたときの、出だしはこうでしたね！　人の言葉で表現するといかにもちんけですが、これでもわたしを否定なさるおつもりですか？」

バイエルは悲鳴に近いうめきを漏らし、さらにもう一歩後ずさった。驚愕に歪んだその顔から、デュフレの言葉が嘘ではないことがわかった。ぼくの口から力ない笑いが漏れ、どこともなく消えていった。

バイエルは叫んだ。だがその言葉を、本人も信じていないことがはっきりわかった。

「そんなはずない……。そんなはず……違う、違う！」

「おやおや、あなたもわたしと同じくらい待ち望んできたではありませんか！　わたしだけが、あなたの流れるような音の裏に隠された軽蔑を聞き、わたしだけが、理解してもいないくせに無駄な拍手をしている者たちへの嘲笑を聞いていた、わたしだけ、わたしだけ、わたしだけが！　すべてをあなたとそっくり同じように感じる、その唯一の人を探し求めるあなたの気高い孤独を聞いたのです！」

バイエルの手から黎明がすべり落ちた。獣のような荒い息遣い。ゆっくりとかぶりを振る彼は、だが、否定している自分自身を否定していた。

デュフレはそんな彼に、呼吸をする暇も与えず追いうちをかけた。

「あそこにいるまぬけは、どんなに望んでもなれません。感じることのできないキヨルも同じです。わたしだけがあなたの唯一の聴衆なのです。わたしこそが、あなたがあれほど待ち望んだその人物なのです、父よ！」

デュフレは泣き叫ぶようにそう言い、バイエルの前にひざまずいた。

バイエルは無言で小刻みに震えていた。乾いた涙の跡を、新しい涙がつたった。体を震わせ、恐れながら、ついに迎えたこの希望の果てで、どうしていいかわからない様子だった。デュフレはそんな彼を激しく抱きしめた。バイエルはぎくりと身を揺らし、やがてひどくかすれた声で言った。

「おまえが……おまえがぼくの……？」

「唯一の聴衆です」

「本当に……おまえが……」

「はい、いかにも」

その返事を聞くと同時に、バイエルの口から猛々しい泣き声が飛び出した。ここに至るまでのありとあらゆる激情。そのすべてを含むようでいて、そのどれでもない……ただただ泣いているとしか言いようのないものだった。

バイエルがあれほど求めた、バイオリンひとつを手に生涯探し求めてきた、ともすると本人でさえ叶うとは思っていなかった願い。それがこの場で、こんなかたちで実現するとは、彼自身も想像していなかっただろう。

唯一の人を探し求めていた友が、ついにぼくではない、その人物に巡り会ってしまった。そしてぼくは、喜んであげられない自分が呪わしかった。バイエルのすべてを破壊し、ぼろぼろにし、ぼくたちをこの悪夢のような世界へ導いたあの男が、まごうことなき彼の唯一の聴衆だという信じがたい悲劇も。

モトベンが用意したものなのか？　この舞台は、この出会いは、この呪わしきクライマックスは。

二千年という時を経て……太古の時代に始まった物語は、なんとも忍耐強い神によって、ついに最もむごたらしい結末を完成させた。いま、この場所で。

「おまえがぼくの……唯一の聴衆だと！」

その涙の果てで、神の寵愛(ちょうあい)を得たバイエルは、むせび泣きながら笑い、泣き叫びながら笑った。それは創造主への、不器用でもの悲しい抵抗だった。ひどく震えている彼の声は、むなしいこだまとなって少しずつ消えていった。

デュフレは何度もうなずいて言った。

「そうです。ですからわが父よ、最後にわたしのために演奏してくれませんか」

バイエルの顔から、すべての表情が消えた。バイエルは、そんな単語は初めて聞くというように訊き返した。

「最後……？」

「はい、エナドゥはこれ以上持ちこたえられません。あなたがこの空間に踏みこむことで、ここにいるすべてのものたちが目覚めてしまいました。もちろん、父であるあなたを恨んではいませんせん。ですが、エナドゥは遠からず燃えてしまい、最後には安息を迎えることでしょう。そして……そうなれば、わたしも」

そう語る彼の目に、わずかながらも悲しみが宿った。バイエルは陰鬱な影を背負ったまま、自分の唯一の聴衆を見つめるばかりだった。

デュフレが地面に落ちていた黎明を拾い上げた。そしてそれを、大事そうにバイエルの手に握らせた。

「これはJ・カノンという魔術師が、文字どおり魂を込めてつくった楽器です。この氷の木の森に足を踏み入れた彼は、エナドゥの枝をひとつ手折ってこのバイオリンを作りました。これはひとえにモトベンの息子のために作られたものであり、それゆえに永遠にあなたのものというわけです」

バイエルは震える手で黎明をつかんだ。いまとなっては使い慣れたはずのその楽器を、バイエルはどこか遠い眼差しで見下ろした。

デュフレはその姿をうっとりと見つめ、低くささやいた。

「さあ、これであなたの唯一の聴衆のために、わたしだけのために……あなたの全身全霊の演奏を聴かせていただけますか？」

バイエルはデュフレを見やった。濡れたようでいて乾いたようでもある、なにを思っているのかわからない瞳が、唯一の聴衆をなぞるように見た。そしてしばらくすると、バイエルはゆっくりとうなずいた。

「いいだろう」

デュフレはこれ以上の喜びはないというように、やわらかくほほ笑んだ。それから、バイエルがよろめきながら立ち上がるのを待った。バイエルは落ちていた弓を拾い上げ、姿勢を正すと、のろのろと弓を弦にあてた。

だが、首を長くして待っている自分の聴衆をじらすかのように、バイエルはその状態で止まってしまった。しばらく待ってみても、演奏は始まらなかった。デュフレはいまかいまかとやきもきしながら、いちばんかゆいところに手が届かないような顔でバイエルを見つめていた。

だが、それでも演奏は始まらない。

ついに顔をしかめたデュフレに、バイエルが静かに言った。

「忘れたのか?」

「はい?」

「ぼくの演奏は死と引き換えだ。人の命とね」

ぼんやりと聞いていたデュフレは、少ししてからようやくぴんときた様子だった。彼は自分の手のなかの枝を見下ろし、次にぼくに視線を移した。

「ああ、そうでしたね」

デュフレはにやりと笑い、ぼくのほうへ歩み寄った。

彼が嘲笑を浮かべながらぼくのそばでしゃがんだときも、その凍りついた枝を向けてきたときも、ぼくはただそれを見つめるばかりで、なにもできなかった。目が痛くなるほど真っ白い枝を見つめながら、こう思っただけだ。ああ、死ぬのだ、と。それは無意識の悟りだった。

だがそのとき、バイエルの冷たい声が聞こえてきた。

「いや、そっちじゃない」

デュフレの手がぴくりと動いて止まった。ゆっくりと顔を上げた彼は、鋭い剣のように自分に狙いを定めているバイエルの弓に気づいた。

バイエルはおそろしいほどこわばった顔で、きっぱりと言った。

「ぼくが望むのは、おまえの命だ」

「……はい？」

「ぼくはあいつの死では演奏しない」

デュフレの顔が引きつった。ぼくの胸を、その枝ではなく別のものがぐさりと貫いた。バイエルは少しの迷いもなく続けた。

「約束しよう。おまえが死んだら、ぼくの最高のレクイエムで応えてやる。誓って言うが、それはぼくがこれまで奏でてきたどんな曲よりもすばらしい、体を震わせる音楽だ。この世に唯一存在する真の聴き手、その人だけに捧げるのだからね」

「しかし……」

「おまえは言った。ぼくの音の材料となれば幸せだと。そのとおり、おまえはこの世で最も美しい、そして、まさしく完成された音楽の材料になるんだ」

口をぽかんと開けてバイエルを見つめていたデュフレは、ゆっくりと、恍惚の表情で笑いはじめた。そして、喜びに満ちた声で言った。

「父よ……それは本当ですか？　わたしにそのような栄光を……わたしのために、わたしだけのために演奏してくださると？」

「ああ」

バイエルは決然とうなずいた。デュフレは悦びを満面に浮かべてバイエルを見つめたあと、ゆっくりと歩きだした。彼が足を止めたのは、生涯愛したという木の前だった。

デュフレは切ない目で木を見やり、それを抱いた。エナドゥをやさしく撫でるその姿は、敬虔にさえ見えた。デュフレの両目から、ゆっくりと涙が流れ落ちる。彼は心から満ち足りた面持ちできっと口を結び、静かにほほ笑んだ。

「わかりました、父よ」

デュフレはエナドゥから手を離し、もう片方の手に持っていた真っ白い枝に視線を移した。そしておだやかな目で枝を見つめていたかと思うと、いきなりそれを自分の心臓目がけて突き刺した。

悲鳴をあげたはずなのに、ぼくの耳にはなにも聞こえなかった。あまりの衝撃に、喉が麻痺してしまったようだった。

枝は少しも鋭利に見えなかったが、おそろしいほどするするとデュフレの体に食いこんでいった。彼は苦しそうにほほ笑みながら、それを最後まで押しこんだ。

「ああ……」

ついに枝は跡形もなく消えてしまった。彼の体が、枝を突き刺した部分からゆっくりと黒く染まっていく。

朽ちている……。これだった。これまで幾人もが不思議な死に方をしていたのは、こういうことだったのだ。

「次は……あなたの番です」

デュフレはそう言いながら、その場にがくりとひざまずいた。朽ちていく肉の上に、ぞっとするほど白い灰がポロポロと落ちた。

もう先は長くないとしても、こんなにもあっさりと自分の命を捨てたことに、ぼくは驚愕を、いや、敬意さえ感じていた。高潔なる音楽、それを聴くために誰かを殺せる者は、それを聴くために自ら死ぬこともできるというのか。

バイエルは黙って黎明を肩にのせた。そして弓を構えた。デュフレは敬虔な聴衆の姿勢で彼を見上げ、それを見返すバイエルの目にはなんとも言い表しがたい色が浮かんでいた。

ああ、世界で最も感動的でもの悲しいレクイエムが奏でられようとしているのか。

ぼくは自分が、デュフレと同じぐらいその旋律を待っていることに気づいた。そのまま少しずつ時が流れた。バイエルは唇を固く結んだままだ。演奏も始まらない。ぼくは少し訝しむようにバイエルを見やり、デュフレもじれったそうに言った。

「父よ……演奏を」

弦をぎゅっと押さえているバイエルの手がわなわなと震えていた。苦しいのか、デュフレがあえぎながら地面に手をついた。

「どうか……わたしの死に……その曲を……」

だが、バイエルは目を閉じた。バイオリンを持つその手もいっこうに動かない。ぼくは歯がゆい気持ちになった。デュフレの代わりに、バイエルに向かって演奏してくれと叫んでやりたかった。

「父よ……?」

演奏しないのか……?

デュフレはバイエルの唯一の、そして、もしかすると最初で最後になるかもしれない聴衆だった。

そんな彼がいま、バイエルの音楽のために死にかけている。

バイエルはデュフレに、最高のレクイエムを捧げるのだ。捧げないはずがない。死にゆくただ一人の聴衆と同じくらい、バイエル自身もこの日を待ちわびていたのだから。

それなのに、なぜ?

「父……」

デュフレは、とうとうその場に倒れた。体はがたがた震え、もう半分以上腐敗していた。だが、その瞬間を待ち望んで輝く両の目だけは、一心にバイエルを見つめつづけている。

バイエルは歯を食いしばると、その視線からさっと顔を背けた。震える両腕は、この世でいちばん重たいなにかをのせているかのようだった。

そしてまた沈黙が続くと、地面に倒れていたデュフレの体がわなわなと震えだした。彼の熱望が、生へと向かうのがわかった。歯ぎしりする彼の内なる叫び声が、ぼくの耳にまで届くようだった。

ちくしょう、この体め、もう少し耐えるんだ。演奏はまだ始まっていない。わたしは聴かなければならない、聴かなければならないんだ! わたしだけがあの哀れなお方の演奏を聴けるのだから!

「……赦さなくていい」

そのとき、バイエルが口を開き、ため息ともつかないひとことをこぼした。その意味がまだ理解できないうちに、彼は黎明と弓をゆっくりと置いた。

ぼくはもちろん、デュフレも目を見開いてその様子を見つめた。次の瞬間、バイエルはすでに命が尽きかけている彼の唯一の聴衆に、残酷なひとことを突きつけた。

「演奏はしない」

ぼくは思わず口をふさいだ。胸が張り裂け、心が押しつぶされた。涙さえ忘れ、その事実に胸を貫かれた。この途方もない惨劇を前に、全身がヤマナラシのように震えた。

これは、目の前で朽ちかけている彼の唯一の聴衆に向けたものでも、エダンの愚かな聴衆に向けたものでもない、まさしく、まさしく彼自身に向けられた――

「これがぼくの高潔なる復讐だ」

低い声で、バイエルは言い放った。

死にも等しい静寂が流れ、ついにその言葉によって完全に解放されたかのように、デュフレの体が朽ち果てた。死後何年も経っているかのような、見るも無惨な姿。それは……なんとも悲しい最期だった。

バイエルはその朽ち果てた体の前に片膝をついた。そして、ずっとこらえていた涙を静かに流した。熱い涙がバイエルの顎をつたい、白い地面に落ちる。永遠に続きそうな沈黙に、バイエルのすすり泣きが一瞬だけ混ざって消えた。

……ああ。

ぼくの内側で、雷のように荒々しく反射するありとあらゆる感情がふくらんでいった。ぼくは胸にナイフが突き立てられたような痛みを感じながら、なんとか体を起こし、バイエルに近寄ろうとした。だが彼は、孤高のプライドをもって首を横に振り、ぼくの差し伸べた手を拒んだ。ぼくはしばらく、黙ってそこにたたずんでいた。

ふと寒気を感じた。寒かった。ここはあまりに寒く、うら寂しい。

風が泣きながら逆さまに吹き荒れはじめた。さっきまで凍りついていた木々が、一瞬にして炎に包まれたように揺らめいた。朽ちたデュフレの体はその風に抱かれ、エナドゥに吸いこまれていった。

悠久の時のなかで愛し合ったふたつの存在がひとつになった瞬間、デュフレの体はひと握りの灰となって消えた。くすぶる火の粉が、消えていく主を偲ぶかのように四方へ散っていった。

主を失くした森が、少しずつ傾きはじめた。この森にはきっと、悲しみという音の言葉が波打っているのだろう。それを聞き取れないぼくの耳には、この世で最も悲壮なレクイエムが聞こえてくるばかりだった。その音楽には、年月が、歴史が、伝説のなかの存在だけが持つ美しい重みがあった。森は、どこまでも高まっていく音楽のように激しく燃えさかった。身を挺して生んだ数多の音符が、白く白く舞い散っていった。

指揮者も奏者もいない幽霊のごとき交響曲を聴きながら、ぼくたちは真っ白い森が崩れ落ちるのを見守った。白い灰が地面に沈んでゆき、幻はまたも寝返りを打って、時間と空間を置き換えた。

果てしなく続くと思われた音楽はいつの間にか止んでいて、ぼくたちは初めて氷の木の森へと誘われた、あの深い森にいた。

さっきまで真っ白だった世界を、いまは闇が支配していた。手のなかで砕ける置き去りにされた落ち葉たち、息が詰まりそうな沈黙を追い払う草虫の声、鼻をつく冷たい風のにおい……。視覚以外の感覚が夜を受けとめながら、ぼくに起きろと促していた。

ぼくはひどい夢を見たあとのようにぼんやりしていて、体を起こす力もなかった。

だがそのとき、冷たいなにかがふわりと顔に触れた。それを手で確かめながら、空を仰いだ。

深い闇の隙間から、小さななにかが落ちてきていた。生い茂る木々の合間から差しこむ月明かりが、それを映し出した。

雪だった。


——あなたはその目で見ることになるのね。


冷たい炎に全身を覆われている気がした。それに気づいた瞬間、いまのいままでこらえていた悲しみが胸の奥底から込み上げてくるのを感じた。

ぼくは口を開き、喉をつたう感情の激流をあふれるがままに任せた。自分のものとは思えないもの悲しい泣き声が夜をかき乱した。ひたすら泣いた。全身全霊で泣いた。赤い髪の彼女は、まごうことなき偉大な預言者だと証明するかのように。そのすべてが夢ではなかったと訴えるかのように。

暗がりのなかから、影がひとつ、こちらへ歩いてきた。彼はなにも言わなかったし、ぼくと一緒に泣きもしなかった。ただひたすら、悲しいほど長く生きた一本の木の名残が混じっているかもしれないその冷たい雪を、いつまでも、いつまでも……一緒に浴びていた。

朝が夜をそっと押しやるまで。

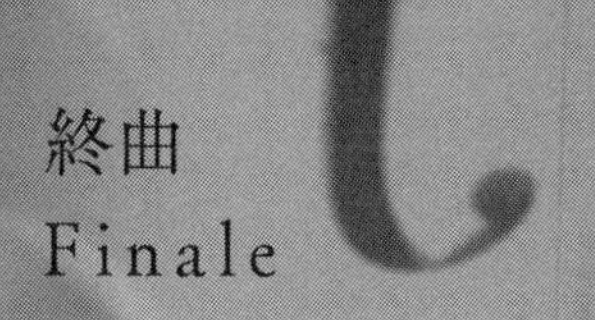

終曲
Finale

そしてバイエルは発っていった
彼の最後の望みを音に乗せ
すべての弦が切れた黎明を持って

彼が弦を張り替えることはないだろう
その命が尽きるまで

……二度と弾くことはないだろう

エダンは十年の月日が流れてもその奥ゆかしさを保っていた。外部から新しい潮流が入ってきても、海の巨大な流れを変えるのは容易なことではない。エダンは、まだ分別のつかない子どもを抱き締めるように、そのすべてを淡々と受けとめた。そして自らの一部とした。

まるで大海原のように、エダンの時間はゆっくりと流れてゆく。時には荒波を、時にはこのうえなく静かな凪を抱いて。

そのなかで小魚の群れのように生きていく人間だけが、少しずつ変化していく。やはりマルティンだけが偉大なのだとか、そんな考え方はもう古くさいとか言い合いながら。

近頃は、どちらかというと後者が支持を受けている。

いまは貴族でさえも、マンネリ化したマルティンよりパスグランのほうを好むようになった。サロン演奏会は大盛況で、若い音楽家を自ら指導するマエストロや、そんな彼らを後援する貴族の数も増えた。ガフィル夫人が彼らの中心にいることはいうまでもない。

そんなわけで、正式に音楽院を卒業する者の数は自然と減り、古典マルティノの数もずいぶん減った。最近の若者たちには、小難しい作曲法を覚えたり、いちいち拍子を数えたりという作業は肌に合わないらしい。

なかには、新しい試みだといって、ピアノを打楽器のようにでたらめに叩く変わった新人もいた。また、バイエルのあの伝説のテクニックを習得してみせるのだと、弦を次から次へと切っていく奏者もいた。同じように演奏をする者もいたが、たいていは人の呼吸をあやつることはおろか、自分の呼吸すらも思いどおりにできずに自滅していった。

ぼくはそんな若い音楽家たちを見ながら、世の移り変わりは早いものだな、とつぶやき、急に老けたような気分になってひとり照れ笑いをした。


「ゴヨさま、お客様です」

「誰だい？ 今日は誰かと約束していたかな」

「いいえ。お約束はされていないそうです。お引き取りいただきましょうか？」

ぼくは手のなかの楽譜をしばし見下ろしてから、首を振った。

「お通ししてくれ」

少しして入ってきたのは、簡素な服装の初めて見る男だった。彼はひとりではなかった。あとに続いて入ってきたのは、ぼくにとっては見慣れた顔だった。

「ケイザー、きみか」

「いや、わたしは道案内をしただけだ。きみの家を探していらしたから」

「最近の近衛隊長はそんなことまでやるのか。給料泥棒も同じだな」

「とんでもない。きみの親御さんがジモン財閥の会長の脱税に加担したという疑いがあってね。そこでこうして、家のなかに転がってる領収証のひとつでもくすねて帰ろうと寄ったんだ」

ケイザーの言葉に、ぼくは噴き出した。彼はあいかわらず、お金ですべてを解決しようとするわが一族、とくに父のことを嫌っていたが、それにもかかわらず、ぼくたちの親しい関係は続いていた。

ぼくはケイザーと一緒にやってきた男を見つめた。

「ああ、失礼しました。わたしになにかご用でしょうか?」

「はい。わたくし、バベル・フォロンと申します」

男は恭しい態度で言った。どこかで聞いた名前だと思い首をかしげていると、ケイザーが口添えしてくれた。

「少しは世間にも目を向けろ。あの有名な歴史学者、バベル・フォロン卿だ」

「ああ!」

ぼくはようやく気づき、急いでお辞儀をした。

「失礼いたしました。読めるのは楽譜ぐらいでして……」

「めっそうもない。わたくしも自分の専門外については同じですよ」

彼は恐縮して答えた。

ぼくは手に持っていたものを置いて、さっそくふたりに席を勧めた。あの有名な歴史学者と向き合っていると思うと、胸が高鳴った。使用人にお茶を頼んでから、おもむろに尋ねた。

「ところで、どのようなご用件でしょうか」

歴史学者はしばらく口をつぐんでいたが、やがて、少し言いにくそうに口を開いた。

「まずはご無礼をお許しください。あなたにとっておつらい記憶を思い出させてしまうことになるからです。じつは、アナトーゼ・バイエルを捜しているのです」

ぼくは拳が白くなるほど手を握り締めた。彼がこの地で最も著名な歴史学者であり、みなから尊敬される著述家でなかったなら、すぐにでも出ていけと叫んでいただろう。

だが、押し留めるようなケイザーの表情を見て、かろうじて自分を抑えた。それでも、次にぼくの口から出た声には、どうしようもない不快感が表れていた。

「この数年間、ぼくはそういった話をするすべての人たちに、同じ反応をしてきました」

「はい。手当たり次第に物を投げつけてから、あなたが口にできる最も凶悪な言葉で追い返したと。〝羽の抜けたアヒル〟、わたくしはそれについて考察を重ねなければなりませんでした」

相手の真剣な口調に、呆れ笑いを漏らさずにいられなかった。ひとまずはそのとおりの反応を返す前に、理由から尋ねることにした。

「ほかの人たちならいざしらず、あなたのような方がなぜ彼を捜しているのか見当がつきませんね」

「わたくしにとっては極秘事項ともいえる事柄ですが、あなたには正直に申し上げます。このたび、アナトーゼ・バイエルの伝記を執筆しようと考えているのです」

まぬけに見えることはわかっていても、驚きすぎて開いた口がふさがらなかった。ケイザーもまた、ぼくと同じような顔でその著名な歴史学者のほうを振り向いた。

ぼくたちふたりをあっという間に混乱に陥れた彼は、淡々とした口調で続けた。

「じつは、ここエダンにやってきて、もうずいぶん経ちます。本当はいちばん先にあなたにお会いしたかったのですが、彼のことは話したくないというあなたのご意向を尊重して、いままでお訪ねはしなかったのです。代わりに、多くの人たちから情報を集めました。ですが、彼の最後の演奏については……それを目の当たりにした人たちは一様に口を閉ざすばかりでして」

バイエルは、ぼくたち全員に、その耳はただの飾りかと、そう言ったのだ。己の恥になるようなことを口にしたがる人はそうそういないだろう。

ぼくは同意するようにうなずいた。すると、歴史学者のよどんだ目が一瞬きらりと光った。

「では、あなたは知っているのですか？　最後の演奏のあと、彼がどこへ消えたのか」

　ぼくはしばし沈黙した。この高名な歴史学者をがっかりさせたかったわけではない。ぼくもまた、答えられることを願ってきたのだ。この十年間。

「すみません。わたしも知らないんです。これまでお答えしてこなかったのは、かばっていたのではありません。それを知らないと口にするのが……いやだったんです」

　驚いた顔でぼくを見つめるケイザーの視線を避けるようにうつむいた。

　向かいに座っていた歴史学者は、深いため息をついた。明らかにがっかりした様子に、ぼくは罪を犯したような気持ちになった。

「そうですか。本当に、すべての関係を断ち切って行かれたのですね。あの日、黎明の弦を決然と切ったように」

　ぼくはまたもや驚かされた。顔を上げると、彼は乾いた微笑を浮かべて言った。

「わたくしもあの日、あの場にいたんですよ」

「そうだったんですか……」

「はい。ほかの人の目にはあれがどんなふうに映ったのか知りたいのです。しかし、どれだけ訊ねて回っても答えてくれる人はなく、わたくしと同じように感じた人がいるのかはわかりませんでした」

　ぼくは心臓が静かに波打つのを感じた。ごくりと唾を呑み、おそるおそる尋ねた。

「あなたは……どんなふうに感じたのですか？」

「こんなふうに申していいのかわかりませんが。わたくしは、歓喜を感じました」

歴史学者は、お茶を飲んでいってくれという頼みを丁寧に断り、すぐに席を立った。

ケイザーとぼくは、彼が遠ざかっていくのを黙って見つめていた。いましがたのことなのに、まるで夢のなかのように遠い出来事に感じられた。

ケイザーが、つと口を開いた。

「仕事は順調か？」

「ああ……うん。ありがたいことに、ヒュベリッツ・アレンから彼のソナタ作品集を任されたんだ」

「ヒュベリッツ・アレンか。いまとなっては師であるポール・クルーガーよりも有名だっていうのに、きみみたいなエセ筆写師に任せるとはな」

「当然だ。誰かさんみたいに虎視眈々とわが一族を滅ぼそうとしている友人とは違って、彼はぼくを助けたがっているからね」

ケイザーはひとしきり笑ってから、意地悪な顔で言った。

「この十年、ずっと答えを聞けなかった質問だが、もう一度訊いていいか？　どうしてよりによって筆写師なんだ？」

「お金も時間もあるのに、暇だから」

ケイザーはうざったそうに眉をひそめて見せたが、すぐに笑ってぼくの肩を叩いた。

「くれぐれも、彼が公演当日、楽譜が読めないなんてことがないようにな。自分が悪筆だってことはわかっているのか？」

「ああ、わかっているよ。でも、ヒュベリッツはもっとひどいぞ。自分の字が自分で読めないんだから」

ぼくたちはそんな小気味よい会話を交わした。エダンでいちばん有名なピアニストは、いま頃どこかでくしゃみをしていることだろう。

ケイザーが去り、部屋に戻ると、同じ場所であるにもかかわらず、なぜかさっきよりもの寂しく感じられた。

作業中の楽譜を取りに向かっていたが、ふと足をピアノのほうへ向けた。いまでは日に三十分ほどしか触れてもらえないピアノは、それが不満であるかのように、このところ調子が悪い。そろそろ調律師を呼ばなければ、そう思いながらふたを開けた。

ピアノの鍵盤を撫でていた習慣は、やめて久しい。そうしていると、演奏前に弓で弦を撫でていた友を思い出すからだった。

目の前が白くぼやけはじめ、ぼくは頭を振った。そして、いつも椅子の脇に置いてある数枚の楽譜を取り、譜面台にのせた。すでに記憶している楽譜をあえて見ながら弾くのは、懐かしさからくるくだらない儀式以外のなにものでもなかった。

ゆっくり鍵盤を弾きはじめた。何度聴いても、この音楽は毎回新しい感動をくれる。このときばかりは、どこかで遊んでいたぼくの魂もそっとそばに寄り添って、静かに耳を傾けているような気がした。

長くはない演奏を終え、ぼくはため息をつきながら指を止めた。そして、楽譜を整理して元の場所に置き、ピアノのふたを閉めた。

毎日のようにこの曲を弾いている。いまとなってはあまりに遠く、おぼろげなあの日を思い出しながら。

でも、ぼくのそばでバイオリンを弾いてほしい人はもういない。

いまになってようやくその事実に気づいたかのように、ぼくはぱたりとピアノの上にうつ伏せた。

数日後、楽譜を取りに来たヒュベリッツ・アレンは、ケイザー同様、ぼくに悪筆だという悪気のない冗談を浴びせた。ぼくは、きみも負けていないと工夫のない返答をしながら彼を見送った。

部屋に戻り、別の音楽家に依頼された楽譜を持ち上げたとき、数日前と同じように使用人がやってきた。

「ゴヨさま、お客様です」

おぼろげにかすかな既視感を覚えながら、ぼくは少し遅れて答えた。

「今度はアナックス王でもお出ましになったか？」

「いえ、郵便屋です」

「郵便屋がなんの用だ？」

「それは郵便屋がお尋ねになるかと」

ぼくはよくわからないままうなずいた。なんにせよ、子どもの頃からぼくに仕えてきた使用人が、でたらめなことを言うはずもない。

しばらくして部屋に入ってきた郵便屋は、使用人が言ったとおり、ぼくに尋ねた。

「手紙をお届けに参っただけなのですが、なぜお呼びになられたんです？」

ぼくが呼んだわけじゃないと言いそうになるのを抑えて、やっとのことで別の返しを思いついた。

「ぼく宛ての手紙があるそうですね？」

「はい。差出人の名前はないのですが、消印からするとずいぶんと遠方から送られたもののようです」

ぼくは手紙を受け取り、なんとはなしに封筒を見下ろした。彼の言うとおり、差出人の名はなく、ぼくの名前と住所だけが書かれている。

手紙を渡し終わって、部屋を出ていくべきかどうか判断のつきかねている郵便屋に気づき、慌てて言った。

「手紙をありがとう。どうやら、使用人の手違いのようだ。お手をわずらわせました」

彼は了解したように会釈をすると、ドアのほうへ向かった。

ぼくは封筒に視線を戻し、封を開けて中身を取り出した。不思議なことに、そこには便箋ではなく楽譜が入っていた。

楽譜の上部に書かれた音符を目でたどっていたぼくは、罪なき郵便屋をまたも手こずらせることになってしまった。

「待って！」

ちょうど部屋を出てドアを閉めようとしていた郵便屋は、いかにも迷惑そうな表情を浮かべたが、ぼくは彼に謝る余裕もないまま、こう訊いた。

「その消印は、どこのものですか？」

ケイザーは休暇をとるから一緒に行こうと言ってくれたが、ぼくは断った。ぼくの訪問さえ喜ぶとは思えないのに、ケイザーまで連れていけば門前払いを食らうに決まっている。そんなことを考えながら、束の間だけでも昔に戻ったようで笑みがこぼれた。

どうやら、彼は本当に、自分の求める異国の地を探し歩いたようだった。アナックス王国に属していない都市がエダン以外にも存在したという事実は、ぼくを驚かせた。そこはこの大陸ではなく、海を渡らねばならないという。

海を見るのは子どもの頃以来のことで、ぼくの胸は期待で高鳴った。

しかし、その期待は数日後、船酔いという不快な現実となって返ってきた。裏切られたような気分だったが、かといって、海を目にしたときの感動が薄れたわけではない。先立つ時代に生きた聖人たちが、なぜエダンを海にたとえたのかわかる気がした。

新大陸に降り立ちながら歓喜する冒険家たちとは違い、ぼくは恋しさと未練を追いかけて旅に出た、たんなる放浪者にすぎなかった。彼を見つけられる自信はなかった。知っているのは、町の名前だけだった。

気合いを入れようと、何度も何度も読み返した楽譜を懐から取り出した。上部にはよく知る音符が、その下には文字が書かれていた。

親愛なる友、ゴヨ

ぼくの胸を締めつける、そのひとこと。

ここは名前も聞いたことのない田舎の村だ。文字も知らない子どもたちや、小川でおしゃべりに興じる女性たち、そんな彼らを静かに見下ろす山がある美しい場所。ぼくはここで、子どもたちに音楽を教えている。ここの人たちは当然ぼくのことなど知らないし、仕事をするべき時間に楽器を演奏し歌を歌うなんて、身に余る贅沢だと考えている。でも、レッスン料は無料だし、村の人たちも音楽が嫌いではないのか、だんだん子どもを預ける人たちも増えてきたよ。目に浮かぶようだ。きみがどれだけ驚いているか。でも、疑わなくていい。ぼくはきみの知っている、あのアナトーゼ・バイエルだ。それに、ぼくはいまとても楽しい。そう、本当に楽しいんだ。

ぼくはそっと微笑を浮かべる。このくだりまで読むと、いつも楽しい気分になるのだ。

驚くことがもうひとつある。これは絶対に大げさに言ってるわけでも、冗談でもない。じつは、ここにいるまだ十三歳になったばかりの少女が、全盛期のぼくと張り合えるくらいの腕を持っているんだ。その子はすでに音の言葉を理解している。時にはそれを歌にして、ぼくに話しかけてくることもある。驚きだよ。本当に驚いた。きみの言ったとおり、世界にはまだまだ天才がいるらしい。

この部分だけはどうしても信じられない。

ぼくはしばしば、その子の演奏を聴いて感想を伝えるんだが、昨日はそのおませなレディがぼくの厳しい感想に腹を立てたのか、こう言うんだよ。

「先生はどうしてそんなにわたしの音楽が理解できないんですか？」

ははは。生意気でかわいらしくもあるが、悲しくもあったよ。いまさらこんな話はしたくもないが、その姿はどこか十年前の自分に似ている気がした。ぼくはその少女が、ぼくと同じような未来をたどるんじゃないかと心配になった。それでこう訊いたんだ。

「きみも、きみのすべてを理解できるたったひとりの聴衆を見つけたいかい？」

すると、その子は怪訝そうに、ぼくの顔をまじまじと見つめてこう訊き返した。

「そんなこと思わないわ。もういるもの」

ぼくは本当に驚いた。

「もういる？」

すると彼女は、いかにも誇らしげに自分を指差して言ったんだ。

「ここにいるでしょ。わたし。わたしのすべてをわたしと同じように理解して聴いてくれる、わたし自身のために演奏すればいいじゃない。人に聴かせるためだけに演奏するのなら、わたしには両手だけあればいい。でも、耳があるのは、自分の演奏を聴くためでしょ」

彼女はなにげない顔でそう言ってから、また練習を始めた。ああ……それからというもの、はるか昔の出来事が次から次へと思い出されてたまらなくなった。ぼくはただの一度でも自分だけのために演奏したことがあっただろうか？　ぼくは思い出せなかった。代わりにきみを思い浮かべた。

そんなわけで、この手紙をしたためている。

ぼくは手紙をしまって、先を急いだ。

道を探す能力も腕もないが、哀れな放浪者という雰囲気を漂わせていたぼくは、行く先々で同情のこもった助言をもらった。もちろん、ぼくの持っていたお金の効果もあっただろう。

そうしてやっとたどり着いたその村は、バイエルが書いていたとおり、山深い田舎だった。その村の美しい風景を見た瞬間、胸がいっぱいになって涙がこぼれそうになった。ここに、ぼくの愛してやまない懐かしい友がいる。

ぼくはなんとか気を取り直して、村へ急いだ。

なんとも不思議な小麦色の肌をした村人たちは、むしろぼくのほうが不思議だというようにじっと見返してきた。そのうち数人にバイエルの居所を尋ねたが、返事を聞いた瞬間、ぼくは混乱した。なにを言っているのか全然わからなかったのだ。

「アナトーゼ・バイエル。バイエルです！」

長いあいだ村のそこかしこで押し問答を繰り広げた末に、ひとりの老人がぼくをどこかへ連れていった。その村からずいぶん離れた山のなかだった。

もしもこの老人が人気のない場所で強盗に豹変したらどうしようと、ぼくは怯えていた。でもさいわい、その先に小さな掘っ立て小屋が見えてきた。老人はその小屋を指差すと、来た道を戻っていった。

ぼくは老人の背中に向かって、お礼とお詫びの言葉をつぶやいてから、掘っ立て小屋に視線を戻した。

やわらかい日差しに包まれた、童話にでも出てきそうな佇まいだった。美しい光景にもかかわらず、胸がじんと痛んだ。一方で、どこかわくわくしてもいた。

古い木戸をそっと開け、庭に足を踏み入れる。そのとき、家のなかからかすかなバイオリンの音が聞こえてきた。ぼくははたと足を止め、音に耳を傾けた。この流れるような懐かしい音は間違いなく――

「バイエル」

ぼくはたまらず、もう一度叫んだ。

「バイエル！」

バイオリンの音が止んだ。演奏が終わるまで待てなかった自分の行動が悔やまれたが、すでにその掘っ立て小屋の扉は開きかけていた。

驚いたことに、そこから少女が顔をのぞかせた。不満げな顔をしたその子の手には、バイオリンが握られている。ひと目で、その子がバイエルの手紙に書かれていた少女だとわかった。

「や……やあ。なかにきみの――」

言い終わる前に、なかからもうひとり出てきた。

その顔を見たぼくは、その場に固まってしまった。十年ぶりだというのに、なにを考えているかわからない表情はあいかわらずだった。

たちまち目頭が熱くなった。子どもの前でいい大人が泣く姿を見せたくはなかったが、顔を隠さなければと思ったときには、すでに涙があふれていた。

そんなぼくを黙って見つめていたバイエルは、そばに立っていた少女のほうを振り向いて、なにか聞き取れない言葉をささやいた。少女はつんとすました顔でうなずき、ぼくに視線を留めたままゆっくりと出てきた。そして庭の片隅にあるブランコに座ると、力いっぱいそれをこぎだした。やはりじっとぼくを見つめたまま。

「入れよ」

ぼくははっとして少女から視線を離し、もう一度バイエルを見つめた。彼はぼくの顔を見ると、かすかに眉をひそめた。

ようやくわれに返ったぼくは、急いで目元をぬぐいながら足を踏み出した。なにか言おうと思っても、口を開いた瞬間泣いてしまいそうだった。家に入ってからもぎゅっと唇を噛んで涙をこらえているぼくを、驚いたことにバイエルのほうから抱き締めてくれた。

「ここまで来るのは大変だったろう。元気だったか？」

「うっ、ううっ……」

「うん……イエスということかな」

こらえきれず、彼の腕のなかで十年ぶんの涙を出しつくした。干からびたものと思っていた涙がこんなにもあふれ出ることに驚いた。

結局、ぼくは彼の服をぐしょぐしょに濡らしてからようやく泣きやみ、バイエルは彼らしく不快さを隠さなかった。

「なるほど。ひさしぶりに会った友人へのあいさつがこれというわけか」

「ご……ごめん」

「うん。あそこにポットがあるからお茶でも飲んでいてくれ。着替えてくる」

「わ……わかった」

バイエルは部屋へ入り、ぼくはようやく少し落ち着きを取り戻して、飾り気のない家のなかをぐるりと見回した。エダンにいたときも、バイエルは贅沢な暮らしをしていたわけではない。でも、こういった暮らしぶりは本当に意外だった。

台所をあちこち引っくり返して、やっとポットらしきものを見つけたが、それからが問題だった。ここに水を入れて沸かすのだろうか、それとも先にお茶の葉を？

ぼくは迷って頭を抱えた。ぼくにとってお茶というものは、使用人に言えばさっと出てくるものだった。〈マレランス〉のあの言葉少なな男爵はどうやっていたっけ。

「ポットとにらめっこでもしているのか？」

急に振り返ったせいで、開いたままの戸棚に頭をぶつけてしまった。手からすべり落ちたポットが音を立てて床を転がり、ぼくは額を押さえて涙がにじむほど痛いのをこらえた。

短い沈黙のあと、バイエルが噴き出した。

「まったく、たいした見物だよ！　久しぶりに会っても、これだけぼくを楽しませてくれるんだな」

「本当に痛いんだよ」

「言ったあとで、きみにお茶が淹れられるのかどうかぼくも疑問だったんだ。いいからあっちに座っていてくれ。ぼくがやるよ」

バイエルは慣れた手つきでポットに水を入れ、暖炉の上にのせた。それから、お茶の葉が入っているとおぼしき小さなネットをふたつ、それぞれのティーカップに入れた。

ぼくは、次こそはうまく淹れられるようにとその過程を頭に刻みつけていたが、次はないかもしれないと思うと、悲しくなった。

ほどなく、ゆらゆらと湯気の立つティーカップをふたつ手にして、バイエルがぼくの向かいに座った。カップを受け取って口元に運んでいたぼくは、それがシャンニル茶だということに気づいた。ああ。時が止まったように、過去のなかに生きていたのはぼくだけではなかったのだ。

ぼくは努めてそれに気づかないふりをしながら訊いた。

「外にいる子が、きみが言ってた子かい？」

「ああ、エリーゼだ」

「本当にあんな小さな子が、きみに負けないくらいの演奏を？」

「そうなんだ。聞こえなかったか？　きみが来るまで演奏していたんだが」

ぼくは飛び上がりそうになった。

「さっきのあれは、きみの演奏じゃなかったのか？」

「ああ。言っただろ」

だとしたら、これは本当に驚くべきことだ。ぼくはにわかに、自分が世紀の天才を家の外へ追い出してしまったような罪悪感に駆られた。

バイエルはそんなぼくを見て、笑いながら言った。

「きみの家にあるのは、いまだに金ぐらいだろう？」

「急になんだい？」

「いつかあの子をエダンに送ろうと思っているんだ。そのとき、あの子を預かってくれないか？」

「エダンに……？」

バイエルはうなずきながら、少女がいる方向を見つめた。その眼差しは温かかった。

「小さな村に置いておくにはもったいないだろう。あの子が成長するのを見守りたいけれど……ぼくのわがままでここに引き留めるわけにはいかない」

「じゃあ……きみも一緒に来ればいいじゃないか。きみの言うとおり、うちには余裕がある。

もうひとりいてもちっともかまわないよ」

ぼくからすれば、持てる勇気をかき集めて言った言葉だった。でも、バイエルは少しも悩むことなく首を振った。

「ここが好きなんだ。ぼくはシャンニル茶を栽培して、この村や近隣の村に売っている。ここの人たちはお茶が大好きでね」

「は……きみがお茶を？　信じられないな」

「ぼくもときどきそう思うよ」

ぼくたちはふたりで笑った。そうして笑いやむ頃、ぼくはぽつりと言った。

「氷の木の森は消え、きみも去った。そうして、完成された音楽はその最後を遂げた」

バイエルの顔がかすかにこわばった。彼はティーカップを置き、少しの沈黙のあとに切り出した。

「あの日はそうだったかもしれない」

不思議に思って問い返そうとすると、バイエルが目で制した。

「少し経って、ようやく気づいたんだ。あそこで最後を遂げるべきだった終末の一部を持ち帰っていたことを。つまりあれは……終わりじゃなかった」

ぼくは口を閉じたまま、その言葉の意味を考えた。そのとき、バイエルの指が持ち上がり、居間の片隅を差した。

ぼくは指の先を目で追った。そして小さくため息をついた。

どうしていままで気づかなかったのだろう。まぶしく輝く黎明がそこにあったことに。

「いつかひとりの天才少女が、真っ白いバイオリンを手にエダンに現れるよ。その少女の音楽はみんなを虜にするだろう。でも、人々がそれを理解できず、聴くことができなくても、彼女はいっこうに気にしない。すでにただひとりの聴衆と一緒にいるからね。そんな彼女が演奏する音楽は、決してぼくたちのような悲劇を生むことはないだろう」

ぼくは唇を噛み、また涙が出そうになるのをこらえながら、黙ってうなずいた。沈黙に耐えられそうになく、ぼくは無理やり笑って訊ねた。

「ところで、ここにピアノ教師は必要ないかい？　子どもたちくらいなら教えられそうだけど」

「ここまで来てぼくの仕事を奪うつもりか？　きみはあの巨大なホールで、人々の拍手を浴びながら演奏すればいい。それが似合ってるよ」

真顔で答えるバイエルに、ぼくは静かに笑いながら言った。

「ぼくももう演奏はやめたんだ。筆写師の仕事をしてる」

「筆写師……？」

バイエルが目を見開いた。ぼくはその視線をそっとかわしながらうなずいた。言わなくていいことまで言ってしまった気がしていた。

バイエルは手のひらを握ったり開いたりしながら、言葉を見つけられずにいた。そうしてずいぶん経ってから、彼の口からこんな言葉がこぼれた。

「まさか、まだきみは……」

「ぼくの永遠の夢だから」

バイエルは揺れる瞳でぼくを見つめながら、口を引き結んだ。ぼくもそうした。

さいわい、沈黙が気まずくなる前に、音を立てて扉が開いた。そしてその隙間から、かわいらしい少女の顔が現れた。少女がぼくを見つめながらなにかを尋ねると、バイエルはやさしい口調で答えた。少女がまたもふてくされたような顔になり、ぼくはそこで席を立った。

「そろそろ行くよ」

「えっ、もう……？」

「あのちいさなレディはぼくがここにいるのが気に入らない様子だ」

「きみがぼくを連れ去ろうとしてると思ってるんだ」

「さほど外れてはいないね」

ぼくにつられるように立ち上がろうとするバイエルをよそに、ぼくはエリーゼという名の少女に近寄っていった。エリーゼは警戒心をあらわに見つめてきたが、ぼくは腰を屈めて目線を合わせ、手を差し出した。

「こんにちは。おじさんはもう行くよ。でも、いつかまた会うはずだ」

彼女は目を丸くしただけで、ぼくの差し出した手を取りはしなかった。少女には聞き取れないと知りながらも、ぼくはそっとささやいた。

「だから、そのときになったら、あそこにいるきみの先生も連れてきてくれないか。ちょうどいまみたいに恨めしそうな目で見上げれば、バイエルはきっと断れないから。いいかい？」

少女はあいかわらず大きな目でぼくを見つめるばかりで、なにも答えなかった。

ぼくは腰を伸ばし、バイエルのほうを振り返った。そのあいだに、少女はバイエルのほうへちょこちょこ走っていき、彼の腕をぎゅっとつかんだ。

バイエルに目でさよならを告げた。彼はぼくを引き留めたいような、そうでもないような表情を浮かべていた。ぼくは待たずに外へ出た。

とにかく、誰かが彼のそばにいてくれてよかった。

そう思いながら歩きだした。そして、足を踏み出すことがさほど難しくないことにわれながら少し驚いた。

そうして数歩進み、庭の木戸のところまで来たとき、にわかに清らかなバイオリンの音が聞こえてきてぼくを引き留めた。ぼくは目を大きく見開き、呼吸さえも止めた。そのよどみない音色は背後から聞こえてきていた。

ゆっくりと振り返り、こぢんまりとかわいらしい掘っ立て小屋を見つめた。少女とバイエルの演奏はとても似ていたが、その曲だけは絶対に間違えようがなかった。


——なんとなくだけど、きみにぴったりだ。


まだ若く、なにも知らなかった頃、ひときわ真っ白い雪が積もっていた秋の日、ぼくたちはある丘にいた。

彼らしくないいたずらっぽい表情でぼくを見つめながら、すぐそばに腰を下ろしていたバイエル。その数日のうちに、じつに多くのことを経験したぼくたちがほんの束の間、心穏やかに幸せでいられたあの日。

熱い涙が頬をつたうのを感じた。目頭を押さえながら向き直った。そして、ぼくは再び歩きだした。少しずつ遠ざかっていくバイオリンの音を聴きながら。

十年ぶりに聴くバイエルの音色はぼくをやるせなくさせたが、未練はなかった。彼の音楽は初めから、いつでもぼくのなかに生きている。終わりはあっても永遠なるその音楽は、いつまでも、いつまでも……。
彼の聴衆になりたいと望む誰かの耳元で永遠に響き渡るだろう。

Fine

……このあたりでわたしたちが言及しておくべき人物がもうひとりいる。聞き慣れない名前だと思う方もいるかもしれないが、アナトーゼ・バイエルの全盛期だった一六二八年には、エダンで最も優秀なピアニストのひとりだった。彼は当時エダンで名望高かった貴族の家門、モルフェ家の子息である。三男に生まれた彼が家門を継ぐことはありえず、父親の勧めで十歳のときにエダン音楽院に入学した。エダンの貴族でありながら一家に音楽家がいないというのは不名誉を払拭するためだったが、彼はそこで父親も知らなかった才能を開花させる。

……〔中略〕……もしも彼が、アナトーゼ・バイエルを追いかける時間をピアノの練習に費やしていたら、千ページにわたるこの伝記の主人公は、アナトーゼ・バイエルではなく彼になっていたかもしれない。いずれにせよ、彼は歴史に残る名ピアニストの資質を備えながらも、〝マエストロ〟より〝アナトーゼ・バイエルの親友〟として名を残したいと望んだようだ。彼の望みどおりというべきか、昨今のあらゆる音楽書や伝記において、彼の名はいつも〝アナトーゼ・バイエルの大親友〟、あるいは〝アナトーゼ・バイエルの熱烈な追従者〟と記録されている。

しかし筆者は、本書でその名前をこのような肩書きとともに記したいと思う。

高潔なる黎明の主にして永遠のド・モトベルト、アナトーゼ・バイエル。
そして彼の唯一の聴衆であった、ゴヨ・ド・モルフェ。

バベル・フォロン『アナトーゼ・バイエル伝記』より

氷の木の森 外伝

だが、時には至上の美が

不浄のなかから生まれるもの

少年は不幸だった。少なくとも自分が感じる限りは。

まともな親のもとに生まれなかったために、赤ん坊の頃から孤児院で育った。飢えと隣り合わせの毎日で、なけなしのパンも自分より大きな子に奪われ、素っ裸で真冬の極寒を耐えしのぐことは、少年の本当の不幸に比べればなんでもなかった。

少年は、朝から晩まで、目覚めているあいだじゅう、自分の耳をえぐりとってしまいたいという衝動に駆られていた。

この世界のあらゆる音が少年を攻撃した。ほかの人たちにとっては些細な音、たとえば、鉛筆を削ったりバケツに水を汲んだりする音、人々が生活のなかで交わす平凡な会話でさえも、少年の耳にはお祭りの日の祝砲のような大音響となって聞こえていた。

耳をふさいだり、あえて声を張りあげてもみた。けれど、なにをしても、迫りくる音を防ぐことはできなかった。

少年はたびたび孤児院を抜け出した。孤児院がいやだったからではない。そこで生まれる音に耐えられなかったからだ。

せめてもの救いは、孤児院の裏にある深い谷間だった。といっても、そこが静かだったわけではない。むしろ、町なかよりずっと大きな音が聞こえることもあった。でも、少なくとも、それらは我慢できないほど不快な音ではなかったし、時には驚くほどやわらかな音を生みもした。

しかし、腹が空けば仕方なく山を下りねばならず、地獄も同然のやかましい孤児院へ戻れば、死ぬ寸前まで殴られるのが常だった。

そうして七歳になると、少年はもはやあきらめに近い状態で、あらゆる音に自分の頭を叩きのめされる日を待ち望むばかりだった。

少なくとも、死ねば絶対的な静寂が約束されるだろうから。


そんな少年がそれを発見したのは偶然ではなかった。少年はいつものように、あふれる騒音を避けてどこかへ逃げていた。そうしてたどり着いたのは、あるゴミ山の前だった。

鼻がひん曲がりそうなほどひどいにおいがしていたが、驚いたことに静かだった。少年はそこが気に入り、ゴミの山を引っくり返して遊んだ。

その場所は、新しい王国になった。ぼろぼろの火かき棒は少年の武器となり、頭が取れた木馬は冒険をともにする愛馬となった。

矢骨が折れた馬車の車輪を相手に死闘を繰り広げていたとき、少年はゴミの合間から突き出たなにかにつまずいて転んでしまった。ぼやきながら傷口の血を手でこすり、つまずいたものを確かめる。

少年は首を傾げた。そんなものは生まれて初めて見たからだ。子どもひとりの力では持て余したが、なんとかゴミのなかから引っ張り出した。

それは不思議な形をした板切れだった。一方は厚みがあって丸く、もう一方は細い棒のような形をしている。さらに、それには細い糸のようなものが付いていた。

少年は純粋な好奇心からその糸を引っ張ってみた。そしてびっくりした。初めて聞く音がした。その音はほかの人にとってはなんの意味もなく、むしろ耳障りだったかもしれない。だが少年は違った。聞いた瞬間わかった。この糸をうまく動かせば、耳に心地よい音が出るはずだと。

少年はその場に座りこんで、糸を色んな方向へ動かし、引っ張り、はじいてみた。時にはびっくりするほど美しい音が出た。日が沈むのにも気づかず糸を引っ張る少年の口元には、生まれて初めて微笑が浮かんでいた。

驚くほど美しかった。この世に聞きたいと思う、自分の耳を満足させる本物の音があったとは！

日が沈み、糸と板切れの区別がつかなくなるまで、少年は遊びつづけた。そしてふと闇が下りていることに気づき、急いで孤児院に戻った。

数え切れないほど鞭(むち)で打たれることは予想していた。だが、少年が初めてほしいと思ったその板切れまで奪われそうになったのは想定外だった。

「寄こしなさい。薪にちょうどいいじゃない」

少年は必死で抵抗した。だが相手は大人だったから、いとも簡単に奪い取られた。その瞬間、少年の口からあんなにも嫌っていた音が初めて飛び出した。

「返せ！」

近くにいたほかの子どもたちはもちろん、板切れを奪った院長までもが驚いて動きを止めた。

「ありゃま、口が利けないのかと思ってた。しゃべれるじゃないのさ」

「それはぼくのだ！　返せ！」

少年は院長にしがみついてわめいた。すると院長は、ことさら親切そうにほほ笑んで言った。

「ほしいのかい？　じゃあやるよ。ほら、受け取りな」

そしてその板切れで少年の頭を殴りつけた。

少年が目を覚ますと、三十人以上がすし詰め状態で寝ている部屋に、初めて暖かい火がくべられていた。少年は苦しそうに首を回して、暖炉を見つめた。そこでは、少年が拾ってきた板切れが静かに燃えていた。パチパチと火の粉がはじける音は、板切れが泣いているように聞こえた。

少年は目を閉じ、一緒に泣いた。

それ以降、少年は毎日のようにゴミ山で過ごすようになった。だが体じゅうが汚れ、傷つくまで探し回っても、あの板切れと同じようなものはもう見つからなかった。

少年はゴミ山の真ん中にがくりとしゃがみこんだ。それまでは、音を避けること以外に望むことなどなかった。なにかを強烈に望むというのはこういう気持ちなのだと初めて知った。

手ぶらでとぼとぼと孤児院へ戻った彼は、今度も鞭打たれるのを覚悟した。しかしその日はなにかが違った。孤児院の一帯が静まり返っていた。怪訝に思いながら歩みを進めていたとき、少年はなにかを聞いた。

足を止め、息も止めた。びっくりしたせいもあったが、その音を逃したくなかった。それは、拾った板切れで遊びながら自分が出そうとしていた音だった。もちろん、想像していたよりも美しさはやや劣る。けれど明らかに、あれでなければ出せない音だった。

少年は内心、もどかしくてたまらなかった。いまあの音を出している人にやり方を教えてもらえたら、もっとずっと美しい音を出せそうな気がした。

少年は先を急いだ。そして孤児院の窓から、音がしているほうをのぞいた。

子どもたちが白髪の老人を囲んでいた。老人は、数日前に少年が拾った板切れに似ているが、それよりずっと立派なものを手に、風変わりな姿勢で立っている。音はそこから出ていた。

少年は老人の行動を注意深く観察した。ひとつ残らず記憶するためだ。

少年の予想とは異なり、老人はそれを指ではじいたりしなかった。細長い棒で糸をこすって音を出していた。少年は学ばずとも、それがどんな原理で音を生み出すのか理解した。いますぐそのふたつともを手にしたくておかしくなりそうだった。

ほどなく老人の動きが止まり、音も止んだ。だが少年の頭のなかでは、ずっと続いていた。老人が生み出した音をそっくり吸収した少年は、頭のなかでそれを完璧に再現するばかりか、そこから新しいものを創造した。

ああ、なんと美しいのだろう！

あれほど嫌っていた音の一部だとは信じられなかった。なにか別の名前で呼ぶべきだと思ったものの、少年はその言葉をまだ知らなかった。

少年は身悶えしてしゃがみこんだ。完全に自分の世界へ入りこんだ彼には、外でわめいている子どもたちの声も聞こえなかった。ひとしきり音を感じ、自分のものにし、じっくり味わってからようやく目を開けた。

これでは足りない。なにも学ぶ必要はない一方で、すべてを学ぶ必要があった。

孤児院の正門の前でずいぶん待った末に、ようやく少年は外へ出てきた老人を見つけた。老人のそばにはもうひとり、若い男もいた。

「子どもたちのための演奏はいかがでしたか、ゴンノール先生？」

男が訊くと、老人が味気なく答えた。

「とくにかわいらしい子はいなかったな」

「ろくな暮らしを送っていない孤児ばかりですからね」

「市庁もこんな仕事を頼んでくるのはいかがなものかと思うね。〝音楽ボランティア〟だなんてくだらない。教養もない子たちに、こんなレベルの高い音楽が理解できるわけがないんだ」

「ごもっともです。どうせなら先生をお招きするお金で、パンでも買い与えてやればいいものを」

老人は小さく鼻を鳴らした。

「このところ、わたしを見くびるやつらが増えていていけない。レナール・カノンにしてもそうだ。持てるものといったらカノンホールしかないくせに、わたしが何度そこで独奏会を開きたいとほのめかしても、知らぬふりときてる」

「先生を拒むなんて、まさか！」

「いや、本当だ。青二才のくせにＪ・カノンの息子というのを笠に着て――」

そのとき、少年が彼らの前に駆け出して叫んだ。

「待て！」

老人は目を見開いただけだったが、若い男は驚き、胸を撫で下ろした。

「ああ驚いた。なんだきみは？」

「おまえ、おまえと話がしたい」

少年が老人を指差して言うと、若い男が怒ってたしなめた。

「誰に向かって言っているんだ？　なんてぶしつけな子だ、このお方を誰と――」

「いいんだ、アンダーソン君」

老人は冷ややかな目で見据えたが、口元にはなぜか微笑がにじんでいた。

「きみ、わたしと話がしたいのか？」

「うん」

「なんの話をしたいんだ？」

「それ」

少年は老人が持っていた小さな茶色いケースを指差した。老人はケースを持ち上げて見せた。

「これか？　バイオリン？」

「バイ……オリン」

少年はゆっくりと、慎重にその名を発音した。

「そうだ。初めて見るのかな？　これはバイオリンという楽器だ」

「楽器」

少年がめずらしそうに繰り返すと、会話を聞いていた若い男が苦虫を噛み潰したような顔で言った。

「ここはずいぶん深刻ですね。いくら孤児とはいえ、エダンに暮らしながら楽器を、バイオリンすら知らないなんて」

老人は男を無視し、少年のほうへ少し体を屈めた。

「これが気に入ったのかな?」

「うん。ぼくもほしい」

「ははは、これがほしいのか」

若い男がすかさず少年の頭にげんこつを入れた。

「おい、この楽器がいくらすると思っているんだ! まったく、無知ってのは恐ろしいな」

老人は男がげんこつを入れたあとを撫でてやりながら言った。

「アンダーソン君の言うとおり、これは値が張るものでね。代わりに、もう少し安いものならあげられるよ」

「ほんとに?」

「ゴンノール先生?」

アンダーソンは信じられないというように老人を見つめていたが、ふと少年の顔を見やると、なるほどという面持ちになって顔を背けた。

「練習用のバイオリンをひとつ買ってあげるくらい難しいことじゃない。だがその代わり……」

「その代わり?」

少年の顔をしばらく見つめていた老人は、思い出したようにアンダーソンのほうをちらりとうかがってから言った。

「来月わたしが来るまで、頑張って練習すると約束するんだ」

「するよ! 約束する」

「ああ、それからもうひとつ」

少年が見つめると、老人が厳しい表情になって言った。

「もう一度わたしにそんな物言いをしたら、バイオリンはなしだ。わかったか？」

少年はどういうわけか身がすくみ、老人に向かって答えた。

「……はい」


翌日から、孤児院にはバイオリンの音色が流れつづけた。初めはうるさいと騒ぎ立てていた人たちも、やがて、どんどん美しくなっていくその音色に耳を傾けはじめた。

少年は起きているあいだ、四六時中バイオリンを弾いていた。寝るときも誰にも取られないようぎゅっと抱き締めていた。何度かそれを壊そうとしていた院長も、いまや誰よりも近くで少年の演奏を聴きたがっていた。

だが当の本人は、自分の演奏に満足できていなかった。老人の代わりにバイオリンを持ってきてくれたアンダーソンは、少年に基本中の基本しか教えてくれなかった。少年の頭のなかにある音を表現するには、もっと色々な方法が必要だった。

少年はさしあたり、そのすべてをみずから創造しはじめた。そのため、普通の弾き方とは違っていたものの、いずれにせよ、のちに学ぶことになるフィンガリング、ビブラート、スタッカート、ピッツィカートといった手法を、少年はほぼ独学で身につけた。また、どんなバイオリン奏者も発見できなかった独自の演奏法も生み出したが、それは自分だけの秘密にした。

ゴンノールはその半年後にやっと少年の前に現れたのだが、これほど遅くなったのには理由があった。

じつは、ゴンノールは少年に会ったこともバイオリンを買い与えたこともすっかり忘れていたのだ。そうするうちに、あるサロンで会った新鋭バイオリニストからこんな言葉を聞いた。

「ゴンノール先生、以前、エダンの郊外にある孤児院でボランティア演奏をなさったことがおありですよね？」

ゴンノールはしばし記憶をたどるようにしながら言った。

「はて、そうだったかな？」

「またまたご謙遜を。ボランティアのことはおおっぴらにしたくないのですね。アンダーソンから聞きましたよ」

「ああ、うむ」

ゴンノールは答えながら、アンダーソンの口の軽さを呪った。

「そんなこともあったかな。ところで、どうしてそんなことを？　きみもいわゆる音楽ボランティアというものに興味が？」

「いいえ。少し妙な噂を聞いたものですから」

「噂？」

ゴンノールは一瞬緊張した。人々が自分のことを裏でどう言っているのか、知らないわけではなかった。そして悲しいことに、その噂はおおかた事実だった。

若いバイオリニストはそしらぬふりをして続けた。

「その孤児院にとんでもない天才が現れたと」

「……天才？」

「バイオリンを手にしてわずか半年なのに、並大抵の腕ではないそうです。ちょうど同じ時期に先生がそこにいらっしゃったというので、ひょっとしてご存じなのかと思いまして」

「はて、そんな話は初耳――」

そう言いかけたゴンノールの頭のなかに、ぼんやりと浮かぶ少年の顔があった。普段なら無視したであろう唐突な願いを、ひとえに少年がかわいかったからという理由で聞いてやった。あの少年だろうか？　それとも、別の少年？

「気になって仕方ないんですよ。そのうち訪ねてみるつもりです。それほどの人材なら、早く発掘して後援者をつけてやるべきかと。レナール・カノンや、イエナス侯爵のような方を。とくに侯爵は、才能豊かな人がお好きですから……」

それを聞いた瞬間、ゴンノールは焦りを感じた。

「ああ、そうだ。やっと思い出したよ。あの少年だね？　もちろん知っているとも。あの子にバイオリンを教えたのはわたしだ」

「本当ですか？」

「ああ。私費でバイオリンまで買い与えたんだ。わたしの言いつけを守って頑張っているようだね。喜ばしいことだ」

「そうだと思っていましたよ。やはり優れた人材を見る目はたしかであられる」

ゴンノールは軽く笑うだけだった。そして、一日も早くあの孤児院に行ってみようと決めた。

アンダーソンの助けを借りずに、ひとりで山の中腹にある孤児院を目指しながら、ゴンノールは自分の脚を呪った。それだけではない。老いのせいで思うように動かない指、くだらないボランティアをやらせる市庁、恐れ多くも自分の独奏会を拒むカノンホールの若僧まで、ありとあらゆるものを呪った。

そしてついに、遠くにぼんやりと孤児院の案内板が見えてきた頃、ゴンノールは聞いた。とても個性的な音だった。

もしもあの生意気な新鋭バイオリニストから前もって聞いていなければ、老人はそれをバイオリンの音とは思わなかっただろう。弦をあそこまで乱暴に、あるいは独創的にあやつる者など、それまで考えられなかったからだ。

ゴンノールの足取りが速まった。息をはずませながらも、彼は懸命に歩を進めた。そしてついに孤児院にたどり着いた。

その瞬間、霧が晴れるようにあらゆる音がはっきりとした輪郭をもち、バイオリンの音色が耳に深く響いてきた。ゴンノールは足を止め、口を引き結んだ。

彼はその場で体を震わせた。いつからか忘れてしまっていた音楽へのときめき、敬畏、愛情……。そういったものが老人の胸によみがえった。感極まって、もう少しで泣き出すところだった。

ゴンノールはゆっくりと、決してその音の邪魔をしないように、孤児院の建物に近づいていった。そして、以前少年がそうしていたように、窓からなかをのぞき見た。

ああ、間違いない。あの少年だ！

少年は初めて会ったときのままに、愛らしい顔をしていた。いまでは自らの才能を発揮しながら、独特な雰囲気をも漂わせていた。まだあんなに幼いというのに！

少年が成長したとき、果たしてどんな姿になっているのか、いま聞こえているこの音楽がどのように変化しているのか、想像するだけで身震いがした。

ゴンノールは決心した。人になんと言われようと（「ピュセ・ゴンノール、あの陰険じじいが結婚しないのは、少年好きという趣味があるからだってね？」）、あの少年を連れて帰ろう。そうして、自分を無視するエダンの人々の鼻をへし折ってやろう。

ゴンノールも気づいていた。時を追うほどに熟していく有能なマエストロたちに比べ、自分はすでに終わってしまったのだということを。創造性などという言葉は頭から消えて久しく、いまや他人の楽譜で演奏することさえやっとだということを。

これまではむきになってその事実を否定してきたが、あまりにもきらびやかな少年の未来を前にして、むしろあっさり認めることができた。

なるほど、まだすべてが終わったわけではなかった。わたしの時代が終わったのであれば、それならば新たな天才、あの少年の時代をわたしが開いてやろうではないか。ピュセ・ゴンノールという名が音楽家として残らずとも、世紀の天才バイオリニストの師という肩書きのもとに輝くように。


少年を買うには、思ったより金がかかった。孤児院の院長がなかなか少年を手放そうとしなかったからだ。エダンに暮らしながら音楽の「お」の字も知らなかった院長は、いつの間にか熱狂的なバイオリン愛好家になっていた。

だがついには院長も、ゴンノールのもとに引き取られるほうが少年のためになると認めた。そうしていったん認めるやいなや、手加減なしの金勘定が始まり、自分にとって満足のいく金額をゴンノールからまきあげた。ゴンノールは悔しがったが、未来への投資だと思えばこれくらいなんでもないと自分に言い聞かせた。

　少年はすぐに荷物をまとめ、黙ってゴンノールに従い、エダンの中心街に向かった。ゴンノールの邸は、それ以前とは比べものにならないほど暗くて汚かった。使用人といっても、主と同じぐらい年老いた老人がひとりいるだけだ。

　だが、少年はなんの不満もないようだった。悪臭のする三十人余りの子どもたちとざこ寝していた頃に比べれば、どこであろうとましなはずだった。少年はむしろ、自分の部屋があるということに驚き、感激し、たちどころにゴンノールに感謝を述べたほどだ。

　だがそれも、その日の夕方までだった。食事を終え、老人に呼ばれて応接室に行ってみると、ゴンノールが新しいバイオリンを手に持っていた。

「そのがらくたは捨てて、今日からはこれを使いなさい」

　練習用の安物といえど、少年にとっては初めてのちゃんとしたバイオリンだった。少年がそれをそっと脇に置くと、ゴンノールは手に持っていたバイオリンを無言で差し出した。少年はそろそろと新しいバイオリンを受け取った。

「わたしに金があれば、かの有名な楽器製作者、J・カノンの名器を買ってやりたいものだが、いまは無理だ。でも、心配はいらない。いつかおまえは、彼の楽器コレクションをすべて集められるほどの大金持ちになるだろうからな。だが、そのためには」

　ゴンノールは別のバイオリンを取って肩にのせた。

「おまえがどんなに生まれながらの天才だとしても、練習が必要だ。厳しい練習がな。今後はわたしを先生と呼びなさい。それから、わたしが言ったことは黙って最後までやり遂げること。いやだとか、できないとか言うのはなしだ。すべて言われたとおりにするように」

「はい、先生」

少年は自分の立場をよく理解しており、この老人に逆らってはいけないこともわかっていた。そう、いまだけは。

「こうやって肩にのせるんだ。違う違う、そんなふうにぐいぐい顔を押しつけるんじゃない。やれやれ、まずは正しい構えからのようだな」

ゴンノールはいらいらしながらも、久しぶりに誰かを教えることに予想外の喜びを感じていた。彼は少年の姿勢を直してやりながら、肩や腕、腰を触り、撫で回した。少年が怪訝に思いはじめた頃、ゴンノールは少年の髪を撫でながら顔をしかめた。

「なんて汚い。ノミだらけじゃないか。まずは風呂からだ。楽器が汚れてはいけないからな」

ゴンノールは少年からバイオリンを取り上げ、浴室へ連れていった。老人が一緒に入ってくるのを見て、少年が言った。

「自分で洗えます」

「黙れ小僧。おまえのせいで汚れたこの手はどうしてくれる？　そう言えば、いつまでも小僧と呼ぶわけにはいかないな。おまえ、名前は？」

「ありません。みんなにはミュートと呼ばれてました」

「なるほど。心配することはない、すぐにいい名前をつけてやる。その才能にふさわしい名前をな」

ゴンノールはまず自分の手を洗い、驚くほどやさしい手つきで少年を洗ってやった。少年はなにも気づかないまま、もしも父親がいたらこんな感じだったのだろうかと思った。

浴室から出がると、ふたりは応接室に戻った。

「さてと、楽譜は読め……いや、読めるわけがないな」

楽譜集を取り出していたゴンノールは苛立たしげにそれを戻し、代わりに自分のバイオリンを手に取った。

「少し長いが、よく聴いて覚えなさい。三回弾いてやるから、それまでに覚えられなかったら、明日の食事はなしだ」

少年はうなずいた。ゴンノールは基本の練習曲を演奏した。難易度は高くないが、バイオリンの奏法をいくつも含んでいるため、入門者の練習には欠かせない曲だった。

長い曲が終わるまで、少年は一度も目を離さずに集中して聴いた。演奏を終えたゴンノールが少年を見て言った。

「どうだ? メロディがないから覚えにくいかもしれないが――」

「全部覚えました」

「なんだと?」

少年は答える代わりに、自分のバイオリンで演奏しはじめた。ひとつのミスもないばかりか、拍子と音階も憎らしいほど正確だった。

ゴンノールはなんとか平然を保っていたが、内心ではわなわなと震えていた。

わたしはもしかすると、思った以上の人材を教えているのかもしれないぞ……。

遠からず、この少年は自分の手に負えなくなるかもしれない。ゴンノールは恐怖とともに、嫉妬と、言い知れぬ期待を覚えた。

少年の演奏が終わると、彼はそしらぬふりをして言った。

「いいだろう。記憶力だけはずば抜けてるようだな。ではいまから、この曲を繰り返し練習するように」

「これをずっと練習するんですか？」

「そうだ。わたしがよしと言うまで続けろ」

少年はそんな必要を感じなかったが、いまは言われたとおりにするしかなかった。黙って練習を始め、毎回完璧に演奏した。

ゴンノールはソファにもたれて目をつぶっていた。三回ほど繰り返したとき、少年はもしかすると彼が眠っているのかもしれないと思った。

日が暮れて真夜中になり、暖炉の薪はすっかり灰となって火が尽きかけていた。それでも少年はやめなかった。孤児院にいた頃に一日じゅう練習していなかったら、とっくに腕がもげていただろう。

だがそんな少年にも、やがて疲労が訪れた。これは自分が演奏したい曲じゃない。テクニックを習得するためのものであることはわかっていたが、そんなものはとっくに身につけていた。そのうえ、美しい曲でもなかった。

少年は変化を加えたい衝動に駆られた。だが、そうしていいものかわからなかった。ゴンノールはかすかにいびきをかいていたが、演奏が変われば目を覚ますかもしれない。

それにもかかわらず、少年は少しずつ変化を試みた。必要以上に弦を強く押さえてみたり、さまざまな技法をとりまぜてみたりもした。すると、退屈だった練習がだんだんおもしろくなってきた。

あるときから、その平凡な練習曲はまったく異なる曲に変化していた。少年はすっかり夢中になっていて、ピュセ・ゴンノールがとっくに目覚めていたことに、その目に憎悪を浮かべて少年をにらんでいたことに気づかなかった。

なにか重たくて鋭いものが飛んできて、少年の頭にぶつかった。少年はバイオリンと弓を両方とも落として引っくり返った。うめき声をあげながら頭に手をやると、赤い血が早朝の明るみに照らし出された。

痛みよりも驚きが大きく、少年は震えながら視線を上げた。ゴンノールが窓を背に、逆光のなかで少年をにらみつけていた。

「ここに連れてくるとき、わたしはなんと言った？」

「言うとおりに黙って従いなさいと」

「そうだ。ばかではないらしいな。それなのになぜ言われたとおりにしない？」

少年はなにも答えなかった。

「あの腐った穴ぐらに送り返されたいのか？　汚いガキどもとじゃれ合いたいのか？　そのバイオリンも、すべて取り上げられたいのか？」

「いいえ！」

「それなら言われたとおりにしろ。自分の立場を忘れるな。いいか、わたしに逆らおうとしたり、わたしの気分を逆撫でするようなことはやめろ」

「はい、先生」

「バイオリンを拾って、練習を続けなさい。わたしは朝食をとってくる。少しでも手を休めたら、そのときは……すぐに戻ってくるからな」

ゴンノールが応接室を出ていった。少年は血をぬぐう間もなく、急いでバイオリンと弓を拾わなければならなかった。

震える手で演奏を始めた。額からなまぬるい血がしたたり落ちるのがわかった。それでも少年は、必死でバイオリンを奏でた。

耐えるんだ。生き残るんだ。ここで。


ほどなくして、アンダーソンがゴンノールの家を訪ねてきた。そして、自分が同僚たちに触れ回った例の少年を見つけた。

やはり、とアンダーソンは思った。ゴンノールはかわいらしい少年に目がなく、音楽を教えてやるという名目で家に呼び寄せるのが常だった。その悪趣味を取り巻く噂もそうだが、アンダーソン自身、すでに下火となった事実を認めたがらないこの老バイオリニストが好きではなかった。

それでもこうして定期的に訪れてご機嫌をとっているのは、ゴンノールは少なくとも、エダン市庁のさまざまな依頼を受けていたからだ。アンダーソンはまだ演奏だけでは食べていけず、少し前からは、ひょっとすると自分は永遠にこのままではないのかと不安を感じていた。

「お、出世したじゃないか、坊主」

アンダーソンの声に、少年が振り返った。アンダーソンはその顔を見て驚いた。半年前、大胆不敵にも彼の前に立ちはだかり、待てと叫んだその少年だとは信じられなかった。

少年は孤児院にいたときより肉付きはよくなっていたものの、表情はずっと暗くなっていた。ゴンノールの家で過ごすことは、少年にとって決していいことではないのだとわかった。

「ええと……元気にやっているのか？」

少年は答えず、応接室につながる扉のほうをちらちら見るばかりだった。ゴンノールが来ないか心配しているようだ。

そうかといって、どうしようもない。おとぎ話みたいに騎士(ナイト)が現れて助けてくれるわけでもなし。ぼくにはどうしてやることもできないんだ……。

あのまま孤児院にいたら、暴力で死ぬか、飢え死にするか、伝染病で死ぬか。いずれにせよ人生をむなしく終えていたはずだ。むしろあそこから連れ出してもらったことをさいわいに思うべきだろう。

ゴンノールがいかめしい顔で現れたのはそのときだった。

「またか？　今度はなにで叩かれたい――」

アンダーソンに気がついたゴンノールは言葉を濁した。しばらく気まずい沈黙が流れたあと、ゴンノールがさも嬉しそうな顔をつくって言った。

「来ていたのか、アンダーソン君。この小さな紳士を覚えているかね。あのときさみが練習用のバイオリンを届けてくれたはずだが」

「ええ、はい。覚えています。まさかここでこの小僧に再会するとは思っていませんでした」

「言葉に気をつけたまえ、アンダーソン君。小僧だなんて、きみはいま世紀の天才をそう呼んでいるんだぞ」

「世紀の天才、ですか？」

ゴンノールはわが子の自慢をする親よろしく、自負心とじれったさの入り混じった表情を浮かべて言った。

「言葉でどうこう説明するものじゃないな。自分の耳で聴いてみるといい」

そして硬い表情で少年のほうを振り向き、命令した。

「始めなさい」

少年はただちにバイオリンを構えた。数百回は繰り返したのであろう、機械的な動作だった。半年前までバイオリンがなにかも知らなかった少年がきりりと構えるのを見て、アンダーソンは驚いた。

だがその驚きは、続く演奏に比べれば、なんでもなかった。

絶対の静寂のなかから太初の音が生まれ出るかのように、バイオリンは凄絶な鳴き声をあげた。アンダーソンは開いた口がふさがらなかった。それからは、無心で少年の演奏を聴いた。

それはたんなる練習曲だった。アンダーソン自身もバイオリンを始めた頃に習った、ごくシンプルな音律。それが、これほどまでに豊かな音をつくり出すとは。

同じ曲であっても、奏者によって感じるものも解釈も異なるのは当たり前だ。しかし、これは誰もが機械的に弓を動かすだけの、文字どおりの練習曲にすぎないのに！

しかも、少年はひとつのミスもなく、完璧に演奏していた。バイオリンを始める全員がお手本にするべきだと思われるほどに。それどころか、一部の現役のバイオリニストたちだってこの少年に学ぶべきだろう。アンダーソン自身も含めて。

「どうだ？」

ゴンノールに話しかけられて初めて、アンダーソンは演奏が終わっていることに気づいた。なにか言おうとしたが、言葉にならないおかしな声だけが漏れた。ゴンノールは誇らしさを隠せていなかった。

「驚いたようだな。だが、こんなのは序の口だ」

「これは……しかし先生、これは……」

アンダーソンは少年を見直した。少年は自分のしたことについてなにも感じていないようだった。生気のない沈んだ目でアンダーソンを一瞥しただけだ。その目を見て、アンダーソンは意を決した。

「この子はきちんとした教育を受けるべきです。エダン音楽院、いや、これほどの実力ならド・モトベルトであるクリムト・レジストのもとで……」

その瞬間、ゴンノールの顔から笑みが消えた。

「わたしのもとではきちんとした教育を受けられないとでも？」

「い、いえ。そのような意味では。ただ、正式な教育機関で――」

「もうこんな時間か。用事があるのでそろそろ引き取ってもらえないかね、アンダーソン君」

ゴンノールは時計のほうなど見向きもせずに、つっけんどんに言った。アンダーソンは口をつぐんだ。そして少年とゴンノールを交互に見ると、そそくさと応接室をあとにした。

あの子を、あの子を……。

アンダーソンは、はやる心を抑えられなかった。あの少年を助けられるのは誰だ？　エダンの誰が？

あの子をあそこから出してあげなければ！


アンダーソンの訪問後も、これといった変化はなかった。少年は立ったまま、死んだような顔でバイオリンを演奏しつづけた。

この世のあらゆる音のなかで唯一少年を守ってくれたバイオリンの音が、いつしか、あれほど嫌っていた騒音よりも疎ましくなっていた。

やめたかった。けれど同時に、永遠に演奏していたかった。あの鬱陶しい老人に言われるまではなく、彼自身が望む、天上の音を演奏したかった。

いまの少年にはわかっていた。自分がこの世に生まれた理由はただひとつ、音楽を奏でるためだったのだと。人々が単純に神としか言い表せない世界の流れ、その真理を音に、楽譜に置き換えられるとしたら、それは自分にしかできないことだった。

でも、このままこの家で日一日と過ごしていては、自分自身が死んでしまいそうだった。演奏する。殴られる。食いっぱぐれる。また演奏する。また殴られる。そしてあの手。

いつしか少年の耳には、自分が奏でる音が聞こえなくなっていた。騒音さえも聞こえてこなかった。決して自分を逃がそうとしなかった音が、ここへきて自分から逃げようとしているのだった。それはもしかしたら、少年があれほど望んでいた平穏なのかもしれない。

平穏はなぜよりによって、望みもしないこの瞬間に訪れようとしているのか。音楽というものを知ったそのときから、バイオリンを手にした瞬間から、あれほど忌まわしく思っていた音を憎むことができなくなった。むしろ自分の胸に抱いて、あやし、慈しんでやりたいと思った。

ところがいまは、音が自分を捨てようとしている。

少年は手を止め、バイオリンを下ろした。すぐにゴンノールが飛んできてなにか投げつけるだろうが、これ以上は無理だった。

そのときだ。

「あれ、どうしてやめちゃうんだ？　もっと弾いてくれよ」

少年はびっくりして辺りをきょろきょろ見回した。応接室に人影はなく、あんなに無邪気な声を出せる子どもがここにいるはずもない。

「こっちこっち」

クスクスという笑い声。少年は声のするほうを振り向いた。そして、薄く開いた窓から、つま先立ちでこちらをのぞいている同い年くらいの男の子を見つけた。

少年はびっくりしながら、心のなかでは緊張していた。孤児院にも同い年くらいの子はいたが、彼のようにいきいきとした子を見るのは初めてだった。

男の子は汗に濡れた顔でほがらかに笑っていた。日差しの下で金色の髪がきらきらと輝いている。なにより、心配事などひとつもないという表情が印象的だった。

「やあ！　やっとあいさつできるね。ぼくはきみのこと知ってたけど。きみがこの家に来た日から、ずっとあの音が聞こえてきてたから」

「誰なの、きみは？」

「ぼく？　ぼくはトリスタン。トリスタン・ベルゼ！　きみは？」

「ぼくは……ぼくはまだ名前がないんだ」

「えっ？　名前がないの？」

少年はもじもじするばかりで答えなかった。名前がないことをいまほど恥ずかしく思ったことはなかった。

すると、トリスタンという名の金髪の少年は、それがどうしたという顔で言った。

「大丈夫だよ。そうだ、おれが名前を考えてやるよ。どうだ？」

ゴンノールが名付けてくれると言っていたが、少年はなぜか、トリスタンに名前を考えてほしいと思った。あんなふうに胸を張って名前を言えるトリスタンなら、きっといい名前を見つけてくれるだろう。

「いいよ」

トリスタンがにかっとほほ笑んだとき、こちらへ近づいてくる足音が聞こえた。ゴンノールだと直感した少年は、窓の外に向かって叫んだ。

「隠れて、早く！」

トリスタンは首を傾げながらも、窓の下へ引っこんだ。間髪の差でゴンノールが入ってきて、少年を見るなり頬をはたいた。

「今度はどういうわけでやめたのか聞こうじゃないか」

二度と弾かないと、もうやめると言おうとした。そう言ってゴンノールに殺されるとしても。

だが少年の口を、別の言葉がついて出ていた。

「……ハチ」

「なんだと？」

「ハチが窓から入ってきたんです。動いたら刺されそうで、怖かったんです。ごめんなさい」

ゴンノールは振り上げていた手を下ろし、応接室をぐるりと見回した。

「ハチなどいないが……ああ」

ゴンノールが窓に近寄り、少年に緊張が走った。だがさいわい、彼は薄く開いた窓を閉めただけで振り返った。

「さあ、これで解決しただろう？　始めなさい」

「はい」

言われるままにバイオリンを肩にのせると、ゴンノールは付け加えた。

「ふてくされたところで無駄だぞ。何度も言うが、これはあくまでおまえのためだ。どれほど多くの子どもが、思い上がってその才能を失ったことか。自分の才能にうぬぼれることも、かといって過小評価することも厳禁だ。とにかく練習あるのみ。必要なのは血のにじむような努力だ！　そうして初めて、マエストロたちの仲間入りができるのだぞ」

少年は答えず、すぐに練習を始めた。そうすればゴンノールが部屋から出ていき、またトリスタンに会えると思ったからだ。

予想どおり、ゴンノールはしばらく演奏に耳を傾けていたが、満足そうな顔で応接室を出ていった。少年は演奏している姿勢のまま、視線だけを窓のほうへ動かした。窓の向こうに金色の頭が見えた。

トリスタンはほほ笑んでいたが、その笑顔はさっきよりどこかしら暗く感じられた。彼は窓の向こうから、声には出さずにこう言った。

また来るよ。

少年は理解し、ほほ笑み返した。どういうわけか、さっきより演奏がつらくなくなっていた。


「わたしの知る限り、あの方は立派な演奏者ですよ。いっときは師と仰いでいた人を陥れようなんて、あなたもひどい人ですね」

「陥れるだなんて！　ぼくはただあの子をどうにかしてあそこから出してあげたくて――」

「ですから、理由はなんなんです？　わたしの聞いたところでは、孤児院からかわいそうな子を引き取って、衣食住を与え、バイオリンまで教えてやってるという話ですよ。そんな立派な行いを、あなたは監禁、虐待だと言うんですか？」

アンダーソンは困り果てた。まさかここまで話が通じないとは。元々エダンは犯罪とは縁のない都市だが、犯罪が起こるほうがおかしいと言われてはどうすることもできない。

「あなたは知らないからですよ、クルイスさん」

「では教えてください。著名なマエストロ、ピュセ・ゴンノールが幼い少年を虐待しているという証拠があるのか」

「それは……あなたも行ってみればわかるはずです」

「わたしはそんなに暇じゃないんだがね」

「クイルスさん！」

クルイスはいかにものんびりした仕草で、事務室の隅で長い剣をいじくり回している少年のほうを振り向いて言った。

「よしなさい。手を切るかもしれないよ、ケイザー」

少年が手を引っこめると、クルイスはアンダーソンに向き直った。アンダーソンは苦々しく笑いながら言った。

「その少年も、あなたの息子さんと同じくらいの年頃ですよ」

「……」

「近衛隊とは話が通じないようですから、まっとうに力を行使できる人たちをほかに探すとしますよ。もちろん、あなたがこの件についてどういう対応をしたかは、その方たちにもそっくり伝えておくつもりです」

アンダーソンはあきらめたように席を立った。部屋を出る直前、背後からクルイスの声が聞こえてきた。

「わかりましたよ。どのみちあっちのほうに用があるから、一度立ち寄ってみましょう。しかし、これといって異常がなかった場合は、わたしのほうこそ、ゴンノール先生にきっちりお伝えすることになりますよ。あなたがそんな荒唐無稽なことを並べ立てていたとね」

アンダーソンは無言で詰所を出た。どうかこの行動に、投げ打った仕事に匹敵するだけの価値がありますようにと願うばかりだった。


トリスタンは毎日、少年がバイオリンを練習する応接室の窓辺に現れた。少年は毎朝、気づかれないくらいに細く窓を開けておくようになった。そればかりか、演奏する場所も少しずつ、目立たないくらいにゆっくりと、窓辺に近寄っていった。

少年は、弦を調律したり、トイレに行って手を洗うふりをしながら、ごくわずかな時間、トリスタンと話をした。そうして少年は、トリスタンのことを少しずつ知っていった。

平民の家に生まれたトリスタンは、ゴンノールの家からほど近い場所で母親とふたりで暮らしていた。きょうだいがいない代わりに、彼にはたくさんの友だちがいた。少年の演奏を耳にしたのも、みんなで遊んでいたときに偶然、ゴンノールの家の塀を越えたおかげだった。

「外で一緒に遊ばない？」

「だめだよ」

少年はきっぱりと言った。

すると、トリスタンがやや顔を曇らせて言った。

「おまえ、つらそうだぞ」

「つらいよ。でも……最近はきみが来てくれるから大丈夫」

すると、トリスタンの顔がみるみる明るくなった。

少年はいつも不思議に思っていた。〝友だち〟とはどういう意味か、それはどんな気持ちをもたらすものなのかと。トリスタンに会ってわかった。それはとびきりすてきな気分にさせてくれるものだと。

練習漬けの毎日だったが、トリスタンがそばにいてくれるおかげで、以前ほどつらくはなかった。指がつり、肩が痙攣し、片側に傾いた首がうまく伸びなくなるまで練習を続けても、以前のように苦しいだけではなかった。

そんなある日、予想外の幸運が舞いこんだ。練習中に指が裂け、出血してしまったのだ。これは、少年にとって間違いなく幸運だった。

「これではしばらく演奏できそうにないな。どうしてもっと気をつけなかったんだ？　いくらおまえが天才でも、少しでも練習を怠ればどうなると思う？　追い抜かれてお払い箱になるんだぞ！　人はおまえのことなんかすぐに忘れる。どんなに熱狂し、讃美していても、少しでも目に映らなくなればたちまち忘れてしまう。聴衆とはそういうものだ。やつらの歓声を信じるな。こんな大事なときに練習を休むことになるとは、なんて運のない……」

ゴンノールはぶつぶつ言い続けながらも指の手当てをしてやり、三日間演奏を禁じた。

少年は自分の部屋で休みながら、窓辺にトリスタンが現れるのを待ちわびた。いつものように昼食のあと、トリスタンがこっそり応接室の窓辺に現れ、なかをきょろきょろ見回しているのが見えた。少年はできるだけ小さな声で叫んだ。

「トリスタン、トリスタン！」

もう何度か呼ぶと、トリスタンはやっと気づいて二階の窓を見上げた。

「そこでなにしてんだ？　練習は？」

「できない。指を怪我したんだ」

「え？　怪我って、ひどいのか？」

「大丈夫。むしろ嬉しいんだ。やっと休めるから」

トリスタンがふっと笑った。

「よかった。じゃあ、出てきて遊ばないか？」

「さあ、それは無理だと思う」

「うーん、おまえの父さんはずいぶん厳しいんだな」

「お父さんじゃない」

「え？　じゃあ……」

「あの人はぼくのなんでもないよ」

トリスタンは腑に落ちない様子だったが、それ以上は尋ねなかった。代わりに、目を輝かせてこう言った。

「ちょっと待ってて。そのままで」

そう言うと、少年の返事も待たずに駆けていき、塀を乗り越えた。少年はトリスタンに言われたとおり窓辺で待っていた。

時間はひどくのろのろと流れ、やっとトリスタンが現れた。彼は使い古された縄を手にしていた。

「投げるから、うまくつかめよ」

トリスタンがなにをしようとしているのかわかった。少年は嬉しくなってうなずいた。

トリスタンは縄の一方に小枝を結びつけ、ぶんぶんと回して上へ投げた。三回目で少年はやっと縄をつかみ、ベッドのフレームに結びつけた。縄がぴんと張ったかと思うと、トリスタンはそれをつかんで壁を上りはじめた。

少年は嬉しい反面、不安でいっぱいだった。ドアのほうをうかがいながら、足音がしないかじっと耳を澄ませた。

あっという間に壁を上り、窓から入ってきたトリスタンは、息を整えてからはにかんで手を差し出した。

「とうとうちゃんとあいさつできるな。そうだろ？」

少年はトリスタンをじっと見つめていたかと思うと、がばっと抱き締めた。トリスタンは面食らった様子だったが、すぐに笑顔になって少年の背中を叩いた。それから、少年の指をまじまじと見て言った。

「傷が深そうだな。でも、おかげでゆっくり話せそうだ。今日は、おまえにとっておきの話があるんだよ」

「ぼくに？」

「うん」

トリスタンの目がきらりと光った。こんなに美しい表情を浮かべられる子はほかにいないだろうと少年は思った。

「とうとう、おまえの名前を考えて来たんだ！」

「本当？」

「ああ。いいか、よく聞けよ」

トリスタンはまるで重大発表でもするかのように背筋をぴんと伸ばし、大げさに咳払いをした。そして大人のように厳粛な顔をつくって言った。

「アナトーゼ・バイエル」

「アナトーゼ……バイエル？」

「うん。どう、気に入った？」

少年は嬉しそうにうなずいた。トリスタンがつけたなら、それがどんな名前でも少年の気に入るに決まっていた。

「すっごくいいね。ありがとう」

すると、トリスタンがぴょんぴょん飛び跳ねながら叫んだ。

「ああ、よかった！　すっごく悩んだんだぜ。おれ、まだ字がよく読めないんだ。だから、母さんに見つけてもらったんだよ。新聞に書いてあった名前なんだ。新聞とか聖書に書かれているのは、偉い人の名前ばかりだろ？　だから、間違いなくいい名前だよ」

「そうだね。うん、間違いなくいい名前だ」

これ以降、アナトーゼ・バイエルと呼ばれることになる少年はにっこり笑った。彼はトリスタンがつけてくれたその名前をとても誇らしく、大切に思っていたが、死ぬまでその意味を知ることはなかった。

いきさつはこうだった。トリスタンの母親のベルゼ夫人は、わんぱく盛りの息子が甘えて膝に抱きついてきても、新聞にかじりつくような人だった。彼女はまともに字が読めなかったが、息子の前ではそれを隠していた。

「母さん、それ、読んでるの？」

「そうよ。母さんはなんでも読めるんだから」

「わあ！　じゃあ、そこにいい名前はないかな？　友だちに名前をつけてあげるって約束したんだ」

「名前を？」

　ベルゼ夫人はぐっと目を凝らして新聞に見入った。

「ここに……アナトーゼ……。母さん、それ、とってもいいね！」

「アナトーゼ？　アナトーゼって名前があるわね」

「そう？　どれどれ、じゃあほかにも探してみましょうね……」

　じつはその単語は〝アミトス〟と読み、薄いトマトスープを指すどこかの郷土料理だった。バイエルが死ぬまで食べたがらなかったもののひとつがトマトだったから、これはまったく皮肉なことだった。

　だが、その事実を知らないふたりは楽しそうに会話を続けた。

「この名前はどう？　マニャって読むみたいね」

　これもじつは〝マジャ〟と読み、女性に人気の下着ブランドだった。トリスタンはその名を何度かつぶやいてみてから、かぶりを振った。バイエルはこのときのトリスタンの判断にどれだけ感謝してもしきれないだろう。

「なんだか女の子みたいだ。ほかには？」

「ふうん、そうねえ」

ベルゼ夫人はじっくり目を凝らしながら新聞をめくった。その姿はトリスタンの目にたいそう知的に映った。

「バイエル。これはどう？」

「バイエル？　バイエル……アナトーゼ・バイエル！」

トリスタンはぽんと膝を打った。

「これだよ、母さん！　すごくいい。あの子によく似合うよ」

ベルゼ夫人はトリスタンの頭をやさしく撫でながら言った。

「友だちに名前をつけてあげるなんて、あなたは本当にいい子だわ」

トリスタンは笑いながら、思いきり母親に甘えた。それはベルゼ夫人が唯一ちゃんと読めた単語だったが、もしもバイエルがその意味を知っていればさほど喜ばなかっただろう。

ともかく、こうしてついに、黒髪の物憂げな少年はアナトーゼ・バイエルという名前になった。トリスタンが初めてその名を口にした瞬間から、バイエルはそれが、生まれたときから自分のために用意されていた名前のように思われた。

ふたりは大はしゃぎでお互いの名前を呼びながら、部屋のなかを駆け回った。部屋にはおもちゃと呼べるものはひとつもなかったが、ふたりは時の経つのも忘れて遊んだ。どちらかがなにか言うたび、なにかするたびにお腹を抱えて笑った。

そのせいで、騒ぎを聞きつけた人物がこの光景を見つめていたことにも気づかなかった。

「わたしの知らないうちに友だちができていたようだ」

バイエルの顔が青ざめた。ゴンノールはゆっくりとなかへ入り、ドアを閉めた。ゴンノールをよく知らないトリスタンも、少し不安そうな顔色になった。

「おまえのかわいい友だちを紹介してくれるかな？」

「あの、この子は……」

バイエルは変だと思った。ゴンノールはなぜか怒りもせず、らんらんと輝く目でトリスタンを見ていた。バイエルは気づいた。ゴンノールはトリスタンのことが気に入ったのだ。

「ぼくも知りません。どこからか転がりこんできたんです。おいきみ、なにしに来たんだ。早く出ていけ！」

バイエルは目を丸くしているトリスタンに向かって、もう一度どなった。

「とっとと出ていけ！」

胸が痛んだが、ほかにどうしようもなかった。トリスタンはたじろぎながらも、窓へ向かおうとした。バイエルは、ゴンノールの背後でぶんぶんと頭を振った。するとトリスタンは向きを変え、ゴンノールが入ってきたドアのほうへ歩いていった。部屋を出る寸前、トリスタンが振り向いたが、バイエルは悲しげな視線を送り返すことしかできなかった。

トリスタンが出ていき、扉が閉まった。


日が長くなり、だんだんと暑い季節が近づいていた。トリスタンは家を出て、路地裏を、夏を駆け抜けた。

いつも元気なトリスタンだが、この数日はあまり眠れなかった。新しい友人ができたのに、あの子はどこか暗く、秘密めいている。かわいそうだった。バイエルを、自分がいる明るく楽しい世界に引っ張り出してあげたかった。

ゴンノールの邸に着くと、トリスタンは用心深く様子をうかがった。このあいだのバイエルの態度からして、父親、祖父、あるいはなんの関係もないあの老人をひどく怖がっているようだった。トリスタンが訪ねてくることも、もう喜ばないかもしれない。

もしも今日、バイエルが少しでもそんなそぶりを見せたなら、ここには二度と来ない。バイエルの奏でる音楽がどんなに美しくても。

トリスタンはバイエルの部屋の下に立った。今日は演奏も聞こえず、邸の周りも静かだ。まだ指の怪我が治っていないのかもしれないと思いながら、近くにあった小石を窓に向かって投げはじめた。だが、何度ぶつけても部屋の窓は開く気配がなかった。

ちょうどそのとき、バイエルは応接室に座っていた。ゴンノールがつくり笑顔を浮かべ、久々の客を迎えていたのだ。

「お忙しいなかをわざわざおいでいただくとは。こんな年寄りにまで気をかけてくださる必要はありませんよ」

「寂しいことをおっしゃる。先生のような方にごあいさつして回るのがエダンの近衛隊の職務ですよ。実際、それがすべてでもあります」

「またそんなことを」

バイエルは、ベンジャミン・クルイスと名乗る男を見つめた。彼もバイエルのほうをちらちらうかがっていた。事情がわからないまま黙って座っていると、ベンジャミンがふと話題を切り変えた。

「ところで、この子が例の……」

「ああ、お聞き及びですか。少し前にわたしが孤児院から引き取った子ですよ。バイオリンの素質があるようで、少しずつ教えているところでしてね」

「ああ、そうでしたか。お忙しい身だというのに、すばらしい善行ですな」

「善行だなんて、かえってわたしのほうが寂しさもまぎれ、教える楽しみもあるというものです」

「これはまた、ご謙遜を」

ベンジャミンはそれから半刻余りゴンノールと話しながら、この老人にはいかなる悪意や虐待の疑いもないと判断した。少年の表情が多少暗いこと以外に、これといった特異事項は見つからなかった。孤児院にいたのだから、少しくらい陰があってもおかしくはないだろう。

結局、ベンジャミンは無駄足だったと思いながらゴンノールの邸を出た。どうせならこの時間を、宿敵モルフェ家の不正を暴くことに費やせばよかった。あのアンダーソンとかいうやつは、師に恩を仇(あだ)で返そうとしているに違いなかった。

ゴンノールにその事実を伝えるべきかどうか悩みながら歩いていたそのとき、ベンジャミンの前に小さな影が飛び出してきた。

「軍人さん！　軍人さんでしょ？」

「軍人じゃなくて近衛隊長だが。まあいい、どうしたんだね？」

利発そうに見える金髪の少年は、どういうわけか少しためらいがちに言った。

「あの、もしかして……アナトーゼ・バイエルを助けに来たんですか？」

「アナトーゼ？」

トリスタンがゴンノールの邸を指差した。ベンジャミンはそちらを振り返り、終始沈黙していた黒髪の少年を思い浮かべた。

「あの子はアナトーゼというのか。ところで、助けに来た、というのはどういう意味だい？」

「アナトーゼはあそこに閉じこめられてるんです」

「閉じこめられてる？」

「はい、閉じこめられたまま、毎日バイオリンを弾かされてるんです」

ベンジャミンは少年の話を真剣に聞いていた自分を情けなく思った。

「そりゃ当然だろう。むしろ感謝すべきことだ。あの有名なバイオリニストに無料で教えてもらってるんだから」

「でも、いつも練習ばかりしてるんですよ」

「いつも練習してちゃいけないのか？」

「ぼくが言いたいのは、その、朝から夜中までずっとってことです。休憩もせずに。指の皮が全部剝けるまで」

トリスタンが自分の指を開いて見せながら言った。ベンジャミンはしばし口をつぐんだ。言われてみれば、あの少年の指には包帯が巻かれていた。

「それは……立派なバイオリニストになろうと思えば、そのくらい練習するものだろう」

「そうですか？　そういうものなんですか？」

「おそらくね。もしあの子が本当につらい目に遭っていたり、あそこから逃げ出したいと思っていたら、わたしに話していただろう。チャンスはいくらでもあったが、あの子は黙って座っていた。不満がありそうには見えなかったよ」

そう言われ、トリスタンはそれ以上食い下がらなかった。トリスタンが道を譲ると、ベンジャミンは時間の無駄をしたとでも言いたそうな面持ちで足を踏み出した。

自分のベッドに腰かけて、バイエルはびくびくしながらゴンノールを見上げていた。さっきの男が帰ってからも、ゴンノールはなぜか上機嫌だった。

「今日がなんの日かわかるか？」

「いいえ」

「今日はおまえに名前ができる日だ」

胸がどきりとした。バイエルはいまの名前が気に入っていた。

「やれやれ、少なくない寄付金を出したんだ。著名な神父からこの名前をいただくためにな。まったく、わたしがおまえのためにどれだけ犠牲を払ってきたことか。いいな、後生大事にするんだぞ」

バイエルは震えながら待った。ゴンノールは大きく息を吸いこむと、演説調で言った。

「パイアヌス・エリム・デ・ゴンノール」

ゴンノールは貴族ではない。そのため、本来なら名前と名字のあいだに〝ド〟を入れることができないのだ。〝デ〟はそれでもなにかしらの爵位を持ちたがる人々が抜け道として使っているもので、彼らは辺境の名もない土地を安く買い入れて自己の所有とし、貴族面をしているのだった。もちろん、アナックス王国から正式に授けられたものではないため、〝ド〟の代わりに〝デ〟を用いなければならず、本物の貴族からはばかにされていた。

そんな事情は知らずとも、バイエルは絶対に、そんなに長くてへんてこな名前で呼ばれたくなかった。ゴンノールが得意満面の笑みで言った。

「どうだ？　そんなに感激することはない。わたしの名字をつけるのは当然だ。親も同然なんだから。もちろん、まだおまえを養子にするつもりはない。それはおまえが最後までやり遂げたときの話だ。いずれにしろ、名字だけはわたしのものを……」

ゴンノールの声がしだいにしぼんでいった。いくら目のかすんでいる彼でも、バイエルがいま、嬉しそうな表情を浮かべていないことぐらいはわかった。

「なんだその顔は？　名前がなにを意味するのかもわからないのか？」

「違います。ぼく、ぼくには……もう名前があるんです」

「なんだと？」

ゴンノールにはこの状況が理解できなかった。

「どういうことだ、おまえはたしかに名前がないと言った。ミュートとかいう、わけのわからない名前で呼ばれていると」

「はい、そうでした。でもいまは……あるんです。友だちがつけてくれました」

「友だち？」

ゴンノールの顔に初めは不審が、次に悟りが、最後に怒りが差した。

「あの金髪の物乞いのことか？」

「トリスタンは物乞いなんかじゃありません！」

バイエルは思わず叫んでいた。だがすぐにわれに返り、身をすくめてこう付け加えた。

「あの子にはお母さんも、家も、名前もある――」

「うるさい！」

ゴンノールがのしかかるように迫ってきた。

「あんなどこの馬の骨ともわからない小僧がつけた名前など、いますぐ捨てろ。わたしがつける名前はな、聖典に出てくる賢人たちや天使、それ以外にも立派な功績を残した人物たちからとったものなのだぞ！」

「でもぼくは、そんな名前いやです！　ぼくの名前はアナトーゼです。アナトーゼ・バイエルです！」

ゴンノールは衝撃を受けた。なぜかは自分でもわからなかった。

「どこでそんな、ばかげた名前を……おまえの名はパイ、パイヌス……」

その次はなんだったか？　ゴンノールは心のなかで舌打ちしてから、手の甲でバイエルの顔を引っぱたいた。

「二度とあの小僧に会おうと思うな！　それから、明日からバイオリンの練習を再開するんだ！　怪我が治っていようがいまいが、かまうものか！」

ゴンノールはドアを叩きつけるように閉めて出ていった。だが、階段を下りるうちに燃えたぎる怒りを抑えられなくなり、バイエルの部屋に引き返してドアを蹴り開けた。ベッドに座っていたバイエルはびっくりして立ち上がった。

「バイエル？　アナトーゼ・バイエルだと？　そんな名前、すぐに忘れさせてやるわ！」

彼は暖炉にあった火かき棒を取り、バイエルを容赦なく叩きはじめた。着ていた服が破れるほど激しく。

バイエルは歯を食いしばって耐えながら、ゴンノールの思惑とは正反対に、胸の内でトリスタンにもらった名前を叫びつづけた。決して、死んでも忘れるものかと。

ベンジャミン・クルイスは家庭的な男だった。半分は自分の意思、もう半分は環境のためだ。

エダンの近衛隊はその名に似合わず暇だった。それもそのはず、音楽がすべての平和なこの都市では、犯罪という言葉自体あまり聞かれなかった。

事実、十数年前にエダンじゅうを騒がせたあの奇妙な殺人事件（あるいは自殺事件と呼んでもいいかもしれない）を除けば、これといった犯罪も起きていないのだ。

おまけに、あれはまだ解決してもいない。

もちろんそれは、ベンジャミンの考えだった。人々は口を揃えて、事件の犯人はある楽器だと言う。とてつもなく高価な真っ白いバイオリンが犯人だと。たしか、〈黎明〉とかいう名前だった。

楽器が人を殺すなんてばからしい。そのうち、歩き出してしゃべり出すとか言いはじめるんじゃないか。

「お父さん、今日はお話ししてくれないの？」

息子が目をきらきらさせてベンジャミンを見つめた。ベンジャミンはほほ笑みながら、息子の頭を撫でてやった。息子の存在は、ベンジャミンが自分の人生で成し遂げた輝かしい業績のひとつだった。

「もちろんしてやるとも、ケイザー。ええと、どこまで話したんだったかな……」

「モルフェ家についてだよ。お父さんがいちばん嫌いな」

「おっと、そうだそうだ。あそこはね、エダン一の金持ちだが、音楽についてはまったく無知な家柄なんだ。あらゆる違法なことを、なんでもお金で解決しようとする。それも、とてもずうずうしくてふてぶてしいやり方でね。あの家の主はペセロ・ド・モルフェ。息子ばかり三人いる。長男と次男は父親そっくりで、末っ子はおまえと同じくらいの年だと聞いてるが……」

そう話すベンジャミンの頭に、ある声が聞こえてきた。

——その少年も、あなたの息子さんと同じくらいの年頃ですよ。

ベンジャミンは、はたと口をつぐんだ。不快さが込み上げてきたが、それに勝る後ろめたさがあった。

そう。本当だった。あの物憂げな黒髪の少年は、ちょうどケイザーぐらいの年頃だった。

「その……末っ子には音楽をやらせようとしているらしい。本人もさぞかし恥ずかしいことだろう。エダンに暮らすなら、一家にひとりくらい音楽家がいなけりゃと周りから……」

——でも、いつも練習ばかりしてるんですよ。その、朝から夜中までずっとってことです。休憩もせずに。指の皮が全部剝けるまで。

何度も話が止まるので、ケイザーは怪訝そうに父親の顔を見上げた。唇を噛んでいたベンジャミンが、がばっと立ち上がった。

「くそっ、もやもやして仕方ない。ちょっと出かけてくる」

もちろん、ベンジャミンはその足でゴンノールのもとを訪れるようなばかな真似はしなかった。代わりに、自分より訪れる理由のありそうな人物、そして、自分よりそれらしい理由で少年について深堀りし、その気になればすぐさま少年を家から引っ張り出せそうな人物を訪ねた。

ベンジャミンは基本的に貴族を毛嫌いしていたが、その人物だけは尊敬していた。

モンド広場を抜け、街路樹の道をたどっていたベンジャミンは、折しも散歩に出ていたその人物と鉢合わせた。

「おお、クルイス隊長じゃありませんか」

「ガフィル侯爵、お変わりありませんでしたか？」

イエナス・ド・ガフィル侯爵。彼は去年他界した父親から、エダンで最も大きく美しい邸宅と領地を受け継いでいた。そのわりには質素な生活を好み、なにより芸術を愛していた。その財産を丸ごと芸術家たちの後援にあてているという話まであるほどだった。

彼は自分よりずっと身分の低いベンジャミンにも、必ず丁寧な言葉を使った。

「どうしてこんな所にいらっしゃるんです？　まさかわたしに会いにいらしたのですか？」

「はい。約束もとりつけずに失礼とは存じますが、少しお時間をいただけませんか？」

「もちろんです。近衛隊長みずから訪ねていらしたということは、なにか大事なお話がおありのようですね」

ふたりは並んで散歩しながら話を交わした。ベンジャミンは、ゴンノールの邸で見た少年について説明した。もちろん、少年の置かれている状況については省き、バイオリンの才能にあふれた少年が現れたので、侯爵が一度邸を訪れるか、ゴンノールと少年を自宅に招待してみてはどうかといった具合に。

イエナス侯爵が関心を見せないはずがなかった。

「エダンにそんな天才少年が現れたとおっしゃるのですか？　そんなことも知らなかったなん

て、エダンの巡礼者と呼ばれることを恥ずかしく思わねばなりませんね」

「侯爵以外に巡礼者と呼ばれるにふさわしい方などおりません。ともかく、どうかその少年を見守っていただければと思いまして」

「もちろんですよ。すぐにでもお会いしたいですね。それにしても、こういったことにまでご配慮いただけるとは思っていませんでした」

「いいえ、ちょっと、その少年のことを頼まれましてね。しかし、なにせ音楽については門外漢なものですから、わたしなんかより侯爵のほうがなにかと力になってあげられるのではないかと」

　イエナス侯爵はにこりとほほ笑み、近々少年に会いに行くと約束した。おかげで、ベンジャミンは少なからず心の重荷を下ろして帰宅することができた。

　だが、ほかでもないその日の夜、イエナス侯爵がその約束をすっかり忘れてしまうほどの出来事に遭遇するとは、ベンジャミンには知る由もなかった。

　イエナス侯爵は、約束は必ず守る人物だった。その夜、市庁で開かれることになっていた晩餐会にも、遅れることなく到着した。

　だが、誰にわかっただろう。その日、その場所で、運命の相手に出会うことになろうとは。晩餐会には、隣国アナックスからも名士たちが特別に招待されていた。そのなかに、ひと目で彼の心を奪った女性がいた。

　応接室の一角のソファで、その顔におだやかな微笑をにじませ、人々の問いかけにしとやかに答えているのは、マドレーヌ・ド・ケールラインだった。のちにガフィル夫人と呼ばれ、エダンの社交界で確固たる地位を築くことになる女性だ。

イエナス侯爵は、彼女の見目麗しさとあふれ出る気品にため息を漏らし、たちまち虜になってしまった。

幼少時の母との記憶が好ましくないために、結婚など絶対にしないと心に決めていた。だがマドレーヌに出会った瞬間、自分の愚かさを悟った。

彼女を見るなり、頭のなかには早くも、未来のわが家の応接室が浮かんでいた。才能あふれる芸術家たち（とくに音楽家たち）で埋めつくされたその場所で、微笑をたたえてやさしく客人を案内しているマドレーヌ。そしてその隣に立ち、愛おしそうな目で妻となった彼女を見つめる自分の姿が、あまりにも自然に、当然のことのように想像できた。

イエナス侯爵は決心した。なんとしてでもこれを現実にしてみせると。

だが、晩餐が終わり、ティータイムを迎えたとき、侯爵はそう思っているのが自分だけではないことに気づいた。

「このたびカノンホールに運び入れたピアノは、わたしの名にかけて言いますが、必ずやあなたのお気に召すことでしょう」

「そこまで自信たっぷりにおっしゃるところを見ると、あなたのお父上、J・カノンのお手によるものではありませんか」

「いえ。父の最も優秀な弟子とされたクリスティアン・ミヌエルのものです。ご存じのとおり、生前彼が作ったピアノはたった二台しかありません。そのうちのひとつです」

「ああ、クリスティアン・ミヌエル！　彼のピアノはすっきりとした温かみのある音がするそうですね」

「ご名答。いつでもカノンホールでお待ちしておりますよ。ご自分で弾かれてみるのもよろしいかと」

豊かな栗色の髪に、端正な顔立ちをしたその青年は、稀代の楽器製作者J・カノンの末息子、レナール・カノンだった。すべての音楽家が演奏することを望んでやまない夢の殿堂、あのカノンホールは、このレナール・カノンのものだった。

もちろん、父親の威光を笠に着ているだけだと彼をねたむ連中もいたが、それを言うなら貴族とて、爵位と領地を代々受け継いでいるにすぎない。

それはともかく、レナール・カノンとマドレーヌは見るからに親しそうだった。さらに不安なのは、ふたりがすでに婚約している可能性もあるのではないかということだ。

結局その日は、言葉を交わしただけで満足しなければならなかった。そして邸に戻るなり、執事に彼女のことを調べさせた。執事は迅速かつ内密にマドレーヌ・ド・ケールラインについて調べ上げ、現在いくつもの結婚話が寄せられているようだが、まだ誰とも婚約はしていないと報告した。

イエナス侯爵は快哉を叫び、彼女に会えそうなパーティー、彼女を招待しそうな家、彼女が参加しそうな公演について調べ、定期的にそういった場に顔を出した。

侯爵はほかでもないこのために、ベンジャミンとの約束をすっかり忘れていたのだった。

こうしてアナトーゼ・バイエルは、その悲惨な家でさらに一年半過ごした。一時はゴンノールの弟子であるアンダーソンがさまざまな人にもちかけてバイエルを救出しようと試みたが、ほとんどの人は無関心だったり、なにが問題なのかわからないという反応だった。

もっとも、はたから見れば、著名なマエストロが孤児院から少年を引き取って世話をし、バイオリンまで教えるという、じつに献身的なボランティアに見えるのだった。

やがて自身の生活が苦しくなってくると、ついにはアンダーソンも根をあげ、バイエルの問題から完全に手を引いてしまった。

人生とは皮肉なもので、ちょうどこの頃から、バイエルの存在に興味をもつ人々が現れはじめた。

すべての音楽家の故郷であり、音楽の神モトベンの聖地。そんな場所で類い稀なる才能をいつまでも隠しとおせるほうがおかしかった。

バイエルのおそるべき才能を見抜いてからというのもの、ゴンノールは少しでも隙を見せればバイエルを奪われてしまうだろうと考えていた。すでにバイエルに教えてやれることは底を尽き、絶え間ない練習を続けさせるだけとなっていたのだ。

そのため、誰にもバイエルの話をせず、ときどきほのめかしてくる人がいても、それほどたいした子ではないと謙遜した。しばらくはそれで乗りきれるかに思えた。

一方、バイエルはゴンノールの言いつけを一から十まで黙ってこなした。バイエルの演奏は一点の曇りもなく研ぎ澄まされ、しばらく聞いていると心臓に負担がかかるほどだった。のちに彼の特徴となる、よどみなく正確な演奏は、ほかでもないこの虐待のような練習によるものといえた。

ゴンノールはバイエルが練習している部屋の真下にある応接室で、心地よい音色に満足しながら、お茶を飲んだり居眠りをしたりしていた。ゴンノールが昼間にバイエルの部屋に向かうのは、演奏が止まったときだけだった。

この頃、バイエルは孤独を感じていた。それはゴンノールや、いまや唯一無二の友人となったトリスタンとは関係のないことだった。

それは音楽に関するものだった。バイエルの心のなかには幼い頃から、絶対的な真理としての音楽が絶えず響いていて、それを自分だけが演奏できるのだということには、本人も気づいていた。でも、それを自分のように聴ける者は？　そんな人はどれくらいいるのだろう？

バイエルはすでに試していた。ゴンノールとその老いた使用人に。そして、トリスタンやアンダーソンの前でも。

だが、誰ひとりその音楽を理解してくれなかった。普段のバイエルの演奏を聴いたときと同じように、「とてもいいね、続けてくれ」といった程度の反応しか示さなかった。

バイエルは動揺し、やがて恐怖さえ感じるようになった。もし天上の音を奏でられたとして、それを誰も聴くことができないなら、なんの意味があるのだろう？

だが一方では、こんな希望も抱いていた。たった四人に試しただけだ、この先大きな舞台に立つようになれば、きっと聴ける人がいる。そして、その日が早く来ることを、不安と期待の入り混じった気持ちで待っていた。

ある日の午後、ゴンノールが入ってきてバイエルに演奏をやめさせた。バイエルはまた客が来たのだろうと思い、いつものようにおとなしく応接室の脇の小部屋に身を潜めた。

窓のふさがれたその暗い部屋には、客が帰るまでバイオリンとともに隠れていなければならなかった。退屈きわまりない時間だったが、ときには、ゴンノールと客の会話から音楽について学ぶこともあった。

たとえば、自分が住んでいる〝エダン〟は音楽の都市だということ。それはバイエルにとって幸運ともいえた。そしてエダンには、二種類の演奏者がいる。貴族と著名なマエストロたちからなる〝マルティン〟という音楽を演奏する者と、それ以外の下層民や路上の音楽家たちからなる〝パスグラン〟という音楽を演奏する者だ。

だが、パスグランを演奏するパスグラノたちは、音楽を敬意や尊重の対象ではなく、一種の娯楽とみなしてぞんざいに扱う傾向があるという。だからバイエルは、たとえ自分が孤児院出身の平民であっても、決してそんな音楽はしないと決めた。

また、すべての音楽家が望んでやまない夢の殿堂があった。そこは〝カノンホール〟と呼ばれ、そこで独奏会を開くことほど光栄なことはないという。バイエルは、会話のなかでゴンノールがたびたび、自分の公演を断るなんて、と不快そうにつぶやくのを聞いた。

ゴンノールでさえ演奏させてもらえない舞台。バイエルは胸が躍るのを感じた。外を自由に歩けるときが来たら、真っ先に行ってみたい場所だった。

だが、なによりバイエルの胸をときめかせたのは、三年に一度開かれるという〝コンクール・ド・モトベルト〟という大会だ。

認められた音楽家だけが参加でき、そのなかで最も優れた者に、次の大会まで〝ド・モトベルト〟の称号を授けるというものだった。この称号を与えられた音楽家は、エダンで最高の権威を持ち、高位の貴族たちですらその者に敬意を払うという。

ド・モトベルト！

バイエルはその名を何度もつぶやいてみた。アナトーゼ・バイエル・ド・モトベルト。まるで自分のための名前みたいだ。

だが、この音楽の都市で最高の音楽家だけが参加するという舞台で、ぼくは果たして本当にその名を手にできるのだろうか？　競争相手がいないため、バイエルは自分の能力がわからなかった。ひょっとすると、真の天才たちに比べればずっと劣るのかもしれない。

バイエルの耳には、名だたるバイオリニストだというゴンノールの演奏は、退屈に聞こえた。もしかすると、ゴンノールはさほどたいした演奏者ではなく、真の天才はもっとほかにいるのかもしれない。

バイエルは不安になり、いざ彼らと勝負する日が訪れたときのために、懸命に練習にはげんだ。ゴンノールはすぐにバイエルの音が変わったことに気づき、満足げな眼差しを送った。

そうしてその日、来客があって小部屋に隠れていたときも、バイエルは目をつぶり、想像のなかで練習に集中していた。そのとき、ある声が彼の練習に割って入った。

「ゴンノール先生！」

生き生きとして澄んだ、あどけない声。人の声がこれほど心地よく聞こえたのは初めてだった。バイエルは想像から抜け出し、目を開けた。声は扉一枚をはさんで、応接室のほうから聞こえてきていた。

「おやおや。レアンヌもすっかりレディになったね」

ゴンノールの言葉に、小さなレディがはしゃいで笑う声が聞こえた。バイエルはその笑い声に、なぜか胸の高鳴りを感じた。扉のほうへ近寄り、じっと耳を澄ませる。

「こんなにかわいいお嬢さんがいるきみがうらやましくて仕方ないよ、クリムト」

「ですから先生にも、早くご結婚なさったほうがいいと申し上げたではありませんか」

「この年になって悔やまれるよ。こんなにかわいらしいんだから。お茶はどうだい、レアンヌ？」

「はい！　いただきますわ」

ゴンノールが年老いた使用人を呼んだ。その隙に、バイエルは音を立てないように扉を少しだけ開けた。視界は狭かったが、絶えず駆け回っているレアンヌを見つけるのは難しくなかった。

ああ！　少女は本当に輝いていた。まるでトリスタンのように。トリスタンを見るたびに不思議に感じられるもの、自分にはないそのなにかが、この女の子にもあった。

バイエルは息を止めて、女の子をゆっくりと観察した。ご機嫌なときは上の歯をのぞかせて笑い、父親に褒められるとはにかんで額に薄いしわを寄せる。

愛情だけでなく、ありとあらゆるものに恵まれている。父親はこの子をどんなにかわいがっているこだろう。母親はこの子をどんなに大事にしていることだろう。

この世のどこかに闇があるということも、どこかに悪事をはたらく人間がいるということも知らないのだろう。一点の陰りもなく、一点の汚れもない美しさがそこにあった。

バイエルは全身がかゆくなってきた。女の子を見ていると、自分がどこか汚らしく思えてきた。ぼくはなんて醜いんだろう。あの女の子の前で、どうして自分が同等な存在だと言えるだろう。

女の子はまるで、自分とは異なる種類の人間のようだった。

「それはそうと、ド・モトベルトのご身分は忙しいだろうに、こんなむさくるしい所まで足を運ぶとはどういう風の吹き回しかな？」

「寂しいことをおっしゃらないでください、先生。お手紙もお送りしていますが、いつもご招待を断るのは先生のほうではありませんか」

「そうだったかな」

「正直に申し上げますと、目的がないわけではありません」

「目的？」

女の子の姿ばかり追いかけていたバイエルは驚いた。いましがたゴンノールが、男の人のことをド・モトベルトと呼んだからだ。それはつまり、エダンで最も優れた音楽家ということだ。バイエルはすぐにでも自分の演奏を聞かせたくてじりじりした。

「先生のところに、いい子がいると聞きましてね」

ゴンノールは心のなかで舌打ちした。またか、アンダーソンのやつめ。

「はて、どうやら噂がひとり歩きしているようだ。きみのような音楽家が興味を持つほどの腕ではないよ」

「わたしなどまだまだです。ともかく、一度お会いしたいのですが」

「それなら無駄足を踏ませてしまったようだ。あの子はいまここにいないのでね」

「それは残念です。ではどちらへ？」

「体の調子が悪くて療養に出したんだ。思ったより長くかかるかもしれないと聞いている」

違う、ぼくはここにいる！ と声を限りに叫びたかった。だが、そのあとを思うと恐ろしかった。すでにアンダーソンをはじめ、多くの人々がこの家を訪ねてきたが、ここから出してくれた人はひとりもいなかった。

バイエルはほとんどあきらめかけていた。そんなことをすれば、大人になるまでずっとこの気味の悪い老人と過ごすことになるかもしれない。だからなかなか勇気が出なかった。

「そうですか。残念ですが、前もって約束をしておかなかったわたしの手落ちですね」

「手落ちなど。わたしからすれば、そのおかげでレアンヌの顔が見れたんだ。ともかく、あの子が戻ればすぐに手紙を送ろう」

「約束しましたよ」

こうしてレジスト父娘(おやこ)は帰っていった。バイエルは、とうとう出ていけなかった自分を呪わしく思った。最後にもう一度女の子の顔を見ること、それがバイエルにできるすべてだった。

しばらくして、ふたりを見送って戻ったゴンノールが、鬼のような形相でバイエルのいる小部屋の扉を開けた。

「おまえに興味を持っている人間がたくさんいるようだな」

「……」

「喜ぶようなことではない。おまえはしょせん、サーカスのサルのようなものだ。おまえの演奏を聴いた連中は、まだ子どもなのに上手だと褒めるだろう。だがそれだけだ。その場でおもしろがるだけで、家に帰ったとたん忘れてしまう。わたしの言うことが間違っているかはこれから確かめるといい。連中がおまえを訪ねてくることは二度とないだろう」

バイエルはなにも答えなかった。ゴンノールの言うとおりかもしれないとさえ思った。ド・モトベルトだという人にバイオリンを聴かせられなかったことも悔やまれたが、あの女の子に二度と会えないことがいちばんつらかった。

バイエルはその夜、女の子のことを思い浮かべながら眠りについた。そして、夢のなかで初めて恍惚(こうこつ)の境地に至った。

バイエルの周囲を漂う音の数々が、甘くやさしく入り混じり、彼のために演奏を始めた。バイエルはまるで日向でじゃれる猫のように、ベッドの上でごろごろと寝返りを打った。こんな幸福感に包まれたのは生まれて初めてだった。

　バイエルのなかでひたすら荘厳に、まっすぐに響いていた音楽が、その日だけはふにゃふにゃととろけていった。完璧ではなくなったものの、このうえなくやわらかく、美しく溶け落ちていくようだった。

　これを聴けば、全人類が恋に落ちるだろう。バイエルは確信した。そして、音楽で人の心を変えることもできるのだと気づいた。

　あの女の子に聴かせてあげられたら。そして、もしもこれを聴いたあの子がまぶしい笑顔で応えてくれたら、幸せすぎて気を失ってしまいそうだ。

　これまでのバイエルの演奏は、主にゴンノールのため、あるいは自分のためのものだった。誰かに演奏を聴かせたいという思いも、才能を確かめたいがためだった。ところが、純粋に自分の音楽を聴かせたい、聴いてもらいたいと思う相手に出会ったのだ。

　少年はその日初めて、恋というものを知った。


　そんな想いを抱いたまま、また時が過ぎていった。バイエルはあの女の子に演奏して聴かせる日だけを指折り数えて待ったが、その機会はなかなか訪れなかった。ゴンノールが彼をどこにも出そうとしなかったからだ。

　だが、とうとう九歳になったその年の夏、バイエルに初めての機会が訪れた。

　エダンで最も権威あるコンクールが、〈コンクール・ド・モトベルト〉であることに異議を唱える者はいないだろう。だが、その次となると、音楽家たちのあいだでは論争になる。エダンでは数多のコンクールが開催されていて、主催者たちは、自分のコンクールはド・モトベルトには及ばないにしても、その次に権威あるものだと口々に主張した。

ひとつめの候補は〈コンクール・ド・ジモン〉。世界各地に銀行を持つジモン財閥が開催するもので、なにはさておき、賞金がとてつもない額であるため、参加する音楽家の数は〈コンクール・ド・モトベルト〉を凌駕するほどだった。優勝後に演奏旅行に出る場合は三年ぶんの支援金も出ることから、ド・モトベルトは狙えないと悟った音楽家たちは、こぞって〈コンクール・ド・ジモン〉に出場した。

このコンクールに匹敵するのは、エダン市庁主催の〈巡礼の子選抜コンクール〉と言われている。〝巡礼の子〟と銘打たれているのには、イクセの時代にさまざまな芸術に通じていたエダンの巡礼者たちを讃えようという意味が込められており、十歳未満の少年少女たちのなかから、最も秀でた才能を選ぶというものだ。

出場の機会は生涯に一度。選ばれたそばからエダン市民の全幅の支持と関心を集めることになり、音楽家のなかにはこれをド・モトベルトになるための礎と考える者も多い。現ド・モトベルトのクリムト・レジストもかつて巡礼の子に選ばれている。

ほかでもないこの〈巡礼の子選抜コンクール〉を控えて、ゴンノールは苦悩していた。

クリムトだけでなく、最近ではエダン音楽院の院長までもが、バイエルに会うためはるばる訪ねてきた。来訪者があるたびに病気療養中だとごまかしたものの、彼らがそれを信じたかは疑わしい。早朝から深夜まで毎日のように続くバイオリンの音色は、当然垣根の向こうまで聞こえているはずだった。

かつては心臓をえぐるかのように固く冷たかったバイオリンの音が、どういうわけか最近になって大きく変化し、聴いているだけで涙がこぼれそうになるほど敬虔さをたたえ、温かい音色になっていた。ゴンノールはバイエルを引き取った当初の目的を忘れ、このまま地下に閉じこめて、この音楽を生涯独り占めしようとまで考えた。

だが、今回が最後のチャンスだということがゴンノールをためらわせていた。来年になればバイエルは十歳、そうなれば、巡礼の子になる権利は永遠に失われてしまう。比較的出だしの遅かったゴンノールは、巡礼の子の候補にすらなれなかったことがいまでも胸のしこりとなっていた。自分には与えられなかった機会をバイエルに授けてやりたかった。

だが、そうしたところでバイエルが自分に感謝するなどとは、もちろん思っていなかった。もとより、子どもや弟子とはそういうものだ。成功はすべて自分ひとりの力で得たものと思うのだから！　自分の知らないところで誰かの献身と愛情があったなどとは、若いうちは決して気づかない。親や師と同じ視線に立ち、子が生まれ、弟子をもうけて初めて、かつての師や親への感謝を感じるのだ。

いまは過酷な練習をさせているわたしを恨んでいても、のちにそのすべてが本人のためであったことに気づくがいい！

ゴンノールは頭のなかで、心を入れ替え、涙を流しながら自分の懐に抱かれているバイエルの姿が思い描いていた。ド・モトベルトとなったすばらしい青年は、ゴンノールだけを唯一の師であると吐露し、年老いたゴンノールがゆっくり休めるように、遅まきながら立派な邸宅と使用人たちを贈ってくれるだろう。いや、いっそ養父として自分の世話をしてくれるかもしれない。

そのためには、やはり巡礼の子の候補としてバイエルを推薦するべきだろう。

ゴンノールは多少の寂しさを感じつつも、誰であろうとバイエルを奪おうとする者には、法的、あるいは物理的な力を借りて目にものを見せてやると誓い、申しこみ用紙にバイエルの名前と自分のサインを書き入れた。

コンクールの前日になって、ゴンノールはようやくそのことをバイエルに知らせた。バイエルは、たくさんの人の前で自分が演奏するという事実に少なからず驚いた。これまではいつも隠れて練習してきたからだ。

「そこには、どれくらいの人がいるんですか？　十人？　それとも……二十人？」

バイエルの問いに、ゴンノールは舌打ちしながら手を振り上げたが、なんとか踏みとどまった。明日は重要なコンクールなのだ。今日は我慢しなければならない。

「とぼけたことを。バイオリンの才能の半分でも、おまえに教養があればな。十人や二十人どころではない。数千人は集まるだろう！」

「数千人？」

「審査員は少ないぞ。エダン市長をはじめ、上級公務員が数人、エダン音楽院の院長は最高の教師たちを連れてくる。公務員どもはどうせ院長の言いなりだから、大事なのはエダン音楽院の人たちの心をつかむことだ。いいな？」

「エダン音楽院」

バイエルは忘れまいとするようにつぶやいた。

「いまのおまえの実力なら、それほど心配はいらない。普段どおりに演奏すれば、難なく巡礼の子に選ばれるはずだ」

「じゃあ、もしその巡礼の子に選ばれたら……」

バイエルは、期待するようなそぶりをできるだけ隠しながら尋ねた。

「エダン音楽院に入れるんですか？」

答えの代わりに、冷ややかな静寂が流れた。ゴンノールの顔を見上げたバイエルは、胸が不安に波打つのを感じた。なにか言ってはいけないことを言ってしまったに違いない。

「ふん、卑しい孤児ってやつは……」

ようやく口を開いたゴンノールの声は、大きく震えていた。

「なにからなにまで面倒を見てやっても、こうして平気で自分の師を裏切るというわけか」

「裏切るだなんて、そんなことありません」

「いまその口で言ったではないか。優勝してエダン音楽院に入りたいと」

「ぼくはただ、そこに立派な先生方もいると言われたので――」

「わたしもじゅうぶん立派だ！　わたしがあそこに入れなかったのは、やつらが自分たちの親類縁者しか引き入れないからだ。わたしにコネがなかっただけだ！　それなのにおまえは、せっかくわたしが導き、道を開いてやろうというのに、なんという不届きものだ！」

「ごめんなさい」

バイエルはただちに非を認めた。言い訳が長引くほど、鞭で打たれる時間も長くなることを知っていたからだ。

「本当に、そんなつもりじゃなかったんです。優勝したらなにがあるのか知りたかっただけです。ぼくがここを出ていくわけがないじゃありませんか。こうして暖かい所で、毎日大好きなバイオリンを弾いていられるんです。先生がいなかったら、ぼくは決していまのように上達していませんでした。こんなふうに元気で暮らすこともできていなかったでしょう。数千人の前で演奏することなどなおさらです」

バイエルはゴンノールをなだめるために、必死で言葉を並べた。この老人はひどい劣等感にとらわれていて、誰かがなにか言おうものなら、すべて自分の悪口だととらえる変わった性質があった。一方で、褒め言葉をひとつ聞こうものなら、それがたんなるあいさつやあからさまなお世辞にすぎなくても、鵜呑みにするという単純さも兼ね備えていた。

そのため、そんなことは心にも思っていなかったが、バイエルはゴンノールの怒りを鎮めようと全力を尽くした。それだけ明日のコンクールが大事だった。たくさんの人に、あの女の子に、自分の演奏を聴かせたかった。

効き目があったのか、真っ赤になって怒っていたゴンノールの顔が、しだいに落ち着いてきた。

「優勝したらなにがあるかって？　そりゃ簡単だ、賞金と栄誉だよ。賞金はさておき、巡礼の子の肩書きは金には代えられないものだ」

その後もゴンノールは、教え子の未来を自分のことのように語っていたが、バイエルの耳にはもう聞こえていなかった。バイエルの心は、数多の聴衆のなかにいるであろうあの女の子に、どんな曲を聴かせようかというときめきに満ちていた。


その夜、希望に胸をふくらませて久しぶりにぐっすり寝入っていたバイエルは、なにかの気配をに目を覚ました。

隣にゴンノールが横たわっていた。この気味の悪い老人は、しばしば夜中にバイエルのベッドにもぐりこんでくることがあった。そのためさほど驚きはしなかったものの、その日はなに

かが違った。ぎこちない手つきではあったが、はっきりと体をまさぐられているのがわかった
からだ。
ゴンノールはすでに何度もバイエルの体を触っていた。構えを教えてやる、まだ小さいから
体を洗ってやる、叩いたあとに傷の手当てをしてやる、などという理由で。
そういうふうに触れられることは、気まずくはあっても、不快だと感じたことはこれまでな
かった。バイエルはまだ幼く、そういったことがなにを意味するのかはっきりとわからなかっ
た。それでも、なぜかこれは他人には口外しないほうがいい、どこか不自然なことなのだ、と
いうことくらいはぼんやりと感じていた。
けれどいまは、それまでとは違い、体に触れられるような理由がなかった。決してやさしく
ない手つきで体のあちこちを触られているが、父親なら絶対に子どもにこんなことはしないに
違いない。
バイエルはゴンノールの手を払いのけながら起き上がった。そしてベッドを飛び出し、まだ
そこに横たわっている老人をにらみつけた。
驚いたことにゴンノールはその目に涙を浮かべ、震えていた。
「頼む……お願いだ……」
ゴンノールがなにを望んでいるのか、なぜいつも威圧的な彼が自分に「頼む」などと言うの
か、バイエルには理解できなかった。だが、いくら頼まれても、たとえ殴られても、ベッドに
戻りたいとは思わなかった。
「この老いぼれを哀れに思ってくれないか？　わたしはおまえにすべてをあげたじゃないか」
昼間とはうってかわったゴンノールを見ながら、バイエルはこの哀れな老人の行動が決して

胸を張れるものではないのだと気づいた。

バイエルが首を強く振ると、老人はがくりとうなだれた。そして部屋に入ってきたときと同じく、いっさい音を立てずに部屋を出ていった。

ドアが閉まるが速いか、バイエルは飛んでいって鍵を閉めた。それからゆっくりと後ずさり、反対側の壁までくると、崩れ落ちるようにしゃがみこんだ。そして、うずくまったまま、日が昇るまで眠ることができなかった。


翌朝、朝食をとるために階下へ向かいながら、バイエルはゴンノールが昨晩のようにびくびくした態度でいるものと思っていた。だが、その予想は外れた。

「なにをぐずぐずしている。そんなことで立派な演奏者になれると思っているのか」

バイエルはさっさと食卓についた。ゴンノールは普段と変わらない、濁った厳しい目で彼を見やった。

「生意気な小僧め。おまえには自分がどれだけ恵まれてるか考える頭もないんだろう。おまえを巡礼の子に推薦するために、わたしがどれだけ苦労したかわかっているのか？　それなのにおまえは……」

バイエルがじっと見つめると、ゴンノールの顔を罪の意識がさっとかすめた。だがそんな自分に腹が立ったのか、ゴンノールは金属製の塩の瓶をバイエルに投げつけた。額にぶつかった瞬間ひどい衝撃が走ったものの、バイエルは表情には出さず耐えていた。

今日は大切な日だ。なにがあっても彼に逆らってはいけない。

「なんでもわたしの言うとおりにすると約束したはずだ」

ゴンノールの言葉にバイエルは目を見開いた。もしも、昨夜のようなことをこれからも続けると言いたいのなら……。

「気が変わった。おまえが数千人の前で演奏することなどない」

「ええ？　そんな！」

「だまれ。おまえに口出しする権利はない。すべてを決定するのはこのわたしだ」

「お願いです、先生。ぼくはコンクールに出なきゃならないんです。みんなの前で演奏しなきゃならないんです！」

「うるさい！　おまえはわたしに言われたときだけ演奏すればいい！」

バイエルはこらえきれず、ばっと立ち上がった。ゴンノールが一瞬、身をすくめるのが見えた。昨夜、彼の弱気な姿を見たせいか、バイエルはいつもより強く出た。

「ぼくはコンクールに出ます。演奏したいんです！」

「な、なんだと？　誰に向かって――」

「いらない！　服も、食べ物も、なにもいらない！　ぼくが望むのは演奏することです。みんなの前で演奏したいんです。そのために生まれてきたんだから！」

ゴンノールはバイエルの言葉と態度に大きなショックを受けた。歯向かわれたからでもあったが、自分は演奏するために生まれたと言ってのける姿に、異常なほど強く胸をえぐられた。ほかの人間が同じことを言ったなら、彼は鼻で笑っただろう。だがそれを言ったのはほかでもない目の前の少年であり、その才能がどれほどのものか誰よりもわかっていたゴンノールは、大きな衝撃を受けた。

それはすなわち、少年はゴンノールのものではないという宣言だった。いつの日かバイエルの師として名を広めることになると信じて疑わなかったのに、その確信が初めて揺らいだ。バイエルは自分の弟子になるために生まれたのではない。演奏するために、世界に自分の音楽を聴かせるために生まれたのだ。

このことをゴンノールよりも痛切に感じた人物は、それ以前にも、それ以後にもいなかっただろう。

「おまえ、おまえは……」

怒りとともに、言い知れぬ複雑な感情がこみ上げてきた。ゴンノールは自分よりはるかに小さく幼い少年の前で泣き崩れまいと努めた。ゴンノールはこの瞬間に、自分の時代が終わったことを、自分に音楽家としての終末が到来したことを悟ったのだった。

「絶対に、永遠に……人前で演奏することはないと思え」

ゴンノールが半ばわれを忘れたような表情で手探りをしはじめた。バイエルは彼のそばになにがあるのか必死で目で追った。ゴンノールは怒りが抑えられなくなると、手当たり次第に物をつかんでバイエルを殴りつけるからだ。

その日の食卓には、パンにバターを塗るためにとナイフが置かれていた。

エダン市庁前のモンド広場には、普段よりはるかに多くの市民が集まっていた。巡礼の子に選ばれ、ゆくゆくは音楽界を揺るがすことになるだろう神童を見るためだ。

舞台前に用意された数百の客席には、早朝から並んでいた者たちが座っていた。貴賓席へ向かう貴族や著名なマエストロがそばを通るたび、彼らは驚嘆を禁じえなかった。

客席のあいだを歩き回りながら焼いたニシンを売る商人、有名な音楽家の目に留まりはしまいかと自作の曲をこっそり演奏して執行係に追い出されるアマチュア音楽家、誰が巡礼の子になるかを巡って隅のほうでこっそり賭け事をする人たちまでいた。屋外で行なわれるため、多少散漫な雰囲気はあったものの、みながお祭り気分で楽しんでいた。

だが一方、舞台の最前列では厳粛な審査が行なわれていた。

候補者は全員、推薦資格を備えたマエストロの優秀な教え子たちであったにもかかわらず、与えられる演奏時間はたった一分余りだった。前奏が終わるが早いか、審査員たちに止められるのが常だったからだ。大会の歴史上、最後まで演奏できた出場者は数えるほどしかいない。

「今年はいまいちですね」

午前のグループが終わると、だるそうに背伸びをしたバオサン市長が言った。そばで居眠りしていた文化省局長が同感だとつぶやき、またもや居眠りを始めた。そんな市長をなだめたのは、隣に座っていたエダン音楽院の院長、ユリック・ベナヘンだった。

「まあまあ、そうがっかりなさらないでください。注目すべきは午後のグループです。ポール・クルーガーの教え子もいますよ」

「九本指の奇跡、ポール・クルーガーですか？　身体条件がほかの人たちとは異なるから、弟子はとらないと聞いていましたが」

「どういう風の吹き回しか、今回は気が変わったようです。それが、パスグラノの子だというんですよ」

「マルティノでありながらパスグラノの子を教える。彼の演奏手法と同じくらい特異なことですな」

「それほど気に入ったようです。ええと、名前は……ここにありますね。ヒュベリッツ・アレン。昼食後のひとり目です」

書類を引っくり返してその名前を確かめたバオサン市長は、うなずいた。

「ポール・クルーガーも弟子をとったのですから、残るはクリムト・レジストだけですな。だが、いっこうにそんな素振りも見せないとは……」

「本人もまだ学ぶべきことがたくさんあるとか」

「謙遜も過ぎると嫌味ですよ。今日も不参加ときている。ド・モトベルトのための貴賓席まで用意したというのに」

市長が眉をひそめてぼやいた。娘が流行病にかかり、やむを得ず欠席する、というクリムト・レジストからの丁重な手紙を受け取っていながらも、市長はとぼけたふりをした。

どういうわけか、バオサン市長は歴代のド・モトベルトと馬が合ったことがないのだった。人々はこれを、自分に音楽の才能がないためにド・モトベルトに嫉妬しているからだと裏でささやき合っていた。

「あのお方ももう少し年をとれば変わるでしょう。エダンに生きる音楽家としては、本人の業績を積むのと同じくらい、次世代の主役を育てることも大事ですから」

ベナヘン院長が話をまとめるように言うと、市長のぼやきも止まった。

「そうそう、例の子はどうなりました?」

院長の隣にいた別の教授が、思い出したように尋ねた。

「ベナヘン院長が家を訪ねたのに、会えなかったというあの子です。今回出場すると聞きましたが」

「ああ……」

ベナヘン院長はいやなことを思い出したというように渋い顔をした。市長が問いかけるような目で見つめると、彼はおもしろくなさそうに話しはじめた。

「ピュセ・ゴンノールの教え子ですか。ああいう人間ですので、わざわざ出向きたくはなかったのですが、なにしろこれだけ噂になってるんです。家を訪ねれば会えると思ったのが誤算でした。絶対に会わせようとしないんです。どうしてあそこまで頑ななのかさっぱりわかりませんな」

「あの陰険じじいの考えてることなど誰にもわかりませんよ。ご存じのとおり、ほら、ああいう噂も……」

若い教授がそれとなくほのめかすと、バオサン市長は聞きたくもないというふうに身を引いた。

「そんな噂、わたしは信じませんよ。彼だって、かつてはそれなりに将来を期待されていたではありませんか。以前ほどの腕はないにしても、変な噂や中傷が飛び交うことは好ましくありませんな。市庁の依頼にもひじょうに協力的ですし」

もはや市庁以外からの依頼などはどこからもないことを、市長だけが知らない様子だった。若い教授はまだなにか言いたげだったが、院長に首を振られると、口をつぐんだ。

「ともかく、マエストロ・ゴンノールの教え子は出場するのでしょう？　これは楽しみだ」

「ええ、市長。ド・モトベルトも関心をお持ちのようですから、注目してごらんになってよいかと」

そうして昼食の時間が終わりかけた頃、大会の運営陣からベナヘン院長へ伝言があった。

「ええっ？」

院長は驚き、不快そうな表情を浮かべると、苛立った様子で候補者の書類を引っかき回し、そのうちの一枚を破ってしまった。

「いったいなんです?」

バオサン市長が訊くと、院長が無愛想に答えた。

「ピュセ・ゴンノールです。教え子が病気で参加できないと」

「病気? それにしたって……。彼はこれがどれほど大事な大会かわかっているんでしょうか」

市長は信じられないという表情だった。エダン市庁が主催するコンクールへの出場を、恐れ多くも取り消す者がいるなどとは夢にも思わなかったのだ。実際、彼が市長を務めているあいだにこんなことは一度もなかった。

「ごもっともです。またもや病気とは……そんなに体の弱い子なら、息の長い演奏者にはなれそうにありませんね」

「いや、だめだ。このままじゃ済まされないぞ」

バオサン市長が手を挙げて運営係を呼ぶと、ほかの審査員たちも何事かと振り向いた。係のひとりがやってくると、市長が言った。

「いますぐマエストロ・ゴンノールの家に行って、出場候補の子の状態を見てきてくれ。歩けて、バイオリンも握れるようなら、なにがあろうと大会に参加するよう伝えなさい。これは市長からの命令だ。わかったかね? マエストロ・ゴンノールにもはっきりと伝えるように」

係の者がうなずいて去っていくと、ほかの審査員たちは顔を見合わせた。その指示は市長の独断だったが、立ち上がって文句をつけるというのも難しかった。場の空気を察して、バオサン市長が肩をすくめながら言った。

「子どものいたずらでもあるまいし、申しこんだのなら出場するべきでしょう。わたしはゴンノールの教え子の演奏を聴きたいんです」

「ごもっともです。わたしも同じ気持ちです」

ベナヘン院長があいづちを打った。だがそれはどう見ても、駄々をこねている子どもを見るような表情だった。市長はこれに応えるように小さく鼻を鳴らした。


ゴンノールの家へ向かう運営係は、はらはらしながら先を急いだ。市長じきじきの指示だったからではない。その教え子の無事を心から心配していたからだった。

それはほかでもない、幼いバイエルの身を案じていたアンダーソンだった。

きみとはなにかしらの縁でつながってるようだ。今度こそそこから助け出してやるぞ。

ゴンノールと決別してからというもの、アンダーソンにオーケストラやレッスンの仕事が入ってくることはなかった。そんな彼が短期の仕事を転々とするうち、この大会の運営係を務めることになった。音楽家として出場候補を推薦するマエストロや審査員としてではなく、雑用係のようなこの仕事を引き受けることはプライドが傷ついたが、あれこれ選んでいる場合ではなかった。彼は、未来ある子どもたちをうらやましい気持ちで見守りながらも、いつかは自分もあの舞台に愛弟子を立たせてみせると心に誓っていた。

だが、居丈高な市長に呼ばれたかと思えば、ゴンノールの家からあの少年を連れてこいと言うではないか。あの子を救うこれ以上の口実がどこにあるだろう！　いくらゴンノールでも、市庁からの仕事まで失うことは望まないはずだ。今回は絶対に回避できないだろう。

ゴンノールの邸の手前まで来たとき、アンダーソンはその音に気づいた。その場にしゃがみこんでしまいたくなるほど胸に迫る旋律だった。

彼は一歩進んでは立ち止まり、また一歩進んでは立ち止まった。いま自分が扉を叩けば、あの演奏が止まってしまうに違いない。もっと聴いていたい気持ちでいっぱいだったが、合間で乱れる音程が気になり、急いで玄関扉を叩いた。

思ったとおり、音楽が止まった。年老いた使用人が玄関を開けるまでにはずいぶん時間がかかった。アンダーソンは小難しくて長ったらしい、本人も読むのをあきらめた公文をいきなり使用人の目の前に突きつけた。それはエダンの下水道処理施設の現況を綴ったもので、コンクールとはなんの関係もないものだったが、字の読めない使用人は市庁の印を見るだけで恐れおののいた。

あっけなくなかに通されたアンダーソンは、ガウン姿でゆったりと安楽椅子にもたれているゴンノールと向き合った。心にもないおべっかを使っていたのは、はるか昔のことだ。ふたりは互いに軽蔑と警戒の眼差しを送り合った。

「どこにいるんです?」

「ここにはいない」

とくに名指しせずとも、ふたりには互いに誰のことを言っているのかよくわかっていた。

「ついさっきまで聴こえてきていたバイオリンの演奏を、あなたのものだと信じろと?」

「もはや先生とも呼ばなくなったのか? ずいぶん生意気になったじゃないか」

「正直になったんですよ。無駄なあいさつは省きましょう。バオサン市長から、あの子を連れてこいとの命令です」

市長という言葉に、ゴンノールの顔色がわずかに変化した。

「ここにいないのにどうやって連れていくというのだ?」

「では失礼ですが、本当にいないのか家のなかを確かめさせてもらいます。わたしも市長に報告しなければなりませんので」

アンダーソンが足を踏み出すなり、ゴンノールが立ち上がって行く手をふさいだ。普段の動作からは想像もできない俊敏さに、使用人でさえ驚いたほどだった。

「失礼だとわかっているならやめておくんだな、アンダーソン君」

「わたしひとりのほうがいいと思いますが。それとも市長に、あなたの非協力的な態度を報告いたしましょうか? 児童福祉局の職員たちに押しかけられてもいいんですか?」

ゴンノールの口の端が痙攣(けいれん)した。一瞬だったが、彼の内面であらゆるものが激しく葛藤していた。

もう少し若かったなら。ゴンノールは自分の老いを呪った。もう少し気力と体力が残っていたなら、目の前のこしゃくな若僧の顔に拳を食らわし、市長だろうと誰だろうとこの家のなかに一歩たりとも入れはしないと脅しただろう。

だがいまの彼は老いぼれていて、誰かとやり合うことそのものに疲れを感じていた。それがエダン市長ならなおさらだ。認めたくなくても、彼らはゴンノールの飯の種なのだ。

「起き上がるのも難しいほどだが、それでも市長どのが呼ぶのなら仕方あるまい。しかし、そんなことをしてあの子の体に障ったら、市長はどう責任をとるつもりなのか。それとも、無理やり連れ出したご当人が責任をとってくれるとでも?」

その言葉は、アンダーソンをしばし悩ませた。エダンの青年たち同様、彼は自分に害のない範囲内で人を助けることはあったが、正直なところ、何度か顔を合わせただけの少年のために、やっと手にした市庁の仕事を失いたくはなかった。重病の少年を無理に出場させて、最悪の場合、命を落としでもしたら……。

アンダーソンは、拗ねた子どものように駄々をこねていたバオサン市長の顔を思い浮かべた。果たしてあの市長が、自分が指示したことだと自ら責任を負うだろうか？　その答えは決して肯定できるものではなかった。

「ひとまずあの子の状態を見てから判断しましょう」

一歩引き下がったアンダーソンは、まるで自分にそんな権限があるかのように言った。アンダーソンがどういう立場で来ているのかはっきりわからず、ゴンノールは拒むことができなかった。彼は歯ぎしりをしながら、後方に控えていた使用人に指示した。

「案内してやるがいい。アナトーゼだかアタナーゼだかいう、しょうもない名前の小僧のところへ」

アンダーソンはじつのところ、子どもが好きではなかった。五人の甥と姪がいる彼にとって、子どもとはいつも騒いでいるかぐずっているか、はたまた泣いているだけの存在にすぎなかった。

だが、あざだらけの体で震えながらバイオリンを握り締めているバイエルを見た瞬間、彼は心底憐れみを感じた。自分のなかにあるとは思わなかった殺意をも。

重病だって？　病名も原因もいっさい明らかにすることなく？

ゴンノールは悪魔に違いない。アンダーソンはとりあえずこの少年をここから連れ出し、必ず児童福祉局に通報してやると誓った。

「ぼくのこと、覚えているだろう？　一緒に行こう。二度とここには戻らせないよ」

「信じません」

バイエルがひどくかすれた声で言った。彼の目は空虚そのものだった。

「ぼくはもう、そんな言葉、信じません……」

アンダーソンは、バイエルにそっと近づき、抱き締めた。

「そうだな。ごめんよ。今は難しいかもしれないけど、それでも、もう一度だけぼくを信じてくれないか？」

バイエルはしばらく黙っていたが、やがてゆっくりとうなずいた。その動きはひどくつらそうだった。

アンダーソンがバイエルの顔を確かめると、額に深い傷ができていた。しかも、まだ血も止まっていない状態だった。悪態という悪態が喉元に込み上げてきたが、かろうじて自分を抑えた。少年をここから連れ出すのが先だ。

「この状態じゃ演奏どころじゃないな。まずは病院だ」

「だめです！」

驚いたことにバイエルは激しく抵抗し、アンダーソンに頼みこんだ。

「ぼくは演奏しに行きます。今日ぼくは、たくさんの人の前で演奏できると聞いています」

もちろん、アンダーソンはそのためにここに来たのだった。だが、到底演奏できるとは思えなかった。さっき耳にしたバイオリンの音にかすかな乱れがあったのは、これらの傷と無関係ではないだろう。

「まずは手当てをしないと。演奏はそれから好きなだけすればいい」

「だめなんです、今日じゃないと。どうしてもみんなの前で演奏しなきゃならないんです」

少年の顔は、本当に今日でなければだめなのだと言っていた。今日が最後の日だとでもいうように。

アンダーソンは、なにがあってもこの少年を舞台に立たせなければならないのだと悟った。

「わかったよ。どうせ倒れるなら、舞台の上でというわけだな」


バイエルとアンダーソンを乗せた馬車が発つ様子を、ゴンノールは家の前で見守っていた。バイエルは必ず自分のもとに戻ってくるものと確信しているような、貪欲でひどく気味の悪い表情だった。アンダーソンは窓からその姿を目にし、へどが出そうになった。

バイエルの体が心配だったが、向かいに座っている少年はじっと物思いに沈んでいた。馬車が揺れるたび、傷が痛むのかときおり眉をひそめはするものの、大事な演奏を前に緊張している様子は微塵もない。どうやら、演奏への不安や授賞いかんには興味がないようだった。

馬車がモンド広場に到着すると、思ったより大勢の人が集まっていたのか、バイエルは少し驚いたようだった。アンダーソンは少年を控え室に案内し、登録手続きを済ませた。さいわい、出番までふたりほど残っていた。

じっと舞台を見つめるバイエルに向かって、アンダーソンが訊いた。

「本当に演奏できそうかい？」

「やらなきゃならないんです。今日じゃなければ、二度とできないかもしれません」

アンダーソンは淡々と答える少年を見ながら、この子はまだ自分を信じていないのだと、ゴンノールの家に戻されることを心配しているのだと感じた。

「心配いらない。さっきみたいな演奏なら、必ずこのなかの誰かがきみを救ってくれる」

アンダーソンは自信を持って言ったが、バイエルは肯定も否定もしなかった。

このとき、バイエルの内面では相反するふたつの感情が激しくぶつかり合っていた。そのひとつは、暴力への怒りと恐れだった。

その日、ゴンノールから受けた暴力はいつにも増してひどいものだった。ある程度それに慣れ、仕方ないものとあきらめてもいたバイエルでさえ、死の恐怖を感じるほどに。

ゴンノールは、バイエルの視線の先にあったナイフを手に取った。バイエルが「やめてください!」と叫ぶと一瞬動きを止めたが、その事実にますます怒りをつのらせ、狂ったようにナイフを振り回した。デザートを運んできた使用人が止めていなかったら、彼の傷はこの程度ではすまなかっただろう。

そんな経験が恐れへとつながると同時に、たとえようもない激しい怒りを呼び起こした。バイエルは自分が、人を殺すことで人生を台無しにしてしまうのではないかと心底恐れた。

それにもかかわらず、このような感情の反対側には、最後まで消えないかすかな希望があった。

アンダーソンの言うとおり、自分の音楽を聴いた誰かがあの地獄のような場所から救ってくれたらと願った。音楽に捧げられた音楽の都市エダン、ここにはきっと、すばらしいマエストロと聴衆がたくさんいるはず。ここにいるたくさんの人たちのなかには、ぼくが音楽で言おうとしていることに耳を傾け、理解してくれる人がいるだろう。ぼくが自分の音楽に感じることを、そっくりそのまま。ひょっとすると、それは少し前にやって来たド・モトベルトかもしれない。輝いていたあの女の子かもしれない。

　誰でもいい。ひとりだけでじゅうぶんだった。いまから演奏するのは、そのただひとりの人のためのものだった。

「次の参加者です。推薦人ピュセ・ゴンノールの教え子、アナトーゼ・バイエル」

　ついに名前が呼ばれると、バイエルはゆっくりと舞台に上がっていった。血だらけでぼろぼろの服を着た少年が現れると、人々は面食らった顔でなにやらささやきはじめた。いつでも音楽に大きな関心を寄せている彼らは、この町の幼い英才たちについてもよく知っていた。だが、バイエルの顔は初めて見るばかりか、いでたちもほかの子たちとは違っていた。あれでバイオリンをちゃんと持てるのか、と本気で疑う人もいた。

　バイエルは聴衆を、はしからはしまでぐるりと見渡した。人生でこれほど多くの人々に注目されたことはなかった。それでも、気後れすることはおろか、大胆なしぐさでバイオリンを肩へのせた。

　開始の合図を待たずに、バイエルは勇ましく弓を振り下ろした。

　痛みが、呪いが、彼の願いが弦をつたって広場に響き渡る。

　バイエルはそこに立って絶叫していた。ぼろぼろになった自分を奏でていた。その悲鳴が鋭い弦となり、弓を動かすたびに四方へはじけ飛んでいった。

　コンクール用にゴンノールが準備した曲があったが、バイエルが演奏していたのはそれではなかった。自分でも、一度も頭のなかで作ったり演奏してみたことのない音楽を、この舞台で即興で作っていた。

　たまらなくやわらかいかと思えば、胸を引っかくように鋭くなり、今度はなぐさめるようにやさしくなったかと思うと、にわかに暴れまわる。それはバイエルの内面でぶつかり合っているふたつの感情にも似ていた。

涙こそ流さなかったものの、バイエルは全身で泣きながら演奏していた。バイオリンから、切ない音が絶え間なく流れ出た。涙という涙を結晶にすれば、それは美しい音楽になるのだろうか。苦しめば苦しむほど、悲しめば悲しむほど、その音楽は反対にきらきらと輝きを増していった。

目を閉じていたため、聴衆の姿を見ることはできなかったが、バイエルは自分と同じようにみんなが泣いているものと確信していた。誰もが舞台に上がり、ぼくを抱き締めてやりたいと思ってくれているだろう。この痛みをそっくり理解してくれるだろう。全身全霊で聴かせているのだから。

しっとりと延びていくひとつの音で、ついに演奏が締めくくられた。誰もが予想しなかった終わり方だった。

バイエルが感情を出しつくしたその時、それは音楽が完成した瞬間だった。

予想外の終わり方にたじろいでいた聴衆は、バイエルが弦から弓を下ろして初めて、爆発的な歓声をあげた。

バイエルは驚き、一歩後ずさった。そして目を開けた。

誰もが幸せそうな笑顔でバイエルの名を呼びながら歓喜し、割れんばかりの拍手を送っていた。

これほどの歓声と賛辞は経験したことがないにもかかわらず、バイエルの顔に浮かんだのは喜びでも感激でもなかった。恐怖だった。

左を見る。いない。

右を見る。いない。

ぼくの絶叫を聞いた人はここにいない。

ぼくの叫びを聞いたなら、ぼくの悲鳴を聞いたなら、こんなふうに歓声をあげることはできないはずだ。人間ならば。

ひとりはいるだろう。たったひとりでも、ぼくの音を理解した人が。聴衆のなかにいないのなら、音楽の大家とされる審査員のなかには？

だが彼らも一様に、バイエルに向かって拍手をしていた。誰も途中で演奏を止めることはなかった。バイエルは、これまで何人もいないという、最後まで演奏できた出場者のひとりだった。それを知ったところで、バイエルが喜ぶことはなかっただろうが。

違う。

バイエルはもう一歩後ずさった。運営係のひとりが近づいてきてなにか言ったが、聞こえなかった。逃げるように舞台を下り、そこから抜け出そうとしていたバイエルを、誰かが引き留めた。後ろを振り返ると、アンダーソンだった。彼は涙をためた目でこちらを見下ろしていた。

「聞こえ……ましたか？」

「うん？」

半ば魂の抜けたようなアンダーソンは、感無量といった表情だった。バイエルには、彼が自分の音楽を理解して泣いているわけではないとわかった。

「間違いなく、巡礼の子はきみだ」

彼はそう言ったが、そんなこと知りたくもなければ、興味もなかった。ここから抜け出したかったが、どこへ行けばいいかわからなかった。ゴンノールの家に戻らなくていいことを願うばかりだった。

その後の候補者たちは三十秒も経たないうちに演奏を止められた。審査員たちはすぐにでもコンクールを終わらせ、受賞者を発表したがったからだ。

緊張で舞台の上で泣き出してしまった六歳のバスーン奏者を最後に、ついにこの年の巡礼の子が発表された。

「ありえませんよ！」

「審査員はどうかしてるんじゃないですか？」

「こんなの納得できませんよ！」

〈巡礼の子 選抜コンクール〉を主催するエダン市庁には、結果発表後、未曾有の請願と抗議が押し寄せていた。その日会場にいた聴衆はみな、アナトーゼ・バイエルが巡礼の子になるものと信じて疑わなかった。だが実際に選ばれたのは、さほど名も知られていない、おまけにマルティノでもないピアノ奏者だった。

「わたくしどもはあくまでも公正な審査を……」

市庁の職員たちが出てきて脂汗をかきながら説明したが、納得する者はいなかった。抗議の声がますます高まってきた頃、市長の執務室のなかでも同じように怒声が飛び出していた。

「まったく、参加者の書類を破るなんてなにを考えているんです、院長！」

ベナヘン院長はだくだく汗をかきながら、市長の前で罪人のように座っていた。

「すぐに新しい書類で採点しなおしましたし、アナトーゼ・バイエルには最高点をつけましたよ。それが無効と言うほうがおかしいでしょう」

「わたしどもにもやり方というものがあるのですよ、やり方というものが！　なにかといえば公正性うんぬん言っている連中がいるのでね。毎年の結果発表後に、どれほどばからしい疑いをかけられるかご存じですか？　だから大会当日まで、承認済みの採点表は密封して保管しておくんですよ。あなたはその採点表を破ったんです！」

ベナヘン院長はバイエルが不参加と聞いたとき、怒りに任せてその採点表を破ってしまっていた。すぐに替えの採点表に点数をつけたが、これは無効となり、バイエルは一点差で巡礼の子の称号を得られなかったのだ。

「その点はわたしの過ちを認めます。ですが市長のお立場なら、いくらでも融通を利かせられるのではありませんか。わたしが点数をつけなかったわけではありませんし……」

「わたしにどうしろと言うのです。指針に明示されてなければ判のひとつも思いどおりに押せないんですよ。議会の聴聞会に一度でも出たことがおありですか？　わたしの勝手で結果を変えたりすれば、なけなしの権力を振るっているとこっぴどく責められますよ」

そうでなくても、市長はすでに全職員に大会の結果をひるがえす方法を考えさせていた。だがいかなる法令や前例、さらには他国の事例まで調べても打つ手は見つからない。そのため、結果どおりヒュベリツ・アレンというポール・クルーガーの教え子が巡礼の子に確定したのだが、あいにくその少年も結果に納得できないと辞退した。

結局、エダン市庁と大会の権威は失墜し、マスコミと世論は「公務員のやることなどこんなものだ」という共通見解で一致団結していた。

ベナヘン院長はいらいらと指でテーブルを叩きながら言った。

「こうしましょう。アナトーゼ・バイエルをエダン音楽院に入学させ、奨学金を全額支給します」

「それで抗議は収まるでしょうか？」

「市からも基金を用意してはいかがです。聞いた話では、孤児院から引き取られたというじゃありませんか。音楽の才能はあっても貧しさゆえに学べない子どもたちを支援する、というかたちでアピールすれば、そこそこイメージはよくなると思いますよ。エダンの貴族たちは寄付やボランティアといった言葉に弱いですから」

「ではそちらも、入学の専攻枠をひとつ増やしてはどうです？　貧しい子どもたちを支援するというものを。もちろん、奨学金は全額支給されますよね？」

ふたりはお互いを見ながら微笑したが、内心では歯ぎしりをしていた。

「そうしましょう、では」


ピュセ・ゴンノールは、当初はその結果に憤った。そんなそぶりを見せなかっただけで、彼はアンダーソンとバイエルを追ってモンド広場へ駆けつけ、バイエルの演奏を聴いた。そしてその場にいた聴衆と同じように、その演奏に身を震わせた。

そのため、バイエルが巡礼の子に選ばれなかったという事実は受け入れがたく、自分の教え子として出場したからではないかという被害妄想まで浮かんだ。だが時間が経つにつれ、かえってよかったと思った。巡礼の子になってしまえば、エダン市庁はあれこれ口実をつけてバイエルを自分から引き離してしまうだろうから。

アンダーソンが仕向けたのか、ほどなく児童福祉局がゴンノールの家を調査しに来たが、見た目にはよく整った環境であったため、けちのつけようがなかった。調査員はバイエルとも別途面談を行なっていたが、バイエルはコンクール以降、かつてミュートと呼ばれていた頃のように黙りこんでしまい、なにひとつ口を利こうとしなかった。傷がある程度ふさがっていたために、わんぱくに遊んでできたものだという理屈も受け入れられた。

児童福祉局の職員たちが帰っていくと、ゴンノールは、これでバイエルは完全に自分のものになったと思った。

ユリック・ベナヘンが訪ねてくるまでは。

理由は定かでないが、ユリックは大会結果についてたいそう申し訳なく思っているようだった。ゴンノールは、エダン音楽院の院長ともあろう人間が自分の前にひれ伏すようにしていることにおおいに満足した。だが、たんに謝罪のためだけに来たのではないはずだった。

予想どおり、ユリックはすぐに本論に入った。大会結果は遺憾に思うが、バイエルを高く評価している、エダン音楽院に入学させて奨学金を全額支給し、最高の教授陣の教育を受けさせたいと。

ゴンノールはこの破格の提案に驚いたものの、すでにバイオリンの大家である自分が最上の教育を与えているから必要ないと断った。だが、彼がそう出ると予想していたユリックは、無敵ともいえるエダン市庁の話を持ち出した。これは市長との合意のもとにすでに決定した事項であると。

バオサン市長はなけなしの権力を振るうような真似はしないと言ったが、それは本人の言い草であり、実際にはありったけの権力を存分に振りまわす人間だった。思いどおりにならないことがあると、駄々をこねるようにしつこく催促し、その結果、彼の要求は常に通るのだった。ゴンノールも市長のそういった特性をよく知っているだけに、悩まずにはいられなかった。

「もちろん、マエストロのご尽力を知らないわけではありません。あなたでなかったら、孤児だったあの少年がいまのようなすばらしい才能を発揮することはなかったでしょう。しかし、いまもなお現役で活躍していらっしゃるだけに、お忙しいことと存じています。頑固で自分勝手な子どもを指導することは、体力的にも簡単なことではありません。ですから、今後はわたしどもにお預けいただいてはどうでしょう。もちろん、すぐれた才能を発掘し、このようなすばらしい道を開いたのがマエストロであることは、わたしどもも決して忘れません」

ユリックはお世辞の言えない性格で、これまでそんなことを言う必要もなかった。だがバイエルを音楽院に迎え入れたいという気持ちがあまりに強いせいか、心にもない言葉がするすると口をついて出ていた。

予想どおり、褒め言葉に免疫のないゴンノールの顔が徐々にほころんでいった。結局、三時間余りの説得の果てに、バイエルのエダン音楽院入学を検討してみるとの回答を得た。ただし、入学するにしても寮には入らず、この邸から通わせるという条件つきで。

ユリックはその条件にある種の違和感を感じたが、ここで反対して入学の可能性までも取り消されてはかなわないと思った。そこで彼の意見に同意し、結論が出たらすぐに自分に知らせてくれと頼んで帰っていった。

「よかったな。あれほど望んでいた音楽院に入れるのだから」

ゴンノールが部屋に入ってきてあてこするように言ったが、バイエルはなにも答えなかった。

「院長の話は聞いていただろう。いまのおまえの才能は、すべてわたしのおかげだと。いかなるときもそれを忘れてはならない。師のありがたみを忘れた人間の行く末はいいものではないからな。肝に銘じておけ。音楽院に入れるもわたし次第、家に連れ戻すもわたし次第だということだ」

人形のように無表情で座っているバイエルの額には、かさぶたができていた。ゴンノールは罪悪感を隠すかのように、目を背けた。

ところが、間もなく起きた出来事はあまりにも意外だった。バイエルが近寄ってきて、ゴンノールの腕を静かにつかんだのだ。

「ごめんなさい。決して忘れません。ぼくにはいつでも先生が必要です。音楽院に入学しなくてもかまいません」

ゴンノールは驚き、ちょっぴり感動してバイエルを見下ろした。少年の表情にわざとらしいところはなく、ただただまっすぐな目で自分を見つめていた。ゴンノールの心がほぐれ、バイエルの頭を撫でた。

「わたしほどおまえのために尽くすことはないだろうが、エダン音楽院はすばらしいところだ。音楽の才能あふれる子どもなら、こぞって入りたがる。入学の条件もかなり厳しいはずなのに、奨学金を全額出してくれるというのは異例中の異例だ。これもまた、おまえがわたしの教え子だから与えられた機会だとは思うが」

「必要ありません。いまのままでじゅうぶんです」

「わかったような口を利くな。あそこがどんなにすばらしいところか知りもしないくせに。教授の顔ぶれからして……」

バイエルはなにもわかっていない。ゴンノールはそう思い、エダン音楽院について長々と語った。そうするうちに、本当にバイエルが入学すれば、いまの才能を飛躍的に伸ばすことができるのは明らかだと悟った。認めたくはないが、自分のもとで学ぶより、音楽院で学べることのほうがずっと多いだろうと。

なにより、才能豊かな子どもたちとともに学び演奏できること、それはゴンノールが与えてやれるものではない。この年頃の子どもたちには、それが必要だった。お互いの演奏を聴いて、嫉妬し、学び、感嘆しながら育っていくこと。それは、ひとりだけの世界では決して得ることはできない。

ゴンノールは寂しくも、すでに自分の心が決まっていることを認めた。

「考えてみるとしよう。なにがおまえにとっていいことか」

バイエルはゴンノールの胸に抱かれたまま、じっと黙っていた。


その日の深夜、バイエルは自分の部屋のドアがゆっくりと開く音を聞いた。だが、寝たふりをした。耳をふさいでなにも聞こえないふりをし、なにも起こっていないのだと思いこんだ。

バイエルを救ってくれる人などいなかった。結局は自分で自分を救うしかない。バイエルは固く決心した。どんな手を使ってでもここから抜け出してみせる。そしてもっと広いところへ行くのだ。できることならこのエダンから出てはるか遠くへ、世界の隅々まで行くのだと。

そこでなら見つかるかもしれない。ぼくと同じ言葉を使う人。ほかの人たちには理解できなくても、お互いに深く理解し合えるはずの、ぼくと同じ人。同じ種、あるいは、家族を。

その人は温かくぼくを抱き締め、その痛みがわかると言い、やさしく愛情深い手でぼくを慈しんでくれるだろう。お互いの音楽を聴くだけでなにを考えているのか、なにを感じているのか、相手をどれほど大切に思っているかわかるだろう。

その日まで耐えつづけ、たゆまず練習しよう。もっともっと学び、成長しよう。いつか完成させるはずの音楽のために、ぼく以外の誰にもできない演奏をするために。

ぼくを待っている、ただひとりの聴衆のために。

ハ・ジウン

Ha Jieun

1982年生まれ。ソウル市立大電子電気コンピュータ工学部卒。本作『氷の木の森』でデビューして以来、7つの長編小説を発表しながらファンタジーの読者に絶大な支持を得てきた。音楽というモチーフにスリラーとファンタジーの要素を加味した本作は韓国で大好評を得て、華やかなBGMと人気声優の演技によるオーディオドラマにもなり、記録的な販売部数を達成した。2020年には外伝を追加した改訂版が復刊され、韓国インターネット書店のファンタジー部門でベストセラー1位に選ばれた。本作は現在ウェブトゥーンとドラマ化が決まっている。7年間の沈黙を破り2022年に刊行された新作『언제나 밤인 세계(いかなるときも夜の世界)』(※未邦訳)もファンタジー部門でベストセラー1位となり、オーディオドラマ化が決定するなど大きな注目を浴びている。

カン・バンファ

姜芳華

岡山県倉敷市生まれ。翻訳家、翻訳講師。岡山商科大学法経学部法律学科、韓国梨花女子大学通訳翻訳大学院卒、高麗大学文芸創作学科博士課程修了。おもな訳書にペク・スリン『夏のヴィラ』(書肆侃侃房)、チョン・ソンラン『千個の青』(早川書房)をはじめ、ユ・ウンジョン『傷つくだけなら捨てていい 精神科医が教える、ストレスの手放し方』(イースト・プレス)、ナム・インスク『実は、内向的な人間です』(創元社)など多数。

氷の木の森

2022年6月29日発行 第1刷

著者
ハ・ジウン
訳者
カン・バンファ
発行人
鈴木幸辰
発行所
株式会社ハーパーコリンズ・ジャパン
東京都千代田区大手町1-5-1
03-6269-2883(営業) 0570-008091(読者サービス係)
印刷・製本
中央精版印刷株式会社

 ISBN978-4-596-70830-4